Gustav Meyrink

Des deutschen Spießers Wunderhorn

dearbooks

Gustav Meyrink

Des deutschen Spießers Wunderhorn

ISBN/EAN: 9783954557264

Gustav Meyrink: »Des deutschen Spießers Wunderhorn«. Erstdruck 1913. Die Orthografie dieser Ausgabe wurde der neuen deutschen Rechtschreibung angepasst und die Interpunktion behutsam modernisiert.

Auflage: 1

Erscheinungsjahr: 2014

Erscheinungsort: Berlin, Deutschland

Printed in Germany

Cover: Fernand Khnopff: »Wer wird mich erlösen?«, 1891.

Inhalt

Das Automobil

»Sie erinnern sich meiner wohl gar nicht mehr, Herr Professor!? Zimt ist mein Name, Tarquinus Zimt; vor wenigen Jahren noch war ich Ihr Schüler in Physik und Mathematik –«

Der Gelehrte drehte die Visitenkarte unschlüssig hin und her und heuchelte verlegen eine Miene des Wiedererkennens.

»– und da ich gerade durch Greifswald komme, wollte ich die Gelegenheit, Ihnen einen Besuch abstatten zu können, nicht versäumen –«

(Einige Minuten verstrichen in peinlichem Stillschweigen.) »– – ehüm – – – nicht versäumen ...«

Missbilligend musterte der Professor den Lederanzug des jungen Mannes. »Sie sind wohl Walfischfänger?«, fragte er mit leisem Spott und tippte seinem Besuch auf den Ärmel.

»Nein, Automobilist; ich selbst habe die bekannte Automobilmarke ›Zimt‹ – – –«

»Also Schauspieler!«, unterbrach ungeduldig der Gelehrte; »aber weshalb haben Sie da früher Physik und Mathematik studiert? Wohl umgesattelt, junger Freund, umgesattelt!? Nun sehen Sie!«

»Aber keineswegs, Herr Professor, keineswegs. Im Gegenteil. Sozusagen im Gegenteil! Ich bin Konstrukteur von Automobilen, – – von Motoren, – von Benzinmotoren, – Ingenieur – –!«

»Ah, Sie stellen die Fantasiebilder für die Kinematografen zusammen, ich verstehe. Aber das kann man doch nicht Ingenieur nennen!«

»Nein, nein, ich baue selber Automobile. Oder Kraftfahrzeuge, wenn Ihnen dieses Wort lieber ist. Wir verkaufen jährlich bereits – – –«

»Ich darf beide Namen, mein lieber Herr Zimt, Automobil und Kraftfahrzeug, nicht gelten lassen, denn weder kann so eine Maschine sich vom Fleck fortbewegen – diese Bedeutung soll doch wohl im Worte Automobil liegen – , noch ist aus demselben Grunde der Ausdruck Fahrzeug zulässig«, sagte der Gelehrte.

»Wie meinen Sie das: ›kann sich nicht vom Fleck fortbewegen‹? Vielleicht nur noch zehn Jahre, und wir werden überhaupt kein anderes Landfuhrwerk mehr benützen. Fabrik um Fabrik wächst aus dem Boden, und wenn es auch vielleicht in Greifswald noch kein Automobil gibt, so – – –«

»Sie sind ein Fantast, junger Mann, und verlieren den Boden der Wirklichkeit unter den Füßen! Frönen Sie wohl gar dem Spiritismus? In der Tat wohl das bedauerlichste Zeichen unserer Zeit, immer wieder das Gespenst des Perpetuum mobile unerfreulicherweise sein hässliches Haupt erheben sehen zu müssen. Rein als ob die Lehrsätze der Physik gar nicht existierten. Traurig, fürwahr sehr traurig! Und auch Sie, obschon noch vor wenigen Jahren mein Schüler, konnten den klaren, besonnenen Weg unserer Wissenschaft verleugnen, um den schwülen Fieberfantasien roher, gedankenloser Empirie nachzüjagen! Nun ja, mag wohl das heutige Treiben der Großstadt erschlaffend auf die Denkkraft unserer Jugend wirken, aber bis zum krassen Aberglauben, bis zur Wahnidee, man könnte mittels Benzinmotoren einen Wagen von der Stelle bewegen, ist denn doch ein gewaltiger Schritt. So sollte man wenigstens glauben!« Und erregt putzte der Gelehrte seine Brillengläser.

Tarquinus Zimt war fassungslos.

»Aber um Gottes willen! Herr Professor! Sie werden doch nicht die Existenz der Motorwagen leugnen wollen. Heute, wo bereits viele Tausende im Verkehr sind! Wo jeder Monat eine Neuerung brachte. Ich selber bin doch mit meinem Automobil, einem fünfzigpferdekräftigen ›Zimt‹, den ich selber konstruiert und gebaut habe, von Florenz hierher gefahren! – Wenn Sie einen Blick aus dem Fenster werfen wollen, können Sie es vor dem Haustor stehen sehen. Um Gottes willen! Ich sage nur: um Gottes willen!«

»Junger Freund, omnia mea mecum porto, wie der Lateiner so trefflich sagt. Ich sehe keinen zureichenden Grund, aus dem Fenster zu blicken; und weshalb auch – trage ich doch den alles umfassenden mathematischen Verstand stets in mir. – Dem schwankenden Boden der Sinneswahrnehmung sich anvertrauen? Sagt mir nicht mehr – mehr, als die Sinne je vermögen – die schlichte Formel, die jedes unmündige Schulkind begreift, – gewiss sind Sie ihrer noch aus der Studienzeit froh eingedenk! – die Formel:

$$M = \mu \int p \, d F y = 2 \mu r^{2} 1 \int^{\varphi^0} p \, d \varphi^1$$

$$= 2 \pi P r \frac{\sin \varphi^0}{\varphi^0 + \sin \varphi^0 \cos \varphi^0}$$

und so weiter! Nun sehen Sie!«

»Das hilft nun aber alles nichts«, antwortete gereizt der Ingenieur, »denn ich selber bin mit meinem Automobil von Florenz bis Greifenwald – bis vor Ihr Haus gefahren!«

»– und wenn selbst die zitierte Formel nicht wäre«, fuhr der Gelehrte unbeirrt fort, »deren Ergebnis hinsichtlich des sogenannten zylindrischen Zapfens gewiss das noch günstigst zulässige ist, indem die mit der Verminderung des Umschlingungsbogens der Lagerschale verknüpfte Steigerung der Flächenpressung nicht auf eine Erhöhung von μ hinwirkt und, insoweit sie überhaupt zulässig erscheint, den Aufwand zur Überwindung der Reibung bei

$$\eta^{n} < \frac{\pi}{2}$$

verringert, gäbe es noch eine Reihe wirksamer Einwürfe, deren jeder einzelne die reine Möglichkeit denkbaren Gelingens – –«

»Aber um Gottes willen, Herr Professor – –«

»Pardon! – – – die reine Möglichkeit denkbaren Gelingens in überaus in die Augen springender Weise entkräften müsste. Wie könnte es, um laienhaft zu sprechen, beispielsweise in den Bereich mechanischer Möglichkeit verlegt werden, der durch die schnell aufeinanderfolgenden Benzingasgemischexplosionen in den Zylindern a, b, c, d stets anwachsenden beträchtlichen Erhitzung und hierdurch resultierenden Ausdehnung und wiederum hieraus sich ergebenden Anpressung an die Zylinderwände bis zur Unbeweglichkeit des metallischen Kolbenmaterials anders als durch immerwährende großmengige Zufuhr behufs ausreichender Kühlung stets neu zu beschaffenden Wasserquantitäten, was wiederum angesichts des verkehrten Verhältnisses des Gewichtes zum Krafteffekte des Motors das Resultat des Versuches im negativen Sinne klar zutage treten lässt, vorzubeugen? – Fassen wir ferner – – –«

»Ich bin von Florenz bis Greifswald gefahren –«, warf verbissen der andere ein.

»– – fassen wir ferner unter Zugrundelegung der Formel:

$$P = \left(\frac{n}{30}\right)^2 r \left(\cos\varphi \pm \frac{r}{e} \cos 2\varphi \right) \left(G_1 + G_2 \right) + \left(\frac{n}{30}\right)^2 r\, G_3 \cos\varphi$$

ins Auge, dass durch Erzitterungen und sonstige der Ruhe des Ganges nachteilige Schwingungen infolge ihrer eigenartigen zur Wachrufung von Massenkräften unliebsame Veranlassung gebende Bewegungen von Maschinenteilen, in diesen, seien sie auch elastisch, fortgesetzt Formveränderungen vor sich gehen müssen, so ergibt sich – – –«

»Ich bin aber dennoch von Florenz bis Greifswald gefahren!«

»– – – Formveränderungen vor sich gehen müssen, so ergibt sich – – – –«

»Ich – bin – aber – von – Florenz bis Greifswald *ge-fah-ren!*«

Der Gelehrte warf einen verweisenden Blick über seine Brille auf den Sprecher. »Es könnte mich nichts hindern – gestützt auf zwingende mathematische Formeln – meinem Zweifel an Ihren Aussagen mit direkten Worten Ausdruck zu verleihen, doch ziehe ich es vor, nach Art der alten Griechen lieber alles Verletzende zu vermeiden, und will bloß, wie schon Parmenides, hervorheben, dass es dem Weisen nicht zukommt, seinen eigenen Sinnen, geschweige denn denen eines Fremden irgendwelche Beweiskraft einzuräumen.«

Tarquinus Zimt dachte einen Augenblick nach, dann griff er in die Tasche und reichte dem Professor schweigend einige Fotografien.

Dieser betrachtete sie nur flüchtig und sagte:

»Nun, und Sie glauben, junger Freund, durch derlei Lichtbilder von scheinbar in Fahrt befindlichen Automobilen die Gesetze der Mechanik in Misskredit bringen zu können!? – Ich erinnere nur der Ähnlichkeit der Fälle wegen an die Abbildungen animistischer Phänomene durch Crookes, Lambroso, Ochorowicz, Mendelejeff! Wie genau versteht man heutzutage solche Fotografien durch allerlei Kunstgriffe hinsichtlich des wahren Tatbestandes täuschend zu gestalten. Im übrigen, wusste nicht schon Heraklit, dass nach den Gesetzen der Logik ein abgeschossener Pfeil auf jedem mathematischen Punkte seiner Flugbahn sich in vollkommener Ruhe befindet? Nun, sehen Sie! Und mehr als *das* – im übertragenen Sinne – können auch im besten Falle Ihre Lichtbilder nicht beweisen.«

In den Augen des Ingenieurs klomm eine tückische Freude. »Gewiss werden Sie mir als Ihrem ehemaligen, Sie so sehr bewundernden Schüler, hochgeehrter Herr Professor, die Bitte aber nicht abschlagen«, sagte er mit heuchlerischer Miene, »mein vor Ihrem Hause stehendes Automobil wenigstens anzusehen?«

Der Gelehrte nickte gütig, und beide begaben sich auf die Straße.

Eine Menge Zuschauer umstand den Wagen.

Tarquinus Zimt zwinkerte dem Chauffeur zu. »Ignaz! Der Herr Professor möchte unser Automobil besichtigen, zeigen Sie doch mal die Maschine.«

Der Mechaniker, in der Meinung, es handle sich um einen Verkauf des Wagens, begann eine Lobeshymne:

»Hundertfünfzig Kilometer können wir mit unserem ›Zimt‹ machen, und von Florenz bis hierher haben wir nicht einen einzigen Defekt gehabt. Wir fahren – –«

»Lassen Sie das nur, guter Mann«, wehrte der Professor überlegen lächelnd ab.

Der Chauffeur klappte die Haube des Motors auf, dass die Maschine frei lag, und erklärte die Bestandteile.

»Wie bringen Sie, Herr Professor«, fragte Tarquinus Zimt mit verhaltenem Spott, »eigentlich die Tatsache, dass heute von den Fabriken Daimler, Benz, Dürkopp, Opel, Brasier, Panhard, Fiat und so weiter und so weiter Tausende solcher Wagen gebaut werden, mit Ihrer Behauptung, die Maschinen könnten unmöglich funktionieren, in Einklang? Übrigens, Ignaz, lassen Sie den Motor angehen!«

»In Einklang? Junger Freund, ich bin lediglich Fachgelehrter, und so interessant die Lösung dieser Frage einem Psychologen dünken mag, sowenig, ich muss es gestehen, liegt es mir zu wissen am Herzen, aus welchen Gründen wohl diese Fabriken solch anscheinend müßiger Beschäftigung frönen mögen.«

Das Schwirren des laufenden Motors unterbrach die Rede des Professors. Die Menschenmenge wich einen Schritt zurück.

Tarquinus Zimt grinste. »Also Sie glauben noch immer nicht, dass der Wagen fahren wird, Herr Professor? Ich brauche nur diesen Hebel anzuziehen, die Kuppelung setzt ein, und das Automobil saust mit hundertfünfzig Kilometer Geschwindigkeit dahin.« –

Der Gelehrte lächelte mild. »Oh, Sie jugendlicher Schwärmer! Nichts dergleichen kann sich ereignen. Unter dem Drucke der Explosion – die Festigkeit der Kupplung vorausgesetzt – werden vielmehr augenblicklich die Zylinder a, b und d springen. Mutmaßlich bleibt hingegen der Zylinder c unversehrt nach der Formel – nach der Formel – wie lautet sie doch nur! – nach der Formel – – –«

»Los«, jauchzte Zimt, »los! Fahren Sie los, Ignaz!«

Der Chauffeur legte den Hebel um.

Da! – Ein lauter, dreifacher Knall – und die Maschine steht still!

Tumult!

Ignaz springt aus dem Wagen. Lange Untersuchung. Da! die Zylinder eins, zwei und vier sind geborsten! Geborsten in einer Weise, wie niemals Zylinder, und wenn Nitroglyzerin in ihnen gewesen wäre, bersten können.

Mit glanzlosem Blick starrt der Professor ins Weite, seine Lippen bewegen sich murmelnd: »Warten Sie, nach der Formel – – nach der Formel – –«

Zimt fasste ihn am Arm und schüttelt ihn, – er weint fast vor Wut. »Es ist unerhört, unglaublich; seit es ein Automobil gibt, ist so etwas noch nicht vorgekommen. Es ist hirnverbrannt. Zum Verstandverlieren. Ich telegrafiere sofort um Ersatzzylinder. – Das geht so nicht, Sie müssen sich mit eigenen Augen hier überzeugen, Sie müssen!«

Ärgerlich reißt sich der Gelehrte los: »Junger Mann, das geht zu weit, Sie vergessen sich. – Glauben Sie wirklich, ich hätte Zeit übrig, Ihren kindischen Versuchen ein zweites Mal beizuwohnen! Sind Sie denn noch immer nicht überzeugt? Danken Sie lieber Ihrem Schöpfer, dass es nicht ärger ausfiel; Maschinen lassen nicht mit sich spaßen. Nun sehen Sie! –«

Und er eilt ins Haus.

Noch einmal dreht er sich im Tor um, erhebt abweisend den Finger und ruft zürnend zurück:

»Sunt pueri pueri pueri puerilia tractant.«

Das dicke Wasser

Im Ruderklub »Clia« herrschte brausender Jubel. Rudi, genannt der Sulzfisch, der zweite »Bug«, hatte sich überreden lassen und sein Mitwirken zugesagt. – Nun war der »Achter« komplett. – Gott sei Dank. –

Und Pepi Staudacher, der berühmte Steuermann, hielt eine schwungvolle Rede über das Geheimnis des englischen Schlages und toastierte auf den blauen Donaustrand und den alten Stephansdom (duliö, duliö). Dann schritt er feierlich von einem Ruderer zum andern, jedem das Trainingsehrenwort – vorerst das kleine – abzunehmen.

Was da alles verboten wurde, es war zum Staunen! Staudacher, für den als *Steuermann* all dies keinerlei Geltung hatte, wusste es auswendig: »Erstens nicht rauchen, zweitens nicht trinken, drittens keinen Kaffee, viertens keinen Pfeffer, fünftens kein Salz, sechstens – – siebtens – – – achtens – – –, und *vor allem keine Liebe*, – hören Sie, – *keine Liebe!* – weder praktische noch theoretische –!«

Die anwesenden Klubjungfrauen sanken um einen halben Kopf zusammen, weil sie die Beine ausstrecken mussten, um ihren Freundinnen vis-a-vis bedeutungsvolle Fußtritte unter dem Tisch zu versetzen.

Der schöne Rudi schwellte die Heldenbrust und stieß drei schwere Seufzer aus, die anderen schrien wild nach Bier, der kommenden schrecklichen Tage gedenkend. –

»Eine Stunde noch, meine Herren, heute ausnahmsweise, dann ins Bett, und von morgen an schläft die Mannschaft im Bootshause.«

»Mhm«, brummte bestätigend der Schlagmann, trank aus und ging. »Ja, ja, der nimmt's ernst«, sagten alle bewundernd. –

Spät in der Nacht traf ihn die heimkehrende Mannschaft zwar Arm in Arm mit einer auffallend gekleideten Dame in der Bretzelgasse, aber es konnte ja gerade so gut seine Schwester sein. – Wer kann denn in der Dunkelheit eine anständige Dame von einer Infektioneuse unterscheiden!

Der »Achter« kam dahergesaust, die Rollsitze schnarchten, die schweren Ruderschläge dröhnten über das grüne, klare Wasser.

»Jetzt kommt der Endspurt, da schauen S', da schauen S'!«

»Eins, zwei, drei, vier, fünf – aha – ein vierundvierziger!«

Staudachers Kommandogeheul ertönte: »Achtung, stop. Achter, Sechser: zum Streichen! Einser, Dreier: fort. – Ha–alt!«

Die Mannschaft stieg aus, keuchend, schweißbedeckt. –

»Da schauen S' den Nummer drei, die Pratzen! Wie junge Reisetaschen, was? Überhaupt die Steuerbordseite is gut beisamm'. – Der beste Mann im Boot ist halt doch Nummer sieben. – Ja, ja, unser Siebener. Gelt, Wastl, ha, ha.«

»No, und die Haxn von Nummer acht san gar nix, was?«

»Wissen S', wievüll mür heut g'fahrn san, Herr von Borgenheld?«, wandte sich Sebastian Kurzweil, der zweite Schlagmann an den Vizeobmann, der verständnislos dem Herausheben des vierzehn Meter langen, einem Haifisch gleichenden Achtriemers zusah.

»Dreimal«, riet der Vizeobmann.

»Wie *vüll*, sag' ich«, brüllte Kurzweil.

»Fünfmal«, stotterte erschreckt Herr von Borgenheld.

»Himmelsakra!« – der Ruderer schüttelte den Arm.

»Er meint: – ›wie lang‹«, warf ein Junior ein, der schüchtern dabeistand und einen schmutzigen Fetzen in der Hand hielt.

»Ach so! – Fünf Kilometer!«

Die Mannschaft machte Miene, sich auf Herrn von Borgenheld zu stürzen. Sie hätten ihn zerrissen, da rief sie eine Serie rätselhafter Kommandos wieder an das Boot: »Mann an Rigger, – aufff – auf mich (prschsch – da lief das Wasser aus dem umgewendeten Boot) – schwen–ken, – fort!« –

Und acht rot-weiß und spärlich bekleidete Gestalten, ohne Strümpfe und mit fantastischem Schuhwerk hantierten an dem Boot herum und schleppten es mit tiefem Ernst in den Schuppen. –

»No, raten Sie jetzt!«, und der Steuermann schwenkte eine silberne Taschenuhr an einem roten Strick hin und her.

»Also wie viel?« – Der Vizeobmann mochte aber nicht mehr. Staudacher zündete sich eine Virginia na, denn ein echter Steuermann muss gewissenhaft alles tun, was gesundheitsschädlich ist, um leichter zu werden.

»Also raten Sie, Herr Dr. Hecht!«

»Füglich – äh – füglich – soll man die ›Zeit‹ geheim halten«, näselte dieser fachgewandt und zwinkerte nervös mit den Augenlidern.

»No, dann schauen Sie selbst«, sagte Staudacher. Alle beugten sich vor.

»5 Minuten 32 Sekunden«, kreischte der Junior und schwenkte den schmutzigen Fetzen über dem Kopf.

»Jawohl 5:32! – Wissen Sie, was das heißt, meine Herren, 5:32 für 2000 Meter, – stehendes Wasser, ich bitte!«

»Fünfi zwoaradreiß'g, fünfi zwoaradreiß'g«, brüllte Kurzweil, der jetzt splitternackt auf der Terrasse des Bootshauses stand, wie ein Stier herunter.

Eine wilde Begeisterung ergriff alle Mitglieder.

5:32!! –

Sogar der Obmann Schön machte einen dicken Hals und meinte, dass man selbst seinerzeit in Zürich, im Seeklub, keine bessere Zeit gefahren sei.

»Jawohl, 5:32! Und kennen Sie auch den Hamburger Rekord im Training?«, fuhr Staudacher fort. – – »6 Minuten 2 Sekunden!! bei Windstille, – – mir hat es ein Freund telegrafiert. – – 6:2! – – –! und wissen Sie auch, was 30 Sekunden Differenz sind? 11 Längen – klare Längen, – jawohl!«

»Sie, Ihre Zeit kann absolut nicht stimm'«, wandte sich ein Berliner Ruderer, der als Gast zugegen war, an Staudacher, »sehen Se mal, der englische Professionalrekord is 5:55, da wären *Sie* ja um 23 Sekunden besser. Nu hören Se mal! – Überhaupt die Wiener ›Zeiten‹ sind verflucht verdächtig, – vielleicht jehen Ihre Stoppuhren falsch!«

»Schauen S', dass weiter kommen, Sö – fünfifünfafufz'g Sö, – setzen S' ös in d' Lotterie dö fünfifünfafufz'g. Haben S' überhaupt an Idee – bereits – – was mür Weana für a Kraft hab'n«, höhnte Kurzweil von der Terrasse, dann hob er die Arme und brüllte, wie weiland Ares im trojanischen Krieg, dass es durch die Erlenwäldchen an den Ufern des Donaukanals gellte.

»Hören Se doch nu endlich mit dem Jebrülle auf – Sie da oben, – oder wollen Sie vielleicht 'n dreiband'ges Buch über planloses Jeschrei herausjeben!«, rief der Berliner ärgerlich.

»Pst, pst – nur keinen Streit«, besänftigte Staudacher. – »Übrigens, meine Herren, – ich nehme heute schon die Glückwünsche zu unserem künftigen großen Siege in Hamburg entgegen. – Meine Herren, auf diesen Sieg –, meine Herren – hipp – hipp – –«

Die harmonischen Töne einer Drehorgel schnitten ihm die Worte ab – einen Augenblick Totenstille, dann rhythmisches Trampeln im Ankleideraum der Mannschaft, und alle stimmten begeistert mit ein in das Lied:

»Dös is wos für'n Weana,
Für a wean'risches Bluat,
Wos a wean'rischer Walzer
An 'm Weana all's tuat ...«

Der Ausschluss des Klubs war auf dem Bahnhof versammelt und wartete auf die aus Hamburg heimkehrende Mannschaft in größter Erregung, denn in den Morgenblättern war ein schreckliches Telegramm abgedruckt gewesen:

»Hamburg – Achterrennen um den Staatspreis.

Resultate: Favorit = Hammonia – Hamburg – erste: 6 Minuten 2 Sekunden; *Ruderklub ›Clia‹* – Wien – *letzte:* 6 Minuten 32 Sekunden

Interessantes Rennen zwischen Favorit = Hammonia, Hamburg, und Berliner Ruderklub. Wien unter *acht Booten achtes, kam nie ernstlich in Betracht.* Die Arbeit der Österreicher saft- und kraftlos und auffallend marionettenhaft.«

»Sehen Sie wohl, was habe ich jesagt«, höhnte der Berliner, der schon eine Stunde auf dem Perron wartete, »jerade ne janze Minute schlechtere Zeit als anjeblich hier im Training.«

»Ja, es ist schrecklich fatal«, lispelte der Obmann, »und wir haben schon gestern Einladungen zum Siegesfest verschickt und das Bootshaus beflaggt und mit Reisig geschmückt.«

»Es muss rein etwas passiert sein«, meinte zögernd ein alter Herr, – dann schrien plötzlich alle durcheinander: »Der Nummer zwei is Schuld – –, der Sulzfisch, der zieht ja nicht einmal das Gewicht seiner Kappe, – der ganze Kerl ist schwabberig wie Hektografenmasse.«

»Was denn Nummer zwei! Die ganze Backbordseite ist keinen Schuss Pulver wert.«

»Überhaupt, der ›Einsatz‹ fehlt. *Catch the water!* – verstehen Sie mich, – verstehen Sie englisch? *Catch the water.* Schauen Sie her, so! *catch, catch, catch!*«

»Meine Herren, meine Herren, was nutzt das alles: *catch, catch, catch,* wenn man ›Swivels‹ hat, wie wollen Sie da ›einsetzen‹. Hab' ich nicht immer gesagt: feste Dollen, was, Herr von Schwamm? – Ja, feste Dollen, haha, zu meiner Zeit: rum – bum – rum bum –«

»Hätt' alles nicht g'schadt, aber natürlich knapp vorm Training bei der Nacht mit Weibern rumlaufen, daran liegt's. Haben S' damals unsern ›Stroke‹ g'segn in der Bretzelgass'n? Wissen S', wer die Frauensperson war? Die blonde Sportmirzl, wann Sö's no kenna!«

Ein gellender Pfiff. Der Zug fährt ein.

Aus verschiedenen Coupés steigen die »Clianesen« aus. Ärgerliche Gesichter, müde, abgespannte Mienen: – – –

»Träger! Träger! – Himmel Sakra, sind denn keine Träger da!«

»Erzählt's doch, was ist denn g'schehn? Letzte, immer Letzte?«

»Der ›Sulzfisch‹«, murmelte Kurzweil ingrimmig.

Der schöne Rudi hat es gehört und tritt mit geschwellter Heldenbrust an ihn heran: »Mein Herr, ich bin Reserveleutnant im Artillerieregiment Nr. 23, verstehen Sie mich?« Und er zwinkert mit entzündeten Lidern, und sein Gesicht ist klebrig und rußgeschwärzt, als ob er auf einem Stempelkissen geschlafen hätte.

»Ruhe, meine Herren, Ruhe!« Staudacher ist es, der eine Flasche in der Hand hält.

»Erzählen, Staudacher, erzählen!« – Alles umdrängte ihn. Der kleine Steuermann hebt die Flasche in die Höhe: »Hier ist des Rätsels Lösung, – wissen Sie, was da drin ist? – Alsterwasser, Hamburger Alsterwasser! – – Und da drin soll unsereins rudern, wo wir an unser dünnes klares ›Kaiserwasser‹ gewöhnt sind, – net wahr, Kurzweil? Wissen S', dass dieses Alsterwasser *bereits um ein Fünftel dicker ist als wie das unsrige!?* – (ja, wirklich, m'r siecht's) – Ich hab's selbst mit dem Aräometer g'messen, und unsere Zeit ist trotzdem nur ein Sechstel schlechter! – Nur ein Sechstel – meine Herren! – Hä? Habn S' an Idee, wie wir *hier* g'wonnen hätten! – Da wären die Hamburger gar net mit'kommen.«

Alle waren voll Bewunderung: »Nein, wirklich, alles was recht ist, unser Staudacher ist ein findiger Kopf, so einen sollen S' uns zeigen, die, die ... die deutschen Brüder aus dem ›Reich‹ – –«

»Ja, ja! – 's gibt nur a Kaiserstadt, 's gibt nur a Wean!«

Der Opal

Der Opal, den Miss Hunt am Finger trug, fand allgemeine Bewunderung.

»Ich habe ihn von meinem Vater geerbt, der lange in Bengalen diente, und er stammt aus dem Besitze eines Brahmanen«, sagte sie und strich mit den

Fingerspitzen über den großen schimmernden Stein. »Solches Feuer sieht man nur an indischen Juwelen. – Liegt es am Schliff oder an der Beleuchtung, ich weiß es nicht, aber manchmal kommt es mir vor, als ob der Glanz etwas Bewegliches, Ruheloses an sich hätte, wie ein lebendiges Auge.«

»Wie ein lebendiges Auge«, wiederholte nachdenklich Mr. Hargrave Jennings.

»Finden Sie etwas daran, Mr. Jennings?«

Man sprach von Konzerten, von Bällen und Theater, – von allem Möglichen, aber immer wieder kam die Rede auf indische Opale.

»Ich könnte Ihnen etwas über diese Steine, dieses sogenannten Steine mitteilen«, sagte schließlich Mr. Jennings, »aber ich fürchte, Miss Hunt dürfte dadurch der Besitz ihres Ringes für immer verleidet sein. Wenn Sie übrigens einen Augenblick warten, will ich das Manuskript in meinen Schriften suchen.«

Die Gesellschaft war sehr gespannt.

»Also hören Sie, bitte. (Was ich Ihnen hier vorlese, ist ein Stück aus den Reisenotizen meines Bruders – wir haben damals beschlossen, nicht zu veröffentlichen, was wir gemeinsam erlebten.)

Also: Bei Mahawalipur stößt das Dschungel in einem schmalen Streifen bis hart ans Meer. Kanalartige Wasserstraßen, von der Regierung angelegt, durchziehen das Land von Madras fast bis Tritschinopolis, dennoch ist das Innere unerforscht und einer Wildnis gleich, undurchdringlich, ein Fieberherd.

Unsere Expedition war eben eingetroffen, und die dunkelhäutigen tamulischen Diener luden die zahlreichen Zelte, Kisten und Koffer aus den Booten, um sie von Eingeborenen durch die dichten Reisfelder, aus denen nur hie und da Gruppen von Palmyrapalmen wie Inseln in einem wogenden hellgrünen See emporragen, in die Felsenstadt Mahawalipur schaffen zu lassen.

Oberst Stuart, mein Bruder Hargrave und ich nahmen sofort Besitz von einem der kleinen Tempel, die, aus einem einzigen Felsen herausgehauen, eigentlich herausgeschnitzt, wahre Wunderwerke altdrawidischer Baukunst darstellen. Die Früchte beispielloser Arbeit indischer Frommer, mögen sie jahrhundertelang den Hymnen der begeisterten Jünger des großen Erlösers gelauscht haben, – jetzt dienen sie brahmanischem Shivakult, wie auch die sieben aus dem Felsrücken gemeißelten heiligen Pagoden mit den hohen Säulenhallen.

Aus der Ebene stiegen trübe Nebel, schwebten über den Reisfeldern und Wiesen und lösten die Konturen heimziehender Buckelochsen vor den rohgezimmerten indischen Karren in regenbogenartigen Dunst auf. Ein Gemisch von Licht und geheimnisvoller Dämmerung, das sich schwer um die Sinne legt und wie Zauberdunst von Jasmin und Holunderdolden die Seele in Träume wiegt.

In der Schlucht vor dem Aufgang zu den Felsen lagerten unsere Mahratten-Sepoys in ihren wilden malerischen Kostümen und den rot und blauen Turbans, und wie ein brausender Lobgesang des Meeres an Shiva, den Allzerstörer, dröhnten und hallten die Wogenschläge aus den offenen Höhlengängen der Pagoden, die sich vereinzelt längs des Gestades hinziehen.

Lauter und grollender schwollen die Töne der Wellen zu uns empor, wie der Tag hinter den Hügeln versank und Nachtwind sich in den alten Hallen fing.

Die Diener hatten Fackeln in unseren Tempel gebracht und sich in das Dorf zu ihren Landsleuten begeben. Wir leuchteten in alle Nischen und Winkel. Viele dunkle Gänge zogen durch die Felswände, und fantastische Götterstatuen in tanzender Stellung, die Handflächen vorgestreckt mit geheimnisvoller Fingerhaltung, deckten mit ihren Schatten die Eingänge wie Hüter der Schwelle.

Wie wenige wissen, dass alle diese bizarren Figuren, ihre Anordnung und Stellung zueinander, die Zahl und Höhe der Säulen und Lingams Mysterien von unerhörter Tiefe andeuten, von denen wir Abendländer kaum eine Vorstellung haben.

Hargrave zeigte uns ein Ornament an einem Sockel, einen Stab mit vierundzwanzig Knoten, an dem links und rechts Schnüre herabhingen, die sich unten teilten: Ein Symbol, das Rückenmark des Menschen darstellend, und in Bildern daneben Erklärungen der Ekstasen und übersinnlichen Zustände, deren der Yogi auf dem Wege zu den Wunderkräften teilhaftig wird, wenn er Gedanken und Gefühle auf die betreffenden Rückenmarksabschnitte konzentriert. –

›Dies da Pingala, großer Sonnenstrom‹, radebrechte bestätigend Akhil Rao, unser Dolmetsch.

Da fasste Oberst Stuart meinen Arm: ›Ruhig – – – hören Sie nichts?‹

Wir horchten gespannt in der Richtung des Ganges, der, von der kolossalen Statue der Göttin Kala Bhairab verborgen, sich in die Finsternis zog.

Die Fackeln knisterten – sonst Totenstille.

Eine lauernde Stille, die das Haar sträubt, wo die Seele bebt und fühlt, dass etwas geheimnisvoll Grauenhaftes blitzartig ins Leben bricht, wie eine Explosion, und nun unnabwendbar eine Folgen todbringender Dinge aus dem Dunkel des Unbekannten, aus Ecken und Nischen emporschnellen muss.

In solchen Sekunden ringt sich stöhnende Angst aus dem rhythmischen Hämmern des Herzens – wortähnlich, wie das gurgelnde, schauerliche Lallen der Taubstummen: *Ugg–ger, – Ugg–ger, Ugg–ger.*

Wir horchten vergebens – kein Geräusch mehr.

›Es klang wie ein Schrei tief in der Erde‹, flüsterte der Oberst.

Mir schien es, als ob das Steinbild der Kala Bhairab, des Choleradämons, sich bewegte: unter dem zuckenden Lichte der Fackeln schwankten die sechs Arme des Ungeheuers, und die schwarz und weiß bemalten Augen flackerten wie der Blick eines Irrsinnigen.

›Gehen wir ins Freie, zum Tempeleingang‹, schlug Hargave vor, ›es ist ein scheußlicher Ort hier.‹ –

Die Felsenstadt lag im grünen Lichte wie eine steingewordene Beschwörungsformel.

In breiten Streifen durchglitzerte der Mondschein das Meer, einem riesigen, weißglühenden Schwerte gleich, dessen Spitze sich in der Ferne verlor.

Wir legten uns auf die Plattform zur Ruhe – es war windstill und in den Nischen weicher Sand.

Doch es kam kein rechter Schlaf.

Der Mond stieg höher, und die Schatten der Pagoden und steinernen Elefanten schrumpften auf dem weißen Felsboden zu krötenähnlichen fantastischen Flächen zusammen. ›Vor den Raubzügen der Moguln sollen alle diese Götterstatuen von Juwelen gestrotzt haben – Halsketten aus Smaragden, die Augen aus Onyx und Opal‹, sagte plötzlich Oberst Stuart halblaut zu mir, ungewiss ob ich schliefe. – Ich gab keine Antwort.

Plötzlich fuhren wir alle entsetzt empor. Ein grässlicher Schrei drang aus dem Tempel – ein kurzes, dreifaches Aufbrüllen oder Auflachen mit einem Echo wie von zerschellendem Glas und Metall.

Mein Bruder riss ein brennendes Scheit von der Wand, und wir drängten uns auf den Gang hinab in das Dunkel.

Wir waren vier, was war da zu fürchten.

Bald warf Hargrave die Fackel fort, denn der Gang mündete in eine künstliche Schlucht ohne Deckenwölbung, die, von grellem Mondlicht beschienen, in eine Grotte führte.

Feuerschein drang hinter den Säulen hervor, und von den Schatten gedeckt schlichen wir näher.

Flammen loderten von einem niedrigen Opferstein, und in ihrem Lichtkreis bewegte sich taumelnd ein Fakir, behängt mit den grellbunten Fetzen und Knochenketten der bengalischen Dhurgaanbeter.

Er war in einer Beschwörung begriffen und warf unter schluchzendem Winseln den Kopf nach der Art der tanzenden Derwische mit rasender Schnelle nach rechts und links, dann wieder in den Nacken, dass seine weißen Zähne im Lichte blitzten.

Zwei menschliche Körper mit abgeschnittenen Köpfen lagen zu seinen Füßen, und wir erkannten sehr bald an den Kleidungsstücken die Leichen zweier unserer Sepoys. Es musste ihr Todesschrei gewesen sein, der so grässlich zu uns emporgeklungen.

Oberst Stuart und der Dolmetsch warfen sich auf den Fakir, wurden aber von ihm im selben Augenblick an die Wand geschleudert.

Die Kraft, die in dieser abgemergelten Asketengestalt wohnte, schien unbegreiflich, und ehe wir noch zuspringen konnten, hatte der Fliehende bereits den Eingang der Grotte gewonnen.

Hinter dem Opferstein fanden wir die abgeschnittenen Köpfe der beiden Mahratten.«

Mr. Hargrave Jennings faltete das Manuskript zusammen: »Es fehlt ein Blatt hier, ich werde Ihnen die Geschichte selber zu Ende erzählen:

Der Ausdruck in den Gesichtern der Toten war unbeschreiblich. Mir stockt noch heute der Herzschlag, wenn ich mir das Grauen zurückrufe, das uns damals alle befiel. Furcht kann man es nicht gut nennen, was sich da in den Zügen der Ermordeten ausdrückte, – ein verzerrtes, irrsinniges Lachen schien es. – Die Lippen, die Nasenflügel emporgezogen, – der Mund weit offen und die Augen, – die Augen, – es war fürchterlich; stellen Sie sich vor, die Augen – hervorgequollen – zeigten weder Iris noch Pupille und leuchteten und funkelten in einem Glanze wie der Stein hier an Miss Hunts Ring.

Und wie wir sie dann untersuchten, zeigte es sich, dass sie wirkliche Opale geworden waren.

Auch die spätere chemische Analyse ergab nichts anderes. Auf welche Weise die Augäpfel hatten zu Opalen werden können, wird mir immer ein Rätsel bleiben. Ein hoher Brahmane, den ich einmal fragte, behauptete, es geschähe durch sogenannte Tantriks (Wortzauber), – und der Prozess gehe blitzschnell, und zwar vom Gehirn aus vor sich; doch wer vermag das zu glauben! Er setzte damals noch hinzu, dass alle indischen Opale gleichen Ursprungs seien, und dass sie jedem, der sie trüge, Unglück brächten, da sie einzig und allein Opfergaben für die Göttin Dhurga, die Vernichterin alles organischen Lebens, bleiben müssten.«

Die Zuhörer standen unter dem Eindruck der Erzählung und sprachen kein Wort.

Miss Hunt spielte mit dem Ring.

»Glauben Sie, dass Opale wirklich deswegen Unglück bringen, Mr. Jennings?«, sagte sie endlich. »Wenn Sie es glauben, bitte, vernichten Sie den Stein!«

Mr. Jennings nahm ein spitzes Eisenstück, das als Briefbeschwerer auf dem Tische lag, und hämmerte leise auf den Opal, bis er in muschelige, schimmernde Splitter zerfiel.

Das Geheimnis des Schlosses Hathaway

Ezechiel von Marx war der beste Somnambule, den ich in meinem Leben gesehen habe.

Oft mitten in einem Gespräch konnte er in Trance fallen und dann Geschehnisse erzählen, die sich an weit entfernten Orten zutrugen oder gar erst nach tagen und Wochen abspielten.

Und alles stimmte mit einer Präzision, die einem Swedenborg Ehre gemacht hätte.

Wie nun diese Trance bei Marx absichtlich und beliebig herbeiführen?!

Alles mögliche hatten wir bei unserem letzten Beisammensein versucht – meine sechs Freunde und ich –, hatten den ganzen Abend experimentiert, magnetische Striche angewandt, Rauch von Lorbeer usw. usw., – aber alles schlug fehl, Ezechiel von Marx in Hochschlaf zu bringen.

»Blödsinn«, sagte endlich Mr. Dowd Galagher, ein Schotte. »Sie sehen doch, es geht nicht. Ich werde Ihnen lieber etwas erzählen, etwas so Sonderbares, dass man Tage und Nächte vergrübeln könnte, dem Rätsel, dem Unerklärlichen darin auf die Spur zu kommen.

Fast ein Jahr ist es her, dass ich davon gehört habe, und kein Tag verging, an dem ich nicht Stunden vergeudet hätte, um mir wenigstens eine halbwegs zureichende Erklärung zurechtzuzimmern.

Schon als Schriftsteller setzte ich meinen Ehrgeiz dahinter, zumindest eine theoretische Lösung zu finden.

Alles umsonst!

Dabei kenne ich doch jeden Schlüssel, den der Okkultismus des Ostens und Westens bieten könnte.

Das wissen Sie doch!

Finden *Sie* – wenn Sie können – zu der Geschichte den auflösenden Divisor!

Es würde mir imponieren.

Also hören Sie zu (er räusperte sich):

Soweit die Familienchroniken der Earls of Hathaway zurückgehen, kehrt von Erstgeborenem zu Erstgeborenem das gleiche dunkle Schicksal immer wieder.

Ein tötender Reif fällt auf das Leben des ältesten Sohnes an dem Tage, an dem er das einundzwanzigste Jahr erreicht, um nicht mehr von ihm zu weichen bis zu seiner letzten Stunde.

Verschlossen, wortkarg, gramvoll vor sich hinstarrend – oder tagelang auf einsamer Jagd – bringen sie auf Hathaway-Castle ihr Leben zu, bis wiederum der älteste Sprosse – mündig geworden – nach dem Gesetze sie ablöst und das traurige Erbe antritt. Früher noch so lebensfroh, sind sie dann mit einem Schlage wie verwandelt – die jungen Earls – und verlobten sich vorher nicht, später eine Gattin in ihr freudloses Heim zu holen, ist fast Unmöglichkeit.

Dennoch hat keiner von ihnen je Hand an sich selbst gelegt. Dennoch hat all diese Trauer und Qual, die keine Stunde mehr von ihnen wich, nicht genügt, auch nur in einem von ihnen den Entschluss zum Selbstmord reifen zu lassen.

Mir träumte einmal, ich läge auf einer Toteninsel – einer jener mohammedanischen Begräbnisstätten im Roten Meer, deren verkümmerte Bäume schneeweiß im Sonnenlicht leuchteten wie mit Milchschaum übergossen.

Ein weißer ›Schaum‹, der sich zusammensetzt aus Millionen von bewegungslos wartender Geier. Ich lag auf dem Sandboden und konnte mich nicht rühren. – Ein unbeschreiblicher, entsetzlicher Verwesungsgeruch wehte warm aus dem Innern der Insel zu mir.

Die Nacht brach herein. Da wurde der Boden lebendig, – aus dem Meer eilten durchsichtige Taschenkrebse von erschreckender Größe lautlos über den Sand; – hypertrophiert von der Mästung an menschlichem Aas.

Und einer von ihnen, träumte mir, saß an meinem Halse und sog mir das Blut aus.

Ich konnte ihn nicht sehen, mein Blick erreichte ihn nicht, – nur ein trüber, bläulicher Schein fiel auf meine Brust – von der Schulter her – wie das

Mondlicht durch den Krebs schimmerte, der so durchsichtig war, dass er kaum mehr einen Schatten warf.

Da betete ich zu dem Meister in meinem Innern, er möge erbarmungsvoll das Licht meines Lebens verlöschen.

Ich rechnete aus, wann mein Blut zu Ende sein könnte, und hoffte doch wieder auf die Sonne des fernen Morgens. – – – – So denke ich mir, wie in meinem Traum, muss auch im Leben der Earls von Hathaway noch ein leises Hoffen glimmen in all ihrer weiten, dunklen Trostlosigkeit. Sehen Sie, – den jetzigen Erben Vivian – damals noch Viscount Arundale – lernte ich persönlich kennen. Er sprach viel von dem Verhängnis, da sein zweiundzwanzigster Geburtstag nahe war, und fügte noch in lachendem Übermut hinzu, der Pest selber, – trete sie mit blauem Antlitz im entscheidenden Augenblick vor ihn, nach seinem Leben zu greifen – sollte es nicht gelingen, ihm auch nur eine Stunde lang Frohsinn und Jugend zu vergällen.

Damals waren wir in Hathaway-Castle.

Der alte Earl jagte seit Wochen im Gebirge; – ich habe ihn nie zu Gesicht bekommen. –

Seine Gemahlin – Lady Ethelwyn – Vivians Mutter, sprach, – gramvoll und verstört, – kaum ein Wort.

Nur eines Tages, – ich war mit ihr allein in der Veranda des Schlosses und, um sie aufzuheitern, erzählte ich ihr von den vielen tollen und lustigen Streichen ihres Vivian, die doch die beste Sicherheit für seine fast unzerstörbare Heiterkeit und Sorglosigkeit böten, – da taute sie ein wenig auf und sagte mir allerlei, was sie selbst über das Verhängnis teils in den Familienaufzeichnungen gelesen, teils selbst gesehen und entdeckt hatte in den vielen Jahren ihrer langen einsamen Ehe. –

Schlaflos lag ich damals die Nacht und konnte die seltsamen, schreckhaften Bilder nicht bannen, die die Worte der Lady Ethelwyn vor meine Seele gerufen hatten: – Im Schlosse sei ein geheimes Gemach, dessen verborgenen Zugang außer dem Earl und dem Kastellan – einem finsteren, scheuen Greise – niemand kenne.

Dieses Zimmer müsse an dem gewissen Zeitpunkte der junge Erbe betreten.

Zwölf Stunden bleibe er darin, um es dann bleich – ein gebrochener Mann – zu verlassen. –

Einmal war der Lady der Einfall gekommen, aus jedem Fenster ein Wäschestück heraushängen zu lassen, und auf diese Weise hatte sie entdeckt, dass immer ein Fenster ohne Wäsche blieb, also zu einem Gemach gehören musste, dessen Eingang unauffindbar war.

Weiteres Forschen und Suchen blieb vergeblich; die labyrinthartig angelegten alten Gänge des Schlosses hemmten jede Orientierung.

Zuweilen aber, immer zur selben Jahreszeit, überkomme jeden das bedrückende undeutliche Empfinden, als sei für eine Zeit in Hathaway-Castle ein unsichtbarer Gast eingezogen.

Ein Gefühl, das sich allmählich – vielleicht durch eine Kette ungewisser unwägbarer Anzeichen verstärkt – zur grauenvollen Gewissheit steigert. –

Und als Lady Ethelwyn in einer Vollmondnacht, von Schlaflosigkeit und Furcht gequält, in den Schlosshof hinabblickte, nahm sie in grenzenlosem Entsetzen wahr, wie der Kastellan eine gespenstische, affenähnliche Gestalt von schauerlicher Hässlichkeit, die röchelnde Töne ausstieß, heimlich umherführte. –«

Mr. Dowd Galagher schwieg, legte die Hand vor die Augen und lehnte sich zurück.

»Diese Bilder verfolgen mich heute noch«, setzte er seine Schilderung fort, »ich sehe das alte Schloss vor mir, wie ein Würfel gebaut, – inmitten einer in seltsam geschweiften Linien angelegten Parklichtung – von traurigen Eichenbäumen flankiert.

Ich sehe wie eine Vision die wäschebehängten Bogenfenster und ein dunkles, leeres dazwischen. Und dann – dann –.

Ja richtig, etwas habe ich Ihnen zu sagen vergessen: Immer wenn die Anwesenheit des unsichtbaren Besuchers fühlbar wird, durchdringt eine schwache, unerklärliche Ausdünstung – ein alter Diener behauptete, sie röche ähnlich wie Zwiebel – die Gänge des Hauses.

Was das alles bedeuten mag?!

Wenige Wochen, nachdem ich Hathaway-Castle verlassen, drang das Gerücht zu mir, Vivian sei tiefsinnig geworden! Also auch der!

Dieser Tollkopf, der einen Tiger mit bloßen Fäusten angegangen hätte!!

Sagen Sie mir, haben Sie eine Erklärung, meine Herren?

Wäre es ein Spuk, ein Fluch, ein magisches Spektrum, die Pest in eigener Person gewesen, – um Gottes willen doch wenigstens einen Versuch zum Widerstand hätte Vivian –«

Das Zerklirren eines zerbrochenen Glases unterbrach den Erzähler.

Wir alle sahen erschreckt auf: Ezechiel von Marx saß kerzengerade und steif in seinem Sessel – die Augachsen parallel. – – Somnambul!

Das Weinglas war ihm aus der Hand gefallen.

Ich stellte sofort den magnetischen Rapport mit Marx her, indem ich ihm über die Gegend des Sonnengeflechtes strich und flüsternd auf ihn einsprach.

Bald war der Somnambule soweit, dass wir uns alle mit ihm durch kurze Fragen und Antworten verständigen konnten, und es entspann sich folgende Unterhaltung:

Ich: »Haben Sie uns etwas zu sagen?«

Ezechiel von Marx: »Feiglstock.«

Mr. Dowd Gallagher: »Was heißt das?«

Ezechiel von Marx: »Feiglstock.«

Ein anderer Herr: »So seien Sie doch deutlicher!«

Ezechiel von Marx: »Feiglstock Attila, Bankier, Budapest, Boulevard Nr. 7.«

Mr. Dowd Gallagher: »Ich verstehe kein Wort.«

Ich: »Hängt das vielleicht mit Hathaway-Castle zusammen?«

Ezechiel von Marx: »Ja.«

Ein Herr im Frack: »Was ist die affenähnliche Gestalt im Schlosshof mit der röchelnden Stimme?«

Ezechiel von Marx: »Dr. Max Lederer.«

Ich: »Also nicht Feiglstock?«

Ezechiel von Marx: »Nein.«

Der Maler Kubin: »Wer ist also Dr. Max Lederer?«

Ezechiel von Marx: »Advokat und Kompagnon von Feiglstock Attila, Bankier in Budapest.«

Ein dritter Herr: »Was will dieser Dr. Lederer in Hathaway-Castle?«

Ezechiel von Marx (murmelt etwas Unverständliches).

Der Maler Kubin: »Was haben denn die Earls von Hathaway mit der Bankfirma Feiglstock zu tun?«

Ezechiel von Marx (flüsternd in tiefer Trance): »– von Anbeginn – – ›Geschäftsfreunde‹ der Earls.«

Ich: »Worin wurden die Erben des Earltitels an dem gewissen Tage eingeweiht?«

Ezechiel von Marx (schweigt).

Ich: »Beantworten Sie doch die Frage.«

Ezechiel von Marx (schweigt).

Der Herr im Frack (brüllend): »In was sie eingeweiht wurden?«

Ezechiel von Marx (mühsam): »In das Fami– – in das Fami–lienkonto – – –«

Mr. Dowd Galagher (nachdenklich vor sich hin): »Ja so!! – In das Fami–lienkonto.«

Das Wildschwein Veronika

Ein dreifach geflochtener Kranz, niedergelegt
auf dem Altare schlichter Heimatkunst

I

Gärungen – Klärungen

Vom Alpensee wehte kühl der Odem des keimenden Morgens, und voll Unruhe irrten die Nebel umher auf den nassen, schlummernden Wiesen.

Kein Auge hatte Veronika, die Gezähmte, geschlossen die ganze Nacht und sich schlaflos hin und her gewälzt auf dem häuslichen Misthaufen. »Der Holzlapp' von Miesbach« von Xaver Hinterstoißer hatten sie drin im Saale gespielt gestern abend, und kein Auge war trocken geblieben, als so der »Pfarrer« dreiviertelstundenlang laut mit sich selber gekämpft.

»Das nenn' ich mir halt wahre Heimatkunst«, hatte der fremde Städter mit der krummen Hahnenfeder auf dem Hute, als er – aus dem Gasthause getreten – sich für einen Augenblick an den Misthaufen stellte, laut zu seinem Nebenmann gesagt und dabei voll Inbrunst vom Monde aufgeblickt. »Alles so grundwahr aus dem Volke herausgewachsen. Oh, Erdgeruch, du mein Erdgeruch. Und haben Sie auch beobachtet, Herr Meier, was für ergreifende Töne den Oberniedertupferseppl als ›Großknecht‹ zur Verfügung standen! Es ist doch kaum zu glauben! Dieser schlichte biedere Bauernsohn!«

»Ja, und gar der prächtige Schnackl-Franz. Dieses urwüchsige Dudludlduudl, so naiv und doch so innig – gar nicht mehr los werde ich die Weise«, hatte der andere freudig zugestimmt. Und dann waren beide wieder hineingegangen.

Dem Schwein Veronika auf seinem erhöhten Lager aber war kein Wort entgangen.

Stunde um Stunde verrann, und kein Schlaf kam mehr in seine Augen.

Der Mond war quer über den Himmel geschlichen; vorsichtig hatte der Misthaufen zuerst auf der linken Seite einen blauschwarzen Schatten herausgebleckt, ihn allmählich wieder eingezogen, dann rechts herausgebleckt – weiter, immer weiter, bis er endlich ganz und gar die Herrschaft über ihn verloren. Und nichts von alldem hatte das Schwein beachtet, wie doch sonst in hellen Nächten. So sehr jagten sich seine Gedanken!

Schon quoll der erregende Hauch des Morgengrauens aus der Erde, brutwarm stank es aus den Bauernhäusern, und immer noch grübelte Veronika. Grübelte und grübelte. Und Erinnerungen aus der Jugendzeit, an Alma, die liebliche Stiefschwester, und die andern – – alle – – alle, wurden wieder neu.

Gott, wie war es doch damals nur gewesen?! Richtig, richtig ja --- der schöne Mann mit der Ballonmütze aus schwarzer Seide und dem blanken Messer als Hüftzier war eines Tages gekommen und hatte Alma genommen. Und der Papa hatte gesagt: »Es ist ein Theaterdirektor, er hat Alma entdeckt.«

Und die Mama hatte gesagt: »Wegen ihrer rosa Hautfarbe kam er, - sie ist nicht wie ihr; - ach, und so verführerisch konnte halt das Mädchen mit dem Busen wogen. Sie wird bestimmt Koloratursängerin.«

Eine ganze Woche hatten sie dann allesamt auf dem Misthaufen gelegen und rastlos geübt, verführerisch mit dem Busen zu wogen.

Wohl war von Zeit zu Zeit, wenn die Kirchweih nahte, der Theaterdirektor mit der Mütze immer wieder gekommen und hatte zur Feier des frommen Festes ein Familienmitglied an den Ohren weggeführt, aber von Alma sprach er nie.

»Soll ich denn auch auf ihn warten?«, überlegte Veronika.

»Soll ich nicht?«

Unentschlossen zählte sie an ihren zwölf Knöpfen ab: soll ich, soll ich nicht --

Soll ich nicht! - kam heraus. Da erhob sich Veronika, schüttelte den Tau von den Borsten und blickte in den Himmel. Es gähnte der Morgen, rosenrot barst der junge Tag. Rosenrot. -- Wie Schminke.

Da frohlockte das Schwein ob des günstigen Zeichens. Und suchend blickte es umher.

»Ja, was wär' denn jetzt gar dös?! Ein grünwollenes Futteral liegt da?!«

Schnell biss er vier Stücke davon ab, zog sie über die Waden und setzte den Lampenschirm aufs Haupt, den grasgrünen, den die Wirtin neulich auf den Misthaufen geworfen hatte. So, und jetzt noch eine Träne: »Lebt wohl, ihr Berge, ihr geliebten Triften, --- ihr Wiesen, die ich wässerte --«, und im Trab zum Herrn Uhrmacher ging's, die zwölf Knöpfe versilbern lassen. Der machte das recht gern, wenn auch nicht billig, und sagte dabei ein- ums andere Mal: »A Pferdsketten mit a paar Pfund Eberzähnt, dös fehlet halt no, und auf 'm Huat den Pinsel fein nöt vergessen!«

Dann zottelte Veronika von dannen, nach Norden der Hauptstadt zu.

Die Vöglein pfiffen, es glitzerten die Gräser, und hie und da stank ein Bauernlackel vorüber.

Unendlich rollte sich die Landschaft auf. Dichte Wolken wirbelte Veronika aus dem weißen verdursteten Boden, dass die engbrüstigen Pappeln mit ihren staubigen Blättern so husten mussten. Schon war die Sonne rot wie ein Krebs, und immer noch, in weiter, weiter Ferne, lag der Dunst der Stadt.

Doch emsig trottete Veronika dahin; ihre versilberten Knöpfe klirrten.

Eine vornehme Equipage rollte vorbei; es saß ein feiner Herr darin mit seiner Dame, und als er das Schwein erblickte in Landestracht, da ging ihm das Herz auf. »Grüß Gott«, rief er leutselig, dann schloss er die Augen und gellte mit viereckigem Mund jjjjiiijach-hu-hu, so laut er konnte, dass die Pferde erschraken und einen kleinen Hopser machten.

Und zu seiner Dame gebeugt, sprach er bewegt von den Fährnissen der Berge, von dem tosenden Wildbach und – pfiff – paff – der flüchtigen Gämse. »Und riechst du es auch, Cläre? Das ist Scholle. Ackerduft! Und nicht mal gedankt hat das Deandl auf meinen Gruß! Ja, so sind sie alle, diese stolzen unverdorbenen Naturkinder! Treu wie Gold.« – –

II

Der Wurf gelingt

Nacht war's, halb zehn, fahl wie ein Knochen stierte der Mond von Himmel, da buchstabierte Veronika die Theaterzettel an der Ecke, und misstrauisch sah ein Schutzmann von weitem zu.

Wilhelm Tell (in volkstümlicher Bearbeitung),
D' Schmalzler Vroni (Hinterstoißer Zyklus),
Linzerische Bua'm,
Hüu–a–oa–hoahüa (Mundart),
Auf der Alm da gibt's koa Sünd',
Antonius und Cleopatra auf dem Dorfe

Das Wildschwein nickte befriedigt.

Dann tat es plötzlich einen furchtbaren Satz, warf den Schutzmann um, raste durch die Straßen und zur Seitentüre ins Theater hinein, durch lange Gänge kreuz und quer, trampelte den neuen Pappendeckel-Fafner kaputt, und fuhr dem Tenoristen Herrn Povidlsohn zwischen den Beinen durch, gerade als er hinter der Szene sang:

»Mit dem Feil, dem Boochen
durch Gebüsch und Dahl
kommt der Schütz gezoochen
frühüh, am Mohorgenstrahl.«

Der Vorhang war soeben in die Höhe gerauscht, hinter einem Leinwandfelsen kniete Wilhelm Tell, und das Publikum wartete gespannt auf einige Verse von ihm, ehe er aus dem Hinterhalt auf den ahnungslosen österreichischen Beamten abdrücken werde.

Da sprang das Schwein wie der Blitz auf die Bühne.

Und erst langsam, dann schneller, immer schneller vollführte es ein idiotisches Getrampel auf den Brettern.

Hie und da quiekte es schrill dazwischen.

Wilhelm Tell war geflüchtet und hatte sich laut weinend hinter die Kulissen verkrochen. Den Souffleur hatte der Schlag getroffen. Nur im Publikum rührte sich nichts.

Minutenlang kam kein Laut aus dem schwarzen gähnenden Rachen des Zuschauerraums.

Dann aber brach es los wie ein Erdbeben.

»Allppenkunscht, Allppenkunscht, der Dichter ischt sichcherlichch ous der Schwiez gsi«, röchelte ein Schweizer Kritiker ohne Hemdkragen.

Rechtschaffene Männer mit Hirschhornknöpfen wuchsen aus dem Boden, hinter wallenden Bärten, die blauen treu-dreieckigen Augen mit deutscher Biederkeit gefüllt.

Im Stehparterre war eine Druse pechschwarz gekleideter Oberlehrer aufgeschossen, und aus ihrer Mitte stieg ein hohler Ton ekstatisch zum Himmel an: »Anz Pfaderland, anz dojre, schlüs düch an.« Es war da des Patriotismus kein Ende mehr! Und der einzige Oscar-Wilde- und Maeterlinck-Verehrer der Stadt, ein degenerierter Zugereister, hielt sich zitternd in der Toilette verborgen.

Veronika war ein gemachtes Schwein von Stund an. Immer wieder musste es den famosen Schuhplattler wiederholen und Arm in Arm mit dem Herrn Regisseur unzählige Male vor der Rampe erscheinen.

Das Stück konnte gar nicht zu Ende gespielt werden, – Geßler blieb unerschossen zum großen Ärger der anwesenden Schweizer – und in den Korridoren noch wollte sich die Begeisterung nicht legen. Und fast wäre es zu Tätlichkeiten gekommen, als der Herr Charcutier Schoißengeyer aus Linz es wagte, mitten in den allgemeinen Enthusiasmus hinein bedenklich den Kopf zu schütteln und sich zu den Worten: »I woaß nöt, i glaub halt allaweil, 's is a Sau«, hinreißen zu lassen.

Veronikas Ruhm wuchs von Tag zu Tag. Ein »Veronikatheater« wurde gegründet, und Schliersee, Bayerns berühmte Jodlquelle, als mutmaßlicher Geburtsort der Künstlerin, war in aller Munde. Kein Stück dürfe mehr die

Zensur passieren, wenn es nicht mindestens 500 Meter über dem Meeresspiegel spielte, gellte der Schrei der Zeit.

An alle Fürstenhöfe drang die frohe Kunde, schon wieder sei die deutsche bodenständige Kunst auferstanden; – und selbst die scheue norddeutsche Herzogin Meta wurde aufmerksam und ließ sich berichten.

»Ach, lieber Graf«, so sagte eines Tages die hohe Frau, »wie heißt doch nur das neue urwüchsige Bauerndrama, das so allgemein gefällt? Der – – der – Seppell, – ach, es war ja aber noch 'ner Bezeichnung oder ein Vorname bei, der – – der – –«

»Es lässt sich nur unzulänglich ins Hochdeutsche übersetzen, Hoheit«, hatte da errötend der Zeremonienmeister erwidert. »Der äh, der äh, der – ›Fäkalien-Joseph‹, das käme dem Sinne noch am nächsten. Ein neu aufgefundenes Fragment«, fuhr er dann hastig fort, um das Peinliche des Eindrucks zu verwischen, »ein Fragment aus dem Nachlasse des leider allzu früh verewigten Volksdichters Hinterstoißer, voll packenden Realismusses und so ganz mitten aus dem pulsierenden Leben des Volkes geschöpft. Wie denn überhaupt Xaver Hinterstoißer es wie kein zweiter verstand, sich an die Natur anzulehnen. Ja, wahrlich, wahrlich: natura artis magistra.«

Und da hatte die hohe Frau neugierige Augen gemacht und sogleich die Reise nach Süddeutschland angeordnet, um nicht die letzte zu sein.

III

Stilles Glück

Wer kennt nicht Frau Veronika Schoißengeyers niedliches Landhaus draußen ganz am Ende der Vorstadt! Mit spiegelnden, fröhlichen Fensterlein guckt es gar schelmisch über die Flur, wenn Frau Sonne gütig herniederlacht.

Frau Veronika *Schoißengeyers* Villa.

Ja, staune du nur, schöne Leserin! *Frau* Veronika *Schoißengeyers Villa*. Denn kaum ein paar Jährlein, oder so, waren ins Land gegangen, seit wir Zeugen von Veronikas Triumphen gewesen, als die Künstlerin dem wackern Charcutier errötend zum Altare folgte.

Ja, ja, und du, lieber Leser, hättest es wohl auch nicht vermutet! Ja, ja, demselbigen Charcutier Schoißengeyer, der damals die unbedachte Äußerung tat.

Und was ihn betrifft, selbst heute noch, wenn der Wackere, – beut das Kirchweihfest frischfröhliche Lustbarkeit, – ein wenig zu tief in das Krüglein geguckt, kannst du ihn plötzlich ein gar ernsthaft Gesicht machen sehen, und hast du ein scharfes Ohr, werden dir auch gewiss seine gemurmelten Worte nicht entgehen: Ich woaß nöt, i glaub halt allaweil, 's is a Sau!

Doch du und ich, wir beide wissen nur zu gut, was er damit meint. Dass es nur Reminiszenzen sein können an jenen Abend, da sich Veronika in aller Herzen sang und tanzte. Ein erkleckliches Sümmchen war es, das da heute so rundliche, aber immer noch resolute Frauchen so ganz still und ohne viel Aufhebens durch ihre Kunst erworben hatte, ehe es den Brettern, die die Welt und – leider muss es gesagt sein – nicht immer die des Herzensreinen bedeuten, für immer Valet sagte, und von dessen Zinsen, nicht zu vergessen dessen, was der zielbewusste Gatte vordem durch nimmerrastender Hände Arbeit geschaffen, das Paar nun einträglich schaltete und waltete.

Und willst du jetzt, geneigte Leserin, Zeugin sein eines still-zufriedenen Glückes, – komm, folge mir in das behagliche Stübchen, wo Vater Schoißengeyer von des Tages Unrast und Mühsal verschnaufend, an dem grünen Kachelofen sitzend, der derben Stiefel entledigt, in den stets weißen blitzsaubern Socken die fleißigen Füße – die von treubesorgt emsigem Auf- und Niedergang in dem schmucken Anwesen so ermüdeten – Erquickung atmen lässt.

Frau Veronika, wie immer in der geliebten Tracht ihrer Heimat, wehrt den übermütigen Rangen, die, zwölf an der Zahl, bei der stämmigen Gestalt ihres Erzeugers doch alle der Mutter wie aus dem Gesicht geschnitten, sie jauchzend umdrängen. Gesteht, ist das nicht ein entzückendes Bild?! Ein erhebendes Symbol wahren dauernden Glückes zweier, die mit klarer Besonnenheit ihren gegenseitigen schlichten Wert erkannten und jedem Tande abhold, stets ihrem Stande, ihrem Stamme treu geblieben waren. Die nie zu hoch hinaus gewollt ins Unreale und flugs zugegriffen, wenn es galt, ehrlichen irdischen Vorteil beim Schopfe zu fassen. Oh, könnte sich unser Auge, wohin es in der Welt auch blicke, doch stets an solch inniger Vollkommenheit erlaben!

Doch jetzt geht das Öl der Lampe zur Neige, und alles sucht die schwellende Lagerstätte auf.

Nur Frau Veronika bleibt noch ein Weilchen und gedenkt im stillen der beweglichen Vergangenheit, der nahen und doch, ach, so fernen.

Wie ihr guter Mann verlegen die Ballonmütze in den Händen gedreht, damals, und sie ihm ohne viel Federlesens um den Hals gefallen war. Und der Ärger des verschmähten Freiers, jenes windigen Gecken, dem es ja doch nur um ihr Geld zu tun gewesen.

Und dann die Hochzeit! Die Hochzeit in Linz, der Vaterstadt ihres Schoißengeyer – –!!

»Brock' mer uns a Sträuß-la,
Steck' mer's uns aufs Hüat-la.
So san mir Landsleut',
Linzerische Bua'm – –«

Frau Veronika wiegte summend das Köpfchen, und ihre Augen wurden feucht.

Wiederum, als sei es eben erst gewesen, sah sie im Geiste die Deputation des oberösterreichischen Dichterbundes feierlich auf sich zuschreiten und ihr die Ehrengabe überreichen, einen breiten, wunderschönen roten »Andreas-Hofer«-Gürtel und dazu, – wie der Sprecher schelmisch hervorhob, für ihren künftigen Erstgeborenen einen prachtvollen künstlichen Kropf aus fleischfarbenem Leder zum Umschnallen, falls ihn dereinst die Zünfte zum Abgeordneten für die Alpenländer wählen sollten. Rasch sich in die Lage findend, hatte Veronika damals in schmuckloser Einfachheit das »Zu Mantua in Banden« vorgetragen, und als sie mit dem herzzerreißenden Wehruf:

»Franzosen, ach, wie schießt ihr schlecht«

schloss, da wischten sich die bärtigen Männer mit den rauen Handrücken über die Augen.

Es ging ein Schluchz durch Österreichs Gaue!

Selig lächelte Frau Veronika vor sich hin. Dann sehnte auch sie sich nach der labenden Ruhe des Schlummers an der Seite des geliebten Gatten –

»Sie nimmt das Licht und geht zu Bett
Und spricht: der Abend war so nett.«

Schlussgesang

Und wir? Lasset uns kommen zu Hauf allesamt und dem Wildschwein Veronika ein treulich Andenken bewahren auch fürder. Und drohe auch welsche Art wie nächtlich grimmer Wolf unsere Hürde zu beschleichen, die tückischen Krallen zu wetzen nach dem Hort teutscher Kunst, – nein, Herz, sei unverzagt, nimmermehr sollen sie es uns entfremden – die Pierre Lotis, die Oscar Wildes und Maeterlincke, die Strindberge, Wedekinde und der grämliche Ibsen und wie sie alle heißen mögen, diese ausgestoßenen Stiefkinder bodenständiger unverfälschter Fabulierkunst, – nimmermehr entfremden das holde, innigschlichte Bild

unserer, unserer, unserer Veronika. Das walte Gott!

Izzi Pizzi

Die letzte Sehenswürdigkeit, die ich auf einer Gesellschaftsreise zu mir nahm, war das »goldene Dachl« in Innsbruck gewesen.

Seitdem habe ich bei Vishnu geschworen, nichts dergleichen mehr zu besichtigen.

Ich gebe lieber ganz offen zu, dass ich ein verkommener Mensch bin, der kein Interesse an den Dingen hat, die die Nation mit Stolz erfüllen – den selbst die erbeutetsten Kanonen langweilen und dessen Herz auch beim Anblick der Spitzenbinden Klothilde der Keuschen nicht höher schlägt. So ein Kerl wie ich weiß nichts besseres zu tun, als auf einer Reise in den Straßen herumzubummeln, Leute zu betrachten, stundenlang auf dem Tandelmarkt zu stehen oder in Schaufenster zu gucken.

So hatte ich es auch wieder einmal den ganzen Tag getrieben, und als der Abend kam, zog ich meinen Kompass aus der Tasche und schlug jene Richtung ein, die am schnellsten und sichersten weg von dem Theater der Stadt führt. – Ein zweites Theater gab es bestimmt nicht, das hatte mir ein Polizeimann auf Ehrenwort versichert, und so war ich denn ganz beruhigt. –

Nicht lange, und ich studierte das auffallende Plakat der »Wiener-Orpheum-Gesellschaft« beim Schein der darüberhängenden roten Laterne:

»Izzi Pizzi, die reizende jugendliche Chansonette, genannt der ›Stolz von Hernals‹, debütiert heute abermals«, so las ich, schlug an meine Brust, ob ich meine Brieftasche auch ganz sicher bei mir habe, und betrat mit dem entschlossenen Schritte des Wüstlings das »Schwarze Ross«. So wurde das Lokal genannt – offenbar nach dem bärtigen Besitzer, der mir eine Glastür wies. –

Ein langes, schmales Zimmer, gesteckt voll. – Ich setze mich an jenen Tisch, der mit »reserviert« bezeichnet ist und daher dem Kenner sagt, dass hier nur Wüstlinge sitzen dürfen. –

Soeben betritt Izzi Pizzi das Podium und singt das herrliche Lied: »Ja, mir von Lerchenfeld, mir san hussarisch g'stellt.« – Bei dem Worte Lerchenfeld produzierte sie jedes Mal eine Armbewegung von unnachahmlicher Grazie, tritt mit dem linken Fuß zurück und stellt ihn auf die Spitze.

Die oder keine, flüstert mein pochendes Herz.

Ich rufe dem Zahlkellner, zückte einen Silbergulden und lade die Schöne zum Souper. – Halb Zwölf Uhr, und die Vorstellung wird gleich zu Ende sein. –

Etelka Horváth, ein schwarzes Ungarmädel, schlank wie eine Gerte, stampft noch die Schlusstakte eines wunderschönen Csardas und heult ä und ö dabei. –

»Die Dame wird sofort erscheinen«; meldet der Kellner.

Ich setze den Hut auf, lasse meinen Überzieher im Stich und gehe über den Hof ins Chambre »separé«. –

Es ist bereits gedeckt.

Für *drei* Personen? – Aha, der blödsinnige Trick mit der Gardedame! –

Und dann viererlei Gläser? Pfui Teufel! – Was kann man dagegen tun? – Ich versinke in dumpfes Brüten. –

Ein rettender Gedanke: »Sie, Oberkellner, schicken Sie sofort zu Franz Maader, Weinhandlung in der Eisengasse, um eine große Steinflasche Otschischciena, verstehen Sie? Otschischciena – O–tschisch–ciena!«

Ein Geräusch an der Türe!

Ein fraisfarbener Mantel mit wabernden blonden Federn und einem blauen Mühlstein tritt ein. – Ich mache drei Schritte auf das Phantom zu und verbeuge mich ernst und feierlich.

»Izzi Pizzi«, stellt sich der Mantel zuerst vor.

»Baron Semper Saltomortale vom Vorgebirge Athos«, erwidere ich ruhig und würdevoll.

Zwei blaue, große Augen schauen mich misstrauisch an. – Ich reiche der Dame den Arm und führe sie zu Tisch.

Was ist denn das?! Ein schwarzer Seidenklumpen mit Schmelztropfen sitzt bereits dort? – Ich reiße die Augen auf: Teufel! Bin ich verrückt geworden? Oder war die Alte am Ende im Klavier versteckt gewesen?

Ich schiebe der Schönen den Sessel unter.

Er ist wirklich ein Ausländer, denkt sie.

»Meine Erzieherin«, stellt sie die Alte vor, »Sie gestatten doch.«

Der Kellner kommt herein, ich stürze ihm entgegen und stelle ihn noch an der Tür: »Sie, ich zahle weder Schusterrechnungen, noch etwaige gestrige Zechen – und dann: die Krachmandeln ohne Schale, verstanden – dass mir keine Vielliebchen drunter sind, überhaupt ...«

Der Kellner zwinkert verständnisvoll mit dem rechten Auge; – ich drücke ihm ein Trinkgeld in die Hand, wie es sonst nur regierende Herzöge bekommen.

»Und den Stock hängen Sie mir auch her«, setzte ich laut hinzu, damit die Damen keinen Verdacht schöpfen.

Izzi Pizzi bestellt selbst: »Zuerst bringen's Kaviar – bringen S' gleich die ganze Blechbüchs'n, damit man nöt immer klingeln muss ...«

»Kaviar ist sehr gesund«, wendete sie sich zu *mir* und wirft mir einen Glutblick zu. –

»In meiner Heimat trägt sogar jeder Gentleman eine Zitrone bei sich«, fügte ich verständnisinnig hinzu.

»Der Kaviar ist leider ausgegangen, vielleicht Ölsardinen gefällig?«, sagt der Kellner.

Izzi Pizzi fährt auf: »Aber draußen steht doch noch eine ganze Büchse voll!«

»Da ist Schrott drin, Fräulein«, erwidert der Wackere, eingedenk meines erhaltenen Trinkgeldes. –

»Also Krebse – zwölf Stück!«

»Izzi ist ein seltener Vorname«, sage ich zu ihr, als sie mit dem Bestellen endlich fertig ist.

»Izzi ist nur mein Bühnenname, eigentlich heiße ich Ida. – So eine, wie d' Ida war noch nie da«

»Geistreich, wie alle Wienerinnen, mein Fräulein.«

»Das sagt der Graf auch immer, nöt wahr, Izzi?«, wirft die Alte mit süßlicher Miene dazwischen.

»Der Graf, der immer so eifersüchtig ist?«, frage ich.

»Sie wissen ...?«

»Grafen sind immer eifersüchtig«, ist meine Antwort.

Ich behandle die Chansonnette wie eine grande dame und lege noch nie gesehene exotische Manieren an den Tag.

Der Alten tritt bereits der Schweiß auf die Stirn – von dem ewigen, verbindlichen Lächeln.

Izzi heuchelt verhaltene Glut und hängt rachsüchtig im Geiste an die Zahl, die sie in Verbindung mit meinem Portemonnaie im Gedanken trägt, eine Null an.

»Multiplizieren Sie mit fünf«, fahre ich unvermittelt heraus. –

Entsetzt zuckt die Kleine zusammen; »Wie kommen Sie darauf? Was sagen Sie da?«

Kann er Gedankenlesen? denkt sie.

Die Gardedame glotzt mich stier an und scheint zu glauben, ich sei verrückt geworden. Ich sinne nach irgend einer unklaren Antwort, da bringt der Kellner die Krebse.

Die beiden »Damen« warten verlegen auf mich, was ich wohl Seltsames mit den Krebsen beginnen werde.

Ich lasse sie warten und putze sorgsam mein Monokel.

Die Alte hüstelt und rückt an ihrem Schmelzskalp. Die Junge nestelt an ihrer Bluse.

Endlich erbarme ich mich, blicke schmerzlich auf meine Fingernägel, nehme einen Krebs und wickle ihn in meine Serviette, die ich sodann vor mich auf den Tisch lege. –

Izzi hat es mir bereits nachgemacht, nur die Alte traut sich noch nicht recht. Dann schlage ich mit der Faust darauf und wickle den zertrümmerten Krebs wieder aus.

Die Alte ist starr vor Staunen. »Krebsflecken gehen nicht aus der Wäsche«, fährt es ihr heraus.

»Kusch«, murmelt halblaut die Junge und gibt ihr einen Fußtritt unter dem Tisch.

In meinem Herzen gärt die Hölle.

»Der Rheinwein war sauer, und der Burgunder hat an Stich g'habt«, hat die kleine Ida gesagt, ganz glücklich, dass das dumme Essen vorbei und mit ihm die Gelegenheit, sich arg zu blamieren.

Die Alte hat nur geknabbert.

Siehst du, alte Bestie, denke ich mir, hättest du Mythologie studiert, so wüsstest du jetzt, was der gottselige Tantalus damals gelitten hat!

Aber jetzt kommt der Sekt, du dummer Fex, und *trinken* kann jeder wie er will, da gibt's keine Arabesken, denkt sich die Alte und wirft mir einen grünen Blick zu.

»Kühlen Sie vorläufig nur eine Flasche Pommery, goût américain, Kellner; wir werden dann zu einer anderen Marke schreiten, und jetzt entkorken Sie mal den Steinkrug da und bringen Sie zwei mittelgroße Wassergläser dazu – eines für die gnädige Frau! – Ihnen, mein Fräulein, wage ich nicht anzubieten«, wendete ich mich zu Izzi, »es erhitzt das Blut ein wenig.«

»Was ist denn da drin?«, fragt die Kleine neugierig.

»Otschischciena – Tischwein auf Deutsch, ein russischer Labetrunk, den wir immer vor dem Champagner nehmen – Damen und Herren –, sieht genau aus wie gewöhnliches Wasser, – Sie sehen«, sagte ich und schenke das Glas der Alten voll. Das meinige fülle ich unbemerkt mit wirklichem Trinkwasser.

»Man muss das Ganze auf einen Ruck hinunterstürzen, sonst leidet der Geschmack darunter; ich werde mir erlauben, es Ihnen vorzumachen, gnädige Frau – sehen Sie, so ...«

Ich weiß nicht, woraus Otschischciena gemacht wird, ich weiß auch nicht, ob der Erfinder dieses Getränkes überhaupt ein lebender Mensch war, ich weiß nur eines: rauchende Salpetersäure ist lauwarmes Weihwasser dagegen.

Ein Gefühl des Mitleides beschlich mich, wie ich sah, dass die alte Frau das volle Glas wirklich so hinunterstürzte.

Selbst Chingagook, der große Häuptling der Mohikaner, wäre tot zusammengebrochen.

Die Gardedame aber verzog keine Miene, sie hatte die Augen niedergeschlagen und griff nach ihrer Frisur.

Sie wird jetzt eine lange Hutnadel hervorziehen und sie mir ins Herz bohren, denke ich mir. Doch nichts Ähnliches geschieht. Die Alte schaut mir voll ins Gesicht mit dankbarem Blick: »Wirklich ausgezeichnet, Herr Baron.«

»Ich möchte auch einmal kosten«, lispelt Izzi, und macht einen kleinen Schluck.

Dann fischt sie ein hineingefallenes Insekt aus dem Glas und trällert so gewiss: »Die Flieg'n kommt mir *spanisch* vor, *spanisch* vor, *spanisch* vor.«

Ich lasse mich aber nicht aus der Rolle bringen und bleibe so konventionell wie zuvor.

Als Izzis Knie das meine drückt, sage ich Pardon und werfe einen scheuen Blick auf die »Erzieherin«. Das wird der Kleinen zu dumm, und sie schickt die Alte endlich ärgerlich schlafen. Ich lege der Gnädigen den Steinkrug an die Brust und wünsche ihr eine recht geruhsame Nacht. –

Also jetzt werden sie der Reihe nach kommen, die alten bekannten Geschichten: Dass es Ida auch nicht in die Wiege gesungen worden war, und so; dass sie sich einem Kavalier hingab, nur um ihres Bruders Spielschulden zu decken. Die Alte, die eben ging, stammte noch aus der Zeit, als sie selbst, noch ein Wildfang, sich auf den herrschaftlichen Gütern ihres Vaters herumgetummelt; eine alte treue Dienerin! – Und wie sie den Grafen hasse, der sie so eifersüchtig bewacht, – nur ein paar Gulden in der Hand, um einige kleine Schulden: Schusterrechnung und dergleichen, zu bezahlen, die sie zu stolz ist, ihm einzugestehen – und sie würde ihm auf der Stelle den Laufpass geben. – Und dann die Kolleginnen! – Ach Gott, schamlose Dinger – besser, gar nicht davon zu reden! –

Ich sehe Izzi forschend an. – Richtig, sie hat ein ernstes Gesicht aufgesetzt und macht bereits Märchenaugen.

»Etelka Horváth ist heute Abend das letzte Mal aufgetreten, das Publikum hat schon gezischt«, beginnt sie.

Aha, denke ich mir, Abwechslung macht das Leben schön; die fängt einmal von hinten an.

»Heute schläft sie schon drüben im Hotel Bavaria, die – die – – na – die Ungarin. – Ich selbst wohne hier im Hause, im schwarzen Ross, oben im ersten Stock. – Von sieben Uhr abends darf ich weder ausgehen, noch auch Besuche auf meinem Zimmer empfangen. Der Graf ist ein elender Tyrann«, fährt sie fort.

»Und dann ist es obendrein Polizeivorschrift«, werfe ich träumerisch ein.

»Auch das«, gibt sie verlegen zu, »aber von 9 Uhr früh an kann man mich besuchen, – bis 12 Uhr liege ich im Bett!«

Pause. Mein Fuß streift den ihren.

Sie lehnt sich zurück, sieht mich durch halbgeschlossene Lider an, knirscht mit den Zähnen und beginnt hastig zu atmen. –

Ich reiße sofort den Federnmantel von der Wand und lege ihn um ihre Schultern: »Sie müssen sich schlafen legen, liebes Kind, Sie fiebern ja förmlich?«

Wir gehen über den Hof zurück zum Stiegenhaus.

Beim Portier bleibt Izzi zum Abschied stehen: »Gehen Sie schon nach Hause oder noch ins Café, Baron?«

»Ich muss morgen zeitlich aufstehen und gleich um neun Uhr einen Besuch machen«, antworte ich, und schaue ihr tief in die Augen; »ich habe heute abend mein Herz verloren, – aber werden Sie auch nichts verraten?«

Die Kleine schüttelt unsicher den blauen Sammetmühlstein.

»Dann will ich es Ihnen anvertrauen: Ich bin ganz weg in die süße Erika, Ihre reizende Kollegin.«

Izzi fegt die Treppe hinauf, ich aber stehe seelenvergnügt und pfeife mir eins:

»Denn die Rose –
Und das Mädchen –
Will betro-gen –
Sein.«

Die Erstürmung von Serajewo

(Aus meinen Kriegsjahren)

Nervi, im Juli 1908
Der Herbst zog ins Land, und, wie der Dichter sagt, die schönen Tage von Arranguetz waren schon vorüber. Wir saßen grad im Café Fensterl - ich denk es noch wie heut - ich und mein Freund, der Oberleutnant vom dreiundzwanzigsten, Stankowits, und schauen, ob net ein fesches Weib vorübergeht.

Was machst du heut, Stankowits, frage ich, ich geh »bacc«. - Ich? Ich geh »privat«, sagt der Stankowits, und da geht auch schon die Glastür vom Kaffeehaus und herein stürzt der Hauptmann in Evidenz dreiundsiebzigstes Feldjägerba'on Franz Matschek.

»Wisst' ihr's schon, Krieg is, Krieg is«, ruft er noch ganz atemlos. Was denn, wir beide, ich und der Stankowits springen erregt auf, und der Stankowits ruft in der ersten Verwirrung: »Zahlen.«

»Herr Hauptmann, irrst du dich auch nicht?«, sag ich und stell mich in Positur.

Es war aber kein Irrtum.

Keine Feder vermag zu schildern, was damals in der Brust von einem jeden von uns vorging. Krieg, Krieg, es ist halt doch eine gräuliche Sach, so wie ich jetzt in reifen Jahren drüber denk!

Ich war noch ein blutjunger Leutnant, und es zog mir doch ein wenig das Herz zsamm, wenn ich an das liebe Elternhaus dachte.

Und es waren so friedliche Zeiten gwesen, und die Nachricht des Krieges kam wie der Blitz.

Wie bekannt, saß damals unser Allerhöchster Kriegsherr Alois der Dritte, der Gütige, auf dem Throne. »Lang, lang ists her, jetzt ruht er in steinernen Särgen!«

Durch intime Beziehungen, die ich damaliger Zeit zu einer hohen Person unterhielt - pardon, die Diskretion verbietet mir, Details anzugeben -; erfuhr ich ganz Genaues über den Ursprung und so weiter und so weiter des Krieges und wurde so einer der wenigen Sterblichen, die tiefer in dies Blatt der Weltgeschichte zu blicken vermochten.

Die Kriegserklärung erfolgte, wie allgemein bekannt, am einunddreißigsten September denkwürdiger Erinnerung.

Es war grad Rindviehausstellung. Um Schlag elf sollte eröffnet werden. Die Prachtochsen aus allen Gauen der Monarchie standen schon bekränzt beisamm und man wartete nur noch auf das Allerhöchste Eintreffen unseres geliebten Kriegsherrn.

Endlich fuhr der Galawagen vor.

Einen Augenblick später stand die hohe Gestalt Alois' III. weithin sichtbar auf der Estrade. Drei Schritte hinter ihm in goldstrotzender Uniform die hohe Person, von der ich schon sprach und später alles genau erfuhr.

Unauffällig zog unser Allerhöchster Kriegsherr aus der rückwärtigen Tasche ein Stück Papier und sah verstohlen auf die Inschrift:

»Diese Brücke ist dem Volke«, hörte man ihn murmeln, »nein, das ist es nicht« – und er holte eine andere Karte hervor: »Hurra« (Nein, die ist es auch nicht.)

Dann kam eine blaue mit dem Satze: »So läute denn, Glocke, fürder.« (Sapperlot, wieder falsch.)[1]

Der Monarch wurde bereits nervös und man konnte bereits deutliche Zeichen Allerhöchster Ungeduld wahrnehmen.

Ein neues Billett: »Sehen Sie nur zu, dass die Verhältnisse so rasch wie möglich zu einem gedeihlichen Ende kommen.«

(Der verflixte Franz hat mir schon wieder die Zetteln durchanandbracht.)

Ein letztes Mal tauchte die Allerhöchste Hand in die rückwärtige Tasche. – Ein rotes Billett! Ein Augenblick furchtbarer Spannung, – – und klar und fest hallte die Stimme des Herrschers, den gordischen Alexanderknoten mit einem entschlossenen Ruck zerhauend, über die Köpfe der Menge hin: »*Ich – erkläre – den – Krieg!*«

Ehe irgend jemand noch so recht zur Besinnung kommen konnte, hatte der Monarch bereits elastischen Schrittes, gefolgt von der »hohen Person«, die Estrade verlassen.

Die Herren vom Generalstab, die vollzählig beisammenstanden, waren eine Weile in tiefster Ratlosigkeit. Erst unser unvergesslicher Feldzeugmeister Topf Edler von Feldrind, damals der feinste Kopf unserer Armee, rettete, wie schon so oft in ähnlich kritischen Lagen, die Situation mit den entschlossenen Worten:

»Meine Herren, jetzt da muaß wos gschehn.«

Und einen Augenblick später brauste auch schon die Volkshymne durch den Ausstellungsplatz.

Eine Begeisterung, von der man sich nach so viel Jahren kaum mehr eine Vorstellung machen kann, loderte auf. Das Rindvieh riss sich los und raste

[1] Historisch, bitt schön.

umher, die Prachtochsen waren kaum mehr zu halten; und stärker, immer stärker aus tausend Kehlen schwoll der Ruf: »Alois, der Dritte, der Gütige, er lebe hoch!« – Dazwischen, wie Raketen aufsteigend, gellten grimmige Verwünschungen auf den Feind.

Wie stets in solchen Fällen, wanns gilt »zu den Waffen«, griff die Begeisterung in wenigen Stunden auf das ganze Land über. – – Keiner wollte da zurückstehen. Selbst der Geringste brachte seinen goldenen Ehering zum Altar des Vaterlandes und tauschte ihn gegen einen eisernen Gardinenring um. – Die Mädchen zupften Tag und Nacht (Scharpien oder wie man das nennt.) Und was die vornehmen Damen waren, arrangierten einen Basar mit Busseln für das rote Kreuz. Pardohn den Ausdruck, aber es war eigentlich eine Gaudi. Ich denk es noch wie heute! – –

Trotz des Ernstes der Lage mussten wir damals insgeheim oft lächeln.– – –

Es war halt doch eine fesche Zeit!

Also, die ganze Woche denkwürdigen Datums war das Palais des Kriegsministerium taghell erleuchtet gwesen. – Vor den Toren wogte die aufgeregte Volksmenge auf und ab, und die Polizeibeamten hatten die größte Mühe, im Schweiße ihres Angesichts den freien Verkehr zu verhindern.

Wie ich später von der angedeuteten hohen Person unter Diskretion erfuhr, hatten sich die Herren vom Generalstab lang net einigen können, gegen welche Macht eigentlich der Krieg geführt werden sollte.

»Montenegro, Montenegro«, schrien fast alle, als der vorlesende Major Auditor beim Buchstaben M angelangt war, und nur der Hartnäckigkeit der besonneneren Herren ist es zu danken, die immer wieder betonten, dass in der Armee die erforderliche Beweglichkeit des Trains infolge gerade jetzt im Gange befindlicher Reorganisation desselben immerhin zu wünschen übrig ließe, und dass man sich gerade jetzt, wo es gelte, der vaterländischen Ruhmesgeschichte nach so langer Zeit wieder ein neues grünes Reis zuzufügen, vor jedem Wagnis sorgsam zu hüten habe, – – also dieser Hartnäckigkeit der besonneneren Herren ist es zu danken, dass man sich schließlich auf – – Thessalien einigte.

Dort hatte Menelaus Karawankopolous den Thron inne, und dass er – bekanntlicher geringer Herkunft – der einzige Souverän war, der nicht mit die andren Herrscherhäuser verwandt war, gab den Ausschlag.

Erst in früher Morgenstunde des letzten Wochentags aber wurde abgestimmt und der Beschluss gefasst, »über Auftrag eines hohen Kriegsministeriums wolle eine sub adressa p. t. Staatsdruckerei die Fertigstellung des neuen Generalstabskarten, insbesondere der die im Osten an die benachbarten Länder angrenzenden Militärstreifen betreffenden unverzüglich und nach Tunlichkeit beschleunigen.«

Damit war der Würfel gefallen.

»Alea jacta est«, wie unser verewigter Oberst Chiçier immer zu sagen pflegte.

In unbeschreiblicher Erregung warteten wir alle Herren unterdessen in der Kasern auf den kommenden Befehl von oben.

Wir hatten Bereitschaft und seit neun Uhr abends stand die Mannschaft in voller Marschadjustierung in Reih und Glied im Kasernenhof.

Endlich um sieben Uhr früh, nie im Leben werd ich den Augenblick vergessen, kam der Befehl: »Zum Bahnhof!«

Und unter dem althistorischen »Tataramm, Tataramm Tataram, Tataraa, – Tataramm, tataramm, tataram« – – ging's durch die Stadt.

Mir schlug das Herz bis zum Halse hinauf. –

– – – »eine Kugel kam geflogen, gilt sie mir oder gilt sie dir« – hab ich sofort summen müssen, wie wir so marschiert sind. – – –

Eine halbe Stunde später waren wir einwaggoniert.

Unser Regiment (Oberst Chiçier) war, wie wir bald wahrnahmen, an den Bodensee kommandiert.

Das hatte nämlich seinen guten Grund.

Kaiser Karawankopolous, dessen früherer Name eigentlich Franz Maier gwesen, hatte vor seiner Thronbesteigung bekanntlich mit seinem Bruder Xaver zusamm eine Brigantenschar befehligt. Xaver war dann in die Schweiz gangen und hatte sich als Hotelier selbstständig gemacht. Da durfte naturgemäß der Gedanke, dass zwischen Thessalien und der Schweiz eine feine diplomatische Fäden spönnen, im Auge behalten werden.

Unser Regiment hatte die Aufgab, das hatten wir bald heraußen – koste es auch den letzten Mann – die Landung der beiden schweizerischen Kriegsschiffe »Douceur« und »Wilhelm Hô-Tell« zu verhindern, die sich unter allerhand ränkevollen Manövern und unter dem Vorwand, lediglich dem friedlichen Renken- und Weißfischfang obzuliegen, Tag und Nacht in bedrohlicher Nähe unseres Gestades hielten. Stündlich nahm unser Oberst die Berichte der Spione aus Feindesland entgegen.

Ja, es waren Tage aufreibendster Erregung!

Da verlautete, die Schweizer hätten sofort im ersten Schrecken, als es hieß, die Kaiserlichen kommen, sämtliche Kühe des Landes mit dem »Aßßansöhr« auf die Matten geschafft. – Dann wieder kam die Nachricht, der eidgenössische Automobilfallensteller Guillaume Oechsli sei zum Admiral ernannt worden und das Eintreffen des Feldmarschalls Büebli – zurzeit noch Oberkellner im Grandhotel »Koofmich au lac« – könne, da sich der Fremdenstrom bereits zu verlaufen beginne, stündlich gewärtigt werden.

– Die »furchtbaren Schützen aus dem Waadtland kommen, die in Friedenszeiten die Löcher in den Emmentaler Käs schießen« – lief dann plötzlich das Gerücht um – »die ganz freien Schweizer, die nicht einmal Stiefel an den Füßen dulden und denen sich durch häufiges Waten durch die Straßen Genfs ganz von selbst und sozusagen natürliche Schuhe bilden.«

Nachts jede Minute bereit, in den Heldentod zu gehen, tags ununterbrochen die unverständlichen Commandi im »Schwizzer Dütsch«, das furchteinflößende »chacharachch–hoou–gsi« von den Bergrücken schallen zu hören – – – ach, wie oft kam da der Stankowits zu mir ins Biwak, umarmte mich unter Tränen und sagte: »Freunderl, i halts nimmer aus!«

Eines schönen Morgens, ich hatte mir grad ein frisches Zigarettl angezündet, da tönten Alarmsingale: tatarah, tatarah, durchs ganze Lager. Uiberfall, Uiberfall war unser aller erster Gedanke. Kommandorufe, Hinundherrennen der Chargen, die Signale der Artillerie, die in der Hast mit ihre Gschütz mitten durch unsre Fußtruppen hindurch wollten, und so weiter und so weiter. Keiner von uns allen Herren wusste mehr, wo ihm der Kopf stand. Kurz, es war ein Durcheinand, wie es eben nur – in Kriegszeiten möglich is. Doch bald trat wieder die kaltblütige Ruhe ein; es stellte sich heraus, dass lediglich die Feldtelegrafen unrichtige Zeichen gegeben hatten. Man hatte mit den Triëdern einige Extrazüge Lindau passieren gesehen, die, mit färbig bemalten riesigen Metallplatten beladen, neue, ganz unbekannte Geschützarten zu transportieren schienen. Es war jedoch bloß der zerlegbare künstliche Blechregenbogen vom Rigi gwesen, Nationalgut der Eidgenossenschaft, das die Schweizer wie ihren Augapfel hüteten und jetzt in ihrer Angst in Sicherheit brachten.

Aber genug nun von alledem. Als gewissenhaftem Chroniker liegt es mir ob, auch die östliche Seite des Kriegsschauplatzes zu beleuchten.

In beispiellosen Eilmärschen, wie sie in der Kriegsgschicht wohl einzig dastehen, war unser erstes, zweites und drittes Armeekorps in östlicher Richtung vorgedrungen:

Der so wenig wünschenswerte Verlauf, den leider der Feldzug trotz aller so glorreichen Einzelphasen für uns nahm, ist ja historisch, – bekanntlich aber nur auf Rechnung ganz unvorhergesehener Zufallstücken zu setzen. So glänzend unsere Regimenter am Bodensee den eventuellen Feind in Schach hielten, so sehr hatten wir im Osten mit den unglaublichsten Widrigkeiten aller Art zu kämpfen. – So blieben zum Beispiel die Generalstabskarten von der Staatsdruckerei aus und machten sich durch ihren Mangel äußerst fühlbar und so weiter und so weiter.

Irrige Deutungen des alten Moltkeschen Satzes: »Getrennt marschieren und vereint schlagen«, verhängnisvoll unterstützt von allerhand eingeschlichenen sinnstörenden Schreibfehlern im Feldzugsplan, – hatten im Lauf der langen Friedensjahre Platz gegriffen und dazu geführt, dass man dem ersten Armeekorps die Munition und dem zweiten die Waffen zuteilte und beide dann *getrennt* marschieren ließ. – Das hätt net viel gmacht, wenns halt nicht grad durch einen unglückseligen Zufall das erste Armeekorps die Wegrichtung verloren und sich in Siebenbürgen verirrt hätt, so dass das zweite Armeekorps ohne eine einzige Patrone in Thessalien anlangte und nach vier Wochen; ohne einen Schuss tun zu können, unverrichteter Sache wieder heimkehren musste.

Das dritte Armeekorps, nach altem Prinzip mit Waffe *und* Munition ausgerüstet, war leider ebenfalls abgeirrt und versehentlich viel zu weit nach Süden geraten. So sehr hatte sich das Kriegsglück gegen uns verschworen!!

Was das Verhalten des Feindes anlangt, so war uns dasselbe gleich von Beginn an vollkommen rätselhaft und geheimnisvoll.

Die Erlasse des Menelaus Karawankopolos an seine Truppen, der übrigens mit Unrecht in der Geschichte »der Ränkevolle« genannt wird, erscheinen auf den ersten Blick vollkommen sinnlos und einem zerrütteten Gehirn entsprungen.[2] Fast könnte man sich versucht fühlen, an eine Frozzelei zu denken, wenn man nicht wüsst, es mit einem Geisteskranken zu tun gehabt zu haben.

So hätte der Thessalier die Todesstrafe verhängt für jeden seiner Leute, der es wagen sollte, auf einen unserer *Offiziere* zu schießen, und begründete dies seinem Stabe vis-à-vis mit dem wahnsinnigen Satze: »Wehe uns, wenn der Feind je ohne ›Führung‹ wäre und die Mannschaft nur auf sich allein angewiesen.«

Dieser Wahn des Karawankopolous ging so weit, dass er insgeheim Bauern, Hirten, Zigeuner und so weiter angestellt hatte, die sogar die Telegrafendrähte in unsem (!!) Lande in Ordnung halten mussten, zerrissene Drähte nachts heimlich löteten und dergleichen, bloß damit, wie er geäußert

[2] Noch heute zerbrechen sich unsere staatlich angestellten Historiker die Köpf, um den Schlüssel zu dem Vorgehen des Thessaliers zu finden.

haben soll, »die Heeresleitung in Wien *ununterbrochen* Einfluss auf die Kriegsführung nehmen könne.«

Kann das *ein* vernünftiger Mensch verstehen?

Nicht genug damit: Auf den Wegen, die unsere Infanterie zu passieren hatte, waren häufig – – Bretter gelegt, wie um uns Herren Offizieren, was die Berittenen waren, das Hinüberkommen über die Gräben zu erleichtern! Und nahm wirklich einmal ein Pferd Schaden, – wie aus dem Boden gewachsen kam immer gerade ein Strolch des Weges und brachte ein neues, lammfromm zugerittenes Tier daher. –

Auf die Mannschaft dagegen hagelte es nur so blaue Bohnen aus dem Hinterhalt; zu Hunderten fielen die Kerle. Bis heut gänzlich unaufgeklärt ist übrigens der Umstand, dass die feindliche Bevölkerung bei dem Eintreffen unseres zweiten Armeekorps in Thessalien auch nicht eine Spur von Bestürzung oder Angst an den Tag legte und alles nur hämisch grinste. Es schien fast, als ob die Schufte Wind bekommen hätten, dass die Unsrigen über keine einzige Patrone verfügten.

Wie bereits erwähnt, war inzwischen unser drittes Armeekorps unter Topf, Edlen von Feldrind, in beispiellosen Eilmärschen irrtümlich zu weit nach Süden geraten, und eines Morgengrauens eröffnete sich den staunenden Blicken des Generalstabes tief unter ihnen ein weites Tal und mitten darin eine schimmernde, trotzig befestigte Stadt.

Keinen Augenblick Zeit verlor der heißblütige heldenhafte Topf.

Alles deutete darauf hin: – die Halbmonde auf den Kuppeln – kurz, der ganze türkisch-griechische Charakter, das drohende schweigsame Fort, das Militär in den Straßen in österreichischer (!!) Verkleidung und scheinbar (!) ganz ahnungslos, alles das *musste* doch drauf hindeuten, dass es sich hier um das Herz Thessaliens handle, und dass der ränkesüchtige Grieche offenbar die Kaiserlichen mit allerlei Blendwerk hinters Licht zu führen plane.

Mit katzenhafter Geräuschlosigkeit postierte Topf seine Truppen, eröffnete um sechs Uhr früh das Feuer und ging sofort zum Bajonettangriff über. Es kam zu einer Schlacht von noch net dagwesener Heftigkeit. – Übrigens dem gemeinen Mann alle Ehre: wie die Löwen schlugen sich die Kerle. Die Stadt wehrte sich verzweifelt; seit den Kreuzzügen sah man kein solches Ringen, und erst die sinkende Nacht gebot dem Mann Einhalt.

Mit Feldherrnblick erkannte Topf, Edler von Feldrind, bereits um vier Uhr nachmittags, dass keine Macht der Erde ihm die Siegespalme mehr werde entreißen können, und telegrafierte an unsern Allerhöchsten Kriegsherrn:

Nach furchtbarem Kampfe feindliche Hauptstadt erstürmt, Entrinnen des Gegners unmöglich, lege Euer Majestät entscheidenden Sieg untertänigst zu Füßen.

Um halb fünf Uhr langte die Depesche ein, trug um sechs Uhr das Siegeshalleluja in alle Winde, und bereits um sieben Uhr waren auch unsere Regimenter am Bodensee vom Ende des Krieges in Kenntnis gesetzt und der Rückzug angeordnet.

Wir waren grad nach einem Marsch, ich hatte den Speisesaal in einem noblen Hotel in Beschlag genommen, wie das halt in Kriegszeiten schon so is, und hatte mir zum großen Nasenrümpfen von einigen Gigerln, die mit ihre aufgeputzten Weiber am Nebentisch saßen, die Stiefel ausgezogen, um mir die Fußfetzen ein bissel auszuschlenkern, da stürmt der Stankowits herein und kann vor Tränen gar nöt reden. »Friedensschluss« ist das einzige, was er herausbringt. Na, und »in den Armen liegen wir sich beide und weinen vor Schmerzen und Freude«, wie es im Liede so herrlich heißt.

War das ein Jubel! Die Kameraden umringten mich, und wir gratulierten einander unter Tränen. Die zwei Gigerln entfernten wir mit Brachialgewalt der Hetz wegen aus dem Lokal – wir waren unser sechs Herren und drei Feldwebeln – und machten dann einen Mulatschak bis zum frühen Morgen.

Wohl langte am nächsten Tag noch eine Flut von Depeschen ein, die wieder alles in Frage stellten und die Weiterführung des Krieges in Aussicht rückten, »da die Erstürmung der feindlichen Hauptstadt auf einem Irrtum beruhe«, uns war aber schon alles wurst, und wie die Sachen schon einmal standen, war die Gschicht auch schon zu weit gediehen. – Unsere verheirateten Herren drängten auch schon nach Haus, und so bliebs schließlich beim Friedensschluss.

Die zweiten Depeschen wurden dann natürlich von Hoher Seite als *inoffiziell* erklärt.

Der Widerspruch in den Telegrammen ergab sich nämlich aus dem Umstand, dass die gewisse erstürmte Hauptstadt im östlichen Kriegsschauplatz noch am Abend nach der Schlacht beim Einzug Topfs Edlen von Feldrind zu spät als Serajewo erkannt und agnostiziert wurde, welches Serajewo schon lange, lange gut österreichisch und schon seit Kaiser Franz Josephs Zeiten der Monarchie angegliedert ist.

So bedauerlich nun auch der, man möchte fast sagen, überflüssige Verlust von Menschenleben bei dieser abermaligen Erstürmung von Serajewo immerhin sein mag, so bietet doch der Verlauf des Feldzuges im allgemeinen und der der Schlacht im besondern eine solch reiche Fülle gewonnener strategischer Erfahrung, dass füglich die Schattenseiten mehr als ausgewetzt gelten können.

Da kann man nur sagen: das bringt das raue Kriegshandwerk halt schon so mit sich.

Pardohn, aber wo Licht ist, da ist halt auch Schatten.

Und dann ist der Krieg eben eine notwendige Sach, das haben selbst die scharfsinnigsten Köpfe vom Zivil eingstehen müssen.

Ich für meinen Teil wenigstens möchte die Erinnerung an meine Kriegszeit net um alles in der Welt missen. Wenn ich mir so denk und mir dabei meinen martialischen Schnurrbart streich, wird mir immer so ganz eigen, man kann das gar net so recht mit Worten sagen. – Man ist halt doch wer, und wenn einem ein Feuerwehrhauptman oder so von weitem begegnet und sieht die Allerhöchste Dekoration, schon salutiert er stramm oder macht »Habt Acht«. Und wenn man an einem öffentlichen Ort oder so in den Rasen tritt, traut sich halt doch keiner was sagen. No, und gar erst die Maden!

Ja, wie gsagt, pardohn, aber *ich* für meinen Teil möcht die Erinnerung an meine Kriegsjahr net missen!!

Bal macabre

Lord Hopeleß hatte mich aufgefordert, doch an seinem Tisch zu sitzen, und stellte mich den Herren vor.

Es war spät nach Mitternacht, und ich habe mir die meisten Namen nicht gemerkt.

Den Doktor Zitterbein kannte ich schon von früher.

»Sie sitzen ja immer allein, es ist schade«, hatte er gesagt und mir die Hand geschüttelt, – »warum sitzen Sie immer allein?«

Ich weiß, dass wir nicht viel getrunken hatten und dennoch unter jenem feinen, unmerklichen Rausche standen, der uns manche Worte nur wie von weitem hören lässt, und wie Weiberlachen und seichte Musik uns umhüllt.

Da aus einer Cancanstimmung wie dieser – aus einer Atmosphäre von Zigeunermusik, Cake-Walk und Champagner ein Gespräch über fantastische Dinge auftauchen konnte?! Lord Hopeleß erzählte etwas.

Von einer Brüderschaft, die allen Ernstes existiere, – von Menschen, besser gesagt, von Toten oder Scheintoten, – Leuten aus besten Kreisen, die im Munde der Lebenden schon seit langem gestorben seien, sogar auf dem Friedhof Leichensteine und Grüfte mit Namenszug und Todesdatum besäßen, in Wirklichkeit aber in jahrelangem, ununterbrochenem Starrkrampfe irgendwo in der Stadt, im Innern eines altmodischen Hauses, bewacht von einem buckligen Diener mit Schnallenschuhen und gepuderter Perücke, den man den gefleckten Aaron nenne, – empfindungslos, geschützt vor Verwesung, in Schubladen lägen. – In gewissen Nächten trete ihnen ein mattes, phosphoreszierendes Leuchten auf die Lippen, und damit sei dem Krüppel das Zeichen gegeben, eine geheimnisvolle Prozedur an den Halswirbeln dieser Scheinleichen vorzunehmen. Sagte er.

Frei könnten ihre Seelen dann umherschweifen – auf kurze Zeit von ihren Leibern gelöst – und sich den Lastern der Großstadt hingeben. Mit einer Intensität und einer Gier, die selbst nicht für den Raffinierten ausdenkbar sei.

Unter anderem fände da ein vampirartiges, zeckenhaftes Sichansaugen an die von Laster zu Laster taumelnden Lebenden statt, – ein Stehlen, ein Sichbereichern am Nervenkitzel der Massen. Sogar Satzungen habe dieser Klub, der übrigens den kuriosen Namen Amanita führen solle, – und Statuten und strenge Bestimmungen, die Aufnahme neuer Mitglieder betreffend. Doch darüber läge ein undurchdringlicher Schleier des Geheimnisses.

Das Ende dieses Gespräches des Lord Hopeleß konnte ich nicht mehr verstehen, zu laut fielen die Musikanten mit dem neuesten Gassenhauer ein:

»Ja, ja die Kla–re
Ist mir die wah–re.
Trala, trala, trala,
Tra–lalala–la.«

Die grotesken Verrenkungen eines Mulattenpaares, das dazu eine Art Niggercancan tanzte, all dies wirkte wie die wortlose Verstärkung des verstimmten Einflusses, den die Erzählung auf mich genommen.

In diesem Nachtlokal mitten unter geschminkten Straßendirnen, frisierten Kellnern und brillant-hufeisengeschmückten Zutreibern bekam der ganze Eindruck etwas Lückenhaftes, Verstümmeltes und gerann in meinen Sinnen zu einem grauenvollen, halblebenden Zerrbild.

Wie wenn die Zeit in unbewachten Momenten plötzlich einen geräuschlos hasteten Schritt tue, verbrennen Stunden in unserm Rausche zu Sekunden, wie Funken in der Seele aufglimmend, um ein krankhaftes Geflecht kurioser, waghalsiger Träume, geschlungen aus wirren Begriffen, aus Vergangenheit und Zukunft zu beleuchten.

So höre ich noch aus dem Dunkel der Erinnerung heraus eine Stimme sagen: »*Wir sollten den Klub Amanita eine Karte schreiben.*«

Wie ich jetzt schließen kann, muss also das Gespräch immer wieder zum selben Thema zurückgekehrt sein.

Dazwischen dämmern mir Bruchstücke kleiner Wahrnehmungen zu, wie das Zerbrechen eines Likörglases, ein Pfiff, – dann, dass eine Französin auf meinem Knie gesessen, mich geküsst, mir Zigarettenrauch in den Mund geblasen und die Zungenspitze ins Ohr gesteckt habe. Später wieder schob man mir eine verschnörkelte Karte hin, ich solle mitunterschreiben, und mir fiel der Bleistift aus der Hand, – und dann ging es wieder nicht, weil mir die Kokotte ein Glas Champagner über die Manschette goss.

Deutlich weiß ich nur, wie wir alle mit einem Schlage ganz nüchtern wurden und in unseren Taschen, auf und unter dem Tische nach der Karte suchten, die Lord Hopeleß mit aller Gewalt zurückhaben wollte, die aber spurlos verschwunden blieb.

»Ja, ja die Kla–re
Ist mir die wah–re«,

kreischten die Geigen den Refrain und versenkten unser Bewusstsein immer wieder in tiefe Nacht.

Wenn man die Augen schloss, glaubte man auch auf einem dicken, schwarzen Samtteppich liegen –, aus dem nur vereinzelte rubinrote Blumen aufleuchteten.

»Ich will etwas zu essen haben«, hörte ich jemand rufen, – – »was, – was? – – Kaviar – Blödsinn. Bringen Sie mir – bringen Sie mir, na – bringen Sie mir eingemachte Schwämme.«

Und wir aßen alle saure Schwämme, die mit einem würzigen Kraut in einer fadenziehenden, wasserhellen Flüssigkeit schwammen.

»Ja, ja, die Kla–re
Ist mir die wah–re.
Trala, trala, trala,
Tra–lalala–la.«

Da saß plötzlich an unserem Tische ein seltsamer Akrobat in einem schlotterigen Trikot und rechts daneben ein maskierter Buckliger mit einer weißen Flachsperücke.

Neben ihm ein Weib; und alle lachten.

Wie ist er nur hereingekommen, mit – denen? und ich drehte mich um; außer uns war niemand mehr im Saal.

Ach was, dachte ich mir, – – ach was.

Es war ein sehr langer Tisch, an dem wir saßen, und der größte Teil des Tischtuches schimmerte weiß, – leer von Tellern und Gläsern.

»Monsieur Palloides, tanzen Sie uns doch etwas vor«, sagte einer der Herren und schlug dem Akrobaten auf die Schulter.

Sie sind vertraut miteinander, träumte ich mir zurecht, wahr– – wahrscheinlich sitzt er schon lange hier, der – der – – – das Trikot.

Und dann sah ich den Buckligen zu seiner Rechten an, und seine Blicke begegneten meinen. Er trug eine weiß lackierte Maske und ein verschossenes, hellgrünes Wams, ganz zerlumpt und voll aufgenähter Flecken.

Von der Straße!

Wenn er lachte, war es wie ein schwirrendes Rasseln.

»Croatalus! – Croatalus horridus«, fiel mir ein Wort aus der Schulzeit ein; ich wusste seine Bedeutung nicht mehr, aber ich schauderte, wie ich es mir leise vorsagte.

Da fühlte ich die Finger der jungen Dirne unterm Tisch an meinem Knie.

»Ich heiße Albine Veratrine«, flüsterte sie stockend, als wolle sie ein Geheimnis verraten, wie ich ihre Hand fasste. Sie rückte dicht neben mich, und ich erinnerte mich dunkel, dass sie mir einmal ein Glas Champagner über die Manschette gegossen hatte. – – Ihre Kleider strömten einen beißenden Geruch aus, man musste fast niesen, wenn sie sich bewegte.

»Sie heißt natürlich Germer, – Fräulein Germer, wissen Sie«, sagte der Doktor Zitterbein laut.

Da lachte der Akrobat kurz auf und sah sie an und zuckte mit den Achseln, als ob er etwas Entschuldigendes sagen wollte.

Ich ekelte mich vor ihm, er hatte handbreite Hautentartungen am Halse – wie ein Truthahn, aber krausenartig – ringsherum und von blasser Farbe.

Und sein mattfleischfarbenes Trikot schlotterte an ihm von oben bis unten, weil er engbrüstig und mager war. Auf dem Kopfe trug er einen flachen, grünlichen Deckel mit weißen Tupfen und Knöpfen. Er war aufgestanden und tanzte mit einer, die hatte eine Kette gesprenkelter Beeren um den Hals.

Sind neue Frauenzimmer hereingekommen? fragte ich Lord Hopeleß mit den Augen.

»Es ist die Ignatia – meine Schwester«, sagte Albine Veratrine, und wie sie das Wort »Schwester« sagte, blinzelte sie mich aus den Augenwinkeln an und lachte hysterisch.

Dann streckte sie mir plötzlich die Zunge heraus, und ich sah, dass sie einen trockenen, langen, roten Streifen darauf hatte, und entsetzte mich.

Es ist wie eine Vergiftungserscheinung, dachte ich mir, warum hatte sie einen roten Streifen? – – Es ist wie eine Vergiftungserscheinung.

Und wieder hörte ich wie von weitem die Musik:

»Ja, ja die Kla–re
Ist mir die wah–re«,

und ich wusste bei geschlossenen Augen, wie alle im Takt dazu mit den Köpfen nickten. – – –

Es ist wie eine Vergiftungserscheinung, träumte ich und wachte in einem Kälteschauer auf.

Dann stand Doktor Zitterbein mühsam auf und knüpfte ihr die Achselbänder los.

»Zwischen Sekunde und Sekunde liegt immer eine Grenze, die ist nicht in der Zeit, die ist nur gedacht. Das sind so Maschen, wie bei einem Netz« – hörte ich den Buckligen reden, – »und diese Grenzen zusammengezählt sind noch immer keine Zeit, aber wir denken sie doch, – einmal, noch einmal, noch eine, eine vierte – –

Und wenn wir nur in diesen *Grenzen* leben und die Minuten und Sekunden vergessen und nicht mehr wissen, – dann sind wir gestorben, dann leben wir den Tod.

Ihr lebet fünfzig Jahre lang, davon stiehlt euch die Schule zehn: sind vierzig.

Und zwanzig frisst der Schlaf: sind zwanzig.

Und zehn sind Sorgen, macht zehn.

Und fünf Jahre regnet es: bleiben fünf.

Von diesen fürchtet ihr euch vier hindurch vor morgen, so lebet ihr ein Jahr – – *vielleicht!*

Warum wollt ihr nicht sterben?!

Der Tod ist schön.

Da ist Ruhe, immer Ruhe.

Und keine Sorge vor morgen.

Da ist die schweigende Gegenwart, die ihr nicht kennt, da ist kein Früher und kein Später.

Da liegt die schweigende Gegenwart, die ihr nicht kennt! – Das sind die verborgenen Maschen zwischen Sekunde und Sekunde im Netz der Zeit.«

Die Worte des Buckligen sangen in meinem Herzen, und ich blickte auf und sah, wie dem Mädchen das Hemd heruntergefallen war und sie nackt auf seinem Schoße saß. Sie hatte keine Brüste und keinen Leib – nur einen phosphoreszierenden Nebel vom Schlüsselbein zur Hüfte.

Und er griff mit den Fingern in den Nebel hinein, da schnarrte es wie Basssaiten, und rasselnd fielen Stücke Kesselstein heraus. – So ist der Tod, fühlte ich, – wie Kesselstein.

Da hob sich langsam die Mitte des weißen Tischtuches wie eine große Blase, – ein eisiger Luftzug wehte und verwehte den Nebel. Glitzernde Saiten kamen ans Licht, die zogen sich vom Schlüsselbein der Dirne bis zur Hüfte. Ein Wesen, halb Harfe, halb Weib!

Der Bucklige spielte darauf, träumte mir, ein Lied von Tod und Lustseuche, das klang in einem fremdartigen Hymnus aus:

»In Leiden kehrt sich um die Lust,
In Wohl gewiss nicht, – sicherlich!
Wer Lust ersehnt, wer Lust erkürt,
Erkürt sich Leid, ersehnt sich Leid:
Wer nimmer Lust ersehnt, erkürt,
Erkürt, ersehnt sich nimmer Leid.«

Und mir kam ein Heimweh nach dem Tode bei diesen Strophen und ich sehnte mich nach dem Sterben.

Doch im Herzen bäumte sich das Leben auf – ein dunkler Trieb. Und Tod und Leben standen drohend einander gegenüber; das ist der Starrkrampf.

Mein Auge war unbeweglich, und der Akrobat beugte sich über mich, und ich sah sein schlotteriges Trikot, den grünlichen Deckel auf seinem Kopf und die Halskrause.

»Starrkrampf«, wollte ich lallen und konnte nicht.

Wie er von einem zum andern ging und ihnen lauernd ins Gesicht blickte, wusste ich, wir sind gelähmt; er ist wie ein *Giftschwamm*.

Wir haben giftige Schwämme gegessen und Veratrum album dabei, das Kraut des weißen Germers.

Das alles sind Nachtgesichte!

Ich wollte es laut rufen und konnte nicht.

Ich wollte zur Seite gehen und konnte nicht.

Der Bucklige mit der weiß lackierten Maske stand leise auf, und die anderen folgten ihm und ordneten sich schweigend in Paare.

Der Akrobat mit der Französin, der Bucklige mit der menschlichen Harfe, Ignatia mit Albine Veratrine. – So zogen sie im fersenzuckenden Cake-Walkschritt zu zwei und zwei in die Wand hinein.

Einmal noch drehte sich Albine Veratrine nach mir um und machte eine obszöne Bewegung.

Ich wollte meine Augen zur Seite drehen oder die Lider schließen und konnte nicht, – ich musste immer die Uhr sehen, die an der Wand hing, und wie ihre Zeiger wie diebische Finger um das Zifferblatt schlichen.

Dabei tönte mir in den Ohren das freche Couplet:

»Ja, ja, die Kla–re
Ist mir die wah–re.
Trala, trala, trala, –
Tra–lalala-la«,

und wie ein Basso ostinato predigte es in die Tiefe:

»In Leiden kehrt sich um die Lust:
Wer nimmer Lust ersehnt, erkürt,
Erkürt, ersehnt sich nimmer Leid.«

Ich genas von dieser Vergiftung nach langer, langer Zeit, die andern aber sind alle begraben.

Sie waren nicht mehr zu retten, – hat man mir gesagt, – als Hilfe kam.

Ich aber ahne, man hat sie scheintot bestattet, wenn auch der Arzt sagt, Starrkrampf komme nicht von giftigen Schwämmen, Muskarinvergiftung sei anders; – ich ahne, man hat sie alle scheintot begraben und muss schaudernd an den Klub Amanita denken und den gespenstischen buckligen Diener, den gefleckten Aaron mit der weißen Maske.

Hony soit qui mal y pense

»Du, Fredy, was bedeutet den eigentlich dir rote, riesige ›29‹ dort drüben über dem Podium?«

»Na, weißt du, Gibson, du stellst manchmal Fragen!? – Was die ›29‹ bedeutet! – Weshalb sind wir denn hier? – weil Silvester ist – Silvester 1929!«

Die Herren lachten alle über Gibsons Zerstreutheit.

Graf Oskar Gulbransson, der unten im Saale stand, blickte zur Brüstung empor, und als er die fröhlichen Gesichter mit den modischen, lang herabhängenden Schnurrbartspitzen à la chinois über dem verschnörkelten Geländer sah, musste er unwillkürlich mitlachen und rief hinauf: »Jemand einen Witz gemacht, eh? – Messieurs, wenn Sie wüssten, wie furchtbar lustig Sie mit Ihren mongolisch glattrasierten Schädeln da oben auf dem goldenen Balkon aussehen! – Wie Vollbluttataren. – Warten Sie, ich komme auch hinauf, ich muss nur meine Dame auf ihren Sitz führen. – Es fängt nämlich gleich an –: die Komtesse Jeiteles wird ein Lied von Kurt Sperling singen und der Komponist sie selber auf der Harfe begleiten, kurz: – (er legte die Hände wie Schalldämpfer an die Wangen) – es wird schau-der-haft!«

»Wirklich ein prachtvoller alter Aristokrat, dieser Graf Oskar, – riesig vornehm, und wie er durch das gelbe Seidengewimmel da unten schießt, wie ein Hecht«, sagte einer der Herren, ein Russe, namens Zybin. »Ich habe neulich ein Bild von ihm in der Hand gehabt, wie er vor fünfundzwanzig Jahren oder so ungefähr, aussah, – Frack, – ganz schwarz – von anno dazumal, aber trotzdem verdammt elegant.«

»Muss übrigens eine scheußliche Mode gewesen sein; schon die Idee, sich anliegend und noch dazu schwarz zu kleiden«, warf Fred Hamilton dazwischen, »wenn da auf einem Balle ein paar Herren bei einer Dame standen, musste das ja rein aussehen, als ob sich die Raben um ein Aas – – – – – –« »In galanten Vergleichen leisten Sie wirklich Übernatürliches, Fredy«, unterbrach der Graf, der etwas atemlos, so schnell er war er die Stufen hinaufgelaufen, hinzutrat – »aber jetzt rasch, Messieurs, ein Glas Sekt, ich habe mich von Frau Werie bereits verabschiedet und möchte mich recht, recht, recht amüsieren.«

»Apropos, Graf, wer ist das junge Mädchen dort?«, fragte Gibson, der immer noch von der Balustrade in den oval gebauten Saal hinabsah, aus dem eine Flut von hellroten Polstern, zu Sitzen für die Zuschauer aufeinandergelegt, in entzückendem Kontrast zu den goldgelben türkischen Pluderhosen der Damen und eine Nuance dunkleren Togavestons der Herren hervorleuchtete.

»Welche meinen Sie, lieber Gibson?«

»Die dekolletierte meine dort.«

Allgemeine Heiterkeit.

»Sie sind wirklich köstlich, Gibson; – die dekolletierte! – Es sind doch alle dekolletiert! – Aber ich weiß, wen Sie meinen, – die kleine Chinesin, nicht wahr, neben dem Professor R. mit dem schlecht rasierten Kopf? – Das ist ein Fräulein von Chün-lün-tsang. – – – – Ah, da ist ja schon der Champagner!«

Ein livrierter Pavian war vorgetreten und wies zum Zeichen, dass der Wein serviert sei, mit seiner zottigen Hand auf den schillernden Vorhang, der den Hintergrund des Balkons abschloss.

»Eigentlich für Affen eine sehr kleidsame Tracht«, bemerkte ein Herr halblaut, um das Tier, das mittels Hypnose dressiert war und jedes Wort verstand, nicht zu kränken.

»Besonders die Idee, die Knöpfe mit Nummern zu versehen, ist sehr sinnreich, – dadurch kann man sie voneinander unterscheiden«, setzte Fredy hinzu. »Übrigens erinnert das an die kriegerisch lächerlichen Zeiten vor fünfundzwanzig Jahren. – – –«

Der dröhnende Schall einer Tritonmuschel schnitt ihm das Wort ab: das Konzert begann.

Die Bogenlampen erloschen, und der Saal in seinem zarten Schmuck aus japanischen Pfirsichblüten und Efeu versank in tiefe Finsternis.

»Gehen wir, Messieurs, es ist höchste Zeit, – sonst überrascht uns der Gesang«, flüsterte der Graf, und man schlich auf den Zehen in das Trinkzelt.

Hier war alles schon vorbereitet, – die Atlaspolster im Kreise geordnet und zum Sitzen oder Liegen geschlichtet, kleine Wannen aus Chinaporzellan daneben, voll Nelkenblätter zum Trocknen der Finger; – die Sektkelche, mit dem perlenden Gemisch von indischem Soma und Champagner soeben angefüllt, staken in Schulterhöhe in goldenen Drahtschlingen, die vom Plafond herabhängend durch rhythmisch leises Erzittern den Wein in stetem Moussieren erhielten. Von den Zeltwänden strahlte gleichmäßig mildes Kaltlicht aus und floß in märchenhaftem Glanze über die weichen seidenen Teppiche.

»Ich glaube, heute bin ich an der Reihe?«, sagte Monsieur Choat, ein kirgisischer Edelmann. »Jumbo, Jumbo«, – und er rief in den winzigen Schalltrichter an dem Metallstab, der mitten vom Boden des Gemaches empor durch einen Ausschnitt im Plafond bis zur vollen Höhe des Hauses reichte; – »Jumbo, Jumbo, die Kugel, rasch, rasch!«

Im nächsten Augenblick glitt der Affe lautlos aus der Dunkelheit die Stange herab, befestigte eine kopfgroße, geschliffene Beryllkugel an zwei Schlingen und verschwand behände wieder in die Höhe.

Der Kirgise zog ein Mescal-Etui hervor und warf den weiten Seidenärmel zurück: »Darf ich vielleicht einen der Herren bitten?!« –

Geschickt brachte ihm der Graf mit einer Pravazschen Spritze eine Injektion am Arme bei: »So, das wird gerade für eine oder zwei Visionen ausreichen.«

Monsieur Choat schob die Beryllkugel ein wenig höher, so dass er sie bequem fixieren konnte, und lehnte sich zurück: »Also – worauf soll ich meine Gedanken richten, meine Herren?«

»Auf den neuen Propheten in Shambala, – Szenen aus einer römischen Arena, – Orionnebel, – Buddha im Stiftungsgarten Kosambi«, riefen alle durcheinander; jeder wollte etwas anderes. –

»Wie wäre es, wenn Sie einmal erforschen wollten, wo eigentlich das Paradies gestanden haben mag«, schlug Graf Oskar vor.

Gibson nützte die günstige Gelegenheit und schlüpfte unbemerkt aus dem Zelt, er hatte dies visionäre Schauen – diesen neuen Sport – nachgerade satt bis zum Überdruss, was kam dabei heraus? Farbenprächtige Halluzinationen, die jeder schilderte, so lebendig er konnte, – und was es eigentlich sei, ob unbewusste Gedanken, die der Beryll reflektierte, ob vergessene Vorstellungen aus früherem Dasein, war doch niemand zu sagen imstande.

Er trat an die Brüstung und schaute hinab.

Harfenakkorde, durchbrochen von abgerissen gesungenen Tönen, die zuweilen im Hintergrunde von einem jähen intensiven Aufblitzen eines Lichtfunkens, – rot, blau, grün, – begleitet waren, zitterten durch die Dunkelheit. – Moderne Musik!

Er lauschte gespannt diesen aufregenden Weckrufen, die seltsam ruckweise an das Herz brandeten, als sollten sie beim nächsten Pulsschlag die durch das Leben dünngeschabten Scheidewände der Seele zu neuer, unerhörter Verzückung durchbrechen.

Der Saal da unten lag in Finsternis, nur die Diamantagrafen im Haar und am Halse der Frauen und Mädchen warfen funkelnd den Schein von winzigen Radiumperlen, die wie Leuchtkäfer grünlich erglommen, auf in Opalpuder schimmernde Busen.

Unbeweglich standen die Herren hinter ihren Damen, und hie und da sah man die vergoldeten Fingernägel aufblitzen, wenn sie, Kühlung zufächelnd mit der Hand, in die unmittelbare Nähe des phosphoreszierenden Haarschmuckes gerieten.

Gibson mühte sich den Platz herauszufinden, wo Fräulein von Chün-lüntsang sitzen musste. – Noch heute wollte er den Grafen bitten, ihn vorzustellen – – – – –, da fasste ihn jemand am Arm und zog ihn höflich in das Zelt zurück.

»Ach, verzeihen Sie, lieber Gibson, wenn wir Sie gestört haben, – aber Sie sind ja ein großer Schriftgelehrter, und Monsieur Choat hat da so merkwürdige Visionen im Beryll gehabt und meint, dass sie sich wirklich auf das Paradies, – den Garten Eden, – beziehen könnten.«

»Ja, denken Sie nur, eine vorsintflutliche unendlich üppige Landschaft erschien mir«, bestätigte der Kirgise, »dabei Nordlicht, unsagbar prachtvoll, – weiß mit rosa Rändern, wie Spitzen herabhängend vom Himmel, und die Sonne, glühend rot, zog am Horizont entlang, ohne unterzugehen; es war, als ob sich das Firmament im Kreise drehe und – – –«

»Das sind doch alles die Himmelszeichen des *Polarkreises*, nicht wahr? – Denken Sie nur, die Wiege der Menschheit auf dem *Nordpol!«*, unterbrach Graf Oskar. – »Übrigens tropisches Klima war tatsächlich in grauer Vorzeit dort oben.«

Gibson nickte mit dem Kopf: »Wissen Sie, dass das alles *sehr* merkwürdig ist, – wie heißt es denn nur schnell im Zendavesta? Ja: ›*Dort oben sah man die Sonne, die Sterne, den Mond einmal nur kommen und gehen im Jahr*‹, – und: – ›*es schien ein Jahr ein einz'ger Tag zu sein*‹, auch steht im Rig-Veda, dass damals die Morgendämmerung tagelang am Himmel stand, ehe die Sonne aufging (die Herren stießen sich an: was der Mensch für ein unglaubliches Gedächtnis hat), und dann sagt schon Anaximenes – – –«

»Ich bitte dich um Gotteswillen, hör schon auf mit deiner Gelehrsamkeit«, rief Fredy und schlug den Vorhang zurück. – »Ah: die Musik ist aus.«

Blendende Helle strömte herein.

Ein *plätscherndes, pritschelndes, tätschelndes* Geräusch erfüllte den Saal und wollte nicht enden. –

»Welch ein Applaus, meine Herren, sehen Sie nur, wie der Opalpuder in die Luft steigt, – über die Brüstung kommt eine wahre Wolke herauf.«

»Eine recht merkwürdige Mode, diese Art zu applaudieren«, sagte jemand. »Dass sie übrigens dezent wäre, könnte man nicht – – –«

»Na, und wie weh das tun muss, – ich möchte keine Dame sein, bestimmt nicht – – – à propos, wissen Sie nicht, Graf, wer die erste war, die diese Mode erfand?«

»Das kann ich Ihnen ganz genau sagen«, sagte dieser lachend, »das war vor Jahren die Fürstin Juppihoy, eine sehr korpulente Dame, die gewettet hatte, die Menge werde ihr *auch das* nachmachen, – und sie hatte nicht nur die Courage, sondern auch – – – die Dekolletage dazu. – Sie können sich vorstellen, welches Entsetzen das damals erregte.«

Wieder erscholl das *plätschernde, pritschelnde, tätschelnde* Geräusch aus dem Saal empor.

Die kleine Gesellschaft schwieg nachdenklich.

»Warum eigentlich die Herren nicht auch mit applaudieren dürfen«, sagte plötzlich Gibson träumerisch.

Einen Augenblick große Verblüffung, dann brachen alle in ein stürmisches, schallendes Gelächter aus.

Gibson wurde rot: »Aber ich meine es doch gar nicht so; hony soit qui mal y pense.« – – –

Die Heiterkeit verdoppelte sich; Fred Hamilton wand sich auf seinem Polster; »Ha, ha, ha, um Gotteswillen, hör auf, – ich sterbe, – mir scheint, du hast an deine kleine Chinesin gedacht.«

Dröhnende Gongschläge hallten durch das Haus.

Der Graf hob sein Glas in die Höhe: »Messieurs, wollen Sie nicht anstoßen, so hören Sie doch«, – vor Lachen konnte er kaum weitersprechen, – »Messieurs, – es schlägt soeben 24 Uhr, – prosit Neujahr 1929, prosit, prosit!« –

Blamol

»Wahrhaftiglich, ohne Betrug und gewiss, ich sage dir:
so wie es unten ist, ist es auch oben.«
Tabula smaragdina

Der alte Tintenfisch saß auf einem dicken blauen Buch, das man in einem gescheiterten Schiffe gefunden hatte, und sog langsam die Druckerschwärze heraus.

Landbewohner haben gar keinen Begriff, wie beschäftigt so ein Tintenfisch den ganzen Tag über ist.

Dieser da hatte sich auf Medizin geworfen und von früh bis Abend mussten die beiden armen kleinen Seesterne – weil sie ihm soviel Geld schuldig waren – umblättern helfen.

Auf dem Leibe – dort wo andere Leute eine Taille haben – trug er einen goldenen Zwicker. – Ein Beutestück. Die Gläser standen weit ab – links und rechts –, und wer zufällig durchsah, dem wurde grässlich schwindelig.

– – – – Tiefer Friede ringsum.

Mit einem Mal kam der Polyp angeschossen, die sackförmige Schnauze vorgestreckt, die Fangarme lang nachschleppend wie ein Rutenbündel, und ließ sich neben dem Buche nieder. – Wartete, bis der Alte aufschaute, grüßte dann sehr tief und wickelte eine Zinnbüchse aus sich heraus. »Sie sind wohl der violette Pulp aus dem Steinbuttgässchen?«, fragte gnädig der Alte. »Richtig, richtig, habe ja Ihre Mutter gut gekannt, – geborene ›von Octopus‹.

(Sie, Barsch, bringen Sie mir 'mal den Gothaschen Polypenalmanach her.) Nun, was kann ich für Sie tun, lieber Pulp?«

»Inschrift, – ehüm, ehüm – Inschrift – lesen«, hüstelte der verlegen (er hatte so eine schleimige Aussprache) und deutete auf die Blechbüchse.

Der Tintenfisch stierte auf die Dose und machte gestielte Augen wie ein Staatsanwalt:

»Was sehe ich, – Blamol!? – Das ist ja ein unschätzbarer Fund. – Gewiss aus dem gestrandeten Weihnachtsdampfer? – Blamol – das neue Heilmittel, – je mehr man davon nimmt, desto gesünder wird man!

Wollen das Ding gleich öffnen lassen. Sie, Barsch, schießen Sie mal zu den zwei Hummern rüber, – Sie wissen doch, Korallenbank, Ast II, Brüder Scissors, – aber rasch.«

Kaum hatte die grüne Seerose, die in der Nähe saß, von der neuen Arznei gehört, huschte sie sogleich neben den Polypen: – – Ach, sie nahm sie so gerne ein; – ach, für ihr Leben gern! –

Und mit ihren vielen hundert Greifern führte sie ein entzückendes Gewimmel auf, dass man kein Auge von ihr abwenden konnte. –

Hai-fisch! – war sie schön! Der Mund war ein bisschen groß zwar, doch das ist gerade bei Damen so pikant.

Alle waren vergafft in ihre Reize und übersahen ganz, dass die beiden Hummern schon angekommen waren und emsig mit ihren Scheren an der Blechbüchse herumschnitten, wobei sie sich ihrem tschnetschenden Dialekt unterhielten. – Ein leiser Ruck, und die Dose fiel auseinander.

Wie ein Hagelschauer stoben die weißen Pillen heraus und – leichter als Kork – verschwanden sie blitzschnell in die Höhe.

Erregt stürzte alles durcheinander: »Aufhalten, aufhalten!«

Aber niemand hatte rasch genug zugreifen können. Nur der Seerose war es geglückt, noch eine Pille zu erwischen und sie schnell in den Mund zu stecken.

Allgemeiner Unwillen; – am liebsten hätte man die Brüder Scissors geohrfeigt.

»Sie, Barsch, Sie haben wohl auch nicht aufpassen können? – Wozu sind Sie eigentlich Assistent bei mir?«

War das ein Schimpfen und Keifen! Bloß der Pulp konnte kein Wort herausbringen, hieb nur wütend mit den geballten Fangarmen auf eine Muschel, dass das Perlmutter krachte.

Plötzlich trat Totenstille ein: – Die Seerose!

Der Schlag musste sie getroffen haben: sie konnte kein Glied rühren. Die Fühler weit von sich gestreckt, wimmerte sie leise.

Mit wichtiger Miene schwamm der Tintenfisch hinzu und begann eine geheimnisvolle Untersuchung. Mit einem Kieselstein schlug er gegen einen oder den andern Fühler oder stach hinein. (Hm, hm, Babynskisches Phänomen, Störung der Pyramidenbahnen.) Nachdem er schließlich mit der Schärfe eines Flossensaumes der Seerose einige Male kreuz und quer über den Bauch gefahren war, wobei seine Augen einen undurchdringenden Blick annahmen, richtete er sich würdevoll auf und sagte: »Seitenstrangsklerose. – Die Dame ist gelähmt.«

»Ist noch Hilfe? Was glauben Sie? Helfen Sie, helfen Sie, – ich schieß rasch in die Apotheke«, rief da das gute Seepferd.

»Helfen?! – Herr, sind Sie verrückt? Glauben Sie vielleicht, ich habe Medizin studiert, um Krankheiten zu heilen?« Der Tintenfisch wurde immer heftiger. »Mir scheint, Sie halten mich für einen Barbier, oder wollen Sie mich verhöhnen? Sie, Barsch, – Hut und Stock, – ja!«

Einer nach dem andern schwamm fort: »Was einen hier in diesem Leben doch alles treffen kann, schrecklich – nicht?« Bald war der Platz leer, nur hin und wieder kam der Barsch mürrisch zurück, nach einigen verlorenen oder vergessenen Dingen zu suchen.

Auf dem Grunde des Meeres regte sich die Nacht. Die Strahlen, von denen niemand weiß, woher sie kommen und wohin sie entschwinden, schwebten wie Schleier in dem grünen Wasser und schimmerten so müde, als sollten sie nie mehr wiederkehren.

Die arme Seerose lag unbeweglich und sah ihnen nach in herbem Weh, wie sie langsam, langsam in die Höhe stiegen. Gestern um diese Zeit schlief sie schon längst, zur Kugel geballt, in sicherem Versteck. – Und jetzt? – Auf offener Straße umkommen zu müssen, wie ein – Tier! – Luftperlen traten ihr auf die Stirne. Und morgen ist Weihnachten!! An ihren fernen Gatten musste sie denken, der sich, weiß Gott wo, herumtrieb. – Drei Monate nun schon Tangwitwe! Wahrhaftig, es wäre kein Wunder gewesen, wenn sie ihn hintergangen hätte.

Ach, wäre doch wenigstens das Seepferd bei ihr geblieben! Sie fürchtete sich so! –

Immer dunkler war es, dass man kaum mehr die eigenen Fühler unterscheiden konnte.

Breitschultrige Finsternis kroch hervor hinter Steinen und Algen und fraß die verschwommenen Schatten der Korallenbänke.

Gespenstisch glitten schwarze Körper vorüber – mit glühenden Augen und violett aufleuchtenden Flossen. – Nachtfische! – Scheußliche Rochen und Seeteufel, die in der Dunkelheit ihr Wesen treiben. Mordsinnend hinter Schiffstrümmern lauern. –

Scheu und leise wie Diebe öffnen die Muscheln ihre Schalen und locken den späten Wanderer auf weichen Pfühl zu grausigem Laster.

In weiter Ferne bellte ein Hundsfisch.

– – – Da zuckt durch die Ulven heller Schein: Eine leuchtende Meduse führt trunkene Zecher heim; – Aalgigerln mit schlumpigen Muränendirnen an der Flosse.

Zwei silbergeschmückte junge Lachse sind stehen geblieben und blicke verächtlich auf die berauschende Schar. Wüster Gesang erschallt:

»In dem grünen Tange – –
hab' ich sie gefragt,
Ob sie nach mir verlange. – –
Ja, hat sie gesagt.
Drauf hat sie sich gebückt –
und ich hab's sie gezwickt.
Ach im grünen Tange ...«

»No, no, aus dem Weg da, Sö, – So Frechlachs – Sö«, brüllte ein Aal plötzlich.

Der Silberne fährt auf: »Schweigen Sie! Sie haben's nötig, weanerisch zu reden. Glauben wohl, weil Sie das einzige Viech sind, das nicht im Donaugebiet vorkommt – –«

»Pst, pst«, beschwichtigte sie die Meduse, »schämen Sie sich doch, schauen Sie dorthin!« –

Alle verstummten und blickten voll Scheu auf einige schmächtige, farblose Gestalten, die sittsam ihres Weges ziehen.

»Lanzettenfischchen«, flüsterte einer.

? ? ? ? ?

– – – »Oh, das sind hohe Herren, – Hofräte, Diplomaten und so. – Ja, die sind schon von Geburt dazu bestimmt, welche Naturwunder: Haben weder Gehirn noch Rückgrat.« –

Minuten stummer Bewunderung, dann schwimmen alle friedlich weiter.

Die Geräusche verhallen. – Totenstille senkt sich nieder. Die Zeit rückt vor. – Mitternacht, die Stunde des Schreckens.

Waren das nicht Stimmen? – Crevetten können es doch nicht sein, – jetzt so spät? –

Die Wache geht um: *Polizeikrebse!* –

Wie sie scharren mit gepanzerten Beinen, über den Sand knirschend ihren Raub in Sicherheit bringen.

Wehe, wer ihnen in die Hände fällt; – vor keinem Verbrechen scheuen sie zurück, – – und ihre Lügen gelten vor Gericht wie Eide.

Sogar der Zitterrochen erbleicht, wenn sie nahen.

Der Seerose stockt der Herzschlag vor Entsetzen, sie, eine Dame, wehrlos, – auf offenem Platze! – Wenn sie sie erblicken! Sie werden sie vor den Polizeirat, den schurkischen Meineidkrebs, schleppen, – den größten Verbrecher der Tiefsee – und dann – und dann – –

Sie nähern sich ihr – – jetzt – – ein Schritt noch, und Schande und Verderben werden die Fänge um ihren Leib schlagen.

Da erbebt das dunkle Wasser, die Korallenbäume ächzen und zittern wie Tang, ein fahles Licht scheint weit hin.

Krebse, Rochen, Seeteufel ducken sich nieder und schießen in wilder Flucht über den Sand, Felsen brechen und wirbeln in die Höhe.

Eine bläulich gleißende Wand – so groß wie die Welt – fliegt durch das Meer.

Näher und näher jagt der Phosphorschein: die leuchtende Riesenflosse der Tintorera, des Dämons der Vernichtung, fegt einher und reißt abgrundtiefe glühende Trichter in das schäumende Wasser.

Alles dreht sich in rasender Hast. Die Seerose fliegt durch den Raum in brausende Weiten, hinauf und hinab – über Länder von smaragdenem Gischt. –

Wo sind die Krebse, wo Schande und Angst! Das brüllende Verderben stürmt durch die Welt. – Ein Bacchanal des Todes, ein jauchzender Tanz für die Seele.

Die Sinne erlöschen, wie trübes Licht.

Ein furchtbarer Ruck. – Wirbel stehen, und schneller, schneller, immer schneller und schneller drehen sie sich zurück und schmettern auf den Grund, was sie ihm entrissen. Mancher Panzer brach da.

Als die Seerose nach dem Sturze endlich aus tiefer Ohnmacht erwachte, fand sie sich auf weiche Algen gebettet.

Das gute Seepferd – es war heute gar nicht ins Amt gegangen – beugte sich über das Lager.

Kühles Morgenwasser umfächelte ihr Gesicht, sie blickte um sich. Schnattern von Entenmuscheln und das fröhliche Meckern einer Geisbrasse drang an ihr Ohr.

»Sie befinden sich in meinem Landhäuschen«, beantwortete das Seepferd ihren fragenden Blick und sah ihr tief in die Augen. »Wollen Sie nicht weiter schlafen, gnädige Frau, es würde Ihnen gut tun!«

Die Seerose konnte aber beim besten Willen nicht. Ein unbeschreibliches Ekelgefühl zog ihr die Mundwinkel herunter.

»War das ein Unwetter heute nacht; mir dreht sich noch alles vor den Augen von dem Gewirbel«, fuhr das Seepferd fort. »Darf ich Ihnen übrigens mit Speck – so einem recht fetten Stückchen Matrosenspeck aufwarten?«

Beim bloßen Hören des Wortes Speck überkam die Seerose eine derartige Übelkeit, dass sie die Lippen zusammenpressen musste. – Vergebens. Ein Würgen erfasste sie (diskret blickte das Seepferd zur Seite), und sie musste erbrechen. Unverdaut kam die Blamolpille zum Vorschein, stieg mit Luftblasen in die Höhe und verschwand.

Gott sei Dank, dass das Seepferd nichts bemerkt hatte. – Die Kranke fühlte sich plötzlich wie neugeboren.

Behaglich ballte sie sich zusammen.

O Wunder, sie konnte sich wieder ballen, konnte ihre Glieder bewegen wie früher.

Entzücken über Entzücken!

Dem Seepferd traten vor Freude Luftbläschen in die Augen. »Weihnachten, heute ist wirklich Weihnachten«, jubelte es ununterbrochen, »und das muss ich gleich dem Tintenfisch melden; Sie werden sich unterdessen recht, recht ausschlafen.«

»Was finden Sie denn so Wunderbares an der plötzlichen Genesung der Seerose, mein liebes Seepferd?«, fragte der Tintenfisch und lächelte mild. »Sie sind ein Enthusiast, mein junger Freund! Ich rede zwar sonst prinzipiell mit Laien (Sie, Barsch, einen Stuhl für den Herrn) nicht über die medizinische Wissenschaft, will aber diesmal eine Ausnahme machen und trachten, meine Ausdrucksweise Ihrem Auffassungsvermögen möglichst anzupassen. Also, Sie halten Blamol für ein Gift und schieben *seiner* Wirkung die Lähmung zu. Oh, welcher Irrtum! Nebenbei bemerkt ist Blamol längst abgetan, es ist ein Mittel von gestern, *heute* wird allgemein Idiotinchlorür angewandt (die Medizin schreitet nämlich unaufhaltsam vorwärts). Dass die Erkrankung mit dem Schlucken der Pille zusammentraf, war bloßer Zufall – alles ist bekanntlich Zufall –, denn erstens hat Seitenstrangsklerose ganz andere

Ursachen, die Diskretion verbietet mir, sie zu nennen, und zweitens wirkt Blamol wie alle diese Mittel gar nicht beim Einnehmen, sondern lediglich beim Ausspucken. Auch dann natürlich *nur* günstig.

Und was endlich die Heilung anbelangt? – Nun, da liegt ein deutlicher Fall von Autosuggestion vor. – In *Wirklichkeit* (Sie verstehen, was ich meine: ›Das Ding an sich‹ nach Kant) ist die Dame genau so krank wie gestern, wenn sie es auch nicht merkt. Gerade bei Personen mit minderwertiger Denkkraft setzen Autosuggestionen so häufig ein. – Natürlich will ich damit nichts gesagt haben, – Sie wissen wohl, wie hoch ich die Damen schätze: ›Ehret die Frauen, sie flechten und weben – – –‹ – Und jetzt, mein junger Freund, genug von diesem Thema, es würde Sie nur unnötig aufregen. – A Apropos, – Sie machen mir doch abends das Vergnügen? Es ist Weihnacht und – meine Vermählung.«

»Wa–? – Vermä– – –«, platzte das Seepferd heraus, fasste sich aber noch rechtzeitig: »Oh, es wird mir eine Ehre sein, Herr Medizinalrat.«

»Wen heiratet er denn?«, fragte er beim Hinausschwimmen den Barsch. – »Was Sie nicht sagen: die *Mies*muschel?? – Warum nicht gar! – Schon wieder so eine Geldheirat.«

Als abends die Seerose, etwas spät, aber mit blühendem Teint an der Flosse des Seepferdes in den Saal schwamm, wollte der Jubel kein Ende nehmen. Jeder umarmte sie, selbst die Schleierschnecken und Herzmuscheln, die als Brautjungfern fungierten, legten ihre mädchenhafte Scheu ab.

Es war ein glänzendes Fest, wie es nur reiche Leute geben können; die Eltern der Miesmuschel waren eben Millionäre und hatten sogar ein Meerleuchten bestellt.

Vier lange Austernbänke waren gedeckt. – Eine volle Stunde wurde schon getafelt, und immer kamen noch neue Leckerbissen. Dazu kredenzte der Barsch unablässig aus einem schimmernden Pokal (natürlich die Öffnung nach unten) hundertjährige Luft, die aus der Kabine eines Wracks stammte.

Alles war bereits angeheitert. – Die Toaste auf die Miesmuschel und ihren Bräutigam gingen in dem Knallen der Korkpolypen und dem Klappern der Messermuscheln völlig unter.

Das Seepferd und die Seerose saßen am äußersten Ende der Tafel, ganz im Schatten, und achteten in ihrem Glück kaum der Umgebung.

»Er« drückte »ihr« zuweilen verstohlen den einen oder anderen Fühler, und sie lohnte ihn dafür mit einem Glutblick. Als gegen Ende des Mahles die Kapelle das schöne Lied spielte:

»Ja, küssen, –
scherzen
mit *jungen* Herrn
ist selbst bei *Frauen*
sehr modern«,

und sich dabei die Tischnachbarn der beiden verschmitzt zublinzelten, da konnte man sich dem Eindruck nicht verschließen, dass die allgemeine Aufmerksamkeit hier allerlei zarte Beziehungen mutmaßte.

Der Saturnring

Die Jünger kamen tappend Schritt um Schritt die Wendeltreppe herauf.

Im Observatorium quoll die Dunkelheit, und an den blanken Messingrohren der Teleskope rieselte in dünnen kalten Strahlen das Sternenlicht herab in den runden Raum.

In Funkelbündeln konnte man es an die metallenen Pendel spritzen sehen, die von der Decke hingen, wenn man sich langsam hin und her wandte und ließ die Augen schweifen. Die Finsternis des Fußbodens schluckte die glitzernden Tropfen, die von den glatten, blinkenden Maschinen rannen.

»Der Meister nimmt heute den Saturn auf«, sagte Wijkander nach einer Weile und wies mit dem Finger auf das große Fernrohr, das wie der steife, nasse Fühler einer goldenen Riesenschnecke aus dem Nachthimmel herein durch die Luke ragte. Keiner der Jünger widersprach; nicht einmal erstaunt waren sie, als sie nah zum Glase traten und fanden Axel Wijkanders Worte bestätigt.

»Mir ist es ein Rätsel; – wie kann ein Mensch nur – in halber Dunkelheit so aus der bloßen Stellung des Fernrohrs erkennen, auf welchen Stern das Glas zeigt?«, meinte einer bewundernd. »Wie wissen Sie es so bestimmt, Axel?«

»Ich fühle, das Zimmer ist voll von dem erstickenden Einfluss des Saturns, Doktor Mohini. Glauben Sie mir, die Teleskope *saugen* aus den Sternen, auf die sie gerichtet sind, wie lebendige Trichter, und ziehen die Strahlen, die sichtbaren wie die finstern, herab in die Wirbel ihrer Brennlinsen!

Wer – wie ich seit langem – mit sprungbereiten Sinnen die Nächte durchlauert, der lernt nicht nur den feinen unmerklichen Hauch der Gestirne fühlen und sondern und stimmt ihr Fluten und Ebben wahr und wie sie sich unseres Hirns bemächtigen mit lautlosem Griff, unsere Vorsätze verlöschen, um andere an ihre Stelle zu schieben – wie sie hasserfüllt schweigend miteinander ringen, diese tückischen Kräfte, um die Vorherrschaft, das Schiff unseres Geschickes zu lenken – – –, der lernt auch wachend träumen und sehen, wie um gewisse Nachtstunden die seelenlosen Schemen der abgestorbenen Himmelskörper lebensgierig sich in das Reich der Sichtbarkeit schleichen und durch fremdartig zögerndes Gebärdenspiel, das ein unbestimmtes namenloses Grauen in unserer Seele weckt, rätselhafte Verständigung tauschen – – – –. Doch machen wir Licht, leicht können die Gegenstände verrücken auf den Tischen – so im Finstern –, und der Meister hat es nie geliebt, dass man die Dinge stört auf ihren Plätzen.« –

Einer der Freunde trat zur Wand und tastete nach den elektrischen Lampen. Man hörte das leise zischende Suchen seiner Fingerspitzen, die an der Mauervertiefung umherfuhren, – dann wurde es mit einem Schlage Licht, und der messinggelbe Glanz der Metallpendel und Teleskope lachte grell auf im Raum.

Der Nachthimmel, der eben noch seine weiche samtene Haut schmeichelnd an die Fenster geschmiegt, war plötzlich zurückgefahren und verbarg sein Antlitz jetzt weit, weit droben in dem eisigen Raume hinter den Sternen.

»Das ist die große runde Flasche – –, dort, Doktor«, sagte Wijkander, »von der ich Ihnen gestern sprach und die dem Meister zu seinem letzten Experiment diente.

Und von diesen beiden Metallpolen an den Wänden – sehen Sie hier – gingen die Wechselströme aus, die sogenannten Hertzschen Wellen, und hüllten die Flasche in ein elektrisches Feld.

Sie haben uns gelobt, Doktor, über alles, was Sie sehen und erfahren werden, unverbrüchliches Stillschweigen zu bewahren und uns mit Ihren Kenntnissen als Irrenarzt beizustehen, so gut es eben geht.

Glauben Sie nun wirklich, wenn der Meister jetzt kommen und in der Meinung, unbeobachtet zu sein, Dinge vollführen wird, die ich Ihnen wohl andeutete, unmöglich aber weiter enthüllen darf, dass Sie durch seine äußern Handlungen unbeeinflusst bleiben und bloß durch stumme Beobachtung seines ganzen Wesens feststellen können, ob Irrsinn ganz ausgeschlossen ist?

Werden Sie ihre wissenschaftlichen Vorurteile so weit unterdrücken können, dass Sie, wenn es sein muss, offen eingestehen: Ja, es ist ein mir fremder Geisteszustand, vielleicht jener hochschlafähnliche, der Turya-Trance heißen soll –, es ist etwas, das die Wissenschaft nie gesehen hat –, Irrsinn aber ist es nicht?

Werden Sie den Mut haben, das offen einzugestehen, Doktor? – Sehen Sie, nur die Liebe, den Meister vor Verderben zu schützen, hat uns den schweren Schritt wagen lassen, Sie hierher zu führen und vielleicht Dinge sehen lassen zu müssen, die noch niemals das Augen eines Uneingeweihten erblickt hat.«

Doktor Mohini sah vor sich hin. »Ich werde ehrlich tun, was ich vermag, und auf alles Rücksicht nehmen, was Sie verlangten und mir gestern anvertrauten; – wenn ich aber alles wohl überlege, so möchte ich mir an den Kopf greifen. – Gibt es denn wirklich eine Wissenschaft, eine wahrhaft verborgene Weisheit, die ein unübersehbar weites Feld von Dingen erforscht haben will und beherrscht, von deren bloßer Existenz wir nicht einmal gehört haben sollen?!

Sie reden da nicht nur von Magie, – von schwarzer und weißer Magie; ich höre Sie von den Geheimnissen eines grünen, verborgenen Reiches reden und von unsichtbaren Bewohnern einer violetten Welt!

Sie selbst treiben – – violette Magie, sagen Sie, – gehören einer uralten Bruderschaft an, die aus grauer Vorzeit her diese Geheimnisse und Arkana zu bewahren hat.

Und von der ›Seele‹ reden Sie wie von etwas Erwiesenem! – Ein feiner stofflicher Wirbel soll das sein, der Träger eines präzisen Bewusstseins?!

Und nicht nur das, – Ihr Meister soll eine solche Seele in diesem Glasbehälter dort eingesperrt haben, indem er die Flasche mit dem Hertzschen Oszillator umspült hält?! – Ich kann mir nicht helfen, aber das ist doch, weiß Gott, hellichter – – – – –«

Axel Wijkander stieß ungeduldig seinen Stuhl zurück, trat verstimmt an das große Fernrohr und blickte hinein.

»Ja, was können wir Ihnen wohl sonst sagen, Doktor Mohini«, meinte endlich zögernd einer der Freunde. »– Es *ist* eben so; – der Meister *hat* durch lange Zeit in dieser Flasche eine menschliche Seele isoliert gehalten, hat die hemmenden Hüllen von ihr gelöst, eine nach der andern, wie man wohl die Hüllen von einer Meerzwiebel löst, hat ihre Kräfte verfeinert und – eines Tages war sie eben entwichen, hatte die Glaswand und das isolierende elektrische Feld durchdrungen, – war entflohen!« – – – –

In diesem Augenblick unterbrach ein lauter Ruf Axel Wijkanders den Sprecher, und alle blickten erstaunt auf.

Wijkander rang nach Atem: »Ein Ring, ein *gezackter* Ring. Weißlich durchbrochen, es ist unglaublich, unerhört«, schrie er. »Ein neuer Ring, ein neuer *Saturnring* hat sich gebildet!« –

Einer nach dem andern sah in das Glas und konnte sich vor Staunen kaum fassen.

Doktor Mohini, der nicht Astronom war und das Auftreten eines Phänomens wie das der Bildung eines neuen Saturnringes weder zu deuten noch in seiner ungeheuren Tragweite zu würdigen wusste, hatte kaum einige Fragen zu stellen begonnen, als man schwere Männertritte die Wendeltreppe heraufkommen hörte.

»An eure Plätze, um Gottes willen, – dreht das Licht ab, der Meister kommt«, befahl Wijkander in wilder Hast, »und Sie, Doktor, bleiben in Ihrer Nische verborgen, was auch immer geschehen möge, hören Sie! Sieht Sie der Meister, so ist alles verloren.«

Einen Augenblick später war das Observatorium wieder völlig dunkel und totenstill.

Die Schritte kamen näher und näher, eine Gestalt in weißem Seidentalar betrat den Raum und zündete eine winzige Lampe auf dem Tische an, die einen blendenden engen Lichtkreis warf.

»Es zerreißt mir die Seele«, flüsterte Wijkander seinem Nachbarn ins Ohr, – »der arme, arme Meister, wie der Gram seine Züge durchfurcht hat.«

Jetzt trat der Alte zum Teleskop, sah lange hinein und wankte wie gebrochen zum Tisch zurück.

»Von Stunde wächst der Ring – jetzt hat er sogar Zacken bekommen, es ist furchtbar«, hörte man den Adepten verzweifelt klagen und sah ihn in heißem Schmerze das Gesicht in die Hände vergraben.

Eine lange, lange Zeit sah er so, und die Jünger in ihren Verstecken weinten leise vor sich hin.

Endlich sprang er auf in wildem Entschlusse, rollte die Flasche herbei in die Nähe des Fernrohrs und legte drei Gegenstände, deren Form nicht zu unterscheiden war, daneben auf den Boden.

Dann kniete er sich steif hin in die Mitte des Zimmers und bildete mit den Armen und dem Oberleib seltsame Stellungen, die geometrische Figuren und Winkelmaßen glichen; – zugleich murmelte er eintönige Sätze, aus denen von Zeit zu Zeit langgezogene heulende Vokale hervorklangen. –

»Allbarmherziger Gott, beschirme seine Seele, es ist die Beschwörung des Typhon«, flüsterte entsetzt Wijkander den andern zu, – »er will die entflohene Seele aus dem Weltall *zurückzwingen*. – Misslingt es, ist er dem Selbstmord verfallen; – Brüder, achtet scharf auf mein Zeichen und dann springt zu. Und haltet eure Herzen fest, die Nähe schon des Typhon macht die Herzkammern bersten!«

Der Adept kniete immer noch unbeweglich, und die Vokale wurden lauter und heulender.

Die kleine Flamme auf dem Tisch warf trüben Schein, begann zu schwelgen und glomm wie ein glühendes Auge durch den Raum, und es schien, als nehme ihr Licht nach und nach unter kaum merklichem Zucken eine grünlich violette Farbe an.

Das Murmeln des Beschwörers hatte ganz aufgehört, nur in langen, regelmäßigen Pausen gellte seine Stimme die Vokale hervor, die markerschütternd die Luft durchschnitten.

Sonst kein Laut. Eine Stille, so furchtbar und aufregend wie nagende Todespein. – –

Das Gefühl, als seien alle Dinge ringsum zu Asche zerfallen – und als sinke der Raum mit rasender Schnelle irgendwohin in einer unerklärlichen Richtung, immer tiefer hinab und hinab in das erstickende Reich der Vergangenheit, legte sich auf alle.

Dann plötzlich ein tappendes, schlammiges Klatschen quer durch das Zimmer wie von einem nassen, unsichtbaren Geschöpf, das sich in kurzen hastigen Sprüngen vorüberschnellt.

Violett schimmernde Handflächen erscheinen auf dem Fußboden, rutschen unschlüssig tastend hin und her, wollen sich erheben aus dem Reiche der Fläche zu Körpern und fallen kraftlos wieder zurück. Fahle schemengleiche Wesen – die hirnlosen, grauenhaften Überbleibsel der Toten – haben sich von den Wänden gelöst und gleiten umher, ohne Sinn, ohne Ziel, halbbewusst, mit den taumelnden, schlendernden Bewegungen idiotischer Krüppel, blasen unter geheimnisvoll blödsinnigem Lächeln die Backen auf, – langsam, ganz langsam und verstohlen, als wollten sie irgendein unerklärliches verderbenbringendes Vorhaben bemänteln – oder stieren tückisch ins Weite, um plötzlich vorwärts zu schießen – blitzartig gleich Vipern –, eine kleine Strecke.

Geräuschlos fallen von der Decke blasige Körper, rollen sich auf und kriechen umher: – die weißen grässlichen Spinnen, die die Sphären der Selbstmörder bevölkern und aus verstümmelten Kreuzesformen das Fangnetz der Vergangenheit weben, das unaufhörlich wächst und wächst von Stunde zu Stunde.

Eisiger Schrecken weht im Raum, – das Unfassbare außerhalb alles Denkens und Verstehens Liegende, die würgende Todesangst, die keine Wurzel mehr hat und auf keiner Ursache mehr fußt –: das formlose Muttertier des Entsetzens.

Da dröhnt dumpfes Fallen über den Boden hin, Doktor Mohini ist tot niedergestürzt.

Sein Gesicht steht im Nacken, der Mund weit aufgebrochen. »*Haltet die Herzen fest, der Typhon* – –« hört man noch Axel Wijkander schreien, dann bricht von allen Seiten eine Flut entfesselnder Geschehnisse herein, eines das andere überstürzend. – Die große Flasche zerspringt in tausende, seltsam geformte Splitter, die Wände geben phosphoreszierenden Schein.

An den Rändern der Luken und Fensternischen setzt eine fremdartige Verwesung ein, die den harten Stein in eine gedunsene Masse wie blutleeres entartetes Zahnfleisch verwandelt, – sich mit der Schnelligkeit leckender Flammen weiterfrißt, Decke und Mauern ergreifend.

Taumelnd ist der Adept aufgesprungen, – hat in Geistesverwirrung ein spitzes Opfermesser erfasst und hat es sich in die Brust gestoßen.

Wohl sind ihm die Jünger in den Arm gefallen, die tiefe Wunde jedoch, aus der jetzt das Leben sickert, können sie nicht mehr schließen.

Die strahlende Helle der elektrischen Lampen ist wieder Siegerin im runden Raum des Observatoriums, und verschwunden sind die Spinnen und die Schemen und die Fäulnis.

Zersplittert aber liegt die Flasche, deutliche Brandspuren bedecken den Boden, und der Meister verblutet auf einer Matte. Nach dem Opfermesser haben sie vergeblich gesucht. Unter dem Teleskop, mit verkrampften Gliedern, liegt die Leiche Mohinis auf der Brust, und das Gesicht – nach oben gedreht – grinst verzerrt im Todesschrecken zur Decke empor.

Die Jünger umstehen des Meisters Lager, und ihrem Flehen, sich zu schonen, wehrt er mild: »Lasset mich zu euch sprechen und grämt euch nicht. Mein Leben hält keiner mehr, und meine Seele ist voll der Sehnsucht, zu vollbringen, was sie im Körper vermocht.

Habt ihr nicht gesehen, wie der Hauch der Verwesung durch dieses Haus schritt! Ein kurzer Augenblick noch, und er wäre stofflich geworden, – wie sich Nebel niederschlägt zu bleibendem Reif, – und die Sternwarte und alles darinnen, ihr und ich, wir wären jetzt Schimmel und Moder.

Die Sengspuren dort auf dem Fußboden, sie stammen von den Händen der hasserfüllten Bewohner des Abgrundes, die vergeblich nach meiner Seele griffen. Und so wie ihre Male hier eingebrannt stehen in Holz und Stein, wäre auch ihr anderes Werk bleibend und sichtbar geworden, hättet ihr euch nicht mutvoll dazwischen geworfen.

Denn alles, was auf Erden ›bleibend‹ ist, wie es die Toren nennen, ist vorher Spuk gewesen, – Spuk, sichtbar oder unsichtbar – und ist nichts mehr als *erstarrter* Spuk.

Deshalb, was es auch sei, Schönes oder Hässliches, Erhabenes, Gutes oder Böses, Heiteres mit dem verborgenen Tode im Herzen oder Trauriges mit der verborgenen Heiterkeit im Herzen, – immer haftet etwas von Spuk daran.

Wenn auch nur wenige das Gespenstische fühlen in der Welt, so ist es doch da, ewig und immerwährend.

Es ist die Grundlehre unseres Bundes, dass wie die steilen Wände des Lebens emporklimmen sollen zur Spitze des Berges, wo der gigantische Magier steht und mit seinen Blendspiegeln die Welt da unten hervorzaubert aus trügerischen Reflexen!

Seht, da habe ich gerungen um das höchste Wissen, habe nach einem menschlichen Wesen gesucht, um es zu töten, der Erforschung meiner Seele wegen. Einen Menschen wollte ich opfern, der wahrhaft unnütz ist auf Erden; und ich mischte mich unter das Volk, unter Männer und Weiber, und wähnte ihn leicht zu finden.

Mit der Freude der Gewissheit ging ich zu Rechtsanwälten, zu Medizinern und Militär –; unter Gymnasialprofessoren hatte ich ihn beinahe schon gefasst – beinahe!

Immer nur beinahe, denn stets war ein kleines, oft nur winziges Zeichen an ihnen, und zwang mich loszulassen.

Dann kam die Zeit, wo ich endlich darauf stieß. Nicht auf ein einzelnes Geschöpf – nein, auf eine ganze Schicht.

Wie man unversehens auf ein Heer von Mauerasseln stößt, wenn man im Keller einen alten Topf vom Boden hebt.

Die Pastoren›weibse‹!

Das war es!

Ich habe eine ganze Schnur von Pastorenweibsen belauscht, wie sie rastlos sich ›nützlich machen‹, Versammlungen abhalten ›zur Aufklärung von Dienstboten‹, für die armen Negerkinder, die sich der göttlichen Nacktheit freuen, warme scheußliche Strümpfe stricken, Sittlichkeit verteilen und protestantischbaumwollene Handschuhe; – und wie sie uns arme, geplagte Menschheit belästigen: man sollte doch Stanniol sammeln, alte Korke, Papierschnitzel, krumme Nägel und anderen Dreck, damit – ›nichts verkomme‹! –

Und gar als ich sah, dass sie sich anschickten, neue Missionsgesellschaften auszuhecken und mit den Abwässern ›moralischen‹ Aufklärichts die Mysterien der heiligen Bücher zu verdünnen, da war die Schale meines Grimmes voll.

Eine, – ein pinselblondes ›deutsches‹ Biest, ein echtes Gewächs aus wendisch-kaschubischem Obotritenblut, hatte ich schon unter dem Messer, da sah ich, dass sie – gesegneten Leibes war, und Mosis uraltes Gesetz bot mir Halt.

Eine zweite fing ich ein, eine zehnte und hundertste, und immer waren sie – – gesegneten Leibes!

Da legte ich mich auf die Lauer Tag und Nacht – wie der Hund mit den Krebsen –, und so gelang es mir endlich, im richtigen Augenblick eine direkt aus dem Wochenbett herauszufangen.

Eine glatt gescheitelte Betthäsin mit blauen Gänseaugen war es.

Neun Monate lang hielt ich sie noch eingesperrt aus Gewissensgründen, vorsichtshalber, ob nicht am Ende doch noch etwas nachkäme oder eine Art jungfräulicher Vermehrung einträte, wie bei den Mollusken der Tiefsee durch ›Abschnürung‹ oder dergleichen.

In den unbewachten Sekunden ihrer Gefangenschaft hat sie damals noch heimlich einen dicken Band geschrieben: ›Herzensworte als Mitgabe für deutsche Töchter bei ihrer Aufnahme in den Kreis der Erwachsenen.‹ – – –

Aber ich habe das Buch rechtzeitig erwischt und sofort im Knallgasgebläse verbrannt – – – – –!

Als ich schließlich ihre Seele vom Körper losgetrennt und in der großen Glasflasche isoliert hielt, ließ mich eines Tages ein unerklärlicher Geruch nach Ziegenmilch Böses ahnen, und ehe ich noch den Hertzschen Oszillator, der offenbar einen Augenblick versagt hatte, wieder in Ordnung bringen konnte, war das Unglück bereits geschehen und die anima pastoris unwiederbringlich entwichen.

Augenblicklich wandte ich wohl die stärksten Lockmittel an, legte ein Paar Frauenunterhosen aus rosa Barchent (Schutzmarke ›Lama‹) aufs Fensterbrett, einen elfenbeinernen Rückenkratzer, ja ein Poesiealbum aus giftblauem Sammet mit goldenen Geschwüren – aber alles umsonst!

Wandte nach den Gesetzen okkulter Telenergie magische Fernreize an, – vergebens!!

Eine destillierte Seele ist eben kaum zu fangen!

Nun lebt sie frei im Weltenraum und lehrt die arglosen Planetengeister die infernalische Kunst der weiblichen Handarbeit.

Und heute hat sie sogar um den Saturn – – – *einen neuen Ring gehäkelt!!*

Und das war zuviel für mich.

Ich habe wohl alles durchgedacht und mein Hirn zermartert, – es blieben nur zwei Wege; der eine: Reizungen anwenden, – glich der Skylla, der andere, Reizungen unterlassen, war die Charybdis.

Ihr kennt ja die geniale Lehre des großen Johannes Müller, die da lautet: ›Wenn man die Netzhaut des Auges belichtet oder drückt, erhitzt oder elektrisiert oder Reize auf sie ausübt, welche immer, so tauchen nicht etwa den verschiedenen objektiven Reizen entsprechende Empfindungen von Licht, Druck, Wärme, Elektrizität auf, sondern niemals andere als *Seh*empfindungen, und wenn man die *Haut* belichtet oder drückt, betönt oder elektrisiert, nie tauchen andere als *Tast*empfindungen auf mit allen ihren Folgen.‹

Und dieses unerbittliche Gesetz waltet auch hier, denn:

Wird auf den Wesenskern der Pastorenweibse ein *Reiz ausgeübt*, – welcher immer – so – – *häkelt* sie, – und bleibt er *ungereizt* – –« des Meisters Stimme wurde leise und unirdisch »–, so – *so vermehrt sie sich – – bloß.*«

Tot sank der Adept zurück.

Erschüttert faltete Axel Wijkander die Hände:

»Lasset uns beten, Brüder. Er hat das Land des Friedens betreten; es bleibe seine Seele froh für und für!«

Das Gehirn

Der Pfarrer hatte sich so herzlich auf die Heimkehr seines Bruders Martin aus dem Süden gefreut, und als dieser endlich eintrat in die altertümliche Stube, eine Stunde früher, als man erwartet hatte, da war alle Freude verschwunden. Woran es lag, konnte er nicht begreifen, er empfand es nur, wie man einen Novembertag empfindet, an dem die Welt zu Asche zu zerfallen droht.

Auch Ursula, die Alte, brachte anfangs keinen Laut hervor. Martin war braun wie ein Ägypter und lächelte freundlich, als er dem Pfarrer die Hände schüttelte.

Er bleibe gewiss zum Abendessen zu Hause und sei gar nicht müde, sagte er. Die nächsten paar Tage müsse er zwar in die Hauptstadt, dann aber wolle er den ganzen Sommer daheim sein.

Sie sprachen von ihrer Jugendzeit, als der Vater noch lebte, – und der Pfarrer sah, dass Martins seltsamer melancholischer Zug sich noch verstärkt hatte.

»Glaubst du nicht auch, dass gewisse überraschende, einschneidende Ereignisse bloß deshalb eintreten müssen, weil man eine innere Furcht vor ihnen nicht unterdrücken kann?«, waren Martins letzte Worte vor dem Schlafengehen gewesen. »Und weißt du noch, welch grauenhaftes Entsetzen mich schon als kleines Kind befiel, als ich einmal in der Küche ein blutiges Kalbshirn sah ...«

Der Pfarrer konnte nicht schlafen, es lag wie ein erstickender, spukhafter Nebel in dem früher so gemütlichen Zimmer.

Das Neue, das Ungewohnte, – dachte der Pfarrer.

Aber es war nicht das Neue, das Ungewohnte, es war ein anderes, das sein Bruder hereingebracht hatte.

Die Möbel sahen nicht so aus wie sonst, die alten Bilder hingen, als ob sie von unsichtbaren Kräften an die Wände gepresst würden. Man hatte das bange Ahnen, dass das bloße Ausdenken irgendeines fremden, rätselhaften Gedankens eine ruckweise, unerhörte Veränderung hervorbringen müsse. – Nur nichts Neues denken, – bleibe beim Alten, Alltäglichen, warnt das Innere. Gedanken sind gefährlich wie Blitze!

Martins Abenteuer nach der Schlacht bei Omdurman ging dem Pfarrer nicht aus dem Sinn: wie er in die Hände der Obeahneger gefallen war, die ihn an einen Baum banden – – – – – Der Obizauberer kommt aus seiner Hütte, kniet vor ihm hin und legt noch ein blutiges Menschengehirn auf die Trommel, die eine Sklavin hält.

Jetzt sticht er mit einer langen Nadel in verschiedene Partien dieses Gehirns, und Martin schreit jedes Mal wild auf, weil er den Stich im eigenen Kopf *fühlt*.

Was hat das zu bedeuten?!

Der Herr erbarme sich seiner! ...

Gelähmt an allen Gliedern wurde Martin damals von englischen Soldaten ins Feldspital gebracht.

Eines Tages fand der Pfarrer seinen Bruder bewusstlos zu Hause vor.

Der Metzger mit seiner Fleischmulde sei gerade eingetreten, berichtete die alte Ursula, da plötzlich sei Herr Martin ohne Grund ohnmächtig geworden.

»Das geht so nicht weiter, du musst in die Nervenheilanstalt des Professors Diokletian Büffelklein; der Mann genießt einen Weltruf«, hatte der Pfarrer zu seinem Bruder gesagt, als dieser wieder zu sich gekommen war, und Martin willigte ein. –

»Sie sind Herr Schleiden? Ihr Bruder, der Pfarrer, hat mir bereits von Ihnen berichtet. Nehmen Sie Platz und erzählen Sie in kurzen Worten«, sagte Professor Büffelklein, als Martin das Sprechzimmer betrat.

Martin setzte sich und begann:

»Drei Monate nach dem Ereignis bei Omdurman – Sie wissen – waren die letzten Lähmungserscheinungen ...«

»Zeigen Sie mir die Zunge – hm, keine Abweichung, mäßiger Tremor«, unterbrach der Professor. »Warum erzählen Sie denn nicht weiter?« – – –

»... waren die letzten Lähmungserscheinungen –« setzte Martin fort.

»Schlagen Sie ein Bein über das andere. So. Noch mehr, so –« befahl der Gelehrte und klopfte sodann mit einem kleinen Stahlhammer auf die Stelle unterhalb der Kniescheibe des Patienten. Sofort fuhr das Bein in die Höhe.

»Erhöhte Reflexe«, sagte der Professor. – »Haben Sie immer erhöhte Reflexe gehabt?«

»Ich weiß nicht; ich habe mir nie aufs Knie geklopft«, entschuldigte sich Martin.

»Schließen Sie ein Auge. Jetzt das andere. Öffnen Sie das linke, so – jetzt rechts – gut – Lichtreflexe in Ordnung. War der Lichtreflex bei Ihnen stets in Ordnung, besonders in letzter Zeit, Herr Schleiden?«

Martin schwieg resigniert.

»Auf solche Zeichen hätten Sie eben achten müssen«, bemerkte der Professor mit leichtem Vorwurf und hieß den Kranken sich entkleiden.

Eine lange, genaue Untersuchung fand statt, während welcher der Arzt alle Kennzeichen tiefsten Denkens offenbarte und dazu lateinische Worte murmelte.

»Sie sagten doch vorhin, dass Sie Lähmungserscheinungen hätten, ich finde aber keine«, sagte er plötzlich.

»Nein, ich wollte doch sagen, dass Sie nach drei Monaten *verschwunden* seien«, entgegnete Martin Schleiden.

»Sind Sie denn schon so lange krank, mein Herr?«

Martin machte ein verblüfftes Gesicht.

»Es ist eine merkwürdige Erscheinung, dass sich fast alle deutschen Patienten so unklar ausdrücken«, meinte freundlich lächelnd der Professor; »da sollten Sie einmal einer Untersuchung auf einer französischen Klinik beiwohnen. Wie prägnant sich da selbst der einfache Mann ausdrückt. Übrigens hat es nicht viel auf sich mit Ihrer Krankheit. Neurasthenie, weiter nichts. – Es wird Sie wohl gewiss auch interessieren, dass es uns Ärzten – gerade in allerletzter Zeit – gelungen ist, diesen Nervensachen auf den Grund zu kommen. Ja, das ist der Segen der modernen Forschungsmethode, heute ganz genau zu wissen, dass wir füglich gar keine Mittel – Arzneien – anwenden können. – Zielbewusst das Krankheitsbild im Auge behalten! Tag für Tag! Sie würden staunen, was wir damit erzielen können. Sie verstehen! – Und dann die Hauptsache: Vermeiden Sie jede Anstrengung, das ist Gift für Sie – und jeden zweiten Tag melden Sie sich bei mir zur Visite. – Also nochmals: *keine Aufregung!*«

Der Professor schüttelte dem Kranken die Hand und schien infolge der geistigen Anstrengung sichtlich erschöpft.

Das Sanatorium, ein massiver Steinbau, bildete das Eck einer sauberen Straße, die das unbelebteste Stadtviertel schnitt.

Gegenüber zog sich das alte Palais der Gräfin Zahradka hin, dessen stets verhängte Fenster den krankhaft ruhigen Eindruck der leblosen Straße verstärkte.

Fast nie ging jemand vorbei, denn der Eingang in das viel besuchte Sanatorium lag auf der anderen Seite bei den Ziergärten, neben den beiden alten Kastanienbäumen.

Martin Schleiden liebte die Einsamkeit, und der Garten mit seinen Teppichpflanzen, seinen Rollstühlen und launischen Kranken, mit dem langweiligen Springbrunnen und den dummen Glaskugeln war ihm verleidet.

Ihn zog die stille Straße an und das alte Palais mit den dunklen Fenstergittern. Wie mochte es drinnen aussehen?

Alte verblichene Gobelins, verschossene Möbel, umwickelte Glaslüster. Eine Greisin mit buschigen weißen Augenbrauen und herben, harten Zügen, die der Tod und das Leben vergessen hatte. –

Tag für Tag schritt Martin Schleiden das Palais entlang. – In solchen öden Straßen muss man dicht an den Häusern gehen. –

Martin Schleiden hatte den ruhigen, eigentümlichen Schritt der Menschen, die lange in den Tropen gelebt haben. Er störte den Eindruck der Straße nicht; sie passten so zueinander, diese weltfremden Daseinsformen.

Drei heiße Tage waren gekommen, und jedes Mal begegnete er auf seinem einsamen Weg einem Alten, der stets eine Gipsbüste trug.

Eine Gipsbüste mit einem Bürgergesicht, das sich niemand merken konnte. –

Dieses Mal waren sie zusammengestoßen – der Alte war so ungeschickt.

Die Büste neigte sich und fiel langsam zu Boden. – Alles fällt langsam, nur wissen es die Menschen nicht, die keine Zeit haben zur Beobachtung. –

Der Gipskopf zerbrach, und aus den weißen Scherben quoll ein blutiges Menschengehirn. –

Martin Schleiden blickte starr hin, streckte sich und wurde fahl. Dann breitete er die Arme aus und schlug die Hände vors Gesicht.

Mit einem Seufzer stürzte er zu Boden. – –

Der Professor und die beiden Assistenzärzte hatten den Vorgang von den Fenstern zufällig mit angesehen.

Der Kranke lag jetzt im Untersuchungszimmer. Er war gänzlich gelähmt und ohne Bewusstsein.

Eine halbe Stunde später war der Tod eingetreten. –

Ein Telegramm hatte den Pfarrer ins Sanatorium berufen, der jetzt weinend vor dem Mann der Wissenschaft stand.

»Wie ist das nur alles so rasch gekommen, Herr Professor?« –

»Es war vorauszusehen, lieber Pfarrer«, sagte der Gelehrte. »Wir hielten uns streng an die Erfahrungen, die wir Ärzte im Laufe der Jahre in der Heilmethode gemacht haben, aber wenn der Patient selber nicht befolgt, was man ihm vorschreibt, so ist eben jede ärztliche Kunst verloren.«

»Wer war denn der Mann mit der Gipsbüste?«, unterbrach der Pfarrer.

»Da fragen Sie mich nach Nebenumständen, zu deren Beobachtung mir Zeit und Muße fehlt – lassen Sie mich fortfahren:

Hier in diesem Zimmer habe ich wiederholte Male Ihrem Bruder auf das ausdrücklichste die Enthaltung von jeglicher Art Aufregung verordnet. – Ärztlich verordnet! Wer nicht folgte, war Ihr Bruder. Es erschüttert mich selbst tief, lieber Freund, aber Sie werden mir recht geben: Strikte Befolgung der ärztlichen Vorschrift ist und bleibt die Hauptsache. Ich selbst war Augenzeuge des Unglücksfalles:

Schlägt der Mann in höchster Aufregung die Hände vor den Kopf, wankt, taumelt und stürzt zu Boden. Da war jede Hilfe zu spät. – Ich kann Ihnen schon heute das Ergebnis der Obduktion voraussagen: Hochgradige Blutleere des Gehirnes, infolge diffuser Sklerosierung der grauen Hirnrinde. Und jetzt beruhigen Sie sich, lieber Mann, beherzigen Sie den Satz und lernen Sie daraus: Wie man sich bettet, so liegt man. –

Es klingt hart, aber Sie wissen, die Wahrheit will starke Jünger haben.«

Der Buddha ist meine Zuflucht

Das hab' ich gehört:

Zu einer Zeit lebte ein alter Musiker in dieser Stadt; arm und verlassen. Das Zimmer, in dem er wohnte, in dem er einen Teil der Nacht zubrachte und einen Teil des Tages, war eng, düster, armselig, und in dem armseligsten, engsten, düstersten Viertel gelegen.

Nicht von je war der Alte so verlassen gewesen. An Jahre konnte er nicht zurückdenken, an Jahre voll Pracht und Prunk – und was an Glanz die Erde dem Reichtum bietet, das hatte sie einst ihm geboten.

Was an Freude der Erde vom Freudvollen bietet, das hatte sie einst ihm geboten.

Was an Wonnen und Schönheit die Erde dem Glücklichen bietet und dem Schönen bietet, das hatte sie auch ihm geboten.

An einem Tage aber war die Wende in seinem Glück gekommen. So wie an einem hellen Morgen die Sonne aufsteigt im wolkenlosen Himmel, ihren Höhepunkt erreicht an Klarheit, um dann niederzugehen und in trübes Dunkel zu tauchen, in dichtes Dunkel zu tauchen, in undurchdringliches Dunkel zu tauchen, dann unsichtbar wird, in Nacht versinkt.

Und als die Wende in seinem Glücke gekommen war und jeder neue Tag neues Unheil brachte, hatte er Hilfe im Gebet gesucht; – auf dass sein Untergang aufgehalten werde, auf den Knien gelegen lange und viele Nächte.

Aber Pracht und Prunk verblassten, Freude und Glanz schwanden dahin, sein Reichtum zerbrach. Sein Weib verließ ihn, sein Kind starb, als er in seiner Armut nichts mehr besaß, es zu pflegen.

Da hatte er um nichts mehr gebetet.

So trat seine Seele in die Dunkelheit.

Wie in tiefer Nacht, wenn Finsternis die Formen und Kanten und Farben der Dinge und Wesen verschlungen hat, und eines dem andern nicht mehr kann unterschieden werden, – wie in tiefer Nacht der Himmel sich leise, unmerklich hellt vom Schimmer des kommenden Mondes und flüsternd die verschwundenen Formen und Kanten der Dinge und Wesen zu einem anderen Leben weckt, so tauchten leise, unmerklich, flüsternd aus dem Dunkel seines Herzens die Worte auf, die er einstmals vernommen, gelesen irgendwann in der Zeit seines Reichtums, – die Worte des Buddha:

»Daher schließ dich an Liebes nicht,
Geliebtes lassen ist so schlimm!
Kein Daseinsband verstricket den,

Dem nichts mehr lieb noch unlieb ist.
Aus Liebem sprießet Gram hervor,
Aus Liebem sprießet Furcht hervor,
Wer sich von Liebem losgesagt,
Hat keinen Gram und keine Furcht.
Dem Lebenstrieb entsprießt der Gram,
Dem Lebenstrieb entsprießt die Furcht:
Wer losgelöst vom Lebenstrieb,
Hat keinen Gram und keine Furcht.«

Da trat seine Seele in die Dämmerung.

Alles Wünschen und alles Hoffen war von ihm abgefallen, aller Gram, alle Gier, alles Leid, alle Freude.

Morgens, wenn er erwachte, sandte er seine Liebe und sein Mitleid nach Osten, nach Westen, nach Süden, nach Norden, nach oben, nach unten, und wenn er seine Arbeit begann, murmelte er: »Der Buddha ist meine Zuflucht«, und wenn er sich schlafen legte, murmelte er: »Der Buddha ist meine Zuflucht.«

Wenn er sein karges Mahl einnahm, wenn er trank, wenn er aufstand oder sich niedersetzte, wenn er fortging oder wiederkam, murmelte er: »Der Buddha ist meine Zuflucht.«

Verschlossen wurden da die Tore seiner Sinne, dass Wünschen und Hassen, – Gier, Leid und Freude keinen Einlass mehr fanden.

An Feiertagen, wenn die Glocken läuteten, – zuweilen –, holte er eine Glasplatte hervor und befestigte sie an seinem Tisch, schüttete feine Sandkörner darauf, und wenn er mit dem Bogen seines Cello an dem Rande des Glases niederstrich, dass es sang, schwingend und klingend, tanzte der Sand und bildete kleine, regelmäßige Sterne. – Klangfiguren.

Und wie die Sterne und Formen entstanden, wuchsen und vergingen und wieder entstanden, gedachte er dumpf der Lehre des Buddha Gautama vom Leiden, von der Leidensentstehung, von der Leidensvernichtung, von dem zur Leidensvernichtung führenden Pfad.

»Der Buddha ist meine Zuflucht.«

In das Land zu ziehen, wo die Heiligen leben, die um nichts mehr zu beten haben –, wo einst der Erhabene, Vollendete geweilt – der Asket Gotamo – und den Weg zur Freiheit gewiesen, – war seine glühende Sehnsucht.

Dort zu suchen, zu finden den Kreis der wenigen, Erkorenen, die den lebendigen Sinn der Lehre behüten, den von Herz zu Herzen vererbten, unverdeuteten, unverwirrten, zur atmenden Kraft gewordenen, – war seine glühende Sehnsucht.

Und das Geld zu erwerben, nach Indien pilgern zu können, in das Land seiner glühenden Sehnsucht, spielte er mit verschlossenen Sinnen sein Cello in Schenken seit Tagen und Wochen und Monaten und vielen, vielen Jahren.

Wenn seine Gefährten ihm seinen schmalen Teil reichten, von dem, was sie ersammelt, dachte er an den Erhabenen, Vollendeten, – dass er Ihm wieder näher sei um einen Schritt: »Der Buddha ist meine Zuflucht.«

Weiß und gebrechlich war er so geworden, da kam der Tag, der ihm die letzten noch fehlenden Kreuzer brachte.

In seinem armseligen düsteren Zimmer stand er und starrte auf den Tisch.

Was sollte das Geld dort auf dem Tisch!? – Warum hatte er es gesammelt?

Sein Gedächtnis war erloschen.

Er sann und sann, was sollte das Geld dort auf dem Tisch!

Sein Gedächtnis war erloschen.

Er wusste nichts mehr und konnte nicht mehr denken. Nur immer wieder und wieder, wie eine Welle aus den Wassern springt und zurückfällt, tauchte der Satz auf in seinem Hirn: »Der Buddha ist meine Zuflucht. Der Buddha ist meine Zuflucht.«

Da öffnete sich die Türe, und sein Gefährte, der Geiger, ein mildtätiger, mitleidsloser Mensch, trat herein.

Der Alte hörte ihn nicht und starrte auf das Geld.

»Wir sammeln heute für die Kinder der Armen«, sagte endlich leise der Geiger.

Der Alte hörte ihn nicht.

»Wir sammeln heute für die Kinder derer, die vom Wege stehen.

Wir alle, arm und reich. – Dass sie nicht frieren und nicht verderben, nicht hungern. Dass sie gepflegt werden, wenn sie krank sind. – – –

Willst du nichts geben. Alter? – – – Und bist doch so reich!«

Der Alte begriff den Sinn der Worte kaum; das dumpfe Gefühl, er dürfe nichts wegnehmen, nichts hergeben von dem Gelde dort auf dem Tisch, hielt sein Herz fest wie ein Bann. Er konnte nicht sprechen, ihm war, als hätte er diese Welt vergessen.

Ein Traumgesicht zog an ihm vorüber. – Er sah die glühende Sonne Indiens über regungslosen Palmen und schimmernden Pagoden und in der Ferne die weißen Berge blinken.

Die unbewegliche Gestalt Gautama Buddhas kam wie von weitem heran, und wie ein Echo hörte er im Herzen die kristallene Stimme des Vollendeten erklingen, wie sie einst im Walde bei Sumsumaragiram die seltsamen Worte gesprochen:

»So seh' ich dich denn hier, Böser! – Lass die Hoffnung fahren: ›Er sieht mich nicht!‹

Wohl kenn' ich dich, Böser, lass die Hoffnung fahren: ›Er kennt mich nicht‹ – Maro bist du, der Böse.

Nicht den Vollendeten plage, nicht des Vollendeten Jünger. – –

Weiche von hinnen aus dem Herzen, Maro, weiche von hinnen aus dem Herzen, Maro.«

Da fühlte der Alte, als lasse eine Hand von ihm. Er gedachte seines eigenen Kindes, – das gestorben, weil er in seiner Armut nichts hatte, es zu pflegen. – Da nahm er all das Geld, das auf dem Tisch lag, und gab es dem Geiger.

»Der Buddha ist meine Zuflucht.

Der Buddha ist meine Zuflucht.«

Der Geiger war fort, und der Alte hatte, wie an Feiertagen, – zuweilen –, wenn die Glocken läuteten, die Glasplatte hervorgeholt und am Tische befestigt.

Und feine Sandkörner darauf geschüttet.

Als er mit dem Bogen seines Cello an dem Rande des Glases niederstrich, dass es sang, schwingend und klingend, tanzte der Sand und bildete kleine, regelmäßige Sterne.

Und wie die Sterne und Formen entstanden, wuchsen und vergingen und wieder erstanden, gedachte er dumpf der Lehre des Buddha Gautama vom Leiden, von der Leidensentstehung, von der Leidensvernichtung, von dem zur Leidensvernichtung führenden Pfad. Da begab es sich, dass durch das löchrige Dach des Zimmers eine Schneeflocke herab auf den Tisch fiel, einen Augenblick verweilte und zerging. – Ein kleiner, feiner, regelmäßiger Stern.

Wie ein Blitz die Finsternis zerreißt, plötzlich – so war da das Licht der Erkenntnis in das Herz des Alten gefallen:

Töne, unerkannte, unhörbare, jenseitsliegende, sind der Ursprung dieser Flocken, dieser Sterne, sind der Ursprung der Natur, der Ursprung aller Formen, der Wesen und Dinge, sind der Ursprung *dieser* Welt.

Nicht ist *diese* Welt die wirkliche: klar ward er sich dessen bewusst.

Nicht ist *diese* Welt die wirkliche, nicht entstehende, nichtvergehende, nichtwiederumentstehende Welt: – klar ward er sich dessen bewusst.

Und klaren bewussten Sinnes erkannte er des Weltalls verborgenen Pulsschlag und das Innere seines Herzens des Abgeklärten, Trieberstorbenen,

Wahnversiegten, darinnen die Stille des Meeres herrschte und eine letzte Welle schlafengehend sprang und fiel:

»Der Buddha ist meine Zuflucht ...

Der Buddha ist meine Zuflucht.«

Die Weisheit des Brahmanen

Wenn die Sonne nicht hinter den Hügeln zu Grabe gegangen, wacht Nacht um Nacht ein grausiger Schreckensruf auf und flieht vor den haschenden Händen des Windes wie ein gescheuchtes blindes Tier der Finsternis aus dem Dschungel herüber zum Kloster.

Unaufhörlich, ohne die Stimme zu senken, ohne die Stimme zu erheben, ohne Atem zu holen, ohne leiser und ohne lauter zu werden. »Es ist die Maske Madhu des Dämons, die uralte, riesenhafte, die steingemeißelte, halbversunkene, die in den Sümpfen der Wildnis weiß mit leeren Augen aus den faulen Wassern starrt«, – hatten die Mönche geraunt – hatten die Mönche geraunt.

Er kündet die Pest, – Madhu der Dämon!

Und angsterfüllt war der Maharaja nach Norden geflohen mit seinem Gefolge.

»Wenn die Swamijis kommen, die heiligen Pilger, zur Feier des Festes der Bala Gopala und dieses Weges ziehen auf ihrer Fahrt, wollen wir fragen, warum die steinerne Maske in den Dschungeln nachts durch die Finsternis schreit«, – hatten da die Einsiedler beschlossen.

Und am Vorabend Bala Gopala waren die Swamijis die schimmernde Straße gezogen gekommen, schweigend, die Blicke gesenkt, – im trüben Mönchsgewand, – wie wandernde Tote – wie wandernde Tote.

Vier Männer, die die Welt von sich geworfen hatten.

Vier freudlose Leidlose, die die Bürde der Erregung von sich geworfen hatten.

Der Swami Vivekananda aus Trevandrum.

Der Swami Saradananda aus Shambhala.

Der Swami Abhedananda aus Mayavati.

Und ein vierter, uralter, aus der Kaste der Brahmanen, dessen Namen niemand mehr kannte – aus der Kaste der Brahmanen, dessen Namen niemand mehr kannte. Sie hatten das Kloster betreten zur Rast, und geruht dort wachsam und bezähmten Sinnes von Abend bis Morgen.

Und als der Tag versunken war, hatte wieder der Wind den heulenden Schrei des Steingesichtes herübergeweht wie grausige Botschaft – wie grausige Botschaft.

Den heulenden Schrei, den unaufhörlichen, den nicht ansteigenden und nicht abfallenden, den unaufhörlichen – atemlosen.

Um die Zeit der ersten Nachtwache hatten die Einsiedler da den ehrwürdigen Brahmanen, dessen Namen niemand mehr kannte und der so alt war, das Vishnu selber das Jahrhundert seiner Geburtsstunde vergessen hatte, dreimal von links umwandelt und dann nach der Ursache gefragt, die den Dämon, den riesenhaften, aus den Sümpfen weiß emporragenden, bewege, durch die Finsternis zu schreien.

Der Ehrwürdige aber hatte geschwiegen – aber hatte geschwiegen.

Wiederum zur Zeit der zweiten und dritten Nachtwache hatten die Mönche je dreimal den Verehrungswürdigen von links umwandelt und dann gefragt, warum des Nachts das steinerne Antlitz seinen Schreckensruf durch die Wildnis sende.

Und abermals und abermals hatte der Verehrungswürdige geschwiegen.

Als aber um die vierte Nachtwache die Einsiedler den Ehrwürdigen dreimal von links umwandelt und gefragt hatten, öffnete er seinen Mund und sprach:

»Nicht, ihr Einsiedler, ist es jener Madhu, mit der Maske aus weißem Felsen gemeißelt, der da schrie ohne Unterlass. Wie sollte es denn, ihr Einsiedler, jener Dämon sein?!

Und nicht wird jener Klagelaut den Tag über durch die Sonne zum Schweigen gebracht.

Wie sollte denn, ihr Einsiedler, jener Klagelaut den Tag über durch die Sonne zum Schweigen gebracht werden?!

Bricht die Nacht herein, so wacht der Wind auf und weht von den Ufern der Sümpfe über die Wildnis und über die Wasser und trägt den Schall des Klagerufes zum Kloster Santok-Das – her zum Kloster Santokh-Das.

Der Klageruf aber tönt von Abend bis Morgen und von Morgen bis Abend – ohne Unterlass – aus dem Munde eines Büßers, der der Erkenntnis entbehrt, – der der Erkenntnis entbehrt.

Niemand sonst, ihr Einsiedler, wüsste ich, der dort schrie – der dort schrie.«

Die Mönche aber warteten, bis sich das Fest des Bala Gopala gejährt, und baten sodann den Brahmanen, den uralten, dessen Namen keiner mehr kannte, dass er den Büßer beruhigen möge.

Und der Ehrwürdige erhob sich schweigend und wanderte im Morgengrauen zu den faulen Wassern hin.

Der klirrende Bambus schloss sich hinter seiner Gestalt, wie die Zähne der Silberkämme sich schließen, wenn die Tänzerinnen des Königs ihr langes Haar lösen.

Weithin durch das Dickicht weiß schimmert die Maske Madhu des Dämons und zeigt dem Weisen den Weg.

Halbversunken – das Antlitz zum Himmel starrend – die Augen leer.

Und der offene Mund – eine steinerne Grotte – haucht die eisige Luft der Felsenhöhlen empor.

Wie lebender Dampf steigt Sumpfdunst aus den brütenden Wassern und rieselt von dem kalten Steingesicht zurück in glitzernden Tropfen – in glitzernden Tropfen. Von den leeren Augäpfeln rinnt es nieder und furcht das glatte, gemeißelte Antlitz, dass es langsam schmerzlich die Mienen verzerrte von tausend zu tausend Jahren.

So weint Madhu der Dämon, – weint Madhu der Dämon. Und auf seiner Stirne perlt der Todesschweiß – mittags, wenn die Wildnis glüht – mittags, wenn die Wildnis glüht. Da sah der Brahmane in einer Lichtung – den rechten Arm steif vorgestreckt – einen nackten Büßer stehen, und der schrie laut vor Schmerz. Unablässig, ohne einen Augenblick auszusetzen, ohne Atem zu schöpfen und ohne die Stimme sinken zu lassen.

Abgezehrt war er, dass seine Rückgratwirbel einem geflochtenen Zopfe glichen, seine Schenkel Stäben aus knorrigem Holz – – und seine Augen – eingesunken – schwarzen getrockneten Beeren – schwarzen getrockneten Beeren.

Die Hand des vorgestreckten Armes aber umkrampft eine schwere eiserne Kugel mit Stacheln besetzt, und je mehr die Finger sie pressten, um so tiefer drangen die Spitzen ins Fleisch – Spitzen ins Fleisch.

Fünf Tage wartete da regungslos der Brahmane, und als der Asket auch nicht einen Augenblick – so lange wie ein kräftiger Mann Zeit gebraucht hätte, die Schultern zu heben und die Schultern wieder zu senken – aufhörte, vor Schmerzen zu schreien, umwandelte er ihn dreimal von links. – Dann blieb er an seiner Seite stehen.

»Pardon, mein Herr«, sagte er sodann zu dem Büßer, – »pardon, mein Herr«, – und hüstelte diskret – »welcher Umstand mag es wohl sein, der Sie veranlasst, Ihrem Schmerze rastlos Ausdruck zu verleihen? – ehüm, rastlos Ausdruck zu verleihen?«

– Schweigend wies der Büßer mit den Blicken auf die Stachelkugel in seiner Hand.

Da verfiel der Weise in tiefes Staunen.

Sein Geist tauchte hinab in den Abgrund des Seins und des Reiches der Ursachen und verglich die Dinge, die da kommen werden, mit denen, die längst gestorben sind.

Der Sinn und der Wortlaut der Reden zog an seinem Gedächtnis vorüber, er aber fand nicht, was er suchte.

Immer tiefer versenkte er sich und es schien, als sei im Grübeln sein Herzschlag gestorben und der flutende ebbende Atem erloschen – flutende, ebbende Atem erloschen. Die Gräser der Sümpfe wurden braun und welkten dahin; der Herbst kam und rief die Blumen heim, und die Haut der Erde schauerte – Haut der Erde schauerte.

Und immer noch stand der Brahmane in tiefstem Sinnen. Der tausendjährige Molch war aus dem Sumpfe gekrochen, hatte auf ihn gewiesen mit gesprenkeltem Finger und dem Ohrenhöhler und seiner Frau zugeraunt:

»O, ihn kenne ich wohl, uralt ist er und von unendlicher Weisheit, der verehrungswürdige Swami.

Im Mittelpunkte der Erde, der meine Heimat ist, habe ich seinen Impfschein gelesen, den vergilbten, und weiß seinen Namen und Stand genau:

Der landesfürstliche Normalbrahmane a. D., der ehrwürdige Swami Heng-Tsen-cha-Uph' Allemitananda aus Ko-Shirsh ist es – aus Ko-Shirsh ist es.«

Das hatte der tausendjährige Molch dem Ohrenhöhler und seiner Frau zugeflüstert und hatte dann beide gefressen.

Der Weise aber war aufgewacht.

Und zu dem Asketen gewandt, sprach er gemessen: »La–la–lassen Sie die Kugel fallen, mein Herr!«

Und wie der Büßer die Hand öffnete, rollte die Kugel zur Erde, und einen Augenblick später war der Schmerz erloschen.

Juch–hu aber jodelte der Büßer, und freudig erregt und ledig der Pein entfernte er sich in Hechtsprüngen – entfernte er sich in Hechtsprüngen.

Das Wachsfigurenkabinett

»Es war ein guter Gedanke von dir, Melchior Kreuzer zu telegrafieren! – Glaubst du, dass er unserer Bitte Folge leisten wird, Sinclair? Wenn er den ersten Zug benutzt hat« – Sebaldus sah auf seine Uhr – »muss er jeden Augenblick hier sein.«

Sinclair war aufgestanden und deutete statt jeder Antwort durch die Fensterscheibe.

Und da sah man einen langen schmächtigen Menschen eilig die Straße heraufkommen.

»Manches Mal gleiten Sekunden an unserm Bewusstsein vorbei, die uns die alltäglichen Vorgänge so schreckhaft neu erscheinen lassen, – hast du es auch zuweilen, Sinclair? – Es ist, als sei man plötzlich aufgewacht und sofort wieder eingeschlafen und habe währenddessen einen Herzschlag lang in bedeutsame rätselvolle Begebnisse hineingeblickt.«

Sinclair sah seinen Freund aufmerksam an. »Was willst du damit sagen?«

»Es wird wohl der verstimmende Einfluss sein, der mich in dem Wachsfigurenkabinett befiel«, fuhr Sebaldus fort, »ich bin unsäglich empfindlich heute, – – – als soeben Melchior von weitem herankam und ich seine Gestalt immer mehr und mehr wachsen sah, je näher sie kam, – da lag etwas, was mich quälte, etwas – wie soll ich nur sagen – Nicht-Heimliches für mich darin, dass die Entfernung alle Dinge zu verschlingen vermag, ob es jetzt Körper sind oder Töne, Gedanken, Fantasien oder Ereignisse. Oder umgekehrt, wir sehen sie zuerst winzig von weitem, und langsam werden sie größer, – alle, alle, – auch die, die unstofflich sind und keine räumliche Strecke zurücklegen müssen. – Aber ich finde nicht die rechten Worte, fühlst du nicht, wie ich es meine? – So scheinen alle unter demselben Gesetze zu stehen!«

Der andere nickte nachdenklich mit dem Kopfe.

»Ja, und manche Ereignisse und Gedanken, die schleichen verstohlen heran, – als ob es ›dort‹ – etwas wie Bodenerhebungen oder dergleichen gäbe, hinter denen sie sich verborgen halten könnten. – Plötzlich springen sie dann hinter einem Versteck hervor und stehen unerwartet, riesengroß vor uns da.«

Man hörte die Türe gehen und gleich darauf trat Dr. Kreuzer zu ihnen in die Weinschenke.

»Melchior Kreuzer – Christian Sebaldus Obereit, Chemiker«, stellte Sinclair die beiden einander vor.

»Ich kann mir schon denken, weshalb Sie mir telegrafiert haben«, sagte der Angekommene. – »Frau Lukretias alter Gram!? Auch mir fuhr es in die Glieder, als ich den Namen Mohammed Daraschekoh gestern in der Zeitung las. Haben Sie schon etwas herausgebracht? Ist es derselbe?«

Auf dem ungepflasterten Marktplatz stand der Zeltbau des Wachsfigurenkabinetts, und aus den hundert kleinen zackigen Spiegeln, die auf dem Leinwandgiebel in Rosettenschrift die Worte formten:

Mohammed Daraschekohs orientalisches Panoptikum,
vorgeführt von Mr. Congo-Brown

glitzerte rosa der letzte Widerschein des Abendhimmels.

Die Segeltuchwände des Zeltes, mit wilden aufregenden Szenen grell bemalt, schwankten leise und bauschten sich wie hautüberspannte Wangen aus, wenn im Innern jemand umherhantierte und sich an sie lehnte.

Zwei Holzstufen führten zum Eingang empor und oben stand unter einem Glassturz die lebensgroße Wachsfigur eines Weibes in Flittertrikot.

Das fahle Gesicht mit den Glasaugen drehte sich langsam und sah in die Menge hinab, die sich um das Zelt drängte, – von einem zum andern; blickte dann zur Seite, als erwarte es einen heimlichen Befehl von dem dunkelhäutigen Ägypter, der an der Kassa saß, und schnellte dann mit drei zitternden Rucken in den Nacken, dass das lange schwarze Haar flog, um nach einer Weile wieder zögernd zurückzukehren, trostlos vor sich hinzustarren und die Bewegungen von neuem zu beginnen.

Von Zeit zu Zeit verdrehte die Figur plötzlich Arme und Beine wie unter einem heftigen Krampfe, warf hastig den Kopf zurück und beugte sich nach hinten, bis die Stirne die Fersen berührte.

»Der Motor dort hält das Uhrwerk in Gang, das diese scheußlichen Verrenkungen bewirkt«, sagte Sinclair halblaut und wies auf die blanke Maschine an der andern Seite des Eingangs, die, in Viertakt arbeitend, ein schlapfendes Geräusch erzeugte.

»Electrissiti, Leben ja, lebendig alles ja«, leierte der Ägypter oben und reichte einen bedruckten Zettel herunter. »In halb' Stunde Anfang ja.«

»Halten Sie es für möglich, dass dieser Farbige etwas über den Aufenthalt des Mohammed Daraschekoh weiß?«, fragte Obereit.

Melchior Kreuzer aber hörte nicht. Er war ganz in das Studium des Zettels vertieft und murmelte die Stellen, die besonders hervorstachen, herunter.

»Die magnetischen Zwillinge Vayu und Dhanándschaya (mit Gesang), was ist das? Haben Sie das gestern auch gesehen?«, fragte er plötzlich.

Sinclair verneinte. »Die lebendigen Darsteller sollen erst heute auftreten und – –«

»Nicht wahr, Sie kannten doch Thomas Charnoque, Lukretias Gatten, persönlich, Dr. Kreuzer?«, unterbrach Selbaldus Obereit.

»Gewiss, wir waren jahrelang Freunde.«

»Und fühlten Sie nicht, dass er etwas Böses mit dem Kinde vorhaben könne?«

Dr. Kreuzer schüttelte den Kopf. – »Ich sah wohl eine Geisteskrankheit in seinem Wesen langsam herankommen, aber niemand konnte ahnen, dass sie so plötzlich ausbrechen würde. – Er quälte die arme Lukretia mit schrecklichen Eifersuchtsszenen, und wenn wir Freunde ihm das Grundlose seines Verdachtes vorhielten, so hörte er kaum zu. – Es war eine fixe Idee in ihm! – Dann, als das Kind kam, dachten wir, es werde besser mit ihm werden. – Es hatte auch den Anschein, als wäre dem so. – Sein Misstrauen war aber nur noch tiefer geworden, und eines Tages erhielten wir die Schreckensbotschaft, es sei plötzlich der Wahnsinn über sie gekommen, er habe getobt und geschrien, habe den Säugling aus der Wiege gerissen und sei auf und davon.

Und jede Nachforschung blieb vergeblich. – Irgend jemand wollte ihn noch mit Mohammed Daraschekoh zusammen auf einem Stationsbahnhof gesehen haben. – Einige Jahre später kam wohl aus Italien die Nachricht, ein Fremder namens Thomas Charnoque, den man oft in Begleitung eines kleinen Kindes und eines Orientalen gesehen, sei erhenkt gefunden worden. – Von Daraschekoh und dem Kinde keine Spur.

Und seitdem haben wir umsonst gesucht! – Deshalb kann ich auch nicht glauben, dass die Aufschrift auf diesem Jahrmarktszelt mit dem Asiaten zusammenhängt. – Andererseits wieder der merkwürdige Name Congo-Brown!? – Ich kann den Gedanken nicht los werden, Thomas Charnoque müsse ihn früher hie und da haben fallen lassen. – Mohammed Daraschekoh aber war ein Perser von vornehmer Abkunft und verfügte über ein geradezu beispielloses Wissen, wie käme der zu einem Wachsfigurenkabinett?!«

»Vielleicht war Congo-Brown sein Diener und jetzt missbraucht er den Namen seines Herrn?« – riet Sinclair.

»Kann sein! Wir müssen der Fährte nachgehen. – Ich lasse es mir auch nicht nehmen, dass der Asiat in Thomas Charnoque die Idee, das Kind zu rauben, geschürt, sie vielleicht sogar angeregt hat. –

Lukretia hasste er grenzenlos. Aus Worten zu schließen, die sie fallen ließ, scheint es mir, als habe er sie unaufhörlich mit Anträgen verfolgt, trotzdem sie ihn verabscheute. –

Es muss aber noch ein anderes viel tieferes Geheimnis dahinter stecken, das Daraschekohs Rachsucht erklären könnte! – Doch aus Lukretia ist nichts weiter herauszubekommen, und sie wird vor Aufregung fast ohnmächtig, wenn man das Gebiet auch nur flüchtig berührt.

Überhaupt war Daraschekoh der böse Dämon dieser Familie. Thomas Charnoque hatte vollständig in seinem Bann gestanden und uns oft anvertraut, er halte den Perser für den einzigen Lebenden, der in die grauenvollen Mysterien einer Art präadamitischer geheimer Kunstfertigkeit, wonach man den Menschen zu irgendwelchen unbegreiflichen Zwecken in mehrere lebende Bestandteile zerlegen könne, eingeweiht sei. Natürlich hielten wir Thomas für einen Fantasten und Daraschekoh für einen bösartigen Betrüger, aber es wollte nicht glücken, Beweise und Handhaben zu finden. – – –

Doch ich glaube, die Produktion beginnt. – Zündet nicht schon der Ägypter die Flammen rings um das Zelt an?«

Die Programmnummern »Fatme, die Perle des Orients« war vorüber und die Zuschauer strömten hin und her oder sahen durch die Gucklöcher an den mit rotem Tuch bespannten Wänden in ein roh bemaltes Panorama hinein, das die Erstürmung von Delhi darstellte.

Stumm standen andere vor einem Glassarg, in dem ein sterbender Turko lag, schweratmend, die entblößte Brust von einer Kanonenkugel durchschossen, – die Wundränder brandig und bläulich.

Wenn die Wachsfigur die bleifarbenen Augenlider aufschlug, drang das Knistern der Uhrfeder leise durch den Kasten, und manche legten das Ohr an die Glaswände, um es besser hören zu können.

Der Motor am Eingang schlapfte sein Tempo und trieb ein orgelähnliches Instrument.

Eine stolpernde, atemlose Musik spielte, – mit Klängen, die, laut und dumpf zugleich, etwas Sonderbares, Aufgeweichtes hatten, als tönten sie unter Wasser.

Geruch von Wachs und schwelenden Öllampen lag im Zelt. »Nr. 311 Obeah Wanga-Zauberschädel der Voudous«, las Sinclair erklärend aus seinem Zettel und betrachtete mit Sebaldus in einer Ecke drei abgeschnittene Menschenköpfe, die unendlich wahrheitsgetreu – Mund und Augen weit aufgerissen – mit grässlichem Ausdruck aus einem Wandkästchen starrten.

»Weißt du, dass sie gar nicht aus Wachs, sondern echt sind!«, sagte Obereit erstaunt und zog eine Lupe hervor, – »ich begreife nur nicht, wie sie präpariert sein mögen. – Merkwürdig, die ganze Schnittfläche der Hälse ist mit Haut bedeckt oder überwachsen. – Und ich kann keine Naht entdecken! – Es sieht förmlich so aus, als wären sie wie Kürbisse frei gewachsen und hätten niemals auf menschlichen Schultern gesessen. – – Wenn man nur die Glasdeckel ein wenig aufheben könnte!«

»Alles Wachs, ja, lebendig Wachs, ja, Leichenkopf zu teuer und riechen – – phi –«, sagte plötzlich hinter ihnen der Ägypter. Er hatte sich in ihre Nähe geschlichen, ohne dass sie ihn bemerkt hatten; und sein Gesicht zuckte, als unterdrücke er ein tolles Lachen.

Die beiden sahen sich erschreckt an.

»Wenn der Nigger nur nichts gehört hat; vor einer Sekunde noch sprachen wir von Daraschekoh«, sagte Sinclair nach einer Weile. – »Ob es Dr. Kreuzer wohl gelingen wird, Fatme auszufragen?! – Schlimmstenfalls müssten wir sie abends zu einer Flasche Wein einladen. Er steht immer noch draußen und spricht mit ihr.«

Einen Augenblick hörte die Musik auf zu spielen, jemand schlug auf einen Gong, und hinter einem Vorhang rief eine gellende Frauenstimme:

»Vayu und Dhanándschaya, magnetische Zwillinge, 8 Jahre alt, – das größte Weltwunder. – Ssie ssingen!«

Die Menge drängte sich an das Podium, das im Hintergrunde des Zeltes stand.

Dr. Kreuzer war wieder hereingekommen und fasste Sinclairs Arm. »Ich habe die Adresse schon«, flüsterte er, »der Perser lebt in Paris unter fremdem Namen, – hier ist sie.«

Und er zeigte den beiden Freunden verstohlen einen kleinen Papierstreifen. »Wir müssen mit dem nächsten Zug nach Paris!«

»Vayu und Dhanándschaya – – ssie ssingen« – kreischte die Stimme wieder.

Der Vorhang schob sich zur Seite und, als Page gekleidet, ein Bündel im Arm, trat auf das Podium mit wankenden Schritten ein Geschöpf von grauenhaftem Aussehen.

Die lebendig gewordene Leiche eines Ertrunkenen in bunten Samtlappen und goldenen Tressen.

Eine Welle des Abscheus ging durch die Menge.

Das Wesen war von der Größe eines Erwachsenen, hatte aber die Züge eines Kindes, Gesicht, Arme, Beine, – der ganze Körper – selbst die Finger waren in unerklärlicher Weise aufgedunsen.

Aufgeblasen, wie dünner Kautschuk, schien das ganze Geschöpf.

Die Haut der Lippen und Hände farblos, fast durchscheinend, als wären sie mit Luft oder Wasser gefüllt, und die Augen erloschen und ohne Zeichen von Verständnis.

Ratlos starrten sie umher.

»Vayu, där gressere Brudär«, sagte erklärend die Frauenstimme in einem fremdartigen Dialekt; und hinter dem Vorhang, eine Geige in der Hand, trat ein Weibsbild hervor im Kostüm einer Tierbändigerin mit pelzverbrämten, roten polnischen Stiefeln.

»Vayu«, sagte die Person nochmals und deutete mit dem Geigenbogen auf das Kind. Dann klappte sie ein Heft auf und las laut vor:

»Diese beiden männlichen Kindär ssind nunmehr 8 Jahre alt und das greßte Weltwunder. Sie ssind nur durch eine Nabelschnur verbunden, die 3 Ellen lang und ganz durchsichtig ist, und wenn man den einen abschneidet, misste auch der andere sterben. Es ist das Erstaunen aller Gelehrten. Vayu, er ist weit über sein Alter. Entwickelt. Aber geistig zurückgeblieben, während Dhanándschaya von durchdringende Verstandesschärfe ist, aber so klein. Wie ein Säugling. Denn er ist ohne Haut geboren und kann nichts wachsen. Er muss aufgehoben werden in einer Tierblase mit warmem Schwammwassser. Ihre Eltern sind immer unbekannt gewesen. Es ist das greßte Naturspiel.«

Sie gab Vayu ein Zeichen, worauf dieser zögernd das Bündel in seinem Arm öffnete.

Ein faustgroßer Kopf mit stechenden Augen kam zum Vorschein.

Ein Gesicht, von einem bläulichen Adlernetz überzogen, ein Säuglingsgesicht, doch greisenhaft in den Mienen und mit einem Ausdruck, so tückisch hassverzerrt und boshaft und voll so unbeschreiblicher Lasterhaftigkeit, dass die Zuschauer unwillkürlich zurückfuhren.

»Me-me-mein Bruder D- - D-Dhanándschaya«, stammelte das aufgedunsene Geschöpf und sah wieder ratlos ins Publikum.

»Führen Sie mich hinaus, ich glaube, ich werde – ohnmächtig – Gott im Himmel«, flüsterte Melchior Kreuzer. Sie geleiteten den Halbbewusstlosen langsam durch das Zelt an den lauernden Blicken des Ägypters vorbei.

Das Weibsbild hatte die Geige angesetzt, und sie hörten noch, wie sie ein Lied fiedelte und der Gedunsene mit halb erloschener Stimme dazu sang:

»Ich att einen Ka-mee-la-den
ei-nen – bee-seln finx du nit.«

Und der Säugling – unfähig die Worte zu artikulieren – gellte mit schneidenden Tönen bloß die Vokale dazwischen:

»Iiii ha-ejheeh – hahehaa – he
eiije – hee – e jiii hu ji.«

Dr. Kreuzer stützte sich auf Sinclairs Arm und atmete heftig die frische Luft ein.

Aus dem Zelte hörte man das Klatschen der Zuschauer.

»Es ist Charnoques Gesicht!! – Diese grauenhafte Ähnlichkeit«, stöhnte Melchior Kreuzer, – »wie ist es nur – – ich kann es nicht fassen. Mir drehte sich alles vor den Augen, ich fühlte, ich müsse ohnmächtig werden. – Sebaldus, bitte – holen Sie mir einen Wagen. – Ich will zur Behörde. – Es muss irgend etwas geschehen, und fahren Sie beide sogleich nach Paris! – Mohammed Daraschekoh – – Ihr müsst ihn auf dem Fuße verhaften lassen.«

Wiederum saßen die beiden Freunde beisammen und sahen durch die Fenster der einsamen Weinstube Melchior Kreuzer eiligen Schrittes die Straße heraufkommen.

»Es ist genau wie damals«, sagte Sinclair, – – »wie das Schicksal manchmal mit seinen Bildern geizt!«

Man hörte das Schloss zufallen, Dr. Kreuzer trat ins Zimmer und sie schüttelten einander die Hände.

»Sie sind uns eigentlich einen langen Bericht schuldig«, sagte endlich Sebaldus Obereit, nachdem Sinclair ausführlich geschildert, wie sie zwei volle Monate in Paris vergeblich nach dem Perser gefahndet hatten, – »Sie sandten uns immer nur so wenige Zeilen!«

»Mir ist das Schreiben bald vergangen, – beinahe auch das Reden«, entschuldigte sich Melchior Kreuzer.

»Ich fühle mich so alt geworden seit damals. – Sich von immer neuen Rätseln umgeben zu sehen, es zermürbt einen mehr als man denkt. – Die große Menge kann gar nicht erfassen, was es für manchen Menschen bedeutet, ein ewig unlösbares Rätsel in seiner Erinnerung mitschleppen zu müssen! – Und dann, täglich die Schmerzensausbrüche der armen Lukretia mit ansehen zu müssen!

Vor kurzem starb sie, – das schrieb ich euch –, aus Gram und Leid.

Congo-Brown entsprang aus dem Untersuchungsgefängnis und die letzten Quellen, aus denen man hätte Wahrheit schöpfen können, sind versiegt.

Ich will euch später einmal ausführlich alles erzählen, bis die Zeit die Eindrücke gemildert hat, – es griffe mich jetzt noch zu sehr an.«

»Ja, aber hat man denn gar keinen Anhaltspunkt gefunden?«, fragte Sinclair.

»Es war ein wüstes Bild, das sich da entrollte, – Dinge, die unsere Gerichtsärzte nicht glauben konnten oder durften. – Finsterer Aberglauben,

Lügengewebe, hysterischer Selbstbetrug, hieß es immer, und doch lagen manche Dinge so erschreckend klar dar.

Ich ließ damals alle kurzerhand verhaften. Congo-Brown gestand zu, die Zwillinge, – überhaupt das ganze Panoptikum von Mohammed Daraschekoh als Lohn für frühere Dienste geschenkt bekommen zu haben. – Vayu und Dhanándschaya seien ein künstlich erzeugtes Doppelgeschöpf, das der Perser vor acht Jahren aus einem einzigen Kinde (dem Kinde Thomas Charnoques) präpariert habe, ohne die Lebenstätigkeit zu vernichten. – Er habe nur verschiedene magnetische Strömungen, die jedes menschliche Wesen besitze und die man durch gewisse geheime Methoden voneinander trennen könne, – zerlegt und es dann durch Zuhilfenahme tierischer Ersatzstoffe schließlich zuwege gebracht, dass aus einem Körper – zwei mit ganz verschiedenen Bewusstseinsoberflächen und Eigenschaften geworden wären.

Überhaupt habe sich Daraschekoh auf die sonderbarsten Künste verstanden. – Auch die gewissen drei Obeah Wanga-Schädel seien nichts anderes als Überbleibsel von Experimenten, und – sie wären früher lange Zeit lebendig gewesen. – Das bestätigen auch Fatme, Congo-Browns Geliebte, und alle andern, die übrigens harmloser Natur waren.

Ferner gab Fatme an, Congo-Brown wäre epileptisch, und zur Zeit gewisser Mondphasen käme eine sonderbare Aufregung über ihn, ihn der er sich einbilde, selber Mohammed Daraschekoh zu sein. – In diesem Zustand stünden ihm Herz und Atem still und seine Züge veränderten sich angeblich derart, dass man glaube, Daraschekoh (den sie früher öfter in Paris gesehen) vor sich zu haben. – Aber mehr noch, er strahlte dann eine solch unüberwindliche magnetische Kraft aus, dass er, ohne irgendein befehlendes Wort auszusprechen, jeden Menschen zwingen könne, ihm sofort alle die Bewegungen und Verdrehungen nachzuahmen, die er vormachte.

Es wirke wie Veitstanz ansteckend auf einen, – unwiderstehlich. Er besäße eine Gelenkigkeit sondersgleichen und beherrschte zum Beispiel alle die sonderbaren Derwischverrenkungen vollkommen, vermittelst derer man die rätselhaften Erscheinungen und Bewusstseinsverschiebungen hervorbringen könne – der Perser habe sie ihn selbst gelehrt –, und die so schwierig seien, dass sie kein Schlangenmensch der Welt nachzuahmen imstande sei.

Auf ihrer gemeinsamen Reise mit dem Wachsfigurenkabinett von Stadt zu Stadt sei es auch zuweilen vorgekommen, dass Congo-Brown versucht habe, diese magnetische Kraft zu verwenden, um Kinder auf solche Art zu Schlangenmenschen abzurichten. Den meisten wäre aber dabei das Rückgrat abgebrochen, bei den andern habe es wieder zu stark auf das Gehirn gewirkt und sie seien blödsinnig geworden. Unsere Ärzte schüttelten zu Fatmas Angaben natürlich den Kopf, was aber später vorfiel, muss ihnen wohl sehr zu denken gegeben haben. – Congo-Brown entwich nämlich aus dem Verhörzimmer durch einen Nebenraum, und der Untersuchungsrichter erzählt, gerade als er mit dem Nigger ein Protokoll aufnehmen wollte, habe ihn dieser plötzlich angestarrt und befremdliche Bewegungen mit den Armen gemacht. Von einem Verdacht ergriffen, hätte der Untersuchungsrichter um Hilfe läuten wollen, aber schon sei er in Starrkrampf verfallen, seine Zunge habe sich automatisch in einer Weise verdreht, an die er sich nicht mehr erinnern könne (– überhaupt müsse der Zustand von der Mundhöhle aus seinen Anfang genommen haben –) und dann sei er bewusstlos geworden.«

»Konnte man denn gar nichts über die Art und Weise erfahren, wie Mohammed Darascheko das Doppelgeschöpf zustande brachte, ohne das Kind zu töten?«, unterbrach Sebaldus.

Dr. Kreuzer schüttelte den Kopf. »Nein. Mir ging aber vieles durch den Kopf, was mir früher Thomas Charnoque erzählt hat.

Das Leben des Menschen ist etwas anderes, als wir denken, sagte er immer, es setzt sich aus mehreren magnetischen Strömungen zusammen, die teils innerhalb, teils außerhalb des Körpers kreisen; und unsere Gelehrten irren, wenn sie sagen, ein Mensch, dem die Haut abgezogen ist, müsse aus Mangel an Sauerstoff sterben. Das Element, das die Haut aus der Atmosphäre auszieht, sei etwas ganz anderes als Sauerstoff. – Auch saugt die Haut dieses Fluidum gar nicht an, – sie ist nur eine Art Gitter, das dazu dient, jener Strömung die Oberflächenspannung zu ermöglichen. Ungefähr so wie ein Drahtnetz – taucht man es in Seifenwasser – sich von Zwischenraum zu Zwischenraum mit Seifenblasen überzieht.

Auch die seelischen Eigenschaften des Menschen erhielten ihr Gepräge je nach dem Vorherrschen der einen oder andern Strömung, sagte er. – So wäre durch das Übergewicht besonders der einen Kraft das Entstehen eines Charakters von solcher Verworfenheit denkbar, – dass es unser Fassungsvermögen übersteige.«

Melchior schwieg einen Augenblick und hing seinen Gedanken nach.

»Und wenn ich mich daran erinnere, welch fürchterliche Eigenschaften der Zwerg Dhanándschaya besaß, wodurch sich überhaupt die Quelle seines Lebens verjüngte, so finde ich in all dem nur eine entsetzliche Bestätigung dieser Theorie.«

»Sie sprechen, als ob die Zwillinge tot wären, sind sie denn gestorben?«, fragte Sinclair erstaunt.

»Vor einigen Tagen! – Und es ist das beste so, – die Flüssigkeit, in der eine den größten Teil des Tages schwamm, trocknete aus, und niemand kannte ihre Zusammensetzung.«

Melchior Kreuzer starrte vor sich hin und schauderte. »Da waren noch Dinge, – so grauenvoll, so namenlos entsetzlich, – ein Segen des Himmels, dass Lukretia sie nie erfuhr, dass ihr das wenigstens erspart geblieben ist! – Der bloße Anblick des fürchterlichen Doppelgeschöpfes schon warf sie zu Boden! Es war, als sei das Muttergefühl in zwei Hälften zerrissen worden.

Lassen Sie mich für heute von all dem schweigen! Das Bild von Vayu und Dhanándschaya – – es macht mich noch wahnsinnig – – –.« Er brütete vor sich hin, dann sprang er plötzlich auf und schrie: »Schenkt mir Wein ein – – ich will nicht mehr daran denken. Schnell irgend etwas anderes. – Musik – irgend was – nur andere Gedanken! Musik – –!«

Und er taumelte zu einem polierten Musikautomaten, der an der Wand stand, und warf eine Münze hinein.

Tsin. Man hörte das Geldstück innen niederfallen.

Es surrte der Apparat.

Dann stiegen drei verlorene Töne auf. Einen Augenblick später klimperte laut durchs Zimmer das Lied:

»Ich hatt' einen Kameraden,
Einen bessern findst du nit.«

Schöpsoglobin

I

Motto:
Dulce et decorum est pro patria mori.

Professor Domitian Dredrebaisel, der weltberühmte Bakteriologe, habe eine wissenschaftliche Entdeckung von geradezu verblüffender Tragweite gemacht, lief das Gerücht von Mund zu Mund, von Zeitung zu Zeitung.

Ein Umgestalten des Militärwesens – gewiss wohl –, vielleicht sogar einen völligen Umsturz alles Bestehenden auf diesem Gebiete werde man zu gegenwärtigen haben; – warum hätte denn sonst der Kriegsminister es gar so eilig gehabt, den berühmten Gelehrten zu sich zu bescheiden? – Hm? – hieß es allgemein.

Und gar erst, als sich herausstellte, dass sich bereits an den Börsen geheime Syndikate gebildet hatten, die Entdeckung auszubeuten und Professor Dredrebaisel eine große Summe vorzustrecken, um ihn eine dringend nötige Studienreise nach – – – – Borneo zu ermöglichen, da war des Mund- und Augenaufreißens kein Ende mehr.

... »Bitt' Sie, wie kommt Borneo zum Kriegsminister«, hatte gestikulierend der Herr Galizenstein, der angesehene Börsianer und Verwandte des Gelehrten gesagt, als man ihn eines Tages interviewte, – »wie kommt Borneo zum Kriegsminister!?!! Wo liegt überhaupt Borneo?«

Silbe für Silbe brachten am nächsten Tage die Zeitungen diese so sympathischen Worte des weitblickenden Finanzmannes und sie fügten noch hinzu, dass ein Experte der amerikanischen Regierung, Mr. G. R. S. Slyfox M. D. und F. R. S., soeben in Audienz bei Professor Dredrebaisel empfangen worden sei.

Natürlich steigerte sich die Neugier des Publikums bis zur Fieberhitze.

Spürnasen bestachen die Schreiber im Kriegsministerium, um Genaues über die eingereichten neuen Erfindungen usw. zu erfahren, und förderten dadurch oft ein Material zutage, das dem rastlosen Streben, das Militärwesen immer noch mehr und mehr zu vervollkommnen, wieder einmal das glänzendste Zeugnis ausstellte. – – Ganz neuartig, so urteilten Fachkreise, sei zum Beispiel eine vorgeschlagene sinnreiche Einrichtung, das Funktionieren des »Train« in Kriegs- und Manöverfällen betreffend, die es ermögliche, den bisher erzielten Erfolgsprozentsatz von Null auf das Fünffache (!!) zu erhöhen.

Geradezu hors concours jedoch, darüber waren alle einig, sei der genial erdachte Ehrenratautomat des Infanteriehauptmannes Gustav Bortdiner, eines wegen seiner ungemein eigenartigen Auffassung des Ehrenwortes bis weit über die Landesgrenzen berühmten Offiziers.

Man denke nur, ein Uhrwerk, schon von jedem Leutnant ohne Instruktion und Vorkenntnisse leicht zu handhaben, – ein Apparat – – kurz und gut: ein maschineller Offiziersehrenkodex mit Wasserspülung – mit einem einzigen Griff nach *jeder* Richtung hin zu drehen, – der all das langwierige und mühselige Eindrillen und Vorschreiben der für die einzelnen Fälle *wünschenswerten* Ehrauffassung entfallen mache und an dessen Stelle das reinliche mechanische Getriebe setzte.

Vieles, vieles dergleichen kam zutage, aber von einer Erfindung oder Entdeckung des Professors Dredrebaisel nicht eine Spur. So hieß es denn, sich in

Geduld zu fassen, die Dinge reifen lassen wie die Früchte des Feldes und die Resultate der Expedition in Borneo abwarten.

– – – Und Monate vergingen. – – –

Alle Gerüchte von der großen Erfindung waren längst schlafen gegangen und hatten neuen Fragen Platz gemacht, da brachte eine europäische Zeitung die Nachricht, dass Professor Dredrebaisel und mit ihm vielleicht alle seine Begleiter jämmerlich umgekommen seien, – in den knappen Worten eines Telegrammes:

13. Mai. Silindong, Distrikt Pakpak, Borneo. (Kabelbericht unseres Berichterstatters)

»Professor Domitian Dredrebaisel wurde gestern nachts von einer Schar Orang-Utans in seinem Wohnhause in Stücke gerissen. Viele Diener und Wärter teilten sein Schicksal. Assistent Dr. Slyfox wird vermisst. Der Schreibtisch des Gelehrten ist zertrümmert. Zahllose zerfetzte Schriften und Notizen des Forschers bedecken den Fußboden.«

Das war die kurze Leichenrede, mit der eine herrliche Sache zu Grabe getragen wurde.

II

Motto:

»Mit Knöpfen das Gesäß verziert, ist stolz der Zwockel sehr,
und dass er nichts zu denken braucht, macht ihn noch stolzerer.«

Ein Brief, den ein gewisser Dr. Ipse drei Jahre später aus Borneo an einen Freund schrieb:

Silindong (Borneo), 1. April 1906

Mein lieber, alter Freund!

Weißt du noch, wie wir uns vor langen Jahren in Maaders »Box« das Wort gaben, einander sofort zu berichten, wenn wir auf unseren Lebenswegen auf Vorkommnisse stoßen sollten, die, weit ab von den Wegen des Trosses liegend, irgend etwas Außergewöhnliches, Geheimnisvolles – in den »Ginggang« der trivialen Ereignisse, möchte ich es nennen – nicht Hineinpassendes an sich tragen? –

Siehe, mein Lieber, da hätte ich nun heute das Glück, Dir von etwas dergleichen berichten, – Dich von Deinen alchemistischen Schmökern, oder was du sonst zurzeit wohl durchgrübeln magst – berechtigterweise aufscheuchen zu dürfen.

Wie wird Dir da drüben in Europa zumute sein, wenn einer in dem fernen Borneo es wagt, die Axt der Erkenntnis an die Wurzeln Deiner unbegrenzten Verehrung gegenüber allem, was da heißet: »Kriegerkaste«, zu legen? –

Könnte ich Dich doch, wenn Du diesen Brief gelesen, ein Weilchen belauschen, ob sich nicht gar bald in Deiner Seele da die Begriffe Uniformstolz und Vaterlandsliebe voneinander lösen mögen, etwa wie die tragantene Inschrift von einem Pfefferkuchenreiter abfällt, auf den es schon zu lange geregnet hat. –

Sag, hast Du nie darüber nachgedacht, woher es wohl kommen mag, dass gebildete Leute gleichen Standes – ja sogar Friseure – einander »Kollegen« (auf deutsch soviel wie Menschen, die etwas gemeinsam lesen, studieren) nennen, während der »Zwockel«-stand – erinnerst Du Dich noch dieses famosen, phonetisch so überaus bezeichnenden Spitznamens für Offiziere? – während der Zwockelstand sich untereinander mit »Kamerad« anredet?! (von camera = Kammer = in einer gemeinsamen Kammer schlafen, lungern).

Mir fällt da immer die gelungene Überschrift des mittelalterlichen Gelehrten van Helmont zu einem seiner Kapitel ein: »Was für Tieffsinnen und Geheimbnus in denen Worten und Ausdrücken lieget.«

Doch nun kopfüber in den Strudel der Begebnisse! – –

Also rate einmal, wen ich hier kennen gelernt habe. Niemand anders, als Mr. G. R. S. Slyfox M. D. und F. R. S., den ehemaligen Assistenten des unglücklichen Professors Dredrebaisel. Denke nur!

Hier in Silindong, in den tiefsten Urwäldern Borneos! – Mr. Slyfox ist nämlich der einzig Überlebende der damaligen Expedition und hatte sofort nach dem Tode des Professors D. D., dessen Versuche er ganz allein, und zwar von Anbeginn leitete, – in Wahrheit war Professor D. D. immer nur vorgeschobene Person, – Borneo verlassen und vor allem denjenigen, der gleich anfangs ein so großes Interesse gezeigt und den wir alle so ungemein schätzen und lieben, – seine Entdeckung oder besser gesagt Erfindung in einem vervollkommneten Zustande anzubieten.

Wie dies Vorhaben ausfiel, davon später, – genug, gegenwärtig sitzt Mr. Slyfox wieder hier in Silindong – arm wie eine Kirchenmaus – und setzt seine Studien fort.

Worin denn Professor D.s, besser gesagt Mr. Slyfox' Erfindung eigentlich bestand, möchtest Du Ungeduldiger gerne wissen? Nicht wahr? Also höre:

Jahrzehntelang hatte Mr. Slyfox sich mit Impfstatistik abgegeben und war zu der Wahrnehmung gelangt, dass in Länderstrichen, in denen der Blatternimpfstoff nicht mehr vom Menschen, sondern vom Kalbe genommen wurde, sich eine auffallende Zunahme von »Vaterlandsverteidigungstrieb«, auch da, wo nicht der geringste Anlass vorlag, geltend machte.

Von dieser Wahrnehmung bis zu seinen späteren epochalen Versuchen war in Mr. Slyfox' Erfinderhirn nur ein Schritt. Mit der Treffsicherheit des Amerikaners, dem nichts heilig ist, brachte er das erwähnte Symptom direkt mit dem minderwertigen Denkvermögen des Kalbes in Zusammenhang, und eine Kette von Experimenten war gegeben.

Schon die ersten Versuche mit einigen ausgewählten Exemplaren männlicher, aber chirurgisch korrigierter Schafe – das, was wir Laien kurzweg »Schöps« nennen – schlugen glänzend ein.

Passierte der von solchen Schöpsen gewonnene Impfstoff – das sogenannte Schöpsoglobin simplex A – überdies noch die Blutbahn von ein bis zwei Faultieren, so wurde er derart wirksam, dass er, auf jugendlich unbefangene Personen übertragen, in kürzester Zeit eine Art primären, patriotischen Kollers hervorrief.

Bei erblich belasteten Individuen steigerte sich dieser Zustand in zwei Fällen sogar bis zur sogenannten unbehebbaren progressiven Patriomanie.

Welch tief gehende Veränderung sich dabei auch im künstlerischen Innenleben des Geimpften abspielte, belegt wohl am besten der Fall, dass ein solcher Impfling, einer unserer geschätztesten berittenen Dichter, seinen neuesten Gedichtband mit den Zeilen beginnen ließ:

> »Sie, Schwert an meiner Linken – äh, Was soll Ihr heitres Blinken – ah!«
> Usw. usw.

Doch das nur so nebenbei.

Anfangs, das weißt Du ja, interessierte sich die Regierung sehr für die Erfindung, die unter dem Namen des Professors Dredrebaisel starten sollte, und ein Syndikat schoß die Kosten der Expedition vor.

In Silindong, in den dichtesten Urwäldern Borneos, der Heimat des Orang-Utans, wurden auch so rasch wie möglich etwa zweihundert solcher Affen eingefangen und unverzüglich mit Schöpsoglobin simplex A geimpft.

Mr. Slyfox sagte sich nämlich, dass die potenzierten Lymphprodukte, wie sie aus dem Faultier gezogen werden können, schon infolge der großen Seltenheit solcher Tiere für die Massenanwendung im Militärwesen viel zu teuer kämen. Was nun dem Faultier angesichts seines wesentlichen Überschusses an Stupidität zugunsten der Impfstoffverstärkung anhafte, das lasse sich gewiss, so hoffte der Gelehrte, durch das überwiegend Affenartige beim Orang-Utan vorteilhaft ersetzen. Die unheilvollen Folgen, die das Zusammensperren so vieler starker Tiere nach sich ziehen sollte, konnte natürlich niemand vorausahnen.

Die Schreckensnacht, in der die Affen ihre Käfige zerbrachen und alles kurz und klein schlugen, den Professor D. D. und die malaiischen Wärter töteten, hätte bei einem Haare auch Mr. Slyfox (er entrann nur wie durch ein Wunder dem Tode) das Leben gekostet.

Nach vollbrachtem Zerstörungswerk hatten die Orang-Utans tagelang eine Beratung abgehalten, deren Zweck und Ziel anfangs völlig rätselhaft erschien, später aber jenes durchdringende Licht auf die Wirkung des Schöpsoglobins und was damit zusammenhängt werfen sollte.

Von einem sicheren Verstecke aus hatte der Amerikaner genau beobachten können, wie die Affen nach schier endlosem Geschnatter aus ihrer Mitte einen Anführer wählten – und zwar jenes Exemplar, das schon während seiner Gefangenschaft als gänzlich vertrottelt allgemein aufgefallen war – und ihm sodann Goldpapier (!) , das sie in einer zertrümmerten Kiste gefunden hatten, auf das Gesäß klebten. Der Vorgang, der sich unmittelbar darauf vor den Augen des Gelehrten abspielte, war ebenfalls ganz danach angetan, höchstens Erstaunen zu erregen.

Die Orang-Utans scharten sich nämlich in Trupps, nahmen Äste und Ruten, oder was sie sonst in der Eile erwischten, über die Schulter und zogen eng aneinander geschart, während der Anführer mit wichtiger Miene ein Stück vorausschritt, aufrecht durch die Urwaldpfade.

Von Zeit zu Zeit stieß der Goldbeklebte ein schmetterndes:

Gwääh – Gwegg, Gwääh – Gwegg

aus und dann kam es über alle wie eine finstere Ekstase.

Ihr Ausdruck nahm etwas seltsam Verbiestertes an, sie warfen mit einem Ruck das Gesicht nach links und hackten beim Gehen wie die Tobsüchtigen mit den Fersen in die Erde. Es muss ein unvergesslicher Anblick gewesen sein. – »Augenblicke lang«, das sind Mr. Slyfox' eigene Worte, »war mir, als sei ich nicht mehr im Urwalde, sondern ganz, ganz anderswo. – In irgendeiner Kaserne Europas.

Und als ich später gar mit ansah, wie die Affenschar ein widerstrebendes Exemplar festhielt und vor ihm auf einem erbeuteten Lederhutkoffer so lange einen ohrenzerreißenden Spektakel vollführte, bis auch dieser Widerspenstige von der ›primären patriotischen Ekstase‹ ergriffen war, – da überwältigte mich förmlich eine Flut neuartiger Ideen.

Nie haben diese Affen ein Vorbild gehabt, sagte ich mir, und doch sind auch sie auf den Gedanken gekommen, das Gesäß mit Gold zu verzieren, – wollen dadurch den Eindruck des Kriegerischen erwecken und sind auf Institutionen verfallen, die, im Lichte wahrer Erkenntnis betrachtet, sicherlich von der Einwirkung schöpsoglobinartiger Stoffe herrühren müssen, die das Hirn umnebeln, gleichgültig nun, ob sie eingeimpft wurden, oder durch vererbte Borniertheit in ihrem Wachstum begünstigt im Körper als Eigengifte entstehen.«

Mit Absicht führe ich Dir, mein lieber alter Freund, den Ideengang des Mr. Slyfox nicht weiter aus.

Schon um Dir den raffinierten Genuss, alles selbst zu Ende denken zu dürfen, nicht vorweg zu nehmen.

Wenn mir nun etwa beifiele, zu behaupten, dass Zwockeldünkel mit wirklicher Vaterlandsliebe gar nichts zu tun hat und zum großen Teile aus dem dunklen Wunsch entspränge, auf »Dirnengemüter« beiderlei Geschlechts »Eindruck« zu machen, – eine Art lächerlicher Auerhahnbalz zu imitieren, – sag, müsstest Du mir da nicht recht geben?

Oder wäre es wirklich möglich, dass zwei so alte Freunde – so innig miteinander verwittert – betreffs einer so fundamentalen Wahrheit auch nur einen Augenblick zweierlei Meinung sein könnten?!

Und würde es im andern Falle nicht genügen, sich das Bildungsniveau des »Zwockelstandes« – natürlich habe ich immer – auch hier – eine ganz spezielle Großmacht im Auge – zu vergegenwärtigen?

Doch weg mit allen Betrachtungen.

Ich wollte Dir nur noch berichten, wie sich die Staaten, denen Mr. Slyfox das Schöpsoglobin anbot, verhielten.

Der eine refüsierte kurz und wollte erst die Wirkung in anderen Ländern beobachten.

Der zweite Staat äußerte sich, wie üblich inoffiziell und durch eine Mittelsperson, in dem Sinne, dass die überwiegende Mehrzahl seiner Bevölkerung dank angestammter Fürstenliebe und des nachhaltigen tiefen Eindruckes frühzeitig auswendig gelernter Zitate, patriotischer Gesänge, sowie sinnreich erdachten bunten Kinderspielzeugs usw. – sich sowieso schon auf dem wünschenswerten Standpunkt befände.

Ein Impfprozess wie der vorgeschlagene, dem überdies durch das bedauerliche Hinscheiden des Herrn Professors Dredrebaisel die Garantie entzogen sei, erscheine daher noch verfrüht; – ganz abgesehen davon, dass nach Ansicht von Fachleuten durchaus nicht erwiesen sei, ob nicht auch das Schöpsoglobin nach Art anderer Toxine in einiger Zeit die Veranlassung zur Bildung sogenannter Schutzstoffe im Blute geben könne, wodurch sodann die gerade entgegengesetzte Wirkung eintreten müsse. Im übrigen verfolge man nach wie vor die Versuche des Mr. Slyfox mit lebhaftem Interesse und werde stets usw. usw.

So sitzt nun Mr. Slyfox mit seinem Unternehmen auf dem Trockenen und muss wohl oder übel seine Impfversuche hier an allerlei Getier fortsetzen.

Und ich helfe ihm dabei.

Bleiben wider Erwarten die ganz großen Erfolge aus, so sind wir beide fest entschlossen, ein Rhinozeros einzufangen und zu impfen.

Das muss dann – daraufhin verbürgt sich Mr. Slyfox – jeden Skeptiker überzeugen.

Damit Du aber, alter Freund, nicht etwa um mein Leben zitterst, so wollte ich Dir noch sagen, dass uns von den Affen keine Gefahr mehr droht.

Wir haben uns ebenfalls das Gesäß mit Flitter geschmückt, und wenn wir beim Herannahen der Tiere nur jede Intelligenzäußerung scharf unterdrücken, so werden wir für Offiziere gehalten und hoch geachtet und sind vollkommen sicher. Du wirst vielleicht sagen, es sei das charakterlos von mir, aber ich bitte Dich, was muss man nicht alles tun, wenn man nun schon einmal unter Orang-Utans leben muss.

Jetzt aber heißt es hastig schließen, draußen – ganz nahe schon – höre ich das schneidige

Gwääh – Gwegg, Gwääh – Gwegg

der Vaterlandsaffen.

Herzlichst grüßt Dich daher in Eile

Dein alter Egon Ipse

Bologneser Tränen

Sehen Sie den Hausierer dort mit dem wirren Bart? Tonio nennt man ihn. Gleich wird er zu unserem Tische kommen. Kaufen Sie ihm eine kleine Gemme ab oder ein paar Bologneser Tränen; – Sie wissen doch: diese Glastropfen, die in der Hand in winzige Splitter – wie Salz – zerspringen, wenn man das fadenförmige Ende abbricht. – Ein Spielzeug, weiter nichts. Und betrachten Sie dabei sein Gesicht, – den Ausdruck!

Nicht wahr, der Blick des Mannes hat etwas Tiefergreifendes? – Und was in der klanglosen Stimme liegt, wenn er seine Waren nennt: Bologneser Tränen, gesponnenes Frauenhaar. Wenn wir dann nach Hause gehen, will ich Ihnen seine Lebensgeschichte erzählen, nicht in diesem öden Wirtshaus – – – draußen am See – im Park.

Eine Geschichte, die ich niemals vergessen könnte, auch wenn er nicht mein Freund gewesen wäre, denn Sie hier jetzt als Hausierer sehen und der mich nicht mehr erkennt.

Ja, ja – glauben Sie es nur, er war mir ein guter Freund, – früher, als er noch lebte, – seine Seele noch hatte, – noch nicht wahnsinnig war. – – – Warum ich ihm nicht helfe? – Da lässt sich nicht helfen. Fühlen Sie nicht, dass man einer Seele nicht helfen soll, – die blind geworden – sich auf ihre eigene, geheimnisvolle Weise wieder zum Lichte tastet, – vielleicht auch zu einem neuen hellern Licht? –

Und es ist nichts mehr als ein Tasten der Seele nach Erinnerung, wenn Tonio hier Bologneser Tränen feilbietet! – Sie werden dann hören. – Gehen wir jetzt fort von hier. –

– – – Wie zauberhaft der See im Mondlicht schimmert!

– – – Das Schilf, da drüben am Ufer! – So nächtig – dunkel! – Und wie die Schatten der Ulmen auf der Wasserfläche schlummern – – – dort in der Bucht! – –

– – – In mancher Sommernacht saß ich auf dieser Bank, wenn der Wind flüsternd, suchend durch die Binsen strich und die plätschernden Wellen schlaftrunken an die Wurzeln der Uferbäume schlugen, – und dachte mich hinab in die zarten heimlichen Wunder des Sees, sah in der Tiefe leuchtende, glitzernde Fische, wie sie leise im Träume die rötlichen Flossen bewegen, – alte, moosgrüne Steine, ertrunkene Äste und totes Holz und schimmernde Muscheln auf weißem Kies.

Wäre es nicht besser, man läge – ein Toter – da unten auf weichen Matten von schaukelndem Tang – und hätte das Wünschen vergessen und das Träumen?! –

Doch ich wollte Ihnen von Tonio erzählen.

Wir wohnten damals alle drüben in der Stadt; – wir nannten ihn Tonio, obwohl er eigentlich anders heißt.

Von der schönen Mercedes haben Sie wohl auch nie gehört? Eine Kreolin mit rotem Haar und so hellen, seltsamen Augen.

Wie sie in die Stadt kamen, weiß ich nicht mehr, – jetzt ist sie seit langem verschollen. – –

Als Tonio und ich sie kennen lernten – auf einem Feste des Orchideenklubs –, war sie die Geliebte eines jungen Russen.

Wir saßen in einer Veranda, und aus dem Saale wehten die fernen süßen Töne eines spanischen Liedes heraus zu uns. –

– – – Girlanden tropischer Orchideen von unsagbarer Pracht hingen von der Decke herab: – Cattleya aurea, die Kaiserin dieser Blumen, die niemals sterben, – Odontoglossen und Dendrobien auf morschen Holzstücken, weiße leuchtende Lobelien, wie Schmetterlinge des Paradieses. – Kaskaden tiefblauer Lykasten, – und von dem Dickicht dieser wie im Tanze verschlungenen Blüten loderte ein betäubender Duft, der mich immer wieder durchströmt, wenn ich des Bildes jener Nacht gedenke, das scharf und deutlich wie in einem magischen Spiegel vor meiner Seele steht: Mercedes auf einer Bank aus Rindenholz, die Gestalt halb verdeckt hinter einem lebenden Vorhang violetter Vandeen. – Das schmale leidenschaftliche Gesicht ganz im Schatten.

Keiner von uns sprach ein Wort. –

Wie eine Vision aus tausend und einer Nacht; mir fiel das Märchen ein von der Sultanin, die eine Ghule war und bei Vollmond zum Friedhof schlich, um auf den Gräbern vom Fleische der Toten zu essen. Und Mercedes' Augen ruhten – wie forschend auf mir.

Dumpfes Erinnern wachte in mir auf, als ob mich einstmals in weiter Vergangenheit – in einem fernen, fernen Leben kalte, starre Schlangenaugen so angeblickt hätten, dass ich es nie mehr vergessen konnte.

Den Kopf hatte sie vorgebeugt und die fantastischen schwarz und purpur gesprenkelten Blütenzungen eines burmesischen Bulbophyllums waren in ihrem Haar verfangen, wie um neue unerhörte Sünden ihr ins Ohr zu raunen. Damals begriff ich, wie man um solch ein Weib seine Seele geben könne.

– – – Der Russe lag zu ihren Füßen. – Auch er sprach kein Wort. – –

Das Fest war fremdartig – wie die Orchideen selbst – und seltsamer Überraschungen voll. Ein Neger trat durch die Portieren und bot glitzernde Bologneser Tränen in einer Jaspisschale an. – Ich sah, wie Mercedes lächelnd dem Russen etwas sagte, – sah, wie er eine Bologneser Träne zwischen die Lippen nahm, lange so hielt und sie dann seiner Geliebten gab.

In diesem Augenblick schnellte, losgerankt aus dem Dunkel des Blättergewirres, eine riesige Orchidee, – das Gesicht eines Dämons, mit begehrlichen durstigen Lefzen, – ohne Kinn, nur schillernde Augen und ein klaffender, bläulicher Gaumen. Und dieses furchtbare Pflanzengesicht zitterte auf seinem Stängel; wiegte sich wie in bösem Lachen, – auf Mercedes' Hände starrend. Mir stand das Herz still, als hätte meine Seele in einen Abgrund geblickt.

Glauben Sie, dass Orchideen denken können? Ich habe in jenem Augenblick gefühlt, dass sie es können, – gefühlt, wie ein Hellsehender fühlt, dass diese fantastischen Blüten über ihre Herrin frohlockten. – Und sie war eine Orchideenkönigin, diese Kreolin mit ihren sinnlichen, roten Lippen, dem leise grünlichen Hautschimmer und dem Haar von der Farbe toten Kupfers. – – – – Nein, nein – Orchideen sind keine Blumen, – sind satanische Geschöpfe. – Wesen, die nur die Fühlhörner ihrer Gestalt uns zeigen, uns Augen, Lippen, Zungen in sinnbetörenden Farbenwirbeln vortäuschen, dass wir den scheußlichen Vipernleib nicht ahnen sollen, der sich – unsichtbar – todbringend verbirgt im Reiche der Schatten.

Trunken von dem betäubenden Duft traten wir endlich in den Saal zurück.

Der Russe rief uns ein Wort des Abschieds nach. – In Wahrheit ein Abschied, denn der Tod stand hinter ihm. – Eine Kesselexplosion – am nächsten Morgen – zerriss ihn in Atome.

Monate waren um, da war sein Bruder Ivan Mercedes' Geliebter, ein unzugänglicher, hochmütiger Mensch, der jeden Verkehr mied. – Beide bewohnten die Villa beim Stadttor, – abgeschieden von allen Bekannten, und lebten nur einer wilden, wahnsinnigen Liebe.

Wer sie so gesehen, wie ich, abends in der Dämmerung durch den Park gehen, aneinandergeschmiegt, sich fast im Flüstertone unterhaltend, weltverloren – keinen Blick für die Umgebung –, der begriff, dass eine übermächtige, unserem Blute fremde Leidenschaft diese beiden Wesen zusammengeschmiedet hielt.

Da – plötzlich – kam die Nachricht, dass auch Ivan verunglückt –, bei einer Ballonfahrt, die er scheinbar planlos unternommen, auf rätselhafte Weise aus der Gondel gestürzt sei.

Wir alle dachten, Mercedes werde den Schlag nicht verwinden.

– – Wenige Wochen später – im Frühjahr – fuhr sie in ihrem offenen Wagen an mir vorüber. Kein Zug in dem regungslosen Gesicht sprach von ausgestandenem Schmerze. Mir war, als ob eine ägyptische Bronzestatue, die Hände auf den Knien ruhend, den Blick in eine andere Welt gerichtet, und nicht ein lebendes Weib an mir vorbeigefahren sei. – – – Noch im Träume verfolgte mich der Eindruck: Das Steinbild des Memnon mit seiner übermenschlichen Ruhe und den leeren Augen in einer modernen Equipage in das Morgenrot fahrend, – immer weiter und weiter durch purpurleuchtende Nebel und wallenden Dunst der Sonne zu. – Die Schatten der Räder und Pferde unendlich lang – seltsam zerzogen – grauviolett, wie sie im Lichte des Frühmorgens gespenstergleich über die tauig-nassen Wege zucken.

Lange Zeit war ich dann auf Reisen und sah die Welt und manches wunderbare Bild, doch haben wenige so auf mich gewirkt. – Es gibt Farben und Formen, aus denen unsere Seele wache, lebendige Träume spinnt. – Das Tönen eines Straßengitters in der Nachtstunde unter unserm Fuß, ein Ruderschlag, eine Duftwelle, die scharfen Profile eines roten Häuserdaches, Regentropfen, die auf unsere Hände fallen, – sie sind oft die Zauberworte, die solche Bilder in unser Empfinden zurückwinken. Es liegt ein tief melancholisches Klingen wie Harfentöne in solchem Erinnerungsfühlen.

Ich kehrte heim und fand Tonio als des Russen Nachfolger bei Mercedes. – Betäubt von Liebe, gefesselt an Herz – an Sinnen – gefesselt an Händen, gefesselt an Füßen, – wie jener. – Ich sah und sprach Mercedes oft: dieselbe zügellose Liebe auch in ihr. – Zuweilen fühlte ich wieder ihren Blick forschend auf mir ruhn.

Wie damals in der Orchideen- Nacht.

In der Wohnung Manuels – unseres gemeinsamen Freundes – kamen wir manchmal zusammen, – Tonio und ich. Und eines Tages saß er dort am Fenster, – gebrochen. Die Züge verzerrt, wie die eines Gefolterten.

Manuel zog mich schweigend beiseite.

Es war eine merkwürdige Geschichte, die er mir hastig flüsternd erzählte: Mercedes, Satanistin, – eine Hexe –! Tonio hatte es aus Briefen und Schriften, die er bei ihr gefunden, entdeckt. Und die beiden Russen waren von ihr durch die magische Kraft der Imagination, – mit Hilfe von Bologneser Tränen, – *ermordet worden*. –

Ich habe das Manuskript später gelesen: Das Opfer, heißt es darin, wird zur selben Stunde in Stücke zerschmettert, wenn man die Bologneser Träne, die von ihm im Munde getragen und dann in heißer Liebe verschenkt wurde, in der Kirche beim Hochamt zerbricht.

Und Ivan und sein Bruder hatten ein so plötzliches schauerliches Ende gefunden! –

– – – Wir begriffen Tonios starre Verzweiflung. – Auch wenn am Gelingen des Zaubers nur der Zufall die Schuld getragen hätte, welcher Abgrund dämonischer Liebesempfindung lag in diesem Weibe! – Ein Empfinden, so fremd und unfassbar, dass wir normalen Menschen mit unserer Erkenntnis wie in Triebsand versinken, wenn wir den Versuch wagen, mit Begriffen in diese schrecklichen Rätsel einer krebsigen Seele hinabzuleuchten. – –

Wir saßen damals die halbe Nacht – wir drei -- und horchten, wie die alte Uhr tickend die Zeit zernagte, und ich suchte und suchte vergeblich nach Worten des Trostes in meinem Hirn – im Herzen – in der Kehle; – und Tonios Augen hingen unverwandt an meinen Lippen: er wartete auf die Lüge, die ihm noch Betäubung bringen konnte. Wie Manuel – hinter mir – den Entschluss fasste, den Mund öffnete, um zu reden, – ich wusste es, ohne mich umzusehen. Jetzt – jetzt würde er es sagen. – – Ein Räuspern, ein Scharren mit dem Stuhl, – – – dann wieder Stille, eine ewig lange Zeit. Wir fühlten, jetzt tastet sich die Lüge durch das Zimmer, unsicher tappend an den Wänden, wie ein seelenloser Schemen ohne Kopf.

Endlich Worte – verlogene Worte – wie verdorrt: »Vielleicht – – – – – – – – vielleicht liebt sie dich anders, als – – – – als die andern.«

Totenstille. Wir saßen und hielten den Atem an: – dass nur die Lüge nicht stirbt, – – sie schwankt hin und her auf gallertenen Füßen und will fallen, – – – nur eine Sekunde noch!

Langsam, langsam begannen sich Tonios Züge zu verändern: Irrlicht Hoffnung!

– – – Da war die Lüge Fleisch geworden! –

– – – Soll ich Ihnen noch das Ende erzählen? Mir graut, es in Worte zu kleiden. – Stehen wir auf, mir läuft ein Schauer über den Rücken, wir haben zu lange hier auf der Bank gesessen. Und die Nacht ist so kalt.

– – – Sehen Sie, das Fatum blickt auf den Menschen wie eine Schlange, – es gibt kein Entrinnen. – Tonio versank aufs neue in einen Wirbel rasender Leidenschaft zu Mercedes, er schritt an ihrer Seite, – ihr Schatten. – Sie hielt ihn umklammert mit ihrer teuflischen Liebe wie ein Polyp der Tiefsee sein Opfer.

– – – An einem Karfreitag packte das Schicksal zu: Tonio stand frühmorgens im Aprilsturm vor der Kirchentür, barhaupt, in zerrissenen Kleidern, die Fäuste geballt, und wollte die Menge am Gottesdienste hindern. – Mercedes hatte ihm geschrieben – und er war darüber wahnsinnig geworden; – in seiner Tasche fand man ihren Brief, in dem sie ihn *um eine Bologneser Träne* bat.

Und seit jenem Karfreitag steht Tonios Geist in tiefer Nacht.

Der Mann auf der Flasche

Melanchthon tanzte mit der Fledermaus, die den Kopf unten und oben die Füße hatte.

Die Flügel um den Leib geschlagen und in den Krallenzehen einen großen goldenen Reifen steif emporhaltend, wie um anzudeuten, dass sie von irgendwo herabhänge, sah sie ganz absonderlich aus, und es musste einen merkwürdigen Eindruck auf Melanchthon machen, wenn er beim Tanzen beständig durch diesen Ring zu sehen gezwungen war, der genau in seine Gesichtshöhe reichte.

Sie war eine der originellsten Masken auf dem Feste des persischen Prinzen, – auch eine der scheußlichsten allerdings – diese Fledermaus. –

Sogar seiner Durchlaucht Mohammed Darasche-Koh, dem Gastgeber, war sie aufgefallen.

»Schöne Maske, ich kenne dich«, hatte er ihr zugeflüstert und damit große Heiterkeit bei den Nebenstehenden erregt.

»Es ist bestimmt die kleine Marquise, die intime Freundin der Fürstin«, meinte ein holländischer Ratsherr, gekleidet im Stile Rembrandts – es könne gar nicht anders sein; jeden Winkel wisse sie im Schlosse, – ihren Reden nach – und vorhin, als mehreren Kavalieren der »frostige« Einfall gekommen, sich von dem alten Kammerdiener Filzstiefel und Fackeln bringen zu lassen, um draußen im Parke Schneeballen zu werfen, wobei die Fledermaus ausgelassen mitgetollt hatte –, hätte er wetten mögen, ein ihm wohlbekanntes Hyazintharmband an ihrem Handgelenk aufblitzen gesehen zu haben.

»Ach, wie interessant«, mischte sich ein blauer Schmetterling ins Gespräch, – »könnte da nicht Melanchthon vorsichtig ein wenig sondieren, ob Graf de Faast, wie es in letzter Zeit den Anschein hat, bei der Fürstin wirklich Hahn im Korbe ist?«

»Ich warne dich, Maske, sprich nicht so laut«, unterbrach ernst der holländische Ratsherr. »Nur gut, dass die Musik den Walzerschluss fortissimo spielte, – vor wenigen Augenblicken noch stand der Prinz hier ganz in der Nähe!«

»Ja, ja, am besten kein Wort über solche Dinge«, riet flüsternd ein ägyptischer Anubis, »die Eifersucht dieses Asiaten kennt keine Grenzen; und es liegt vielleicht mehr Zündstoff im Schlosse aufgehäuft, als wir alle ahnen. – Graf de Faast spielt schon zu lange mit dem Feuer, und wenn Darasche-Koh wüsste – – –«

Eine raue, zottige Figur, ein geschlungenes Knäuel aus Seil darstellend, bahnte sich – in wilder Flucht vor einem hellenischen Krieger in schimmerndem Waffenschmuck – eine Gasse durch die Gruppe der Masken, die den beiden verständnislos nachsahen, wie sie auf flinken Gummisohlen über den spiegelglatten Steinboden huschten.

»Hättest *du* keine Angst, *durchgehauen* zu werden, Mynheer Kannitverstahn, wenn *du* der gordische Knoten wärest und wüsstest, dass Alexander der Große hinter dir her ist?«, spottete die umgekehrte Fledermaus und tippte mit dem Fächer auf des Holländers ernsthafte Nase.

»Ei, ei, ei, schöne Marquise Fledermaus, der scharfe Geist verrät sich stets«, scherzte ein baumlanger »Junker Hans« mit Schweif und Pferdefuß. »Wie schade, ach wie schade, dass man dich – Füßchen oben – nur als Fledermaus so auf dem Kopfe stehen sehen darf.«

Jemand stieß ein brüllendes Gelächter aus.

Alle drehten sich um und sahen einen dicken Alten mit breiten Hosen und einem Ochsenkopf.

»Ah, der pensionierte Herr Handelsgerichtsvizepräsident hat gelacht«, sagte trocken der Junker Hans.

Da ertönt dumpfes Läuten, und ein Henker im roten Talar der westfälischen Feme, eine erzene Glocke schwingend, stellt sich inmitten des ungeheuern Saales auf – über sein blitzendes Beil gelehnt.

Aus den Nischen und Loggien strömen die Masken herbei: Harlekins, »Ladies with the rose«, Menschenfresser, Ibisse und gestiefelte Kater, Piquefünfe, Chinesinnen, deutsche Dichter mit der Aufschrift: »Nur ein Viertelstündchen«, Don Quixotes und Wallensteinische Reiter, Kolumbinen, Bajadèren und Dominos in allen Farben.

Der rote Henker verteilt Täfelchen aus Elfenbein mit Goldschrift unter die Menge.

»Ah, Programme für die Vorstellung!!«

»Der Mann in der Flasche«
Marionetten-Komödie im Geiste Aubrey Beardsleys
von Prinz Mohammed Darasche-Koh
Personen:
Der Mann in der Flasche – Miguel Graf de Faast
Der Mann auf der Flasche – Prinz Mohammed Darasche-Koh

Die Dame in der Sänfte – * * * *
Vampire, Marionetten, Buckelige, Affen, Musikanten
Ort der Handlung: Ein offener Tiger-Rachen

»Was?! Vom Prinzen selbst das Puppenspiel?«

»Vermutlich eine Szene aus 1001 Nacht?«

»Wer wird denn die Dame in der Sänfte geben?«, hört man neugierige Stimmen durcheinander fragen.

»Unerhörte Überraschungen stehen uns heute noch bevor, o ja«, zwitschert ein niedlicher Incroyable in Hermelin und hängt sich in einen Abbé ein, – »weißt du, der Pierrot vorhin, mit dem ich die Tarantella tanzte, das war der Graf de Faast, der den Mann in der Flasche spielen wird, und er hat mir viel anvertraut: – Die Marionetten werden schrecklich unheimlich sein, aber nur für die, die es verstehen, weißt du – und einen – – – – Elefanten hat der Prinz eigens aus Hamburg telegrafisch bestellt – – – aber du hörst mir ja gar nicht zu!« – Und ärgerlich lässt die Kleine den Arm ihres Begleiters los und läuft davon.

Durch die weiten Flügeltüren fluten immer neue Scharen von Masken aus den Nebengemächern in die Festeshalle, sammeln sich planlos in der Mitte, laufen durcheinander wie das ewig wechselnde Farbenspiel eines Kaleidoskopes, oder drücken sich an den Wänden zusammen, die wundervollen Fresken Ghirlandajos zu bestaunen, die bis zur blauen, sternenbesäten Decke emporsteigend gleich Märchengeländen den Saal umrahmen.

Wie eine bunt schillernde Insel des Lebens liegt die Halle, umspült von den Gefilden farbengebundener Fantasien, die, einst in froh pochenden Künstlerherzen erwacht, eine jetzt kaum mehr verständlich einfache und langsame Sprache den hastenden Seelen des Heute zuraunen.

Diener reichen Erfrischungen auf Silbertassen in das fröhliche Gewoge, – Sorbet und Wein. – – Sessel werden gebracht und in die Fensternischen gestellt.

Mit scharrendem Geräusch schieben sich die Wände der einen Schmalseite zurück, und langsam rollt eine Bühne aus dem Dunkel vor, mit rotbraun und gelb geflammter Umrahmung und weißen Zähnen oben und unten: ein stilisierter, gähnender Tigerrachen.

In der Mitte der Szene steht eine riesige kugelförmige Flasche. Aus fußdickem Glas. Fast zwei Mann hoch und sehr geräumig. Die kolossalen Ebenholztüren des Saales fliegen auf, und mit majestätischer Ruhe tritt ein Elefant – gold- und juwelengeschmückt – herein. Auf seinem Nacken der rote Henker lenkt ihn mit dem Stiel seines Beiles.

Von den Spitzen der Stoßzähne schwingen Ketten von Amethysten, nicken Wedel aus Pfauenfedern.

Goldgewirkte Decken hängen dem Tiger in rosinfarbenen Quasten über die Flanken bis auf den Boden herab.

Die ungeheure Stirne hinter einem Netz mit funkelnden Edelsteinen, schreitet der Elefant gelassen durch den Festraum.

In Zügen umdrängen ihn die Masken und jauchzen der bunten Schar vornehmer Darsteller zu, die in einem Palankin auf seinem Rücken sitzen: Prinz Darasche-Koh mit Turban und Reiheragraffe. – Graf de Faast als Pierrot daneben. – Marionetten und Musikanten lehnen starr und steif wie Holzpuppen.

Der Elefant ist bei der Bühne angelangt und hebt mit dem Rüssel Mann um Mann aus dem Palankin; – Händeklatschen und lauter Jubel, als er den Pierrot nimmt und in den Hals der Flasche hinabgleiten lässt, dann den Metalldeckel schließt und den Prinzen obendrauf setzt.

Die Musikanten haben sich im Halbkreis niedergelassen und ziehen seltsame, dünne, gespenstisch aussehende Instrumente hervor.

Ernsthaft sieht der Elefant ihnen zu, dann kehrt er langsam um und schreitet zum Eingang zurück. Toll und ausgelassen wie Kinder hängen sich ihm scharenweise die Masken an Rüssel, Ohren und Stoßzähne und wollen ihn jauchzend zurückhalten; – – er spürt ihr Zerren kaum.

Die Vorstellung beginnt. Irgendwoher, wie aus dem Boden herauf, tönt leise Musik. –

Puppenorchester und Marionetten bleiben leblos wie aus Wachs.

Der Flötenbläser stiert mit gläsernem, blödsinnigen Ausdruck zur Decke; – die Züge der Rokokodirigentin in Perücke und Federhut, den Taktstock wie lauschend erhoben und den spitzen Finger geheimnisvoll an die Lippen gelegt, sind in grauenhaft lüsternem Lächeln verzerrt.

Im Vordergrund der Bühne die Marionetten – ein buckliger Zwerg mit kalkweißem Gesicht, ein grauer grinsender Teufel und eine fahle geschminkte Sängerin mit roten lechzenden Lippen – scheinen in satanischer Bosheit um ein schreckliches Geheimnis zu wissen, das sie in brünstigem Krampfe erstarren ließ.

Das haarsträubende Entsetzen des Scheintodes brütet über der regungslosen Gruppe.

– – Nur der Pierrot in der Flasche ist in ruheloser Bewegung, – schwenkt seinen spitzen Filzhut, verbeugt sich, und mitunter grüßt er hinauf zu dem persischen Prinzen, der mit gekreuzten Beinen unbeweglich auf dem Deckel der Flasche sitzt, – dann wieder schneidert er tolle Grimassen.

Seine Luftsprünge bringen die Zuschauer zum Lachen, – – – – wie grotesk er aussieht!

Die dicken Glaswände verzerren seinen Anblick so seltsam; – manchmal hat er Glotzaugen, die hervorquellen und so wunderlich funkeln, dann wieder gar keine Augen, nur Stirne und Kinn, – oder ein dreifaches Gesicht; – zuweilen ist er dick und gedunsen, dann wieder skelettartig dürr und langbeinig wie eine Spinne. – Oder sein Bauch schwillt zur Kugel an.

Jeder sieht ihn anders, nachdem der Blick auf die Flasche fällt.

In gewissen kurzen Zeiträumen ohne jeden erkennbaren, logischen Zusammenhang kommt ruckweise ein spukhaftes, sekundenlanges Leben in die Gestalten, das gleich darauf wieder in die alte, grauenvolle Leichenstarre versinkt, dass es scheint, als hüpfe das Bild über tote Zwischenräume hinweg von einem Eindruck zum andern, – wie der Zeiger einer Turmuhr traumhaft von Minute zu Minute zuckt.

Einmal hatten die Figuren aus schnellenden Kniekehlen heraus drei gespenstische Tanzschritte seitwärts der Flasche zugemacht; – und im Hintergrund verrenkte sich ein verwachsenes Kind wie in lasterhafter Qual. –

Von den Musikanten einer – ein Baschkir mit irrem, wimpernlosem Blick und birnenförmigem Schädel – nickte dazu und spreizte mit einem Ausdruck schreckhafter Verworfenheit seine dürren, grässlichen Finger, die trommelschlägerartig in kugelförmige Enden ausliefen, wie wächserne Symbole einer geheimnisvollen Entartung.

Dann wieder war an die Sängerin ein fantastisches weibliches Zwitterwesen herangesprungen – mit langen, schlotternden Spitzenhöschen – und in tänzelnder Stellung erstarrt.

Wie erfrischendes Aufatmen wirkte es förmlich, als mitten in eine solche Pause der Regungslosigkeit durch die rosaseidenen Vorhänge aus dem Hintergrunde eine verschlossene Sänfte aus Sandelholz von zwei Mohren auf die Szene getragen und in die Nähe der Flasche niedergestellt wurde, auf die jetzt von oben plötzlich ein fahles, mondscheinartiges Licht fiel.

Die Zuschauer waren sozusagen in zwei Lager geteilt, die einen – unfähig sich zu rühren und sprachlos – ganz im Banne dieser traumhaft vampirartigen, rätselhaften Marionettentänze, von denen ein dämonisches Fluidum vergifteter, unerklärlicher Wollust ausströmte, – während die andere Gruppe, zu plump für derlei seelische Schrecken, nicht aus dem Lachen über das spaßige Gebaren des Mannes in der Flasche herauskam.

Dieser hatte zwar die lustigen Tänze aufgegeben, aber sein jetziges Benehmen kam ihnen nicht minder komisch vor.

Durch alle möglichen Mittel trachtete er offenbar, irgend etwas ihm äußerst dringend Scheinendes dem auf dem Flaschendeckel sitzenden Prinzen verständlich zu machen.

Ja, er schlug und sprang zuletzt gegen die Wandungen, als wolle er sie zerbrechen oder gar die Flasche umwerfen.

Dabei hatte es den Anschien, als schreie er laut, obwohl natürlich nicht das leiseste Geräusch durch das fußdicke Glas drang.

Die pantomimischen Gebärden und Verrenkungen des Pierrots beantwortete der Perser von Zeit zu Zeit mit einem Lächeln, – oder er wies mit dem Finger auf die Sänfte.

Die Neugier des Publikums erreichte den Höhepunkt, als man bei einer solchen Gelegenheit deutlich bemerkte, dass der Pierrot sein Gesicht längere Zeit fest an das Glas drückte, wie um etwas drüben am Sänftenfenster zu erkennen, dann aber plötzlich wie ein Wahnsinniger die Hände vor den Kopf schlug, als hätte er etwas Grässliches erblickt, auf die Knie fiel und sich die Haare raufte. – Dann sprang er auf und raste mit solcher Schnelle in der Flasche herum, dass man bei den spiegelnden Verzerrungen manchmal nur noch ein helles, umherflatterndes Tuch zu sehen vermeinte.

Groß war auch das Kopfzerbrechen im Publikum, was es denn eigentlich mit der »Dame in der Sänfte« für eine Bewandtnis habe; man konnte wohl wahrnehmen, dass ein weißes Gesicht an die Sänftenscheibe gepresst war und unbeweglich zur Flasche hinübersah, – alles andere aber verdeckte der Schatten, und man war auf bloßes Raten angewiesen.

»Was nur der Sinn dieses unheimlichen Puppenspieles sein mag?«, flüsterte der blaue Domino und schmiegte sich ängstlich an den Junker Hans.

Erregt und mit gedämpfter Stimme tauschte man seine Meinungen aus.

Einen so recht eigentlichen *Sinn* habe das Stück nicht, – – nur Dinge, die nichts Gehirnliches bedeuten, könnten den verborgenen Zutritt zur Seele finden, – meinte ein Feuersalamander, und so, wie es Menschen gäbe, die beim Anblick der wässerigen Absonderungen blutleerer Leichen, von erotischem Taumel geschüttelt, kraftlose Schreie der Verzückung ausstießen, so gäbe es gewiss auch – – – –

»Kurz und gut: Wollust und Entsetzen wachsen auf einem Holz«, unterbrach die Fledermaus, »aber glaubt mir, ich zittere am ganzen Körper vor Aufregung, es liegt etwas unsagbar Grauenhaftes in der Luft, das ich nicht abschütteln kann; immer wieder legt es sich um mich wie dicke Tücher. –

Geht das von dem Puppenspiel aus? – Ich sage nein; auf mich strömt es vom Prinzen Darasche-Koh über. Warum sitzt er so scheinbar teilnahmslos da oben auf der Flasche? Und doch läuft manchmal ein Zucken über sein Gesicht!! – – – Irgend etwas Unheimliches geht hier vor, ich lasse mir's nicht nehmen.«

»Eine gewisse symbolistische Bedeutung glaube ich doch herausgefunden zu haben, und dazu passt ganz gut, was du eben sagtest«, mischte sich Melanchthon in das Gespräch.

»Ist denn nicht der ›Mann in der Flasche‹ der Ausdruck der im Menschen eingeschlossenen Seele, die ohnmächtig zusehen muss, wie die Sinne – die Marionetten – sich frech ergötzen, und wie alles der unaufhaltsamen Verwesung im Laster entgegengeht?«

Lautes Gelächter und Händeklatschen schnitt ihm die Rede ab.

Der Pierrot hatte sich auf dem Boden der Flasche zusammengekrümmt und umkrallte mit den Fingern seinen Hals. – Dann wieder riss er den Mund weit auf, deutete in wilder Verzweiflung auf seine Brust und nach oben – und faltete schließlich flehend die Hände, als wolle er etwas vom Publikum erbitten.

»Er will zu trinken haben, – na ja, so eine große Flasche und kein Sekt drin – gebt ihm doch zu trinken, ihr Marionetten«, rief ein Zuschauer.

Alles lachte und klatschte Beifall.

Da sprang der Pierrot wieder auf, riss sich die weißen Kleider von der Brust, machte eine taumelnde Bewegung und fiel der Länge nach zu Boden.

»Bravo, bravo, Pierrot – großartig gespielt; da capo, da capo«, jubelte die Menge.

Als jedoch der Mann sich nicht mehr rührte und keine Miene machte, die Szene zu wiederholen, legte sich langsam der Applaus und die allgemeine Aufmerksamkeit wandte sich den Marionetten zu.

Diese standen noch immer in derselben geisterhaften Stellung, die sie zuletzt eingenommen hatten, doch lag jetzt eine Art Spannung in ihren Mienen, die früher nicht wahrzunehmen gewesen. Es schien, als ob sie auf irgend ein Stichwort warteten.

Der bucklige Zwerg mit dem kalkweißen Gesicht drehte schließlich vorsichtig seine Augen nach dem Prinzen Darasche-Koh. –

Der Perser rührte sich nicht.

Seine Züge sahen verfallen aus.

Endlich trat von den Figuren im Hintergrund einer der Mohren zögernd an die Sänfte heran und öffnete den Schlag.

Und da geschah etwas höchst Seltsames.

Steif fiel ein nackter weiblicher Körper heraus und schlug mit dumpfem Klatschen lang hin.

Einen Augenblick Totenstille, dann schrien tausend Stimmen durcheinander; – – – es brauste der Saal.

»Was ist's – was ist geschehen?«

Marionetten, Affen, Musikanten, – alles sprang zu; Masken schwangen sich auf die Bühne:

Die Fürstin, die Gemahlin Darasche-Koh lag da, ganz nackt; auf ein stählernes Stangengerüst geschnürt. Die Stellen, wo die Stricke in das Fleisch einschnitten, waren blau unterlaufen.

Im Munde stak ihr ein seidener Knebel. –

Unbeschreibliches Entsetzen lähmte alle Arme.

– »Der Pierrot!«, gellte plötzlich eine Stimme, – »der Pierrot!« – Eine wahnsinnige, unbestimmte Angst fuhr wie ein Dolchstoß in alle Herzen.

– »Wo ist der Prinz?«

Der Perser war während des Tumults spurlos verschwunden. –

Schon stand Melanchthon auf den Schultern des Junker Hans; vergebens, – – er konnte den Deckel der Flasche nicht heben, und das kleine Luftventil war – – – – – *zugeschraubt!* –

»So schlagt doch die Wandungen ein, schnell, schnell!«

Der holländische Ratsherr entriss dem roten Henker das Beil, mit einem Satz sprang er auf die Bühne.

Es klang wie eine geborstene Glocke, als die Schläge schmetternd niederfielen; – ein schauerlicher Ton.

Tiefe Sprünge zuckten durch das Glas wie weiße Blitze; die Schneide der Axt bog sich.

Endlich – endlich – – – die Flasche brach in Trümmer. Darinnen lag, erstickt, die Leiche des Grafen de Faast, die Finger in die Brust gekrallt.

Durch die Festeshalle mit lautlosem Flügelschlag unsichtbar zogen die schwarzen Riesenvögel des Entsetzens.

Wozu dient eigentlich weißer Hundedreck?

»Ans Vaterland, ans teure,
schließ dich an.«

Wohl nur wenige wissen, dass er überhaupt zu etwas dient. Er dient aber ganz bestimmt zu irgend etwas Besonderem, da ist kein Zweifel.

Wenn ich frühmorgens das Haus verlasse, knapp ehe der Postbote kommt, und in meinen Briefkasten – der übrigens sowieso mit Wasserspülung versehen ist – einen Haufen Papier wirft, bleibe ich jedes Mal im Garten eine kleine Weile stehen und sage laut: Ksss, Ksss.

Und sofort setzt ein höchst befremdliches Phänomen ein. Schwirrendes Gehuste dringt aus dem dürren Laub empor, Gekrächz und rasselndes Fauchen; zwei glühende Augen erglimmen in Spannenhöhe vom Boden, und gleich darauf saust etwas Schwarzes, mit einer haarlosen Balggeschwulst am Halse, hinter den Sträuchern hervor auf mich los und trachteten, von irrsinniger Wut geschüttelt, in meine Bügelfalten zu beißen.

Welcher Wesensreihe das Geschöpf angehört, konnte ich bisher nicht feststellen.

Die Morgenstunden verbringt es mit krummem Rücken und in kauernder Stellung unter einem Holunderbusch. Das ist gewiss, das habe ich nach und nach herausbekommen.

Das Dienstmädchen schwört, zuweilen trage das Phantom eine blaue Decke, feuerrot gefüttert und in der hinteren Ecke mit einer Krone geschmückt. Ich konnte dergleichen nie wahrnehmen – trotz schärfster Beobachtung –, und es scheint fast, als ob in diesem Falle die Netzhaut jedes Menschen verschieden reagiert.

Was nun das Wesen mit der Balggeschwulst auch sei, ob, nach der Krone zu schließen, der ruhelose Schemen des letzten entarteten Sprosses eines erloschenen Herrschergeschlechtes, der unter gewissen astrologischen Aspekten Gestalt gewinnt, – oder vielleicht gar nur ein simpler Bürger des Tierreichs, – etwas Gespenstisches, das mich immer wieder an seiner Stofflichkeit zweifeln lässt, haftet ihm jedenfalls an.

Ich fühle deutlich: es ist uralt, und ich zweifle nicht, sich der Schlacht Cannae zu entsinnen, muss ihm ein leichtes sein. Der Hauch der Vergangenheit umweht es!

Doch trotz seines Greisentums ist nichts Abgeklärtes an ihm; der Hass einer ganzen Welt findet Raum in seinem Herzen.

Wirklich gebissen hat es in meine Bügelfalten noch nie. – Auch das spräche dafür, dass es sich um eine Spiegelung aus einer andern Sphäre handeln könnte! Irgend etwas Unwägbares, Unsichtbares scheint es zu zwingen, im letzten Bruchteil eines Augenblicks immer wieder davon abzustehen, trotzdem es in seinem Vorhaben nie erlahmt und stets von neuem losfährt.

Unvermittelt wie das Phänomen einsetzt, erlischt es auch jedes Mal.

Urplötzlich, ohne jedes Vorzeichen, gellt nämlich eine Stimme vom Himmel und ruft:

Ah– –miii! Ah– –miii!

Ganz deutlich: Ah– –miii!

Ich finde daran nichts Wunderbares. Wie oft ist es nicht bei den alten Juden vorgekommen, dass eine Stimme von Himmel rief, warum sollte es bei mir in der Kolumbusgasse ausgeschlossen sein – –?

Auf das Wesen mit der Balggeschwulst jedoch übt es eine verheerende Wirkung aus.

Mit einem Ruck lässt das Phantom von mir ab und kratzt schnell wie der Blitz durch die Gartenpforte um die Ecke, wo es sich augenblicklich – – dematerialisiert!

Nach alldem scheint nur das Wort »Ah– –miii« eine jener fluchwürdigen Klangformeln zu sein, wie man sie im Lamrim des Tson-ka-pa, den furchtbaren Zauberbüchern der Tibetaner, angedeutet findet, und die, richtig ausgesprochen, im Reiche der Ursachen astrale Wirbelstürme von einer Gewalt zu entfesseln vermögen, dass selbst wir in unsern schützenden Stoffhüllen noch die letzten Ausläufer solcher Katastrophen in Form spukhaft unerklärlicher Vorgänge schreckerfüllt wahrnehmen.

Oft habe ich die geheimnisvollen Silben »Ah– –miii« selber gesungen! Erst zaghaft, dann immer beherzter, doch niemals trat eine sichtbare Veränderung in der Welt der Materie ein.

Offenbar betonte ich falsch.

Oder sollte die Wirksamkeit durch vorausgehende strenge Askese des Sängers bedingt sein?

Mit der Dematerialisation des Wesens mit der Balggeschwulst ist der Prozess, dessen Zeuge ich allmorgendlich bin, keineswegs abgeschlossen.

Kaum ist nämlich die himmlische Stimme verklungen, so tritt ein Invalide in den Garten und begibt sich stumm zu dem Holunderbusch.

Ich traue niemals dem flüchtigen Augenschein, – die Sinne leisten so unsichere Gewähr für abstrakte Erkenntnis, – – der Invalide aber ist bestimmt echt. Ich habe ihn photographieren lassen.

Mit einem Schürhaken entnimmt der Krieger der Erde einige fahle Gegenstände – und wirft sie triumphierend zu den übrigen in den halb vollen Sack, den er an seiner rechten Seite – die linke ist mit Tapferkeitsmedaillen behangen – als Gegengewicht trägt.

Es liegt etwas Diabolisches darin, dass sich die fahlen Gegenstände immer genau an derselben Stelle vorfinden, die kurz vorher das Wesen mit der Balggeschwulst verlassen hat! –

Es muss da zweifellos ein gespenstischer Zusammenhang bestehen!

Wenn irgendein armer Mann die fahlen Gegenstände sammeln würde, die Sache wäre kaum der Beachtung wert. Man müsste denken, sie besitzen nur geringen Wert und sollen im Haushalte der Natur irgendeinem untergeordneten Zweck zugeführt werden. So aber!?

Invaliden sammeln dergleichen?!

Häuft nicht das Vaterland Ehre und Reichtum auf diese Menschen mit vollen Händen, der Dankesschuld für vergossenes Blut und geopferte Glieder erschüttert eingedenk?

Was jagen sie da Abfällen nach!?

Die Sache hat einen doppelten Boden!!!

Natürlich wird es wieder Schwarzseher in Menge geben, die sagen möchten, Invaliden seien arm. Die böse Absicht wäre aber zu offenkundig. – Ist es doch klar, dass – versagte hier wirklich einmal das Vaterland – der Kaiser selber freudigen Herzens einspränge. Denn, wahrlich, nicht unbelohnt bleibt Opfermut fürs Vaterland, an das fest sich anzuschließen unsere »echten« Dichter immer warm empfahlen.

Mit den fahlen Gegenständen muss es also eine ganz besondere Bewandtnis haben! Zu dieser Erkenntnis kam ich wohl vor Jahr und Tag. Als ich aber eines Morgens in der Zeitung las, man habe in einer Kammer einen greisen einbeinigen Veteranen aus dem italienischen Feldzug tot aufgefunden und von Habseligkeiten nichts als einen Schürhaken und – ein Sack voll weißer Hundeexkremente, da überfiel es mich wie ein Schrecken, wie ein böser Zwang, diesen Rätseln nachgehen zu müssen bis zum äußersten.

Schon wieder ein Invalide! Schon wieder der gewisse Sack! Und wo sind die aufgestapelten Reichtümer des Toten hingekommen? He?

Er muss sie gering geachtet haben, fühlte ich, – »was liegt an ihnen, wenn mir nur der Sack bleibt«, musste er sich gesagt haben.

Mir fiel die Geschichte von dem Derwisch ein aus Tausendundeiner Nacht, der, in die Schatzkammer eingedrungen, alle Kleinodien achtlos liegen ließ und nur ein Büchschen nahm voll Salbe, die, aufs Auge gestrichen, alle Macht der Erde verhieß.

Ein ungeheurer Wert - der Schlüssel zu unerhörten Genüssen, begriff ich, muss in den fahlen Gegenständen verborgen sein, wenn gerade die Invaliden, diese launenhaften, verweichlichten Günstlinge des Volkes, aller Unbill des Wetters spottend, umherstreifen und nichts unversucht lassen, ihrer habhaft zu werden.

Stracks lief ich zur Polizei. Der Schürhaken war noch da. Von dem Sacke aber - keine Spur!! Und niemand wusste, wo er hingekommen! - - - Also doch! -

Irgend jemand musste offenbar alles daran gesetzt haben, sich ihn anzueignen!! Mit unerhörter Kühnheit ihn der Polizei in letzter Minute aus dem Rachen gerissen haben! Und wozu dient weißer Hundedreck? fragte ich mich, »wozu dient er?«

Ich schlug im Konservationslexikon nach, unter H, unter E, unter W, unter D, - alles umsonst.

Meinen Invaliden auszuforschen, wäre lächerlich gewesen. Der am allerwenigsten hätte mir sein Geheimnis preisgegeben. So schrieb ich an das Unterrichtsministerium.

Man gab mir keine Antwort!

Ich ging in den Vortrag eines berühmten Conférenciers, und als Publikum Fragen auf Zettel schrieb, gab ich auch meinen ab. Doch als er in seine Hände kam, zerknüllte er ihn und verließ indigniert den Saal.

Auf dem Rathause konnte ich das zuständige Amtszimmer nicht finden, und beim Bürgermeister wurde ich nicht vorgelassen.

»Man klebt ihn an die Decke von Prunksälen, und dann heißt er: Stuckatur«, höhnte ein Zyniker.

»Er ist das Pathos unter seinesgleichen, er ist Selbstzweck«, meinte träumerisch der Dichter Peter Altenberg.

Ein vornehmer Gelehrter wiederum wurde eisig abweisend und sagte streng: »Solche Dinge nimmt man in anständiger Gesellschaft nicht in den Mund; übrigens sind sie die Vorboten ernsthafter Verdauungsstörungen, und sie *dienen* (bei diesen Worten blitzten seine Augen rügend) sie *dienen* zur Warnung, dass der begüterte Laie seine Lebensführung niemals ohne den Rat eines erfahrenen Arztes einrichten soll!« Ein Mann aus dem Volke hingegen sagte gar nichts, trug mir nur stumm eine Ohrfeige an! - - -

Ich schlug andere Wege ein, trat Leuten, die ein geheimnisvolles Äußeres hatten, auf der Straße entgegen und stellte ihnen schroff die Frage. Hoffend, sie zu überrumpeln. Kurz, klar und ohne Umschweife.

Sie wichen bestürzt zurück und flohen mit allen Zeichen des Schreckens!

Da beschloss ich, einsam auf mich selbst beschränkt in die Tiefen dieses Geheimnisses zu tauchen und auf eigene Faust chemisch zu experimentieren, und ich ging selber auf die Suche nach jenen Stoffen.

Als wolle eine finstere Macht mich höhnen, blieb gerade da die Stelle unter meinem Holunderbaum tagelang leer, und – seltsam – auch das Wesen mit der Balggeschwulst schien verschwunden.

Ich kann ohne Grauen gar nicht daran zurückdenken.

Eine ganze Woche forschte ich an verlassenen Mauern entlang, kein Monument ließ ich unbesucht. Alles umsonst!

Und als mir endlich doch das Glück lächelte und ich die ersehnten Stoffe errungen und in einer Phiole geborgen hatte, da überfiel mich plötzlich eine quälende Angst: was, wenn ich gerade jetzt ohnmächtig würde, wenn mich gar der Schlag träfe!? Man würde die Stoffe bei mir finden, würde sagen: er hat eine schlechte Seele gehabt, er war pervers von Grund aus, das Schwein, – – – und das Glück meiner Familie wäre dahin für immer! Ja, und die Offiziere, mit denen mich unlösliche Bande heißer Sympathie verknüpfen, würden die Nase rümpfen und sagen: »Mür ham's eh g'wusst, er war ein Indivüduum!«

Und der evangelische Jünglingsverein würde die Hände falten und auf meinem Grab einen protestantischen Aufklärungstango tanzen.

Da warf ich die Phiole weit von mir.

Das Studium der Geschichte geheimer Gesellschaften war das nächste, in das ich mich stürzte. Es existiert wohl keine Brüderschaft mehr, in die ich nicht schon hineingetreten wäre, und gäbe ich alle die tiefsinnigen geheimen Erkennungszeichen und Notrufe, über die ich verfüge, hintereinander von mir, man würde mich zweifellos als des Veitstanzes verdächtig ins Irrenhaus schleifen.

Doch ich lasse nicht los!

Ich *muss* herausbekommen, wozu »er« dient.

Es gibt einen furchtbaren Orden, schreit jede Fiber in mir, eine stumme Vereinigung von Menschen, der Tür und Tor offen steht, die gefeit gegen die Pfeile des Zufalles die Welt am Gängelbande führt. Alle Macht auf Erden ist ihr gegeben, und sie nützt sie aus, ungestraft die schauderhaftesten Orgien zu feiern!

Was sind die Sterbekatoristen des Mittelalters, die sich von je gebrüstet, unter den Alchemisten die einzigen Besitzer der wahren »Materie« zu sein, denn anders als Bekenner dieser Sekte?

Der uralte vergessene Orden des »Mopses«, welchen Zweck sonst kann er gehabt haben?

Und bis in unsere Tage reichen die Fangarme der »Brüder«!!

Wer ist ihr Oberhaupt? Wo der Mittelpunkt, um den sie sich scharen?

Der finstere Ohlendorff, Hamburgs ungekrönter Guanokönig, muss ihr letzter Großmeister gewesen sein, ahne ich; doch wer ist es heute? –

Schätze auf Schätze werden sie häufen mit ihrem Schürhaken und dann – –, dann wehe uns.

Mit bangem Blick sehe ich in die Zukunft.

Die Tage verrinnen, und keiner bringt mir Antwort auf meine Frage: wozu, wozu dient »er« eigentlich?

Und zerdämmert die Nacht, und der Hahn kräht besorgt nach dem säumigen Tag, da liege ich noch schlaflos, derweilen draußen unter dem Holunderbusch das Phantom mit der Balggeschwulst vielleicht schon heimlich sein Wesen treibt.

Im Halbtraum sehe ich die Gestalten der Invaliden strotzend von Geschmeide in Scharen zum Blocksberg ziehen. Und ich wälze mich gequält und ächze und seufze: Wozu, ja wozu dient eigentlich der weiße Hundedreck?!

Nachwort des Autors: Erklärende Zuschriften aus dem Publikum, »der geheimnisvolle Stoff diene zum Gerben von Handschuhen« – verbiete ich mir aufs strengste.

Tschitrakarna, das vornehme Kamel

»Bitt' Sie, was ist das eigentlich: Bushido?«, fragte der Panther und spielte Eichel-As aus.

»Bushido? hm«, brummte der Löwe zerstreut. »Bushido?«

»Na ja, Bushido«, – ärgerlich fuhr der Fuchs mit einem Trumpf dazwischen, – »was Bushido ist?«

Der Rabe nahm die Karten auf und mischte. »Bushido? das ist der neueste hysterische ›Holler‹! Bushido, das ist so ein moderner ›Pflanz‹, – eine besondere Art, sich fein zu benehmen, – japanischen Ursprungs. Wissen Sie, so was wie ein japanischer ›Knigge‹. Man grinst freundlich, wenn einem etwas Unangenehmes passiert. Zum Beispiel, wenn man mit einem österreichischen Offizier an einem Tisch sitzen muss, grinst man. Man grinst, wenn man Bauchweh hat, man grinst, wenn der Tod kommt. Selbst wenn man beleidigt wird, grinst man. Dann sogar besonders liebenswürdig. – Man grinst überhaupt immerwährend.«

»Ästhetentum, mhm, weiß schon, – Oscar Wilde – ja, ja«, sagte der Löwe, setzte sich ängstlich auf seinen Schweif und schlug ein Kreuz, – »also weiter.«

»Na ja, und der japanische Bushido wird jetzt sehr modern, seit sich die slawische Hochflut im Rinnstein verlaufen hat. Da ist z. B. Tschitrakarna – «

»Wer ist Tschitrakarna?«

»Was, Sie haben noch nie von ihm gehört? Merkwürdig! Tschitrakarna, das vornehme Kamel, das mit niemandem verkehrt, ist doch eine so bekannte Figur! Sehen Sie, Tschitrakarna las eines Tages Oscar Wilde, und das hat ihm den Verkehr mit seiner Familie so verleidet, dass es von da an seine eigenen einsamen Wege ging. Eine Zeit lang hieß es, es wolle nach Westen, nach Österreich, – dort seien nun aber schon so unglaublich viele – –«

»Kscht, ruhig, – hören Sie denn nichts?«, flüsterte der Panther –. »Es raschelt jemand –«

Alle duckten sich nieder und lagen bewegungslos wie die Steine.

Immer näher hörte man das Rascheln kommen und das Prasseln von zerbrochenen Zweigen, und plötzlich fing der Schatten des Felsens, in dem die vier kauerten, an zu wogen, sich zu krümmen und wie ins Unendliche anzuschwellen – –– –

Bekam dann einen Buckel, und schließlich wuchs ein langer Hals heraus mit einem hakenförmigen Klumpen daran.

Auf diesen Augenblick hatten der Löwe, der Panther und der Fuchs gelauert, um sich mit einem Satz auf den Felsen zu schnellen.

Der Rabe flatterte auf wie ein Stück schwarzes Papier, auf das ein Windstoß trifft.

Der bucklige Schatten stammte von einem Kamel, das den Hügel von der andern Seite erklommen hatte und jetzt beim Anblick der Raubtiere in namenlosem Todesschreck zusammenzuckend sein seidenes Taschentuch fallen ließ.

Aber nur eine Sekunde machte es Miene zur Flucht, dann erinnerte es sich: – *Bushido!!* blieb sofort steif stehen und grinste mit verzerrtem käseweißem Gesicht.

»Tschitrakarna ist mein Name«, sagte es dann mit bebender Stimme und machte eine kurze englische Verbeugung, – »Harry S. Tschitrakarna! – – Pardon, wenn ich vielleicht gestört habe« – – dabei klappte es ein Buch laut auf und zu, um das angstvolle Klopfen seines Herzens zu übertönen.

Aha: Bushido! dachten die Raubtiere.

»Stören? Uns? Keineswegs. Ach, treten Sie doch näher«, sagte der Löwe verbindlich (Bushido), »und bleiben Sie, bitte, solange es Ihnen gefällt. – Übrigens wird keiner von uns Ihnen etwas tun, – Ehrenwort darauf, – mein Ehrenwort.«

Jetzt hat *der* auch schon Bushido, natürlich jetzt auf einmal, dachte der Fuchs ärgerlich, grinste aber ebenfalls gewinnend.

Dann zog sich die ganze Gesellschaft hinter den Felsen zurück und überbot sich in heiteren und liebenswürdigen Redensarten.

Das Kamel machte wirklich einen überwältigend vornehmen Eindruck.

Es trug den Schnurrbart mit den Spitzen nach abwärts nach der neuesten mongolischen Barttracht. »Es ist misslungen« und ein Monokel – ohne Band natürlich – im linken Auge.

Staunend ruhten die Blicke der vier auf den scharfen Bügelfalten seiner Schienbeine und der sorgfältig zur Apponyikrawatte geschlungenen Kehlmähne.

Sakerment, Sakerment, dachte sich der Panther und verbarg verlegen seine Krallen, die schwarze, schmutzige Ränder hatten vom Kartenspiel.

Leute von guten Sitten und feinem Takt verstehen einander gar bald.

Nach ganz kurzer Zeit schon herrschte das denkbar innigste Einvernehmen, so dass man beschloss, für immer beisammen zu bleiben.

Von Furcht war bei dem vornehmen Kamel begreiflicherweise keine Rede mehr, und jeden Morgen studierte es »The Gentlemans Magazine« mit derselben Gelassenheit und Ruhe wie früher in den Tagen der Zurückgezogenheit. Zuweilen wohl des Nachts – hie und da – fuhr es aus dem Schlafe mit einem Angstschrei auf, entschuldigte sich aber stets lächelnd mit dem Hinweis auf die nervösen Folgen eines bewegten Vorlebens.

Immer sind es einige wenige Auserwählte, die ihrer Umgebung und ihrer Zeit den Stempel aufdrücken. Als ob ihre Triebe und ihr Fühlen wie Ströme geheimnisvoller lautloser Überredungskunst sich von Herz zu Herz ergössen, schießen heute Gedanken und Ansichten auf, die gestern noch mit kindlicher Angst das zagende, sündenreine Gemüt erfüllt hätten und die vielleicht schon morgen das Recht der Selbstverständlichkeit werden erworben haben.

So spiegelte sich schon nach wenigen Monaten der erlesene Geschmack des vornehmen Kamels überall wieder.

Nirgends mehr sah man plebejische Hast.

Mit dem stetigen gelassenen, diskret schwingenden Schritte des Dandy promenierte der Löwe – weder rechts noch links blickend, und zum selben Zwecke wie weiland die vornehmen Römerinnen trank der Fuchs täglich Terpentin und hielt streng darauf, dass auch in seiner gesamten Familie ein gleiches geschah.

Stundenlang polierte der Panther seine Krallen mit Onglissa, bis sie rosenfarbig in der Sonne glänzten, und ungemein individuell wirkte es, wenn die Würfelnattern stolz betonten, sie seien gar nicht von Gott erschaffen worden, sondern, wie sich jetzt herausstellte, von Kolo Moser und der »Wiener Werkstätte« entworfen.

Kurz, überall sprosste Kultur auf und Stil, und bis in die konservativen Kreise drang modernes Fühlen.

Ja, eines Tages machte die Nachricht die Runde, sogar das Nilpferd sei aus seinem Phlegma erwacht, frisiere sich rastlos die Haare in die Stirne (sogenannte Giselafransen) – und bilde sich ein, es sei der Schauspieler Sonnental.

Da kam der tropische Winter.

Krschsch, Krschsch, Prschsch, Prschsch, Krschsch, Prschsch.

So ungefähr regnet es zu dieser Jahreszeit in den Tropen. Nur viel länger.

Eigentlich immerwährend und ohne Unterlass von Abend bis früh, von früh bis Abend.

Dabei steht die Sonne am Himmel, mies und trübfarbig, wie ein Lebkuchen.

Kurz, es ist zum Wahnsinnigwerden.

Natürlich wird man da grässlich schlecht aufgelegt. Gar wenn man ein Raubtier ist.

Statt sich nun eben jetzt eines möglichst gewinnenden Benehmens zu befleißigen – schon aus Vorsicht –, schlug ganz im Gegenteil das vornehme Kamel des Öfteren einen ironisch überlegenen Ton an, besonders, wenn es sich um wichtige Modefragen, Schick und dergleichen handelte, was naturgemäß Verstimmung und mauvais sang erzeugen musste.

So war eines Abends der Rabe in Frack und schwarzer Krawatte gekommen, was dem Kamel sofort Anlass zu einem hochmütigen Ausfall bot.

»Schwarze Krawatte zum Frack darf man – man sei denn ein Sachse – bekanntermaßen nur bei einer einzigen Gelegenheit tragen« – hatte Tschitrakarna fallen lassen und dabei süffisant gegrinst.

Eine längere Pause entstand, – der Panther summe verlegen ein Liedchen, und niemand wollte zuerst das Schweigen brechen, bis sich der Rabe doch nicht enthalten konnte, mit gepresster Stimme zu fragen, welche Gelegenheit das denn sei.

»Nur, wenn man sich begraben lässt«, hatte die spöttische Erklärung gelautet, die ein herzliches, den Raben aber nur noch mehr verletzendes Gelächter auslöste.

Alle hastigen Einwendungen wie: Trauer, enger Freundeskreis, intime Veranstaltungen usw. usw. machten die Sache natürlich nur noch schlimmer.

Aber nicht genug damit, ein anderes Mal – die Sache war längst vergessen – als der Rabe mit einer weißen Krawatte, jedoch im Smoking, erschienen war, brannte das Kamel in seiner Spottlust förmlich nur darauf, die verfängliche Bemerkung anzubringen:

»Smoking? Mit *weißer* Krawatte? Hm! wird doch nur während *einer* Beschäftigung getragen.«

»Und die wäre?«, war es dem Raben voreilig herausgefahren.

Tschitrakarna hüstelte impertinent: »Wenn Sie jemanden rasieren wollen« – – –

Das ging dem Raben durch und durch. In diesem Augenblick schwor er dem vornehmen Kamel Rache bis in den Tod.

Schon nach wenigen Wochen fing infolge der Jahreszeit die Beute für die vier Fleischfresser an, immer knapper und spärlicher zu werden, und kaum wusste man, woher auch nur das Allernötigste nehmen.

Tschitrakarna genierte das natürlich nicht im geringsten; stets bester Laune, gesättigt von prächtigen Disteln und Kräutern, lustwandelte es, wenn die andern mit aufgespannten Regenschirmen fröstelnd und hungrig vor dem Felsen saßen, in seinem raschelnden wasserdichten Mackintosh – leise eine fröhliche Melodie pfeifend – in allernächster Nähe.

Und das ging Tag für Tag so!

Mitansehen müssen, wie ein anderer schwelt und selbst dabei verhungern!!!

»Nein, hol's der Teufel«, hetzte eines Abends der Rabe (das vornehme Kamel war gerade in einer Premiere), »hauen wir doch dieses idiotische Gigerl in die Pfanne. Tschitrakarna!! Hat man denn was von dem Binsenfresser? – Bushido! – natürlich Bushido! – ausgerechnet jetzt im Winter; so ein Irrsinn. Und unseren Löwen – – Bitte, sehen Sie doch nur, wie er von weitem aussieht jetzt, – wie ein Gespenst – unseren Löwen, den sollen wir glatt verhungern lassen, hm? Das ist vielleicht auch Bushido, ja?«

Der Panther und der Fuchs gaben dem Raben rückhaltlos recht.

Aufmerksam hörte der Löwe die drei an, und das Wasser lief ihm zu beiden Seiten aus dem Maul, während sie ihm Vorstellungen machten.

»Töten? – Tschitrakarna?« – sagte er dann. »Nicht zu machen, gänzlich ausgeschlossen; pardon, ich habe doch mein Ehrenwort gegeben«, und erregt ging er auf und nieder.

Aber der Rabe ließ nicht locker: »Auch nicht, wenn es sich von selbst anbieten würde?«

»Das wäre natürlich was anderes«, meinte der Löwe. »Wozu aber all diese dummen Luftschlösser!«

Der Rabe warf dem Panther einen heimtückischen Blick des Einverständnisses zu.

In diesem Augenblick kam das vornehme Kamel nach Hause, hängte Opernglas und Stock an einen Ast und wollte eben einige verbindliche Worte sagen, da flatterte der Rabe vor und sprach:

»Weshalb sollen *alle* darben: – besser drei satt, als vier hungrig. Lange habe ich – – – –«

»Verzeihen Sie recht sehr, ich muss aber hier allen Ernstes – schon als Älterer – auf dem Rechte des Vortrittes bestehen«, damit schob ihn der Panther – nach einem kurzen Wortwechsel mit dem Fuchs – höflich aber bestimmt zur Seite mit den Worten:

»Mich, meine Herrschaften, zur Stillung des allgemeinen Hungers anzubieten, ist mir nicht nur Bushido, ja sogar Herzenswunsch; ich äh – ich äh –«

»Lieber, lieber Freund, wo denken Sie hin«, unterbrachen ihn alle, auch der Löwe (Panther sind bekanntlich ungemein schwierig zu schlachten), »Sie glauben doch nicht im Ernst, wir würden – – – Ha, ha, ha.«

Verdammte Geschichte, dachte sich das vornehme Kamel, und eine böse Ahnung stieg in ihm auf. Ekelhafte Situation; – – aber Bushido, – übrigens – – – ach was, einmal ist's ja schon geglückt, also Bushido!!

Mit lässiger Gebärde ließ es das Monokel fallen und trat vor.

»Meine Herren, äh, ein alter Satz sagt: Dulce et decorum est pro patria mori! Wenn ich mir also gestatten darf – –«

Es kam nicht zu Ende.

Ein Gewirr von Ausrufen ertönte: »Natürlich, Verehrtester, dürfen Sie«, hörte man den Panther höhnen.

»Pro patria mori, jauchhu, – dummes Luder, werde dir geben Smoking und weiße Krawatte«, gellte der Rabe dazwischen.

Dann ein furchtbarer Schlag, das Brechen von Knochen, und Harry S. Tschitrakarna war nicht mehr.

Tja, Bushido ist eben nicht für Kamele.

Die Urne von St. Gingolph

Von St. Gingolph eine halbe Wegstunde – hinter den Hügeln – liegt ein uralter Park, verwildert und einsam – auf keiner Karte vermerkt.

Vor Jahrhunderten schon mag das Schloss, das einst in seiner Mitte stand, zerfallen sein; Reste weißer Grundmauern – kaum bis zur Kniehöhe eines Mannes – ragen verloren aus dem wilden, tiefen Gras wie gebleichte gigantische Zahnstümpfe eines Ungeheuers der Vorzeit.

Alles hat achtlos die Erde verscharrt und der Wind vertragen, Namen und Wappen, Tor und Tür.

Und auf Türme und Giebel hat die Sonne gestarrt, bis alles langsam und unmerklich in Atome zerfiel, – um dann als toter Staub mit dem Dunste des Tales emporzuwandern.

So ruft die zehrende Sonne die Dinge dieser Erde.

Eine verwitterte steinerne Urne, tief im Schatten von Zypressen, hat sich der Park noch bewahrt aus der Zeit eines vergessenen Lebens; die dunklen Äste haben sie verborgen vor den Ungewittern.

Neben dieser Urne warf ich mich einst ins Gras, habe auf das verdrossene Treiben der Krähen da oben in den Wipfeln gehorcht, wenn über die Sonne die Wolken ihre Hände legten; – und als schlössen sich traurig tausend Augen um mich her, war mir dann, wenn das Licht des Himmels erlosch.

Lange lag ich so und rührte mich kaum.

Die drohenden Zypressen hielten finster Wache bei der Urne, die auf mich herniedersah mit ihrem verwitterten Steingesicht wie ein Wesen ohne Atem und Herz – grau und empfindungslos.

Und meine Gedanken glitten leise in ein versunkenes Reich hinab, – voll Märchenhaus und dem heimlichen Klingen metallener Saiten; – ich dachte, geschmückte Kinder müssten kommen und auf den Zehenspitzen stehend mit kleinen Händen Kieselsteine und dürres Laub in die Urne werfen. Dann grübelte ich lange nach, warum ein schwerer Deckel auf dieser Urne lag wie eine steinerne trotzige Hirnschale, und mir wurde so eigen seltsam bei dem

Gedanken, dass der Luftraum in ihr und die armseligen paar vermoderten Dinge, die sie bergen mochte, vom Herzschlag des Lebens so zwecklos und geheimnisvoll wohl für immer geschieden seien.

Ich wollte mich bewegen und fühlte, wie meine Glieder fest im Schlafe lagen und wie die farbigen Bilder der Welt langsam verblassten.

Und ich träumte, die Zypressen seien jung geworden, und unmerklich schwankten sie in leisem Windhauch.

Auf der Ulme schimmerte das Licht der Sterne, und der Schatten eines nackten riesigen Kreuzes, das stumm und gespenstisch aus der Erde ragte, lag wie der Eingang in einem finsteren Schacht auf dem weißen nächtlichen Glanz der Wiese.

Die Stunden schlichen, und hie und da für eine Spanne Zeit flossen leuchtende Kreise auf das Gras und über die glitzernden Dolden des wilden Fenchel, der dann zauberhaft erglühte gleich farbigem Metall, – – Funken, die der Mond durch die Stämme des Waldes warf, wie er über die Hügelkämme zog.

Der Park wartete auf etwas oder auf jemand, der kommen sollte, und als vom Wege – vom Schlosse her, das in tiefer Dunkelheit versunken lag, der Kies unter Schritten leise klirrte und die Luft das Rauschen eines Kleides herübertrug, schien es mir, als streckten sich die Bäume und wollten sich vorneigen, dem Ankömmling warnende Worte zuzuraunen.

Es waren die Schritte einer jungen Mutter gewesen, die aus dem Schlosse kam, sich vor dem Kreuze niederzuwerfen, und jetzt den Fuß des Holzes verzweifelt umschlang.

Es stand aber ein Mensch im Schatten des Kreuzes, den sie nicht sah und dessen Hiersein sie nicht ahnte. Er, der ihr schlummerndes Kind in der Dämmerung aus der Wiege gestohlen hatte und hier auf ihr Kommen wartete, Stunde um Stunde – ihr Gatte, von nagendem Argwohn und quälenden Träumen aus der Ferne heimgetrieben.

Er hielt sein Gesicht an das Holz des Kreuzes gepresst und lauschte mit angehaltenem Atem den geflüsterten Worten ihres Gebetes.

Er kannte die Seele seines Weibes und die verborgenen Triebfedern der inneren Natur und hatte gewusst, sie würde kommen. Zu *diesem* Kreuz. So hatte er es auch im Träume gesehen. – Sie musste kommen, ihr Kind *hier* zu suchen.

Wie das Eisen zum Magnetstein muss, wie der Instinkt die Hündin ihr verlorenes Junges finden lässt, so wird dieselbe dunkle rätselhafte Kraft – und wäre es im Schlafe – auch den Fuß einer Mutter lenken. – – –

Der Betenden zur Warnung rauschten die Blätter und Zweige, und der Tau der Nacht fiel auf ihre Hände. Sie aber hielt die Augen gesenkt, und ihre Sinne waren blind in Sorge und Gram um ihr verschwundenes Kind.

Darum fühlte sie nicht, dass das Kreuz nackt war und den nicht trug, zu dem sie rief, und der da gesagt hatte: gehe hin und sündige hinfort nicht mehr.

Der aber statt Seiner die Worte ihrer Pein hörte, wollte ihr ein Beichtiger ohne Erbarmen sein.

Und sie betete und betete, und immer deutlicher formte sich ihr Flehen zu dem Geständnis – – – Siehe, Herr, nicht an meine Schuld, und wie du vergabst jener Ehebrecherin ... – – da stöhnten die alten Äste laut auf in Qual und Angst und griffen wild nach dem Horcher hinter dem Kreuze und fassten seinen Mantel – – –, ein Windstoß raste durch den Park.

Die letzten verräterischen Worte riss sein Sausen fort, ein hasserfülltes Ohr aber täuscht auch der Sturm nicht, und blitzartig reift zur Gewissheit, was als Argwohn lange gekeimt.

Wieder Todesstille ringsumher.

Die Beterin am Kreuz war zusammengesunken, – regungslos wie in tiefem Schlafe gefangen.

Da drehte sich leise, leise der steinerne Deckel, und die Hände des Mannes leuchteten weiß aus der Dunkelheit, wie sie langsam und geräuschlos gleich großen furchtbaren Spinnen um den Rand der Urne krochen.

Kein Laut im ganzen Park. – Lähmendes Entsetzen schlich durch die Finsternis.

Linie um Linie senkten sich und schwanden die steinernen Schraubengänge.

Da traf durch das Dickicht ein winziger Mondstrahl ein Ornament der Urne und schuf auf dem geschliffenen Knauf ein glühendes, grässliches Auge, das mit glotzendem, tückischem Blick weit aufgerissen in das Gesicht des Mannes starrte.

Von Grauen und Furcht gehetzte Füße flohen durch das Gehölz, und das Prasseln des Reisigs schreckte die junge Mutter auf.

Das Geräusch wurde schwächer, verlor sich in der Ferne und erstarb.

Sie aber achtete nicht darauf und lauschte in die Dunkelheit mit stockendem Pulse einem unmerklichen, kaum hörbaren Laut nach, der wie aus der Luft entstanden ihr Ohr getroffen hatte.

War das nicht ein leises Weinen gewesen? Ganz dicht bei ihr?

Unbeweglich stand sie und horchte und horchte mit verbissenen Lippen; ihr Ohr wurde scharf wie das Ohr eines Tieres, – sie hemmte den Atem bis zum Ersticken und hörte dennoch den Hauch aus ihrem Munde wie das Rauschen des Sturmwindes; – das Herz dröhnte, und ihr Blut brauste in den Adern gleich tausend unterirdischen Quellen.

Sie hörte das Scharren der Larven in der Rinde der Bäume und die unmerkbaren Regungen der Halme.

Und die rätselhaften Stimmen der keimenden ungeborenen Gedanken des Innern, die das Schicksal des Menschen bestimmen, seinen Willen in unsichtbare Fesseln zu schlagen, und doch leiser, viel viel leiser sind als der Atem der wachsenden Pflanzen, schlugen fremdartig und dumpf an ihr Ohr. Dazwischen ein Weinen, ein schmerzliches Weinen, das sie ganz umhüllte, das über ihr und unter ihr ertönte – in der Luft – in der Erde.

Ihr Kind weinte, – – irgendwo – da – dort – – ihre Finger krampften sich in Todesangst – Gott würde es sie wieder finden lassen.

Ganz, ganz nahe bei ihr musste es sein, – Gott wollte sie nur prüfen, – gewiss.

Jetzt klingt das Weinen näher – – und lauter; der Wahnsinn schwingt seine schwarzen Fittiche, die den Himmel verfinstern werden – – ihr ganzes Gehirn ist ein einziger schmerzender Hörnerv.

Einen, nur einen Augenblick Erbarmen noch, o Gott, bis ihr Kind wiedergefunden ist. – Verzweifelt will sie suchend vorwärts stürmen, doch schon verschlingt das Geräusch des ersten Schrittes den feinen Laut, verwirrt das Ohr und bannt ihren Fuß an die alte Stelle.

Und hilflos muss sie stehen bleiben – regungslos wie ein Stein, um nicht jede Spur zu verlieren.

Wieder hört sie ihr Kind, – jetzt schreit es nach ihr, da bricht das Mondlicht durch den Park und fließt von den Wipfeln in schimmernden Strömen; und die Zierraten der Urne leuchteten wie nasses Perlmutter.

Die Schlagschatten der Zypressen deuten: Hier, hier ist dein Kind gefangen, den Stein zertrümmere. Schnell, schnell, eh' es erstickt; – doch die Mutter hört nicht und sieht nicht.

Ein Lichtschein hat sie betrogen, besinnungslos hat sie sich in das Dickicht gestürzt, reißt sich blutig an den Dornen und zerwühlt das Strauchwerk wie ein rasendes Tier.

*

Grausig gellt ihr Schreien durch den Park.

Und weiße Gestalten kommen aus dem Schloss und schluchzen und halten ihre Hände und tragen sie mitleidig fort.

Der Wahnsinn hat seinen Mantel über sie gebreitet, und sie starb in derselben Nacht.

Ihr Kind ist erstickt, und niemand hat den kleine Leichnam gefunden; – die Urne hat ihn gehütet – bis er in Staub zerfiel. Die alten Bäume haben gekrankt seit jener Nacht und sind langsam verdorrt. Nur die Zypressen halten Leichenwacht bis zum heutigen Tag.

Nie sprachen sie ein Wort mehr und sind vor Gram starr und regungslos geworden.

Das Holzkreuz aber haben sie stumm verflucht, bis der Nordsturm kam – der riss es aus und warf es aufs Gesicht. Die Urne wollte er zerschmettern in seiner Wut, doch das hat Gott verboten; ein Stein ist immer gerecht, und dieser da war nicht härter gewesen als ein Menschenherz.

Schwer lastet es auf meiner Brust und macht mich erwachen. Ich sehe mich um, und der Raum unter dem Himmel ist erfüllt mit gebrochenem Licht.

Die Luft heiß und giftig.

Ängstlich scheinen die Berge zusammengerückt; – und schreckhaft deutlich jeder Baum. – Einzelne weiße Schaumstreifen jagen über das Wasser, von einer rätselhaften Kraft gehetzt! – der See ist schwarz; – wie der geöffnete Rachen eines tollen Riesenhundes liegt er unter mir.

Eine langgestreckte violette Wolke, wie ich sie noch niemals gesehen, schwebt in furchteinflößender Unbeweglichkeit hoch über dem Sturm und greift –- ein gespenstischer Arm – über den Himmel.

Noch liegt wie ein Alp der Traum von der Urne auf mir, und ich fühle, das ist der Arm des Föhns – da oben – und seine ferne unsichtbare Hand tastet und sucht auf Erden nach jenem Herzen, das härter gewesen ist als Stein.

Dr. Lederer

»Haben Sie den Blitz gesehen? – Da muss etwas an der elektrischen Zentrale passiert sein. – – Gerade dort über den Häusern.«

Einige Personen waren stehen geblieben und blickten in derselben Richtung. – – Eine schwere Wolkenschicht lag regungslos über der Stadt und bedeckte das Tal wie ein schwarzer Deckel: – der Dunst, der von den Dächern aufstieg und nicht wollte, dass die Sterne sich lustig machen über die törichten Menschen.

Wieder blitzte etwas auf – von der Anhöhe zum Himmel empor – und verschwand.

»Weiß Gott, was das sein kann; vorhin hat es doch links geblitzt, und jetzt wieder da drüben?! – – – Vielleicht sind's gar die Preußen«, meinte einer.

»Wo sollen die denn herkommen, bitt' Sie?! Übrigens habe ich noch vor zehn Minuten die Herren Generale im Hotel de Saxe sitzen sehen.«

»Na, wissen Sie, *das* wäre gerade kein Grund; – aber die Preußen – –?! das ist doch nicht einmal ein Witz, so etwas kann ja selbst bei uns nicht –«

Eine blendendhelle eiförmige Scheibe stand plötzlich am Himmel, – riesengroß – und die Menge starrte mit offenem Munde in die Höhe.

»Ein Kompass, ein Kompass«, rief die dicke Frau Schmiedl und eilte auf ihren Balkon. –

»Erstens heißt es ›*Komet*‹, zweitens hätte er doch einen Schweif«, wies die vornehme Tochter sie zurecht.

Ein Schrei barst in der Stadt und lief durch die Straßen und Gässchen, in die Haustore, durch dunkle Gänge und über krumme Treppen bis in die ärmsten Stübchen. – – Alles riss die Vorhänge zur Seite und stieß die Scheiben auf, – die Fenster waren im Nu von Köpfen erfüllt: Ah!

Da oben am Himmel in dem mächtigen Dunst eine leuchtende Scheibe und mitten darin zeichnete sich die Silhouette eines Ungeheuers, – eines drachenartigen Geschöpfes ab. So groß wie der Josefsplatz, pechschwarz und mit einem grässlichen Maul. – Genau wie der Josefsplatz.

Ein Chamäleon, ein Chamäleon! – Scheußlich.

Ehe die Menge zur Besinnung kam, war das Phantom verschwunden und der Himmel so dunkel wie früher.

Die Menschen sahen stundenlang empor, bis sie Nasenbluten bekamen, – aber nichts zeigte sich mehr.

Als ob sich der Teufel einen Spaß gemacht hätte.

»Das apokalyptische Tier«, meinten die Katholiken und schlugen ein Kreuz nach dem anderen.

»Nein, nein, ein Chamäleon«, beruhigten die Protestanten. – – –

Glöng, glöng, glöng: Ein Wagen der Rettungsgesellschaft stürmte in die Menge, die schreiend auseinanderstob, und hielt vor einem niedrigen Haustor.

»Ist wem was geschehen?«, rief der Herr Stadtarzt und bahnte sich einen Weg durch das Menschenknäuel. Man schob soeben eine mit Tüchern bedeckte Tragbahre aus dem Hause.

»Ach Gott, Herr Doktor, die gnädige Frau ist vor Schrecken niedergekommen«; jammerte das Stubenmädchen, »und es kann höchstens acht Monate alt sein, – er wisse es ganz genau, sagt der gnädige Herr.« –

»Die Frau Cininbulk hat sich ›versehen‹ an dem Ungeheuer«, – lief es von Mund zu Mund.

Eine große Unruhe entstand.

»Machen Sie doch Platz, Himmel Herrgott; – ich muss nach Hause«, hörte man vereinzelte Stimmen schreien.

»Lasst uns nach Hause gehen, nach unsern Frauen sehen«, – intonierten ein paar Gassenbuben und der Mob johlte. –

»Kusch, ihr Lausbuben«, schimpfte der Herr Stadtarzt – und lief ebenfalls so schnell er konnte heim.

Wenn es nicht zu regnen angefangen hätte, wer weiß, wie lange die Leute noch auf der Straße geblieben wären. So leerten sich allmählich die Plätze und Gassen und nächtliche Ruhe legte sich auf die nassen Steine, die trüb im Laternenlicht glänzten. –

Mit dem Eheglück der Cinibulks war es seit jener Nacht vorbei.

Gerade in so einer Musterehe musste das passieren! Wenn das Kind wenigstens gestorben wäre, – Achtmonatskinder sterben doch sonst gewöhnlich.

Der Gatte, der Stadtrat Tarquinius Cinibulk, schäumte vor Wut, – die Buben auf der Gasse liefen ihm nach und johlten; die mährische Amme hatte die Freisen bekommen, als sie das Kleine erblickte, und er musste in die Zeitung handgroße Annoncen einrücken lassen, um eine blinde Amme aufzutreiben. –

Schon am nächsten Tage nach jenem schrecklichen Ereignis hatte er angestrengt zu tun, um alle die Agenten von Castans Panoptikum aus dem Hause zu scheuchen, die das Kind sehen und für die nächste Weltausstellung gewinnen wollten.

Vielleicht war es einer dieser Leute gewesen, der ihm, um seine Vaterfreuden noch mehr zu dämpfen, die verhängnisvolle Idee, er sei von seiner Gattin hintergangen worden, eingegeben hatte, denn kurz darauf war er zum Herrn Polizeirat gelaufen, der nicht nur gerne Silberzeug zu Weihnachten annahm, sondern auch durch emsiges Verdächtigen missliebiger Personen Karriere gemacht hatte.

Es vergingen richtig kaum acht Wochen, als bekannt wurde, dass der Stadtrat Cinibulk einen gewissen Dr. Max Lederer wegen Ehebruchs verklagt hatte. – Die Staatsanwaltschaft griff auf die Befürwortung des Polizeirates die Sache selbstverständlich auf, obwohl keine Ertappung in flagranti vorlag.

Die Gerichtsverhandlung verlief äußerst interessant. Die Anklage des Staatsanwaltes stützte sich auf die frappante Ähnlichkeit der kleinen Missgeburt, die nackt und kreischend in einem rosa Korbe lag, mit dem Dr. Max Lederer.

»Sehen Sie sich, hoher Gerichtshof, nur einmal den Unterkiefer an und die krummen Beine, – von der niedrigen Stirne, – wenn man das überhaupt Stirne nennen darf, – ganz zu schweigen. Betrachten Sie die Glotzaugen, bitte, und den borniert viehischen Ausdruck des Kindes und vergleichen Sie all das mit den Zügen des Angeklagten«, sagte der Staatsanwalt, – »wenn Sie dann noch an seiner Schuld zweifeln – – –!«

»Es wird wohl keinem Menschen einfallen, hier eine gewisse Ähnlichkeit zu leugnen«, fiel der Verteidiger ein, – »ich muss aber ausdrücklich betonen, dass diese Ähnlichkeit nicht dem Verhältnis von Vater zu Kind entspringt, sondern nur dem Umstand einer *gemeinsamen* Ähnlichkeit mit einem Chamäleon. – Wenn hier jemand die Schuld trägt, so ist es das Chamäleon und nicht der Angeklagte! – Säbelbeine, hoher Gerichtshof, Glotzaugen, hoher Gerichtshof, – sogar ein derartiger Unterkiefer – – –«

»Zur Sache, Herr Verteidiger!«

Der Advokat verbeugte sich. »Also kurz und gut, ich stelle den Antrag auf Einvernahme von Sachverständigen aus der Zoologie.«

Der Gerichtshof hatte nach kurzer Beratung den Antrag mit dem Bemerken abgelehnt, dass er seit neuester Zeit prinzipiell nur noch Sachverständige aus dem Schreibfache zulasse, um eine neue Rede zu beginnen, als der Verteidiger, der sich bis dahin eifrig mit seinem Klienten besprochen hatte, energisch vortrat, auf die Füße des Kindes wies und anhob:

»Hoher Gerichtshof! – Ich bemerke soeben, dass das Kind an den Fußsohlen sehr auffallende sogenannte Muttermale trägt. Hoher Gerichtshof, können das nicht vielleicht – *Vatermale* sein?! Forschen Sie nach, ich bitte Sie mit aufgehobenen Händen; lassen Sie Herrn Cinibulk sowohl als auch Dr. Lederer hier Schuhe und Strümpfe ausziehen, – vielleicht können wir das Rätsel, wer der Vater ist, in einem Augenblick lösen.«

Der Stadtrat Cinibulk wurde sehr rot und erklärte, lieber seinerseits von der Anklage zurückzutreten, als so etwas zu tun; und er beruhigte sich erst, als man ihm erlaubte, sich vorher draußen die Füße waschen zu dürfen.

Der Angeklagte Max Lederer zog zuerst seine Strümpfe aus.

Als seine Füße sichtbar wurden, erhob sich ein brüllendes Gelächter im Auditorium: Er hatte nämlich Klauen, – jawohl, zweigespaltene Klauen wie ein Chamäleon.

»No servus, das sind doch überhaupt keine Füße«, brummte der Staatsanwalt ärgerlich und schmiss seinen Bleistift zu Boden.

Der Verteidiger machte sogleich den Vorsitzenden aufmerksam, dass es denn doch wohl ausgeschlossen sei, dass so eine stattliche Dame wie Frau Cinibulk jemals mit einem so hässlichen Menschen hätte intim verkehren können; – doch der Gerichtshof meinte, während der fraglichen Delikte hätte der Angeklagte doch nicht die Stiefel auszuziehen zu brauchen.

»Sagen Sie, Herr Doktor«, wandte sich leise der Verteidiger während der noch immer herrschenden Unruhe an den Gerichtsarzt, mit dem er gut befreundet war, – »sagen Sie, können Sie nicht auf geistige Umnachtung schließen?«

»Natürlich kann ich das, – ich kann alles, ich war doch früher Regimentsarzt; – warten wir aber noch ab, bis der Herr Stadtrat hereinkommt.«

Aber Stadtrat Cinibulk, der kam nicht und kam nicht.

Da könne man noch lange warten, hieß es; und die Verhandlung hätte vertagt werden müssen, wenn nicht plötzlich aus dem Auditorium der Optiker Cervenka hervorgetreten wäre und der Sache eine neue Wendung gegeben hätte:

»Ich kann es nicht mehr mit ansehen«, sagte er, »dass ein Unschuldiger leidet, und unterziehe mich lieber freiwillig einer Disziplinarstrafe wegen nächtlicher Ruhestörung. Ich war es, der damals die Erscheinung am Himmel hervorgebracht hat. Mittels zweier Sonnenmikroskope oder Scheinwerfer, die eine neue wunderbare Erfindung von mir sind, habe ich damals zersetzte, also unsichtbare Lichtstrahlen gegen den Himmel geworfen. Wo sie sich trafen, wurden sie sichtbar und bildeten die helle Scheibe. – Das vermeintliche Chamäleon war ein kleines Diapositivbild des Herrn Doktor Lederer, das ich an die Wolken warf, da ich mein eigenes zu Hause vergessen hatte. Ich habe nämlich früher einmal den Dr. Lederer im Dampfbad der Kuriosität wegen fotografisch aufgenommen. – Also, wenn sich die Frau Cinibulk, die damals hochschwanger war, an diesem Bilde ›versehen‹ hat, ist es sehr begreiflich, dass das Kind dem Angeklagten ähnlich sieht.«

Der Gerichtsdiener kam jetzt herein und meldete, dass tatsächlich an den Sohlen des Herrn Stadtrates muttermalartige Flecken anfingen sichtbar zu werden, doch müsse man immerhin weiter weg versuchen, ob sie sich nicht auch noch wegwaschen ließen.

Der Gerichtshof beschloss jedoch, das Resultat nicht erst abzuwarten, sondern sprach den Angeklagten wegen Mangels an Beweisen frei.

Das Präparat

Die beiden Freunde saßen an einem Eckfenster des Cafés Radetzky und steckten die Köpfe zusammen.

»Er ist fort, – heute nachmittag mit seinem Diener nach Berlin gefahren. – Das Haus ist vollkommen leer; – ich komme soeben von dort und habe mich genau überzeugt; – die beiden Perser waren die einzigen Bewohner.«

»Also ist er doch auf das Telegramm hereingefallen?!«

»Darüber war ich keinen Moment im Zweifel; wenn er den Namen Fabio Marini hört, ist er nicht zu halten.«

»Wundert mich eigentlich, denn er hat doch Jahre mit ihm zusammengelebt, – bis zu seinem Tode, – was könnte er da noch Neues über ihn in Berlin erfahren?«

»Oho! Professor Marini soll ihm noch vieles geheim gehalten haben; – er hat es selbst so gesprächsweise fallen lassen, – ungefähr vor einem halben Jahr, als unser guter Axel noch unter uns war.«

»Ist denn tatsächlich etwas Wahres an dieser geheimnisvollen Präparationsmethode Fabio Marinis? – Glaubst du wirklich so fest daran, Sinclair?«

»Von ›glauben‹ kann hier gar keine Rede sein. Mit *diesen* Augen habe ich in Florenz eine von Marini präparierte Kindesleiche gesehen. Ich sage dir, jeder hätte geschworen, dass das Kind bloß schlafe, – keine Spur von Starre, keine Runzeln, keine Falten – sogar die rosa Hautfarbe eines Lebendigen war vorhanden.«

»Hm. – Du denkst, der Perser könne wirklich Axel ermordet und – – –«

»Das weiß ich nicht, Ottokar, aber es ist denn doch unser beider Gewissenspflicht, uns Sicherheit über Axels Schicksal zu verschaffen. – Was, wenn er damals durch irgendein Gift bloß in eine Art Totenstarre versetzt worden wäre! – Gott, wie habe ich auf dem anatomischen Institut den Ärzten zugeredet, – sie angefleht, noch Wiederbelebungsversuche zu machen. – – – Was wollen Sie denn eigentlich, hieß es, – der Mann ist tot, das ist klar, und ein

Eingriff an der Leiche ohne Erlaubnis des Dr. Daraschekoh ist unzulässig. Und Sie wiesen mir den Kontrakt vor, in dem ausdrücklich stand, dass Axel dem jeweiligen Inhaber dieses Scheines seinen Körper nach dem Tode verkaufe und dafür bereits am soundsovielten 500 fl. in Empfang genommen und quittiert habe.«

»Nein, – es ist grässlich, – und so etwas hat in unserem Jahrhundert noch Gesetzeskraft. – So oft ich daran denke, fasst mich eine namenlose Wut. – Der arme Axel! – Wenn er eine Ahnung gehabt hätte, dass dieser Perser, sein wütendster Feind, der Besitzer des Kontraktes sein könne! – Er war immer der Ansicht, das anatomische Institut selbst – –«

»Und konnte denn der Advokat gar nichts ausrichten? –«

»Alles umsonst. – Nicht einmal das Zeugnis des alten Milchweibes, dass Daraschekoh einmal in seinem Garten bei Sonnenaufgang den Namen Axels so lange verflucht habe, bis ihm im Paroxysmus der Schaum vor den Mund getreten sei, wurde beachtet. – – Ja, wenn Daraschekoh nicht europäischer medicinae doctor wäre! – Wozu aber noch reden, – willst du mitgehen oder nicht, Ottokar? Entschließe dich.«

»Gewiss will ich – aber bedenke, wenn man uns erwischt – als Einbrecher! – Der Perser hat einen tadellosen Ruf als Gelehrter! Der bloße Hinweis auf unseren Verdacht ist doch, – weiß Gott, – kein plausibler Grund. – Nimm es mir nicht übel, aber ist es wirklich ganz ausgeschlossen, dass du dich geirrt hast, als du Axels Stimme vernahmst? – – Fahre nicht auf, Sinclair, bitte, sage mir noch einmal genau, wie das damals geschah. – Warst du nicht vielleicht schon vorher irgendwie aufgeregt?« –

»Aber gar keine Spur! – Eine halbe Stunde früher war ich auf dem Hradschin und sah mir wieder einmal die Wenzelskapelle und den Veitsdom an, diese alten fremdartigen Bauten mit ihren Skulpturen wie aus geronnenem Blut, die immer von neuem einen so tiefen, unerhörten Eindruck auf unsere Seele machen, – und den Hungerturm und die Alchemistengasse. – Dann ging ich die Schlossstiege herab und bleibe unwillkürlich stehen, da die kleine Tür, die durch die Mauer zum Hause Daraschekohs führt, offen ist. – Im selben Augenblick höre ich deutlich, – es musste aus dem Fenster herüber tönen – eine Stimme (und ich schwöre einen heiligen Eid darauf: es war Axels Stimme) –rufen: Eins – – zwei – – drei – – vier.

Ach Gott, wäre ich doch damals sofort in die Wohnung eingedrungen; – aber ehe ich mich recht besinnen konnte, hatte der türkische Diener Daraschekohs die Mauerpforte zugeschlagen. – Ich sage dir, wir müssen in das Haus! – Wir müssen! – Was, wenn Axel wirklich noch lebte! – Schau, – man kann uns ja gar nicht erwischen. – Wer geht denn nachts über die alte Schlossstiege, bitte dich, – und ich kann jetzt mit Sperrhaken umgehen, dass du staunen wirst.«

Die beiden Freunde hatten sich bis zur Dunkelheit in den Straßen umhergetrieben, ehe sie ihren Plan ausführten. Dann waren sie über die Mauer geklettert und standen endlich vor dem altertümlichen Hause, das dem Perser gehörte.

Das Gebäude – einsam auf der Anhöhe des Fürstenbergschen Parkes – lehnt wie ein toter Wächter an der Seitenmauer der grasbewachsenen Schlossstiege.

»Dieser Garten, diese alten Ulmen da unten haben etwas namenlos Grauenhaftes«, flüsterte Ottokar Dohnal, »sieh nur, wie drohend sich der Hradschin vom Himmel abhebt. – Und diese erleuchteten Nischenfenster dort in der Burg! – Wahrhaft, es weht eine seltsame Luft hier auf der Kleinseite. – Als ob sich alles Leben tief in die Erde zurückgezogen hätte – aus Angst vor dem lauernden Tode. Hast du nicht auch das Gefühl, dass eines Tages dieses schattenhafte Bild plötzlich versinken könnte – wie eine Vision, – eine Fata morgana, – dass dieses schlafende zusammengekauerte Leben wie ein gespenstisches Tier zu etwas Neuem, Schreckhaften erwachen müsste! – Und sieh nur, da unten die weißen Kieswege – wie Adern.« –

»Komm doch schon«, drängte Sinclair, »mir schlottern die Knie vor Aufregung, – hier, – halte mir unterdessen den Stationsplan.«

Die Türe war bald geöffnet und die beiden tappten eine alte Treppe empor, auf die der dunkle Sternenhimmel durch die runden Fenster kaum einen Schein warf.

»Nicht anzünden, man könnte von unten – vom Gartenhaus – das Licht bemerken, hörst du Ottokar! Geh dicht hinter mir. Achtung, hier ist eine Stufe ausgebrochen. – Die Gangtür ist offen – – – – hier, hier – links.«

Sie standen plötzlich in einem Zimmer.

»So mach doch keinen solchen Lärm!«

»Ich kann nicht dafür: die Türe ist von selbst wieder zugefallen.«

»Wir werden Licht machen müssen. Ich fürchte jeden Augenblick etwas umzuwerfen, es stehen soviel Stühle im Weg.«

In diesem Moment blitzte ein blauer Funke an der Wand auf, und ein Geräusch wurde hörbar – wie ein seufzendes Einatmen.

Leises Knirschen schien aus dem Boden, aus allen Fugen zu dringen.

Eine Sekunde wieder Totenstille. – Dann zählte laut und langsam eine röchelnde Stimme:

Eins – – – – zwei – – – – drei – –

Ottokar Dohnal schrie auf, kratzte wie wahnsinnig an seiner Streichholzschachtel, – seine Hände flogen vor grauenhaftem Entsetzen. – Endlich Licht – Licht! Die beiden Freunde blickten sich in die kalkweißen Gesichter: »Axel!«

– – viiier – – fünf – – sssechss – siiieben –

Dort aus der Nische kommt das Zählen.

acht – neun – zeeehn – elf –

Von der Decke der Wandvertiefung an einem Kupferstab hing ein menschlicher Kopf mit blondem Haar. – Der Stab drang mitten in die Scheitelwölbung. – Der Hals unter dem Kinn mit einer seidenen Schärpe umwickelt – – und darunter mit Luftröhren und Bronchien die zwei rötlichen Lungenflügel. – Dazwischen bewegte sich rhythmisch das Herz, – mit goldenen Drähten umwunden, die auf den Boden zu einem kleinen elektrischen Apparate führten. – Die Adern, straff gefüllt, leiteten Blut aus zwei dünnhalsigen Flaschen empor.

Ottokar Dohnal hatte die Kerze auf einen kleinen Leuchter gestellt und klammerte sich an seines Freundes Arm, um nicht umzufallen.

Das war Axels Kopf, die Lippen rot, mit blühender Gesichtsfarbe, wie lebend. – Die Augen, weit aufgerissen, starrten mit einem grässlichen Ausdruck auf einen Brennspiegel an der gegenüberliegenden Wand, die mit turkmenischen und kirgisischen Waffen und Tüchern bedeckt schien. – Überall die bizarren Muster orientalischer Gewebe.

Das Zimmer war voll präparierter Tiere – Schlangen und Affen in seltsamen Verrenkungen lagen unter umhergestreuten Büchern.

In einer gläsernen Wanne auf einem Seitentische schwamm ein menschlicher Bauch in einer bläulichen Flüssigkeit.

Die Gipsbüste Fabio Marinis blickte von einem Postamente ernst auf das Zimmer herab. –

Die Freunde konnten kein Wort hervorbringen; hypnotisiert starrten sie auf das Herz dieser furchtbaren menschlichen Uhr, das wie lebendig zitterte und schlug.

»Um Gottes willen – fort von hier – ich werde ohnmächtig. – Verflucht sei dieses persische Ungeheuer.«

Sie wollten zur Türe.

Da! – Wieder dieses unheimliche Knirschen, das aus dem Munde des Präparators zu kommen schien. –

Zwei blaue Funken zuckten auf und wurden von dem Brennspiegel gerade auf die Pupillen reflektiert. Seine Lippen öffneten sich, – schwerfällig streckte sich die Zunge vor, – bog sich hinter die Vorderzähne, – und die Stimme röchelte:

Ein Vier–rrr– tel.

Dann schloss sich der Mund und das Gesicht stierte wieder geradeaus.

»Grässlich!! – Das *Gehirn* funktioniert – lebt. – – – – nimm die Kerze, Sinclair!«

»So öffne doch, um Himmels willen – warum öffnest du nicht?«

»Ich kann nicht, da – da, schau!«

Die innere Türklinke war eine menschliche Hand, mit Ringen geschmückt. – Die Hand des Toten; die weißen Finger krallten ins Leere. –

»Hier, hier, nimm das Tuch! Was fürchtest du dich – – es ist doch unseres Axels Hand!«

Sie standen wieder auf dem Gang und sahen, wie die Türe langsam ins Schloss fiel.

Eine schwarze gläserne Tafel hing daran:

Dr. Mohammed Darasche-Koh
Anatom

Die Kerze flackerte im Luftzug, der über die ziegelsteinerne Treppe emporwehte.

Da taumelte Ottokar an die Wand und sank stöhnend in die Knie: »Hier! Das da – –« er wies auf den Glockenzug.

Sinclair leuchtete näher hin.

Mit einem Schrei sprang er zurück und ließ die Kerze fallen. – –

Der blecherne Leuchter klirrte von Stein zu Stein.

Wie wahnsinnig, – die Haare gesträubt, – mit pfeifendem Atem rasten sie in der Finsternis die Stufen hinab.

»Persischer Satan. – Persischer Satan.«

Das Buch Hiopp

oder wie *das Buch Hiob* ausgefallen wäre, wenn es Pastor Frenssen und nicht Luther übersetzt hätte.

I

Heute nu, meine Seele du, musst de ma üwasetzen.

II

Wohlßtand des frommen Hiopp

Nu passt ma auf, ihr.

Lebte da ma 'n Mann recht schlecht, der hieß Hiopp und wohnte im Lande Uz – – – – (N' komischen Name, nöch?)

Und der mied allens Böse wie ein ächten Pastohr.

War doch Hirte oder Pastohr. Is ja dasselbe.

Und zeugte sieben Söhne und drei Töchter.

Der älteste von den sieben war ein Bangbüx, der zweite aber dej war duckerisch und ein wetterwendschen Bengel und der dritte, achott, der Muttersohn – – – Awa das gehört jetzt allens nicht hieher.

Wollen ma ßpäter tühnen von, – nöch?

Also Hiopp zeugte sieben Söhne und drei Töchter und sein Beßtreben war, nu ma eben noch sieben Töchter und drei Söhne zu zeugen. – – War ein tüchtigen Pastohr eben.

Hätte zusammen zwanzig ergeben, aber Jehova wollte es nich haben.

Denn hatte hej außerdem noch fumpfzichtausend Kamele, die hätten nu bei Hagenbeck sicher sonn Sstück zehn Millionen Reichsmark gekostet.

Er war ein auserwählten Knecht Gottes und hatte n' Mop op n' Buuk, das war groß und rot wie ein Reichsdahler, und denn hatte er seine Frau, ne ungeheuer runde Frau, allens war rund an ihr.

Eines Tages nu, der Tach war helle und ßteil, ßtückte er man eben gerade früh und schob seine Tasse hart torüch, da hieß es mit eins, Quittjes aus Chaldäa sind gekommen und haben drei Rotten gemacht und die Kamele wechgetrieben. Quatsch, tühn man nich, saschte Hiopp da und wollte es nich glauben.

Denn awa kam seine Frau und beßteetichte es.

Gotte doch, Hiopp, hatte sie gesaacht und an ihren Tränen gewischt.

Hiopp aber hatte nischt gesaacht.

Nur so vor sich hin gewunderwerkt hatte er. Und sein schweren Kopf zur Seite geleecht hatte er. Ja, das hatte er. Er truch es eben ßtattlich wie Königskleid!

Das allens war nu so gekomm': Im Text heißt es, Sahtahn hätte von Gott die Erlaubnis gekriecht, Hioppen heimzusuchen und wäre denn auch mit eins mit einem Arm wie der Wind in fünf Schornsteine gefahren.

Is natürlich allens Quatsch. Sahtahn gibt's doch gar keinen, und für Hiopp war es eben nich möchlich gewesen, sich zu damaligen Zeit gegen Einbruch zu vasichern.

Sind eben noch die dollen Zeiten gewesen, wo's norddeutschen Drill noch nich gab.

Und denn neigen nu überhaupt die Südländer in einsenfort gerne zu die fantastische Annahme von Sahtahn. Wenn sonn Südländer nu man eben bloß zur Welt kommt, is er all halbwegens Knülle.

Kam da nu wieder mit eins sonn dolles Malöhr.

Schluch das Haus, als alle seine Söhne in waren, längelang hin und begrub se alle.

Hiopp war nämlich arch unkluch gewesen und seine Häuser waren alle an die Ecke von der Wüste gebaut gewesen und denn war ne arch dolle Böö gewesen und hatte allens umgeprustet.

Bei uns in die Freien- und Hanseßteedte Hamburch und Lübeck wäre so was man nich möchlich gewesen, da sorcht die Baubehörde gegen.

Nur n' Fahl war übhrich nu. – Ein einzigen staakichen Fahl.

Haben auch sonn Fahl die reichen Rheeders Gebrüder Deependorf im Kneesebeekschen Garten in Winterhude bei Hamburch – Nöch? Ssteht heute noch!

Als es sich nu begeben hatte, dass Hiopp von dem Boten diese Hiobsbotschaft gehört hatte, riss er an seinen Augen und saachte: Dittmal lüggt hej, Gott sei Dank, dittmal lüggt hej. Und ßpuckte leise und trocken.

Der hiobsbote awa hatte nich gelogen!

Das ging nu Hiopp übern Sspaaß und hej schlenkerte mit die weiten Beinkleider und booch die großen Zehen nach unten, dass der liebe Gott angst und bange wurde.

Kiek nu ma,[3] hatte Sahtahn gesaacht, – hett Beene wie Uhlanenlanzen, Gitt i Gitt! – Wer hat dies hochßtrebende Wesen?

[3] Kiek nu ma ist reines Deutsch, nicht etwa japanisch. Es klingt nur ähnlich wie das japanische Ko-Ko-ro. Ko-ko-ro: – – Kiek-nu-ma.

Hol dien Muul, Düwel, hatte Jehova da gesaacht, kann auch von komm', dass hej von königlichen Geblüte is.

Hiopp awa war arch ßtöckrich und raufte seine Haare.

Und zu seine Frau saachte er: is doll, nu könnwa von vonre beginn'.

III

Hiopp von Sahtahn weiter verklaacht, denn von seine Gattin gekränkt und denn von drei Freunden besucht. – Na!

Als nu Sahtahn sah, dass allens nicht half, ballerte er immer los auf Hiopp los, – immerlos und saachte zu sich: dej sull dat verßpeelen!

Er meinte damit die guten Schangsen, die Hiopp als Knecht bei Gott hatte.

Und Hiopp bekam da mit eins ne Schweinsbeule an der Fußsohle von. – – 's war arch doll.

So unkluch waren damals die Leute, dass se nich wussten, dass ne Schweinsbeule doch von so was nicht kommen könne.

Sahtahn gibt's nich, und denn hätte der liebe Gott es auch nich erlaubt.

Es war man ne ganz einfache Bazillengeschichte.

Und nu nahm noch der Unglücksmensch ne Scherbe – so heißt es im Urtext – und schabte sich mit. – Doll! – Nöch?

Und setzte sich denn in Asche und sah den Kippelgang hinunter, der nach die Bake führte.

Mit ein büschen Borwassline oder ne saure Flaume auf, wie se se in Itzehoe verkaufen, wär' es man n leichtes gewesen gegen die Schweinsbeule.

So awa war's Ende von wech und kam da mit eins Schweinsbeule auf Schweinsbeule.

Wenn er wenichstens da nu was getan hätte gegen. – Oder n' Arzt zugezogen.

Als die Schweinsbeulen all bis auf den Scheitel kamen, war er ganz bedeckt mit.

Seine Gattin aber saachte, er hat eine Hornhaut und fühlt sich nicht menschlich an.

Und denn saachte sie: Na, na, lass man, kannst es gerne wissen, dass sein wüstes Jugendleben doch wohl schuld an sein müse, und: is ja nicht zu leugnen, saachte sie.

Und denn saachte se noch: Minsch, ßtell dich man nich an, um allens in die Welt, ßtell dich nich an!

Da saß nu Hiopp mit sein blasses Kleistergesicht, und seine Augen waren wie die von schmutzigem Glass.

Wie nu die dolle Geschichte von Hiopps Ausschlachch im Lande Uz ruchbar wurde, kamen mit eins seine Freunde an und hatten dat Muul voll Snack.

Eliphas von Theman, Bildad von Suah. Und Zophar von Naema, der dicke Butt; – wer kennt ihn? Er war von ßtraffe Fülle.

Gab ein arch Quäsen da.

Erst hatten sie ein schwächlich Feuerlein gelegt und denn hatten sie um die Flamme geßprungen und denn ging eine leise Verschiebung in ihnen vor und sie setzten sich zu Hiopp auch in Asche sieben Tage und sieben Nächte.

War auch wieder n gar zwecklos Beginnen und hätte leicht zu ne allgemeine Anßteckung führen können.

IV

Hiopps Klagen

Was nu kommt, is man bloß n' schrecklich Gejaule.

Hiopp brummelte vor sich hin, dass er man bloß noch n' Haus ohne Scherwände sei und habe; gewissermaßen.

Es sei viel besser gewesen, saachte er, man hätte ihn gar nich geboren!

Sonn Quatsch!

Er konnte eben nicht einsehen, dass allens das ganz natürliche Dinge seien, die selbst heutzutache bei unsere ßtramme und vorgeschrittene Kultur noch vorkommen können.

Na, und das mit de Schweinsbeulen? – Achott wer scheuert sich nu man bloß auch mit ne olle muddige Scherbel!? Ein fixen plattdütschen Jung von die Woterkant hätte sich eben gesaacht: secker is secker und wat sien möt, möt sien und hätte denn gleich anfangs herzhaft in ne Balje mit Seifenwasser geßprungen. Nöch?

Awa, saach es ja, Hiopp war zu unkluuch und zeichte nich die Sspur von die Gabe des Regierens.

Die Südländer sind n' gutes, awa n' schlappes Volk.

Und sind faul. – – – – –

V

Eliphas, Bildad und Zophars Reden und Hiopps Gegenreden

Na, die drei Onkels hatten grade noch gefehlt.

Wird da nu gerühmt und gequäst immer los Taach und Nacht.

Immerlos fraachten se sich, ob es Gott so gewollt habe oder nich so gewollt habe.

Und der eine war schwach und der andere hatte n' Grützgesicht. – Für gewöhnlich so scheu, wie n' Junghase, aber plötlich, ehe man sich' versieht, wird er groß und wild und schlägt hinten und vorn aus und ist ein Protz und hat das ganze Paradies zu vergeben.

Saachte's doch: Döösköppe!

Schade nur, dass nich Pastor Rohde aus Eimsbüttel mit bei war. – Hätte ne heiße Predicht gegeben da.

Saage nu man ein einzigen Mensch, um allens in die Welt, was hat der liebe Gott mit Hiopps Krankheit zu schaffen! Bildad aus Suah, das lange Rekel, na, bei dem war nu's Ende von wech.

Fuhr ßteil auf zuweilen und kukte mit ßpiegelnden Augen nach Eliphas von Theman oder plinkte nach dem ßtattlichen Zophar und ßprach denn um so lauter und fiel denn wieder in einen tiefen Flüsterton, so wie ein Junge von oben herab in ein tiefes Sstrohhaufen fällt.

Und Hiopp krümmte sich, als hett hej Lievweh hat, und saß immerlos da, mit n' Stert in die olle Asche, die Hände in die Büxen vergraben und booch die großen Zehen nach unten.

Ach was, saachte er denn, ach was!

Und denn dachte er innerlich: wenn sie nu man bloß eben nich immertau quäsen wollten.

Und denn dachte er noch von Bildad von Siah:

Du? Du kannst mich in Mondschein begegnen. –

Ja, ja, es war in ihm ein unruhich Verwundern und Verbittern gekommen. – –

VI

Elibus Rede

Als se nu keiner mehr was zu sagen hatten, da ßtand mit eins Elihu auf, ein jungen Schlaaks, und der war bannich ßtolz auf, der Sohn Baracheels von Bus aus dem Geschlechte Rams zu sein.

So ßtolz, als ob er mit Makler Klempkes von die alte Fuhlentwiete verwandt sei oder ne geborene Söötbier zur Mutter hätte. Ja, is n' gar hochfahredn Volk, die Rams.

Dabei war Elihu sonne Art Nestküken unter den Weisen. Und hatte ein lappich gedunsen Grützgesicht und ne Puffschnute. – – Tja, dasd habense alle die Baracheels.

Awa schwiech nich. – Gotte doch!

Hiopp saachte er, Minsch! Junge! loot dat sien und schweich ßtill. Ich maach den Quatsch nich mehr hören. Jehova tut man doch, was er will. Du saachst immerlos, du büß nich schuld an, awa ich sage dich, jeder is schuld an. Thün morgen mehr und allens das is nich wahr, das prahlst du alles.

Du hattest sieben lütte Butjes to Huus und drei Deerns. Du erinnerst! Soite Deerns. Und nu? Alle sind se wech. – – Ja, ja, is ja arch doll, awa was kannste machen gegen?

Und denn wies er auf n' Gewitter hin, das in Lee aufzog und auf den Donner und Blitz, der bannich knatterte.

Das is allens Jehovas persönliche Sstimme, saachte er denn, und machte se alle bange.

Und denn biss sich Hiopp auf die Lippe und schwiech verbaast.

War ja nu für die damaligen Zeiten und für ein Südländer ein recht fixen Jung, dieser Elihu, awa in Naturgeschichte nich auf n' Damm und arch in Awaglauben versunken, gewissermaßen.

Was der Donner is, lernen in Hamburch die lütten Gören in die Domschule beim Glockengießerwall und sonn langen Schlaaks dachte, er sei die Stimme Gottes! – Doll! Nöch?

War üwahaupt n Fatalist, dieser Elihu.

VII

Die Wunder der Tierwelt

Kiek ma: den Behemoth! Isst Graß wie n' Ochse und is bannich ßtaark in den Lenden und liecht im Schatten, wenn Sonne scheint.

So ßteht es wörtlich im Urtext und is auch richtig so, denn der Behemoth is ein Nilpferd.

Was awa denn außer dem über ßteht, is wieder ma ne komische südländische Üwatreibung.

Wie wir's neulich wieder ma gelesen haben, als wir bei Passtohr Stühlken zu Vesperbrot waren, achott, wa *haaben* wir gelacht!

»Die Sehnen seiner Schenkel sind dicht geflochten.
Siehe er schluckt in sich den Strom,
und achtet's nicht groß.
lässt sich dünken,
Er wolle den Jordan mit seinem Munde ausschöpfen.«

heißt es in der deutschen Übersetzung.

Und denn is noch ne dolle Beschreibung da von Leviahthahn.

Der Leviahthahn is natürlich n' Krokohdill.

Da ßtellen se die Frage, ob man den Leviahthahn mit ne Angel fangen kann!

Ein Krohkohdill mit ne Angel!

Achot, was *haaben* wir gelacht!

Und denn ßteht noch in die Übersetung:

»Sein Herz is so hart wie Stein.

Und so fest

Wie ein unterer Mühlstein!

Aus seinem Munde gehen Flammen.

Auf seinem Halse wohnet die Stärke.

Und vor ihm her hüpfet die Angst.«

Na, ja, is ja korrekt, awa so gar nich ein büschen Poesie in. – Nöch? – Schade um! – Wie konnte doch nu sonne Üwasetzung die große Auflage erleben!?

Und denn hat ein Krohkohdill gar nich sonn festes Herz.

Scheint unter den Juden sonne Art Schreckpopanz gewesen zu sein für Gören.

So ähnlich wie Lebertran!

Lewertrahn = Leviahtahn! – Klingt bannich ähnlich. – Nöch? Wollen ma eben an die »deutsche Bibelforschung« berichten über.

VIII

Hiopp mehr gesegnet denn zuvor

Ach Pappe, dachte's doch gleich, die Sache mit den Schweinsbeulen war bei Hiopp gar nich so schlimm gewesen.

Hörten nu mit eins auf und da heißt es denn, Jehova habe mit Hioppen geßprochen und gesaacht, dass er nu man eben bloß endlich auf zu quäsen hören solle.

Und denn hatte Hiopp die Kehle verengt und ßtille geschwiegen.

Is natürlich nu wieder bannich doll, der liebe Gott wird doch nich wegen ne Schweinsbeule mit ein Menschen persönlich ßprechen.

Und denn hören Schweinsbeulen all von selbst auf. Is ne ganz periodische Krankheit, hat unser Hausarzt erst neulich wieder gesaacht, nur soll se immer wieda komm. – – Saachte er.

Mit eins war nu Hiopp wieder auf 'n Damm und bekam von seinen Verwandten zweimal fumpfzichtausend Kamele.

Und denn hatte er mit eins wieder sieben Söhne und drei Töchter.

Seine Gattin hatte da nämlich inzwischen gesorcht für.

Die Deerns hießen Jemima, Kezia und Keren-Happuch.

Keren-Happuch is ja nu ma wieder ein ganz aufdringlichen Namen, heiratete ßpäter aber doch ein reichen Makler.

Hatte ein schön weichen wiegenden Gang: – Keren-Happuch!

Und Hiopp soll denn noch hundertfumpfzich Jahre gelebt haben.

Na! – Wird wohl ein *andern* Hiopp gewesen sein.

Coagulum

Hamilkar Baldrian, der einsame Sonderling, saß vor seinem Fenster und blickte durch die Scheiben in die herbstliche Dämmerung.

Am Himmel standen dunkelgeballt graublaue Wolken, die langsam ihre Umrisse veränderten, wie das Schattenspiel einer Riesenhand, die sich irgendwo in unsichtbarer Ferne träg bewegte.

Über dem frostigen Dunst der Erde ein blindes trauriges Abendrot.

Dann sanken die Wolken, lagerten schwer im Westen und durch den Nebel spähten die Sterne mit glitzernden Augen. Grübelnd erhob sich Baldrian und schritt auf und ab. Eine schwere Sache das – mit der Geisterbeschwörung! Aber hatte er nicht alles streng befolgt, was das große Grimoire des Honorius vorschrieb?! – Gefastet, gewacht, sich gesalbt und täglich das Seufzerlein der hl. Veronika hergesagt?

Nein, nein – es *muss* gelingen, der Mensch ist auf Erden das Höchste und die Kraft der Hölle ihm untertan. –

Er ging wieder zum Fenster und wartete lange, bis die Hörner des Mondes, gelb und trüb, sich über die erstarrten Äste der Ulmen schoben.

Dann zündete er vor Aufregung zitternd seinen alten Leuchter an und holte allerhand seltsame Dinge aus Schrank und Truhe: Zauberkreise, grünes Wachs, einen Stock mit Krone, trockene Kräuter. Knüpfte alles in ein Bündel, stellte es sorgfältig auf den Tisch und begann, ein Gebet murmelnd, sich langsam auszuziehen, bis er ganz nackt war.

Der flackernde Leuchter warf hämische Reflexe auf den verfallenen Greisenkörper mit der welken, gelblichen Haut, die ölig glänzend sich über den spitzen Knien, Lenden- und Schulterknochen spannte. Der kahle Schädel nickte über der eingesunkenen Brust und sein kugelförmiger, grausiger Schatten fuhr an der kalkweißen Wand unschlüssig umher, als ob er etwas suchen wolle in qualvoller Ungewissheit. Fröstelnd ging der Alte zum Ofen, hob einen glasierten tönerne Topf herab und löste die raschelnde Hülle, die ihn verschloss; – eine fettige, übel riechende Masse war darin. Heute gerade vor einem Jahr hatte er sie zusammengeschmolzen: – Mandragorawurzel, Bilsenkraut, Wachs und Spermazeti und – und –, er schüttelte sich vor Ekel, – eine zu Brei verkochte Kinderleiche; – die Totenfrau hatte sie ihm verkauft.

Zögernd grub er seine Finger in das Fett, schmierte es sich auf den Leib, verrieb es in den Kniekehlen und Achselhöhlen, dann wischte er seine Hände auf der Brust ab und zog ein altes vergilbtes Hemd an: das »Erbhemd«, das man zum Zaubern braucht, – und seine Kleider darüber. – Die Stunde war da!

Ein Stoßgebet. Und das Bündel mit den Geräten her. Nur nichts vergessen, sonst hat der Böse die Macht, den Schatz noch im letzten Augenblick zu verwandeln, wenn Tageslicht darauf fällt. – – Oh, solche Fälle sind schon dagewesen!

Halt, die Kupferplatte, Kohlenbecken – und Zunder zum Anglimmen!

Mit unsichern Schritten tappt Baldrian die Treppe hinab.

Das Haus war in früheren Zeiten ein Kloster gewesen, jetzt wohnte er ganz allein darin, und das Waschweib aus der Nachbarschaft brachte ihm tagsüber, was er brauchte.

Kreischen und Dröhnen einer schweren eisernen Türe und ein verfallener Raum öffnete sich. –

Kellergeruch und dicke Spinnweben überall, Schutt in den Ecken und Scherben schimmeliger Blumentöpfe.

Ein paar Hände voll Erde in die Mitte des Raumes getragen – – – – – so! (denn die Füße des Exorzisten müssen auf Erde stehen) – eine alte Kiste zum Sitzen, den Pergamentkreis ausgearbeitet. Mit dem Namen Tetragrammaton nach Norden; sonst kann das größte Unglück geschehen. Jetzt den Zunder und die Kohlen angezündet!

Was war das?

Das Pfeifen von Ratten – nichts sonst.

Kräuter und die Glut: Ginster, Nachtschatten, Stechapfel. – Wie das prasselt und qualmt.

Der Alte löscht die Laterne aus, beugt sich über die Pfanne und atmet den giftigen Rauch ein; er kann sich kaum aufrecht halten, so betäubt es ihn.

Und das schreckliche Sausen in den Ohren!

Mit dem schwarzen Stock berührt er die Wachshäufchen, die auf der Kupferplatte langsam zerschmelzen, und murmelt mit letzter Kraft und stockender Stimme die Beschwörungsformeln des Grimoires:

»- - - rechte Himmelsbrot und Speise der Engel - - - - Schrecken der Teufel bist - - - - ob ich gleich voll sündigen Unflats - - - - diese reißenden Wölfe und stinkenden Höllenböcke zu bezwingen gewürdiget werde - - - - - Harnisch - - - - zaudert ihr länger vergebens - - - - - - - Aimaymon Astaroth - - - - - diesen Schatz nicht mehr länger zu verwehren - - - - - Astaroth - - - - - beschwöre - - - - - Eheye - - - Eschereheye.«

Er muss sich niedersetzen, Todesangst befällt ihn; - die drosselnde unbestimmte Furcht dringt durch den Boden und die Mauerritzen, senkt sich von der Decke herab: das grauenhafte Entsetzen, das das Nahesein der hasserfüllten Bewohner der Finsternis verkündet!

Es pfeifen die Ratten. Nein, nein - - nicht Ratten - - ein gellendes Pfeifen, das den Kopf zersprengt.

Das Sausen!

Es ist das Blut in den Adern. Das Sausen - - - - - - von Flügeln. Die Kohlen verglimmen.

Da, ha: - - Schatten an der Wand. Der Alte stiert mit gläsernen Augen hin. - - - Moderflecke sind es und abgeschuppter Bewurf.

- - - - Sie bewegen sich, sie bewegen sich - - - -: ein Knochenschädel mit Zähnen. - - Hörnern! - - und leere, schwarze Augenhöhlen. Skelettarme schieben sich langsam geräuschlos nach, ein Ungeheuer wächst aus der Wand - in hockender Stellung, und erfüllt das Gewölbe. Das Gerippe einer riesigen Kröte mit dem Schädel eines Stieres. Die gebleichten Knochen heben sich fast grell aus der Dunkelheit ab. - - - Der höllische Astaroth!

Der Alte hat sich aus dem Zauberkreis in einen Winkel geflüchtet und presst sich bebend an die kalte Mauer, er kann das rettende Bannwort nicht sagen, die schwarzen, grässlichen Augenhöhlen verfolgen ihn und starren auf seinen Mund. Sie haben ihm die Zunge gelähmt, - er kann nur mehr röcheln in furchtbarer Angst. -

Langsam, stetig kriecht das Gespenst auf ihn zu - - (er glaubt das Schlürfen der Rippen auf den Steinen zu hören) - - und hebt tastend die Krötenhand nach ihm. - - - - An den Knochenfingern klirren silberne Ringe mit glanzlosen verstaubten Topasen, vermoderte Schwimmhäute verbinden lose die Glieder und strömen einen entsetzlichen Geruch aus nach verwestem Fleisch.

Jetzt - - fasst es ihn an. - - Eisige Kälte steigt ihm ins Herz. - - Er will - will - -, da schwinden ihm die Sinne, und er fällt vornüber aufs Gesicht.

Die Kohlen sind erloschen, narkotischer Rauch hängt in der Luft und ballt sich längs der Decke. Durch das vergitterte, winzige Kellerfenster wirft das

Mondlicht gelbe schräge Strahlen in den Winkel, wo der Alte bewusstlos liegt.

Baldrian träumt, dass er fliege. Sturmwind peitscht ihm den Leib. Ein schwarzer Bock rast vor ihm durch die Luft, er fühlt die zottigen Läufe dicht vor seinen Augen, und die tollen Hufe schlagen ihm fast ins Gesicht.

Unter ihm die Erde, – weit, weit. Dann fällt er, wie durch einen schwarzsamtenen Trichter, immer tiefer und schwebt über einer Landschaft. Er kennt sie gut: Dort der moosbewachsene Grabstein, – auf dem Erdbuckel der kahle Ahorn mit den entblätterten Ästen, die sich wie fleischlose Arme zum Himmel krampfen. Herbstlicher Reif auf dem nächtlichen Sumpfgras.

Das Moorwasser steht seicht im Boden und schimmert durch den Nebel wie ein großes erblindetes Auge.

Sind das nicht Gestalten in dunklen Hüllen, die dort im Schatten des Grabsteines sich sammeln mit blitzenden Waffen und metallfunkelnden Köpfen und Spangen?! Sie lagern sich im Halbkreis zu einer gespenstischen Beratung. Des Alten Seele durchzuckt ein Gedanke: Der Schatz! Die Schemen der Toten sind's, die einen vergrabenen Schatz hüten! Und sein Herz stockt vor Habgier.

Er späht hinab von seiner Höhle, – immer näher rückt die Erde, jetzt klammert er sich an den Zweigen des Ahorns an, leise – leise. –

Da. – Ein dürrer Ast biegt sich und ächzt. – Die Toten schauen zu ihm empor. – – – Er kann sich nicht mehr halten und fällt – fällt mitten unter sie.

Sein Kopf schlägt hart auf den Grabstein.

Er erwacht und sieht die Moderflecke an der Wand. Keuchend taumelt er zur Türe, die Treppe hinauf mit brechenden Knien.

Er wirft sich auf das Bett, – – seine zahnlosen Kiefer schlottern vor Furcht und Kälte.

Die rote filzige Decke legt sich um ihn, raubt ihm den Atem, bedeckt ihm Mund und Augen. Er will sich umdrehen und kann nicht, auf seiner Brust hockt ein wolliges scheußliches Tier: die Fledermaus des Fieberschlafs, mit riesigen purpurnen Flügeln, und hält ihn mit ihrer Last unwiderstehlich in die dumpfig-schmutzigen Polster gepresst.

Den ganzen Winter lag der Greis an den Folgen dieser Nacht danieder. Langsam ging es mit ihm zu Ende.

Er sah von seiner Lagerstätte zu dem kleinen Fenster hinüber, wenn die Schneeflocken im Sturm vorbeiflogen und ungeduldige Tänze aufführten, oder empor zur weißen Zimmerdecke, auf der ein paar Fliegen ihre planlosen Wanderungen hielten.

Und wenn von dem alten Kachelofen her es gar so gut nach verbrannten Wacholderbeeren roch, (»Kreche, Kreche« – ach wie er husten musste) da malte er sich aus, wie er im Frühjahr draußen beim Heidegrab den Schatz heben werde, von dem er geträumt, und fürchtete nur, dass sich das Geld vielleicht doch verwandeln könne, denn so ganz in Ordnung war die Beschwörung des Astaroth ja nicht gewesen.

Einen genauen Plan hatte er auf einem abgerissenen Buchdeckel gezeichnet: den einsamen Ahornbaum, den kleinen Moorweiher und hier + den Schatz, – ganz in der Nähe des verwitterten Grabsteines, den jedes Kind kennt.

Der Buchdeckel lag auf dem Bürgermeisteramt und Hamilkar Baldrian auf dem Friedhof draußen.

»Einen Millionenschatz hat der Alte entdeckt, er war nur zu schwer gewesen, dass er ihn hätte ausgraben können«, lief das Gerücht durch das Städtchen und man beneidete seinen Neffen, den Erben, einen Schriftsteller.

Die Grabungen begannen, die Stelle war im Plane so deutlich bezeichnet.

Einige Spatenstiche nur – – – da – – da: *Hurra, hurra, hurra! eine eiserne, rostbedeckte Kassette!*

In Triumph wurde sie auf die Amtsstube getragen. Berichte gingen in die Hauptstadt, der Erbe sei von dem Funde zu verständigen, eine Kommission an Ort und Stelle zu entsenden usw. – usw.

Der kleine Bahnhof wimmelte von Menschen, Beamten in Uniform, Reportern, Detektiven, Amateurfotografen, ja, sogar der Herr Landesmuseumsdirektor war angekommen, um den interessanten Fleck Erde zu besichtigen.

Alles zog hinaus auf die Heide und glotzte stundenlang in das frisch gegrabene Loch, vor dem der Flurschütz Wache hielt.

Das saftige Moorgras war zertreten von den vielen gekerbten Gummischuhen, aber die hellgrünen Weihersträucher in ihrem jugendfrischen Frühlingsschmuck blinzelten einander mit den seidenen Weidenkätzchen listig zu, und wenn ein Windstoß kam, krümmten sie sich in plötzlich ausbrechendem stummen Gelächter, dass ihre Häupter die Wasserfläche berührten. Warum wohl?

Auch die Krötenkönigin, die dicke mit der rotgetupften Weste, die in ihrer Veranda aus Ranunculus und Pfeilkraut die süße Maienluft genoss und doch sonst immer so würdevoll tat, weil sie 100,003 Jahre alt war, hatte heute wahre Anfälle von Lachkrämpfen. Sie riss das Maul auf, dass ihre Augen ganz verschwanden und schlenkerte wie besessen die linke Hand in die Luft. Fast wäre ihr dabei ein silberner Topasring vom Finger gefallen.

Unterdessen war von der Kommission die gefundene Kassette geöffnet worden.

Ein fauler Geruch entströmte ihr, so dass im ersten Augenblick alles zurückprallte. Seltsamer Inhalt!

Eine elastische Masse, schwarz und gelb, zäh und von glänzender Oberfläche. –

Es wurde hin und her geraten und der Kopf geschüttelt.

»Ein alchemistisches Präparat – offenbar«, sagte endlich der Herr Landesmuseumsdirektor.

»*Alchemistisch, – alchemistisch*«, lief es von Mund zu Mund.

»Alchemistisch? Wie schreibt man das? – Mit zwei L?« drängte sich ein Zeitungsmensch vor.

»Nebbich, ä Düngermittel«, murmelte ein anderer vor sich hin.

Die Kassette wurde wieder verschlossen und an das wissenschaftliche Institut für Chemie und Physik mit dem Ersuchen um ein allgemein verständliches Gutachten gesandt. Alle weiteren Nachgrabungen in der Moorheide blieben erfolglos. Auch die verwitterte Grabschrift auf dem Stein gab keinen Aufschluss: Willi Oberkneifer + + + Leutnant i. R.? Darunter eingemeißelt zwei gekreuzte Fußtritte, die sich wahrscheinlich auf irgend ein verschleiertes Ereignis im Leben des Verblichenen bezogen?

Offenbar war der Mann den Heldentod gestorben.

Die geringen Mittel des erbenden Schriftstellers waren durch die Kosten gefährlich zusammengeschmolzen, und den Rest gab ihm das wissenschaftliche Gutachten, dass nach drei Monaten eintraf:

Zuerst einige Seiten hindurch die unternommenen vergeblichen Versuche angeführt, dann die Eigenschaften der rätselhaften Materie aufgezählt und zum Schluss das Resultat, dass die Masse in keiner Hinsicht in die Zahl der bisher bekannten Stoffe eingereiht werden könne.

Also wertlos! – Die Kassette keinen Heller wert!

Am selben Abend noch setzte der Herbergswirt den armen Schriftsteller vor die Tür. – – Die Schatzaffäre schien abgetan.

Doch noch eine ganz kleine Aufregung sollte dem Städtchen blühen.

Am nächsten Morgen rannte der Dichter ohne Hut mit wallenden Locken durch die Straßen zum Magistrat.

»Ich weiß es«, schrie er immerfort, »ich weiß es.«

Man umringte ihn. »Was wissen Sie?«

»Ich habe heute auf dem Moor übernachtet«, keuchte der Dichter atemlos, – »übernachtet – uch – da ist mir ein Geist erschienen und hat mir gesagt, was es ist. – Früher – uch – sind dort draußen so viele ehrenrätliche Versammlungen abgehalten worden – uch – und da – uch – – –«

»Zum Teufel, was ist's also mit der Materie?«, rief einer.

Der Dichter fuhr fort:

»– spezifisches Gewicht 23, glänzende Außenseite, zweifarbig, in allen kleinsten Teilen gebrochen und dabei zusammenklebend wie Pech, – ungemein dehnbar, penetranter – – –«

Die Menge wurde ungeduldig. Aber das stand ja doch schon in der wissenschaftlichen Analyse!

»Also, der Geist sagte mir, es sein ein *fossiles koaguliertes Offiziersehrenwort!* – und ich habe gleich an ein Bankhaus geschrieben, um dieses Kuriosum zu Geld zu machen.«

Da schwiegen sie, griffen ihn und sahen, dass er irre redete. Wer weiß, ob der Ärmste nicht mit der Zeit wieder vernünftig geworden wäre, als aber die Antwort auf seinen Brief kam:

»Wir bedauern, Ihnen mitteilen zu müssen, quästionierten Artikel weder lombardieren noch per komptant akquirieren zu können, da wir kein Wertobjekt in demselben, auch wenn er nicht fossil und koaguliert wäre, – zu erblicken vermögen. Wollen Sie sich immerhin an ein Haus zur Verwertung von Abfallstoffen wenden.

Hochachtend

Bankhaus A. B. C. Wucherstein Nachfolger.«

Da schnitt er sich die Kehle durch. –

Jetzt ruht er neben seinem Onkel Hamilkar Baldrian.

Das ganze Sein ist flammend Leid

Um sechs Uhr ist es längst dunkel in den Sträflingszellen des Landesgerichtes, denn Kerzen sind dort nicht gestattet, und überdies war es Winterabend – neblig und sternenlos. Der Aufseher ging mit dem schweren Schlüsselbund von Tür zu Tür, leuchtete noch einmal durch die kleinen vergitterten Ausschnitte, – wie es seine Pflicht ist, – und überzeugte sich, dass die Eisenstangen vorgelegt waren. – Endlich verhallte sein Schritt und die Ruhe des Jammers lag über all den Unglücklichen, die der Freiheit beraubt – immer vier beisammen – in den trostlosen Zellen auf ihren hölzernen Bänken schliefen.

Der alte Jürgen lag auf dem Rücken und blickte zu dem kleinen Kerkerfenster empor, das wie mattleuchtender Dunst aus der Finsternis schimmerte. – Er zählte die langsamen Schläge der misstönenden Turmglocke und überlegte, was er morgen vor den Geschworenen sagen wolle, und ob er wohl freigesprochen würde. –

Das Gefühl der Empörung und des wilden Hasses, dass man ihn, wo er doch vollkommen unschuldig war, so lange eingesperrt hielt, hatte ihn in den ersten Wochen bis in den Traum verfolgt, und oft hätte er vor Verzweiflung am liebsten aufgeschrien. –

Aber die dicken Mauern und der enge Raum – kaum fünf Schritte lang – schlagen den Schmerz nach innen und lassen ihn nicht heraus; – dann lehnt man nur die Stirn an die Wand oder steigt auf die Holzbank, um einen Streifen blauen Himmels durch das Kerkergitter zu sehen.

Jetzt waren diese Regungen erloschen, und andere Sorgen, die der freie Mensch nicht kennt, drückten ihn nieder. – Ob er morgen freigesprochen würde oder verurteilt, regte ihn nicht einmal so sehr auf, wie er sich früher wohl gedacht hatte. – Geächtet war er, was blieb ihm da als Betteln und Stehlen!

Und fiel das Urteil, so würde er sich erhängen – bei der nächsten besten Gelegenheit, – und sein Traum wäre in Erfüllung gegangen, den er in der ersten Nacht in diesen verfluchten Mauern gehabt.

Seine drei Gefährten lagen schon lange still; – sie hatten nichts neues zu hoffen, dass sie wach geblieben wären, und die langen Freiheitsstrafen kürzt nur der Schlaf. – Er aber konnte nicht schlafen, seine trübe Zukunft und trübe Bilder der Erinnerung zogen an ihm vorbei; anfangs, als er noch ein paar Kreuzer besaß, hatte er sein Los verbessern, sich hie und da eine Wurst und etwas Milch, manchmal einen Kerzenstummel kaufen können, solange er mit Untersuchungsgefangenen beisammen bleiben durfte. – Später hatte man ihn zu den Sträflingen gesteckt, aus Bequemlichkeitsgründen – und in diesen Zellen wird es bald Nacht – auch in der Seele. –

Den ganzen langen Tag sitzt man und brütet vor sich hin, die Ellenbogen auf die Knie gestützt, – nur ab und zu eine Unterbrechung, wenn der Schließer die Tür öffnet und ein Sträfling schweigend den Wasserkrug trägt oder die Blechtöpfe mit den gekochten Erbsen. –

Da hatte er stundenlang gegrübelt, wer den Mord wohl mochte begangen haben, und immer klarer war es ihm geworden, dass nur sein Bruder der Täter sein könnte. – Der Bursche war nicht umsonst so schnell verschwunden. –

Dann dachte er wieder an die morgige Gerichtsverhandlung und den Advokaten, der ihn verteidigen sollte.

Er hielt nicht viel von ihm. Der Mann war immer so zerstreut gewesen und hatte nur mit halbem Ohr zugehört und so devot wie möglich gekatzenbuckelt, wenn der Untersuchungsrichter hinzugetreten war. – Aber offenbar gehörte das schon so mit dazu. – –

Jürgen hörte noch von weitem das Rasseln der Droschke, die immer um dieselbe Stunde am Gerichtsgebäude vorbeifuhr. – Wer wohl darin sitzen mochte? – Ein Arzt – ein Beamter vielleicht. – Wie scharf die Hufeisen auf dem Pflaster klangen.

Die Geschworenen hatten Jürgen freigesprochen, – aus Mangel an Beweisen – und jetzt ging er zum letzten Male hinunter in die Zelle.

Die drei Sträflinge sahen stumpf zu, wie er mit zitternden Händen einen alten Kragen am Hemd befestigte und seinen dünnen schäbigen Sommeranzug anlegte, den ihm der Aufseher hereingebracht hatte. – Die Zuchthauskleider, in denen er acht Monate gelitten, warf er mit einem Fluche unter die Bank. – Dann musste er in die Kanzlei beim Eingangstor, – der Kerkermeister schrieb etwas in ein Buch und ließ ihn frei. –

Es kam ihm alles so fremd vor auf der Straße: die eiligen Menschen, die gehen durften, wohin sie wollten und das so selbstverständlich fanden, – und der eisige Wind, der einen fast umwarf. Vor Schwäche musste er sich an einem Alleebaum halten, und sein Blick fiel auf die steinerne Aufschrift unter dem Torbogen: »Nemesis bonorum custos.« – Was das wohl heißen mag? Die Kälte machte ihn müde; zitternd schleppte er sich zu einer Bank in den Parkgebüschen und schlief ermattet fast ohnmächtig ein.

Als er erwachte, lag er im Krankenhause, – man hatte ihm den linken Fuß amputiert, der ihm erfroren war.

Aus Russland waren zweihundert Gulden für ihn gekommen, – wohl von seinem Bruder, den das Gewissen gemahnt haben mochte, und Jürgen mietete ein billiges Gewölbe, um Singvögel zu verkaufen. –

Er lebte kümmerlich und einsam und schlief hinter einem Brettervorschlag in seinem armseligen Laden.

Wenn des Morgens die Bauernkinder in die Stadt kamen, kaufte er ihnen die kleinen Vögel um einige Kreuzer ab, die sie in Schlingen und Fallen gefangen hatten, und steckte sie zu den übrigen in die schmutzigen Käfige. –

Von dem eisernen Haken in der Mitte des Gewölbes hing an vier Stricken befestigt ein altes Brett herab, auf dem ein räudiger Affe kauerte, den Jürgen von seinem Nachbarn – dem Trödler – gegen einen Nusshäher eingetauscht hatte. Tag für Tag blieben die Schuljungen stundenlang vor dem blinden Fenster stehen und starrten den Affen an, der unruhig hin- und herrückte und mürrisch die Zähne fletschte, wenn ein Käufer die Tür öffnete.

Nach ein Uhr kam gewöhnlich niemand mehr, und dann saß der Alte auf seinem Schemel, blickte trübselig auf sein hölzernes Bein und brütete vor sich hin, was wohl jetzt die Sträflinge machen mochten und der Herr Untersuchungsrichter, und ob der Advokat noch immer auf dem Bauch vor ihm läge. –

Wenn dann ab und zu der Polizeibeamte, der in der Nähe wohnte, vorüberging, wäre er am liebsten aufgesprungen, um ihm ein paar mit der Eisenstange da über seine bunten Schandlappen zu hauen. –

O Gott, dass doch das Volk einmal aufstünde und die Schurken erschlüge, die arme Teufel einfangen und für Taten bestrafen, die sie selbst insgeheim und mit Lust begehen. – – –

An den Wänden übereinandergeschichtet, standen die Käfige bis fast zur Decke, und die kleinen Vögel flatterten, wenn man ihnen zu nahe kam. – Viele saßen ganz traurig und still und saßen frühmorgens mit eingesunkenen Augen tot auf dem Rücken. –

Jürgen warf sie dann achtlos in den Schmutzkübel, – sie kosteten ja nicht viel, – und da es Singvögel waren, hatten sie auch kein schönes Gefieder, das man noch hätte verwenden können. –

Ruhig war es eigentlich im Laden nie, – ein ewiges Scharren und Kratzen und leises Piepen, – doch das hörte der Alte nicht, – er war zu sehr daran gewöhnt. – Auch der unangenehme faule Geruch störte ihn nicht weiter. –

Einmal hatte ein Student eine Elster verlangt, und als er fort war, bemerkte Jürgen, dem an diesem Tage ganz eigentümlich zumute war, dass der Käufer ein Buch hatte liegen lassen. –

Obwohl es deutsch war, wenn auch aus dem Indischen übersetzt, wie es auf dem Titelblatte hieß, verstand er doch so wenig davon, dass er den Kopf schütteln musste. – Nur eine Strophe las er immer wieder flüsternd durch, weil sie ihn so schwermütig stimme:

Das ganze Sein ist flammend Leid.
Wer dies mit weisem Sinne sieht,
Wird bald des Leidenslebens satt.
Das ist der Weg zur Läuterung!

Als dann sein Blick auf die vielen kleinen Gefangenen fiel, die elend in den engen Käfigen saßen, zog es ihm das Herz zusammen und er fühlte mit ihnen, als ob auch er ein Vogel sei, der um seine verlorenen Fluren trauert.

Ein tiefer Schmerz zog in seine Seele, dass ihm die Tränen in die Augen traten. – Er gab den Tieren frisches Wasser und schüttete ihnen neues Futter zu, was er sonst nur frühmorgens tat.

Dabei musste er der grünen, rauschenden Wälder im goldenen Sonnenglanz gedenken, die er schon lange vergessen hatte wie alte Märchen aus früher Jugend. – –

Eine Dame in Begleitung eines Dieners, der ein paar Nachtigallen trug, störte ihn in seinen Erinnerungen. –

»Was? blenden?«, stotterte der Alte.

»Ja, – blenden. – Die Augen ausstechen oder brennen, oder wie man das macht. – Sie als Vogelhändler müssen das doch besser verstehen. – Sollten auch vielleicht ein paar eingehen, schadet das nichts, so ersetzen Sie mir die fehlenden Stücke einfach durch andere. – Und schicken Sie sie mir bald zu. – Meine Adresse wissen Sie doch? – Adieu.« –

Jürgen dachte noch lange nach und ging nicht schlafen. – Die ganze Nacht saß er auf seinem Schemel, – stand auch nicht auf, als der Nachbar, – der Trödler, – den es befremdete, dass der Laden so lange offen blieb, an die Fensterscheibe klopfte.

Er hörte es in der Dunkelheit in den Käfigen flattern und hatte die Empfindung, als ob kleine weiche Fittiche an sein Herz schlügen und um Einlass bäten.

Als der Morgen graute, öffnete er die Tür, ging ohne Hut bis auf den öden Marktplatz und sah lange in den erwachenden Himmel. –

Dann kehrte er still zurück in seinen Laden, machte langsam die Käfige auf – einen nach dem andern – und wenn ein Vogel nicht sogleich herausflog, holte er ihn mit der Hand aus dem Bauer.

Da flatterten sie in dem alten Gewölbe umher, alle die kleinen Nachtigallen, Zeisige und Rotkehlchen, bis Jürgen lächelnd die Tür öffnete und sie ins Freie, in die luftige, göttliche Freiheit ließ – – –

Er sah ihnen nach, bis er sie aus den Augen verlor, und dachte an die grünen, rauschenden Wälder im goldenen Sonnenglanz. – – –

Den Affen band er los, nahm das Brett von der Decke, dass der große eiserne Haken frei wurde.

Den Strick, den er daran hängte, wand er zu einer Schlinge und legte sie sich um den Hals. – Nochmals zog der Satz aus dem Buche des Studenten durch seinen Sinn, dann stieß er mit dem Stelzfuß den Schemel unter sich fort, auf dem er stand.

Der Tod des Selchers Schmel

Die schlaftrunkene Geschichte

Wenn einer glaubt, dass die geheimen Lehren des Mittelalters mit den Hexenprozessen ausgestorben sind, oder dass sie gar auf bewusster oder unbewusster Täuschung beruhen, – ist er arg im Irrtum.

Niemand hatte das besser begriffen als Amadeus Veverka, der heute im okkulten Orden der Hermetischen Brüderschaft von Luxor unter symbolistischem Gepränge zum »superieur inconnu« erhoben worden war und jetzt nachdenklich – durchschauert von den Lehren des Buches Ambertkend – auf einem behauenen Steinblock am Abhange der »Nusler Stiege« sitzt und schlaftrunken in die blaue Nacht hinausgähnt.

Der junge Mann lässt alle die fremdartigen Bilder im Geiste an sich vorüberziehen, die heute abend vor sein Auge getreten waren – – er hört wie aus weiter Ferne noch die eintönige Stimme des Arch-Zensors Ganesha: »Die erste Figur, über welche man das Wort Hom aussprechen muss, zeiget sich unter einer schwarz und gelb gemischten Farbe, sie ist in dem Hause des Saturn. Wenn unser Geist einzig mit dieser Figur beschäftigt ist, wenn unsere Augen fest auf sie geheftet sind und wir uns selbst den Namen Hom aussprechen, so öffnen sich die Augen des Verstandes, und man erwirbt sich das Geheimnis – – –«

Und die Brüder des Ordens standen umher, das blaue Band um die Stirn geschlungen und die Stäbe mit Rosen bekränzt. – Freie Forscher, die die Tiefen der Gottheit ergründen, mit Masken und weißen Talaren angetan, damit keiner den andern kenne und keiner vom andern wisse. – (Wenn man sich aber auf der Straße begegnet, erkennt man sich am Händedruck.) – Ja, ja – solche Institutionen sind oft unerforschlich und wunderbar.

Amadeus Veverka greift unter seine Weste, ob er das Abzeichen seiner neuen Würde, die goldene Münze mit dem emaillierten Traubenkern, noch habe und schwelgt im Gefühle stolzer Überlegenheit über diese schlafenden Menschen im nächtlichen Häusermeer, die nichts Besseres kennen, als die Mysterien der Magistratserlasse und wie man gut esse und viel trinke.

Er wiederholt sich, an den Fingern zählend, all das, was von jetzt ab streng geheim zu halten sei.

»Wenn das so fortgeht«, flüstert ihm jenes niederträchtige innere Ich zu, das begeisterte deutsche Poeten so schön unter dem Sinnbild des »schwarzen Ritters zur Linken« verhüllen, »so werde ich schließlich noch das Einmaleins geheim halten müssen.«

Selbstverständlich jagte er mit einem energischen Fußtritt diesen Teufel in seine finstere Welt zurück, wie es einem jungen Superieur inconnu geziemt, und wie es die Bruderschaft von ihm erwartet. –

Die letzte Straßenlaterne in seiner Nähe hat man erdrosselt, und über der dunstverhüllten Stadt flimmert nur das schwache Licht der Sterne. – Sie blinzen gelangweilt auf das graue Prag und gedenken trübselig der alten Zeiten, da noch der Wallensteiner von seinem Schlosse auf der Kleinseite grübelnd empor zu ihnen blickte. – Und wie die Alchemisten Kaiser Rudolfs in ihren Schwalbennestern auf der Daliborka nächtlich kochten und murmelten und erschreckt die Feuer löschten, wenn der Mars in Mondesnähe kam. – Die Zeiten des Nachdenkens sind um, und Prag liegt und schnarcht wie ein betrunkenes Marktweib. Ringsum hügeliges Land. – Ernst und geheimnisvoll schweigt das Nusler Tal vor dem träumerischen Geheimjünger, – im fernen Hintergrunde die massigen tiefdunklen Wälder, in deren Lichtungen die Strolche schlafen, die bei der Prager Polizei noch keine Anstellung als Detektive gefunden haben.

Weiße Nebel tanzen auf den nassen Wiesen, – aus tiefer Ferne ruft das verträumte Pfeifen der Lokomotive eine kranke Sehnsucht wach.

Amadeus Veverka denkt und denkt: Wie stand es doch in dem alten Manuskript über die verheißenen Offenbarungen der inneren Natur, das während der zwanglosen Besprechung Bruder Sesostris vorgelesen hatte?:

»Wenn du in den Nachthimmel siehst und willst das Schauen erlangen, so richte deinen Blick auf einen Punkt, den du dir in weiter Ferne denkst, und schiebe ihn immer weiter und weiter von dir weg, bis du fühlst, dass die Achseln deiner Augen sich nicht mehr schneiden. – Dann wirst du mit den Augen der Seele sehen: ernste, traurige und komische Dinge, – wie sie im Buche der Natur aufgezeichnet sind –; Dinge, die keinen Schatten werfen. – *Und dein Sehen wird mit dem Denken verschmelzen.*«

Der junge Mann sieht hinaus in das wolkenlose Dunkel, bis er seine Augen vergisst. – Geometrische Figuren stehen am Himmel, wachsen und verändern sich, dunkler als die Nacht.

Dann schwinden sie und Geräte erscheinen, wie sie das banale Leben braucht: ein Rechen, eine Gießkanne, Nägel, eine Schaufel. – Und jetzt ein Sessel mit grünem Rips bezogen und mit zerbrochener Lehne.

Veverka quält sich ab, die alte Lehne durch eine neue zu ersetzen. – Vergebens. – Jedes Mal, wenn er glaubt, am Ziele zu sein, zerrinnt das Bild und fährt in seine alte Form zurück. – Endlich verschwindet es ganz, die Luft scheint wie Wasser und riesige Fische mit leuchtenden Schuppen und goldenen Punkten schwimmen einher. – Wie sie die purpurnen Flossen bewegen, hört er es im Wasser brausen. – Erschreckt zuckt Amadeus zusammen. Wie ein jäh Erwachender. – Ein eintöniges Singen dringt durch die Nacht. – Er steht auf: Ein paar Leute aus dem Volke. – Slawischer Singsang. Schwermütig nennen es die, die davon erzählen, und es doch nie gehört haben.

Glücklich der Sterbliche, der es nie vernommen. –

Im Westen ragt das Palais des Selchers Schmel.

Wer kennt ihn nicht, den Hochverdienten! Sein Ruhm klingt über die Lande bis an das blaue Meer. – Gotische Fenster schauen stolz hinab ins Tal. –

Die Fische sind verschwunden, und Amadeus Veverka sucht von neuem das Sehfeld in der Unendlichkeit. Ein heller Fleck, kreisrund, der sich mehr und mehr weitet, leuchtet auf. Rosa Gestalten treten in den Brennpunkt, mikroskopisch klein und doch so scharf, wie durch eine Linse gesehen. – Von blendendem Licht beschieden, – und die Körper werfen keinen Schatten.

Ein unabsehbarer Zug marschiert heran, rhythmisch im Takt, – es schüttert die Erde. Schweine sind es – Schweine! Aufrecht gehende Schweine! – Voran die edelsten unter ihnen, die ersten im Zuge der Seelenwanderung, die schon auf Erden die tapfersten waren – und jetzt violette Cereviskappen tragen und Couleurband, damit jeder sehe, in welcher Gestalt sie sich dereinst wiederverkörpern werden.

Es schrillen die Querpfeifen der Spielleute – immer breiter drängen die rosa Gestalten, und in ihrer Mitte wankt ein dunkler, gebückter, menschlicher Schemen, gefesselt an Händen und Füßen. – Es geht zum Richtplatz, – zwei gekreuzte Schinkenknochen bezeichnen die Stätte. Schwere Ketten von Knackwürsten hängen an dem Gefangenen nieder und schleppen ihm nach in dem wirbelnden Staube. – Die Querpfeifen sind verstummt, es steigt der Kantus:

Das ist der Selcher Schmel,
Das ist der Selcher Schmel,
das ist der lederne Selcher Schmel,
    sa, sa

Selcher Schmel.
Das ist der Selcher Schmel!

Jetzt haben sie halt gemacht, sammeln sich im Kreise und harren des Urteils. Der Gefangene soll sagen, was er zu seiner Verteidigung vorzubringen hat. Jedes Schwein weiß doch, dass man dem Beschuldigten alle Anklagepunkte zu nennen hat. Genauso wie in einem Offiziers-Ehrenrate. – Ein riesiger Eber mit blutiger Schürze hält die Verteidigungsrede.

Er weist darauf hin, dass der Angeklagte nur im besten Glauben und in flammender Begeisterung für die heimische Industrie zu handeln vermeinte, als er tausende und abertausende der ihrigen dem Magen der Großstadt überlieferte.

Alles umsonst. – Die zu Richtern ernannten Schweine lassen sich durch die Bestimmungen des Gesetzbuches nicht beirren und ziehen erbarmungslos die schon vorbereiteten Urteile aus den Taschen. Wie sie es so oft bei Lebzeiten gesehen haben, und wie es Sitte auf Erden. –

Der Verurteilte hebt flehend die Hände empor und bricht zusammen.

Das Bild erstarrt – verschwindet und kehrt von neuem wieder. – So rollt die Vergeltung ab, bis auch das letzte Schwein gerächt ist.

Amadeus Veverka fährt aus dem Schlummer, er hat sich mit dem Kopf an dem Griff seines Stockes gestoßen, den er in beiden Händen hält. Wieder fallen ihm die Augen zu und wirre Begriffe tanzen in seinem Hirn.

Diesmal wird er sich alles genau merken, damit er es weiß, wenn er erwacht.

Die Melodie will ihm nicht aus dem Kopf:

»Wer kommt dort von der Höh,
Wer kommt dort von der Höh?
Wer kommt dort von der ledernen Höh,
sa, sa
ledernen Höh,
Wer kommt dort von der Höh.«

und dagegen lässt sich nicht ankämpfen.

Hilligenlei

In baumwollenen Handschuhen und mit quäkender Stimme zu lesen.

Erstes Kapietel

Nu, singe ma,[4] du meine norddeutsche Pastorenseele von einem, der da lange nich wusste, was er wollte und es denn mit eins fand:

Da war nu Rieke Thomsen, die dicke Hebamme, die hatte die Hände auf dem ßtattlichen Leib und die Füße auf die Feuerkieke.

Und denn warf sie mit eins den Holzpantoffel mit sachtem Schwung gegen die Türe.

Kam da der alte Hule Beiderwand, der bei sie wohnte und so ne knarriche Sstimme hatte und sich so ßteil hielt, weil ein inwendiges schönes Licht in ihm war.

»Töf«, – saachte er, »töf.« –

Die Türe knarrte kurz und hart.

Und denn saachte die kleine dusselige Tine Rauh, dass Liese Dusenschön auf das Haus zukäme.

Tine Rauh! –

Das war auch eine von den Rauhen, die in de lüttje Bäckerstroot wohnen und alle so 'n krauses, gelbes Haar und so 'n fahrichen Sinn haben.

Und es dauerte auch kein Jahr, denn ßtarb sie.

Liese Dusenschön aber lag oben in Nöten.

Die halbe Nacht wird darüber hingehen, hatte Rieke Thomsen gesaacht. –

Die Türe knarrte kurz und hart.

Nach eine Weile kam Stiena Dusenschön, Liese Dusenschöns Mutter, und denn tranken sie unten Kafffee und Stiena hatte ne Postkarte bekomm, und da stand »Du ahnst es nich«, auf, und da war sie sehr ßtolz auf und saachte, dass demnach ein hoher Herr der Vater des Kindes sei, und die Perlenfransen ihrer Haube schlugen ziemliche Wellen.

Die Türe knarrte kurz und hart. – – –

Liese Düsenschöns Vater war ein finsteren verschlossenen Mann gewesen, vor ehedem Bürgermeister von Hilligenlei. –

Der hatte nie im Leben ein Wort geßprochen,

Erst auf dem Totenbette löste sich ihm die Zunge:

[4] Singe ma (mal) nicht zu verwechseln mit Tschin Ma = beliebter chinesischer Variété-gaukler.

»Kumm man nich an die Gas«, hatte er gesaacht und denn war er geßtorben.

Die Tür knarrte kurz und hart. – – –

Die dusselige Tine Rauh aber kam herunter und saachte, dass Liese Dusenschön tot sei.

Und Stiena und Rieke Thomsen sahen den neugeborenen Knaben an und nannten ihn Tjark. –

Tjark Dusenschön. –

Hule Beiderwand aber saachte finster, der sei schlapp und werde Hilligenlei auch nich zu Heilig-Land machen. –

Die Türe knarrte kurz und hart. – – –

Suse Düsenschön, das war nu die jüngste von Lieses Schwestern gewesen, die war zuerst Vice II bei Reimers in Niendorf gewesen und denn war sie mit einem Studenten im Grase gewesen, der hatte ihr gezeigt, wie der Buchfink feift und Hochzeit macht und denn war er wechgegangen. –

Und denn war sie auch Mutter gewesen und nu war sie auch tot.

Na! Und Dorchen Dusenschön, Lieses zweite Schwester?

Wer hat sie gesehen? Na! – na, lass man! – –

Die Türe knarrte kurz und hart. – – –

Zweites Kapietel

In derselben Nacht war drüben bei Hafenmeister Lau auch 'n klein süßen Jung angekomm und hieß Pe Ontjes Lau, und Rieke Thomsen war gar nich mit bei gewesen.

Der Junge hatte sich selbst geholfen.

Ja! – So war lütt Pe Ontjes Lau!

Pe Ontjes Lau! – Wer kennt ihn? –

Drei Tage ßpäter half Rieke Thomsen Male Twintichsöth, Kai Jens Twintichsöths – des Deicharbeiters – Eheweib, von ihr erstes Kind.

War auch 'n klein niedlichen Buttje das!

Kuddl! So nannten sie ihn.

Kuddl Twintichsöth.

Hatte 'n roten Flecken auf der Brust und ne klein fein empfindliche Seele. Kuddl! –

»Seht seine Augen«, saachte immerzu Jan Friech Buhmann – das war der Schmied –, »wie hej se verdreht, dat man blos dat Witte to sehen kreegt, *dej möt Pastor weren*«, – pulterte mit sien ßteife Ledderhaut, als wenn 'n Berchwerch einfiele und plinkte so ßtaark mit den Augen, als wäre in jedes ein Brummer geflogen.

Von voorne sah er noch ganz gut aus.

Aber von hinten war es sehr schlimm.

War da viel versunken schlappes Hosenzeuch gewissermaaßen und ein dürren Ledderßtreifen. –

»Ja«, fügte er hinzu, »der wird mal aus Hilligenlei Heilig-Land machen. Nöch?«

Und er gewann den Kleinen lieb und der Kleine erßtaarkte in seinem Umgang.

Drittes Kapietel

Und siehe da, als der erste März vorbei war und noch zwei Monate, da war der erste Mai.

Und da kam ein neuer Lehrer nach Hilligenlei, – als der alte geßtorben war, – der hieß Pummel Pferdmenges und hatte noch niemals ein Weib berührt.

Aber er wohnte gerade vier Wochen in dem leeren ßtillen Hause, da wurde es Juni. –

Und da fiel er in Liebe.

Es war eine schlimme, selige, unselige, nein selige Zeit!

Oft ging er in die andere Stube und malte sich aus, dass *sie* hier hausen und abends ihr Hemde uttrecken sollte und denn überfiel ihn mit eins eine ßtaarke Freude.

Und denn ging er in Garten und fand *sie* hinterm Sstachelbeerbusch kauern und denn überfiel ihn wieder eine ßtaarke Freude.

So sehr liebte er sie schon, obgleich er sie noch nie mit seinen Augen gesehen hatte.

Und denn wieder ßtellte er sich wieder was vor und schloss sich auf ne ganze kleine Viertelßtunde ein.

Und wenn er wieder herauskam, war er mit eins ganz ruhig und abgekühlt.

Muss mich nu man ganz und ganz gewiss ma ne Dirn nehm, saachte er sich denn immer reuevoll.

Und als er ma bei Ringerang, – ach, das war auch so einer, der war lappich wie 'n nasses Handtuch und hatte 'n Bruder, der hieß Hinnerk, ach Gott, und der wohnte in Russland und war verlähmt seit seinen Jünglingstagen und laach nu schon 30 Jahre in Bette.

Ja und als Pummel Pferdmenges ma bei Ringerangs Destillation zu Tanze war, da hatte sich Lieschen Klemmködel aus dem Schuh herausgetanzt und hatte ihn aus Augenwinkeln angesehen. – – –

Und denn war sie mit ihm zu Gehölz gegangen! –

»Sei doch nich bange!«, hatte sie denn gesaacht. –

»So!« – – – – – –

Die Nacht war enge und blau. – – –

Und vier Wochen ßpäter musste sie es Vadder sagen.

So war aus Lieschen Klemmködel Liesbeth Pferdmenges geworden.

Du aber, Pummel Pferdmenges wirst *du* aus Hilligenlei Heilig-Land machen?

Viertes Kapietel

Als die Zeit um war, da wurde im ßtillen Haus 'n Göhr geboren, und Pummel Pferdmenges hatte Liesbeth die Hand so hart gedrückt, dass sie ihn bitten musste, sanft zu sein. So sehr freute er sich über das Kind, das sein scheues, keusches Weib ihm geboren hatte.

Und auch diese *beiden* Kinder wuchsen auf. – – –

Als ma viel ßpäter Male Twintichsöth bei das ßtille Haus ging, saß da nich Liesbeth Pferdmenges im geöffneten Kleid und hatte wieder ein Neugeborenes an der Brust?

Helle und ßteil, mit fliegenden Augen; – – – so sind sie alle die Klemmködels!

Dat's all Numma 4, saachte die aber und lachte.

Mit eins aber zoch ein Gewitter auf, das war so arch doll, dass die Kronleuchter des Himmels bebten. –

Und lauter schräge Blitze gab's da.

Pummel Pferdmenges, der Lehrer, der eben mit dem Fahrratt unterwegs war, fuhr nu direktemang in die Bucht, und als der Himmel wieder heil war, ach, da hatten sen auf ne Bahre gelegt und bei das ßtille Haus gebracht. –

Da lag er nu tot und wagrecht. –

– – – Versapen. – – –

Fünftes Kapietel

Zehn Jahre alt war nu Kuddl Twintichsöth schon und »oh Mutter«, saachte er und sah sie mit Angst an, »wenn das man nich ma meine Not wird. Ich kann nich nachchlassen, ich glaube, ich grüble mich noch ma den Kopp entzwei.« Er sucht 'n Königreich, hatte Pe Ontjes gesagt und sie waren tosohm nach Freestedt zu Schule gegangen.

Stakten durch Schlick und Schiet.

Gab ein arch Stöhnen und Prahlen da und fünfe gingen mit. Piet und Antje Pferdmenges; – die lütt Heinke war noch zu jung, – Tjark Dusenschön und zwei von Fischer Süderloh.

Der eine hat 'n frühen Seemannstod gefunden, ach ja, und der andere, der jüngere?

Der kam nach Jahren zu ein Klempnermeister in die Lehre nach Hamburch und sah da nu, wie alle ßtrebten und immerzu nur an das eine dachten, wie etwas für die Deutsche Wiedergeburt geschehen könne; und wie da Willi Drööbs, der Geselle, immerlos heimlich griechisch lernte, immerlos Taach und Naacht.

Der ßtammte aus Dithmarschen – Willi Drööbs – aus ein frommen Pastorenhause, (– sind nu schon alle lange tot –); und auch Wille Drööbs starb bald, an de Auszehrung; nu, und Rieke, seine älteste Schwester, die heiratete einen Küper und denn sind sie nach Amerika und nie wieder hat man von ihr gehört.

Ja und war bei dem Klempnermeister auch noch Pummel Söthbier, der ßtammte aus Groß-Borstel. Pummel Söthbier, ach, wie lange is dej all tot – und der betete immer nachts, dass der liebe Gott die Leichdörner von den Menschen nehmen möge.

Ja, ja, die Hamburger Klempnergesellen, das is 'n gar nachdenklich Volk! – – –

Als sie denn wieder im Schulhause ankamen, da saß Mars Wiebers, der Lehrer der Hafenschule, das ßtaarke Haupt von brandrotem Haarwerk ganz umgeben, und wusste, warum Kuddl Twintichsöth traurich sei und erhob den Sstock gegen die ganze Hafenßtraße von Hilligenlei und saachte: »Niemand soll ihm von euch wieder sagen: Kuddl klei'-Di. –

Sollte ihr das sagen, ihr Lümmel? – – –

Das wird Gott tun.«

Sechstes Kapietel

Der »Fatzke de Gama«, der brasilianische Gaffelschooner, trieb vor flauer Brise in haushoher Dünung auf dem südchinesischen Meer.

Kuddl Twintichsöth, der Vollmatrose, hatte die Steuerbordwache, spleißte an nem Steekbolzen und in seiner Seele klang wie von ferne die schlichte, ergreifende Volksweise seiner Heimat:

»Hein Lehmann het, Hein Lehman het,
Hein Lehmann het dat dohn,
Hein Lehmann is dat wesen
Hein Lehmann hat dat dohn! –
Hein Lehmann het dat Finster mit de Feut inslohn.«

Und er fuhr sich mit dem Ärmel seiner Donkeyjacke über die nassen Augen.

»Warum is Hilligenlei nich Heilig-Land und sollte doch Heilig-Land sein, – nöch?« – saachte er immerlos vor sich hin.

Da kam mit eins Lude Thedens von die Backbordschen, und der hatte nu immer 'n Mund voll Schnack und tühnte in einsfort von die Köhmbuttel und von die Itzehoër Nachrichten und von die braunen Deerns in Apia, die so doll ßtramm nach Schweiß röchen und denn von seine alte Liebe in Frisko – von »Yokohama« dat scheune Negermädchen mit de sladderige Tidd. –

Da ging Kuddl nach achtern und weinte bitterlich. –

Hei, was hatte der für 'n Lebensunterricht!

Und denn saachte Piet Pferdmenges, der auch mit von die Wache war, dass vier Fuß Wasser im Raum sei und sie nich pumpen wollten, da sie alle duhn seien vom Köhm und immerzu bei die Buttel gingen.

Und da verbiss Kuddl Twintichsöth seinen Gram und erzählte der Mannschaft die Geschichte von dem bösen Kinde, das seine Suppe nich essen wollte.

Da ßtaunten die Schiffsleute und sagten einer zum andern: »Was ist zumal mit ihm, der er alldieweile der Stillste war unter uns allen und jetzt – – – het hej dat Muul voll Tüntjes.«

Da ward er der unheimlichen Gabe froh.

Wer hat den Sonnabendabend auf dem »Fatzke de Gamma« mitgemacht?

Der wird ihn nicht vergessen.

Und die Schiffsleute gossen den Kümmel über Bord und pumpten so lange, bis sie in Kapßtadt waren. –

(Junge, dat is 'n doll mächtich Ende.)

Siebentes Kapietel

(Die Pastorenseele laut und ungeduldig quäkend): Hilligenlaaj, quei-quaaj. Wann wird denn nu endlich ma Heilig-Land aus dich werden!?

Achtes Kapietel

Die »Goodefroo«! –

Damit kein Irrtum is: Der Dreimastvollrigger »Goodefroo« auf dem Pinaß von Jan Marbst gebaut.

Wer hat sie gesehen?

Ach, nöch im Hafen.

Nö, beim 63. Grad unter Kap Horn durch die tobende See ßtürmen. Junge, Minsch, was 'n Spaaß!

Aber der Kapitän? –

Jan Döös von Blankeneese is Kaptein; is ja wahr, hat bei ßtattlichem Oberleib kurzes krummes Beinwerk, is ja Tatsache. Keiner ßtreitet dagegen.

Aber nu is er ja schon lange daudt.

Aber der Stüermann?

Hochmütlich war er, achott, weiß es doch 'n jeder und Kakerlatjes konnte er nu nich sehen, nich von weitem, Gitt i Gitt. – – –

Man hat ihn nie tühnen hören.

Getühnt hat er nur ßpäter, ganz heimlich und ganz selten ma mit Antje Pferdmenges und ihren Kindern.

Wer hat den Stüermann Pe Ontjes Lau gesehen?

Aber der Maat?

Nichts über den Maat!

Klaus Sievers war Maat!

Ein finstern Mensch; ßtammte aus reichem Bauerngeschlechte aus Borchfelde. –

Hatte da ma geflügt mit 17 Jahren und 4 Pferden.

Da war das Handferd ausgeglitten und sein Vater hatte ihm ins Gesicht geßtarrt und ihn gefragt: »Hest du all 'n dröche Unnerbüx?«

Und das hatte dem Jungen das Herz gebrochen. –

Nu hatte er so 'n ßtarres Gesicht und war Maat auf der »Goodefroo«.

Ja, ja so sind sie all von Borchfelde, ungebeugt und ßtaark.

Aber die Back?

Is 'n ganz unnötich Anfragen.

Ein gutes Schiff, ein guter Kaptein können immer ne gute Mannschaft haben.

Und Kuddl Twintichsöth und Piet Pferdmenges waren auch mit bei. –

So blieb es 35 Tage, denn kam mit eins rauh Wetter, und Kuddl dachte bei jede Bö, die kam, und bei jede See, die mittschiffs ging: nu kommt es, Heilig-Land.

Nu kommt es.

Es kam aber noch nich. –

Aber die Fockschoot klemmte ihm arch doll den Finger ein.

Da lief er wimmernd von die Fockwant zum großen Stüermann Pe Ontjes Lau und jammerte immerlos:

Pe Ontjes – – süsser Pe Ontje – mein Finger, ach kiek ma, – au, au! –

Und denn ließ Pe Ontjes mit eins wenden und alle Mann trösteten Kuddl und als denn Torril Torrilsen, der Gute, der älteste von die Backbordschen, von Achterdeck kam und ihm Puste-Puste auf Fingerchen machte, da wurde es besser mit ihm.

Arbeiten aber liessen se ihn nicht mehr, auch als es auf zu ßtürmen hörte!

Und denn wurde Heine Marquard, der eben auf Deck lag und flötete, zu Pe Ontjes gerufen.

»Hast du deinen Cäsar und Xenophon mit?«, saachte der.

Ja, saachte Heine Marquard verbaast. –

Und denn gab Heine Marquard Kuddl Twintichsöth seinen Cäsar und Xenophon und zeigte ihm, wie Griechisch und Lateinisch is.

Kuddl stand in Verwunderung vor diesem neuen Weg.

Nu kommt Heilig-Land, dachte er bei jedem Kapietel, nu kommt es. –

Hei, was hatte der für 'n Lebensunterricht!

Neuntes Kapietel

Der Tag war hoch und helle.

Und Pe Ontjes war noch gar nicht Stüermann auf der »Goodefroo«, da hatte ma Antje Pferdmenges mit ihrem wiegenden Gang Besuch bei Lau gemacht.

Und Pe Ontjes hatte sie gefragt, ob sie seine Frau werden wolle.

Da hatte sie sich mit eines ßteil aufgerichtet, wie 'n Licht.

»Gitt i Gitt«, hatte sie gesaacht und ihre Augen bekamen einen harten Schein, – »büß 'n Swien, – Aalfreter du.«

So liebten sie sich, dass keines zum andern finden konnte.

Zehntes Kapietel

Triena Maartens aus Brunsbüttel und Antje Pferdmenges schritten im Kastaniengang und hatten sich untergefasst.

Triena Maartens war genau so wie Antje, nur hatte se dunkles Haar.

Und denn hatte se braune Augen, ßprach auch ganz anders.

Und denn war sie auch größer und breiter.

War früher die Nichte von Hule Beiderwand gewesen, denn aber de Ohlsch stöckrich geworden und hatte gequäst und getühnt in einsfort und immerlos gesaacht, dass einer aus Hilligenlei Heilig-Land machen müsse, und da war sie nach Hamburch gegangen nach »die englische Planke« und war da Köksch geworden.

Und wie da die Antje denn alleine im Kastaniengang war und flötete – die Klemmködels können alle nich flöten oder feifen – da kam mit eins Lude Voß, der kam gerade von Militär und der kam nahm sie und boch sie im Schatten zurück und sie wehrte ihm nich, dass er sich an ihren jungen Gliedern freute.

Und denn ging sie mit ihm in die Kammer und legte sich in süßer Verwirrung in die Knie.

»Knack« – saachte das Knie.

Und denn offenbarte sie ihm die Wunder ihres Leibes.

Und das war jeden Tachch so! –

Was tut Antje Pferdmenges am Heckenweg?

Das tut sie!

Und das is ihre heimliche Freude.

Ach ja, ihre Seele stach noch arch in Jugendträumen.

Elftes Kapietel

So verging wieder 'n Jahr.

Da saßen sie alle in Hamburch im Alsterpawilljong. –

Kuddl Twintichsöth, nu schon 25 Jahre alt, – der ehemalige Vollmatrose vom »Fatzke de Gamma«.

Der ging jetzt in die Domschule zusammen mit den lütten Buttjes und wusste noch immer nich was er wollte.

»Es soll doch aus Hilligenlei Heilig-Land werden, nöch?« – saachte er sich innerlich.

Und denn saßen da noch Antje und Piet und Heinke Pferdmenges, die war heimlich mit Emil Marquardsen, dem Lehrer in Freestedt, verlobt, und denn Kassen Wedderkopp, der immer so laut ßprach, weil er ma in Korea 'n Schuss in Rücken bekommen hatte. –

Nun fingen sie an über Hilligenlei zu ßprechen und dass da doch ma Heilig-Land aus werden müsse, und wurden nich müde von.

Da sahen sie Tjark Dusenschön, derselbe, der im Kapitel 1 auf Seite 220 geboren wurde und der ßtakte über 'n Jungfernßtiech und hatte ehrwürdige Klappen an den Seiten eines langen Gehrocks.

Und denn ging er bei Reese & Wichmann und kaufte Bontjes.

Wie er bei ihnen saß, kukkte ihn Antje mit fliegenden Augen an und der ganze Alsterpawilljong war helle von ihrem Haar. –

»Warum komm' Sie nu nich nach Hilligenlei?« – hatte sie mit verengter Kehle gesaacht. –

Tjark Dusenschön aber mit seinem bartlosen Gesicht hatte geantwortet:

»Fräulein Pferdmenges, ich habe kein Bedürfnis.«

Zwölftes Kapietel

Gegen Fingsten kam ne ungesunde Luft.

Da fuhren Pe Ontjes Lau, der Gewaltige, mit Antje Pferdmenges in ne Treckschute von Hilligenlei nach Hamburch.

Und der Beestmann und Kuddl Twintichsöth hißten das Großsegel.

»Nu kommt Heilig-Land«, dachte Antje, »nu aber ma ganz gewiss.« –

Nun waren es 150 Tage, dass, als Kuddl ihrer begehrte, sie ihm gesaacht hatte: »Du? Du? Du kannst mich an Taille bummeln.«

Und sie ßstand hell und ßteil wie 'n Licht und ihre Augen ßprangen und ßtaachen.

Denn ging sie mit Pe Ontjes nach die Kabüse.

Und offenbarte ihm die Wunder ihres Leibes.

Und er hat sie zum Weibe genommen.

Und hat nischt gemerkt.

Dreizehntes Kapietel

Der Wind wehte ßtaark und ßtossweise 'n Jahr ßpäter und sie gingen weiter in das graufunkelnde Meer hinein. –

Kuddl Twintichsöth und Heinke Pferdmenges.

Büß een süß weiß holßteinsche Deern du, saachte er, und sie drückte seinen Arm gegen ihre weiche Brust.

Da flooch 'n Schwalbenpaar mit süßem Laut ganz dicht an Heinkes Kniee und er tat als griffe er rasch nach. –

Sie aber wehrte: lass nachch und wurde rot.

Innerlich aber dachte sie: Nanu?

Und denn dachte sie ferner: Ick bün doch valobt.

Und denn ßprach er wieder von was andern und saachte, seit er sie so süß gesehen, wisse er ganz genau, er müsse man blos eben noch das Welträtsel lösen und denn wolle er 'n Buch schreiben für die Deutsche Wiedergeburt.

Er sei nu doch Pastor jetzt und wisse genau, wie man 'n Buch schreibe; – durch viele wirkliche Dichter habe er sich durchgefressen, besonders durch Selma Lagerlöfs Jerusalem und Gösta Berling.

Und Wilhelm Raabe, auch Amalie Skram und manch andere.

Auch so ne feine kleine Prise Anderssen dazu.

Und denn habe er gegen 20 000 Tüntjes gesammelt.

Man werde es gewiss nich merken, so fein wolle er abschreiben, – und wenn – – dabei plinkte er listich mit den Augen, denn habe man ja noch – – Kruppsche Kanonen.

Und sie solle man doch nich so ßpröde sein und ihn man 'n bischen begeistern. –

»Er weiß nich, dass ich valobt bin«, dachte sie; – – »küssen lass ich mir, ach watt, – – awa mehr nich«, und sie schmiechte sich dichte an ihm.

»Achch ja, schreibe 'n Buch für die Deutsche Wiedergeburt«, saachte sie denn, »das is so süß.«

Da kam mit eins wieder das verdammte Schwalbenpaar und flooch dicht an ihr Knie und er haschte nach.

»Awa Kuddl«, saachte sie man blos. –

Denn ßpäter aber schrie sie laut auf in ihre Angst: »Kuddl mich heute, weißt du – – –, morgen vielleicht – üwamorgen. Kuddl, lass nach. Man blos kieken, bütte, ach, bütte.«

Und dann ßprang sie mit eins auf: »Kuddl, achott, ich glaube, 's kommt wer.«

Und richtich ging da aufgetakelt Triena Maartens mit Willi Suhlsen aus Harwestehude übers Moor.

Kuddl kannte se von Hamburch.

»Dat Bödelsch«, saachte er ärgerlich »ach watt.«

Und dann fraachte er Heinke: »Also morgen?«

Heinke ßprang nach dem Lohweg.

»Geerne«, saachte sie, »geerne.«

Kuddl Twintichsöth setzte sich – angeregt von dem, was er gesehen, – noch abends an die Arbeit und dichtete immerlos, – – zuerst in Kladde und denn erst ins Reine.

Klierte so Seite um Seite und reihte Tüntjes an Tüntjes. – Links hatte er das Adressenbuch von Lübeck und Hamburch (er brauchte doch 10000 Namen) und rechts die Bibel – da hatte er sich nu schon früher durchgefressen und allens wechgeßtrichen, was einer esoterischen Bedeutung glich oder im Sinne gnostischer tiefsinniger Symbole sprach. –

Und denn wurden ihm die Lider schwer.

Er löste noch rasch das Welträtsel und schlief denn ein.

Und hatte 'n wunderlichen Traum denn.

'n norddeutschen Engel hatte ihn mit verengte Kehle beim Namen gerufen.

»Kiek ma!«, hatte er gesaacht und auf ne Kruppsche Kanone gezeigt, die voll mit seinen – Kuddl Twintichsöths – Werken war und 'n Zettel ßtach da an mit den Worten:

Hilligenlei, oder die Bibel mit Tüntjes verziert. Ein Anregungsbuch für die deutsche Hausfrau. Von Kuddl Twintichsöth = Dichter und Pastor.

Und denn hob der Engel den Finger und saachte schalkhaft – auf dass die Prophezeiung von Kapietel 7 erfüllt werde:

»Kuddl! Klei'-Di.«

und verschwand.

Vierzehntes Kapietel
Das Bacchanal

Evoë, Pastor Twintichsöth, Evoë.

»Hilligenlei«, so hieß denn auch das Buch, das Pastor Twintichsöth gedichtet hatte, und das Lager der norddeutschen Hausfrau hallte wieder.

Evoë, Kuddl Twintichsöth, Evoë.

War da nich schwaaz auf weiß das Welträtsel gelöst!?!

Und wie schlicht laach es nu da mit eins, das Evangelium! Pastor Twintichsöth hatte es mit mutigen Worten gesaacht, trotz Jakob Böhme, Georg Gichtel, Pordadge und Kerning:

»Jesus! Ach, war doch 'n ganz einfachen Mann.

Und die Bibel?

'n schön, awa ungeordnet Buch, nöch? Muss ma geordnet werden, nöch?

Und das Gleichniß vom valornen Sohn?! Achott, hat Jesus als Kind ma 'n ßtolzen Bauernsohn in Lumpen nach Hause kehren sehen.

Musste ihm ßtark auffallen; – nöch? Is doch klar.

Nöch? –

– Nu und der Prophet Jesaias? –

War doch 'n Friseur, – nöch?«

Aus allen Gauen waren sie zusammengeströmt, die deutschen Hausfrauen, und ßtanden versammelt auf dem Gänsemarkt in Hamburch.

Das blonde Haar schlicht gescheitelt.

In Reformkleidern aus Lodenßtoff – zum hochknöpfen, – und Prunelleßtiefeln. Thyrsosstäbe in den Händen.

»Achch, achch, is 'n süßes Buch, Hilligenlei, und denn für die Deutsche Wiedergeburt; Pastor Twintichsöth saacht es doch selbst in«, ging es von Mund zu Mund.

Und manchmal neigte sich eine zum Ohre der andern: »Haben Sie schon gehört, Frau Pastor, was Frau Oberkonsistorialrat bei die letzte Frauenversammlung über ›Hilligenlei‹ (bei verschlossenen Türen) gesaacht hat? – 'n mutig deutsches Frauenwort!!!«

»Is ist so süß, Hilligenlei, und denn wirkt es so – – – – anregend! Nöch?«

Und denn wurde Hilligenlei öffentlich auf dem Gänsemarkt vorgelesen – von Frau Oberkonsistorialrat Suschen Thaden – und das dauerte nu vier Tage.

Und während diese Zeit blieb nu die Sonne ßtarr am Himmel ßtehen, und hie und da hörte man 'n doll unterirdisch Tosen.

Als ob die Erde laut gähne. – 's war überhaupt, als sei die ganze Natur eingeschlafen.

Und dann beßtiegen sie 'n Schiff und fuhren nach Hilligenlei (– *kiek, nu is mit eins doch Heilig-Land aus geworden* –) Pastor Twintichsöth zu huldigen.

Evoë, Pastor Twintichsöth, Evoë.

»Krank«

Der Gesellschaftsraum des Sanatoriums war stark besucht, wie immer; – alles saß still und wartete auf die Gesundheit.

Man sprach miteinander nicht, da man vom andern eine Krankheitsgeschichte befürchtete – oder Zweifel an der Behandlungsmethode. –

Es war unsagbar öde und langweilig, und die faden deutschen Sinnsprüche, mit schwarzen Glanzbuchstaben auf weiße Kartons gepappt, wirkten wie ein Brechreiz. – –

An einem Tische, mir gegenüber, saß ein kleiner Junge, den ich beständig ansah, weil ich sonst meinen Kopf in eine noch unbequemere Lage hätte bringen müssen.

Geschmacklos angezogen, sah er unendlich stupid aus mit seiner niedrigen Stirn. – An seinem Sammetärmeln und Hosen hatte die Mutter weiße Spitzenbesätze befestigt. –

Auf uns allen lastete die Zeit, – sog uns aus wie ein Polyp. Ich hätte mich nicht gewundert, wenn plötzlich diese Menschen wie *ein* Mann, ohne sogenannte Veranlassung, mit einem Wutgeheul aufgesprungen wären und alles – Tische, Fenster, Lampen – in Raserei zertrümmert hätten.

Warum ich nicht selbst so handelte, war mir eigentlich unverständlich; vermutlich unterließ ich es aus Furcht, dass die anderen nicht gleichzeitig mitmachen würden, und ich hätte mich dann beschämt wieder niedersetzen müssen.

Dann sah ich wieder die weißen Spitzenbesätze und fühlte, dass die Langeweile noch quälender und drückender geworden war; – – ich hatte das Gefühl, als ob ich eine große graue Kautschuk-Kugel in der Mundhöhle hielte, die immer größer wurde und mir ins Gehirn hinein wuchs. – –

In solchen Momenten der Öde ist einem sonderbarerweise auch der Gedanke an irgendeine Veränderung ein Gräuel. Der Junge reihte Dominosteine in ihre Schachtel ein und nahm sie dann in fieberhafter Angst wieder heraus, um sie anders zu legen. – Es war nämlich kein Stein mehr übrig, und doch war die Schachtel nicht ganz voll – wie er gehofft –, es fehlte bis zum Rand noch eine ganze Reihe. – – – Er packte seine Mutter endlich heftig am Arm, deutete in wilder Verzweiflung auf diese Asymmetrie und brachte nur die Worte heraus: »Mama, Mama!« – Die Mutter hatte soeben mit einer Nachbarin über Dienstboten und ähnliche ernste Dinge gesprochen, die das Frauenherz bewegen, und blickte nun glanzlos – wie ein Schaukelpferd – auf die Schachtel. –

»Leg die Steine quer«, sagte sie dann.

Im Gesicht des Kindes blitzte ein Hoffnungsstrahl auf, – und von neuem ging es mit lüsterner Langsamkeit an die Arbeit. – –

Wieder verstrich eine Ewigkeit.

Neben mir knisterte ein Zeitungsblatt. – –

Wieder fielen mir die Sinnsprüche in die Augen, – und ich fühlte mich dem Wahnsinn nahe. – –

Jetzt! – – Jetzt – – das Gefühl kam von außen über mich, sprang mir auf den Kopf, wie der Henker.

Ich starrte den Jungen an, – von ihm zog es zu mir herüber. – – Die Schachtel war jetzt voll, aber ein Stein war übrig geblieben!

Der Junge riss die Mutter fast vom Stuhl. – Sie hatte schon wieder von Dienstboten gesprochen und stand auf und sagte: »Wir gehen nun zu Bett, du hast lange genug gespielt.« –

Der Junge gab keinen Laut von sich, er stierte nur mit irren Augen um sich, – – – die wildeste Verzweiflung, die ich je gesehen. –

Ich wand mich in meinem Fauteuil und krampfte die Hände, – es hatte mich angesteckt.

Die beiden gingen hinaus, und ich sah, dass es draußen regnete. – – Wie lange ich noch saß, weiß ich nicht mehr. – Ich träumte von all den trüben Erlebnissen meines Lebens, – sie sahen mit schwarzen Domino-Augen einander an, als ob sie etwas Unheimliches suchten, und ich wollte sie in einen grünen Sarg einreihen, – – aber jedes Mal waren ihrer zu viel oder zu wenig. – –

Das verdunstete Gehirn

Dem Schuster Voigt in Ehrfurcht gewidmet

Hiram Witt war ein Geistesriese und als Denker gewaltiger und tiefsinniger noch als Parmenides. Offenbar, – denn über *seine* Werke sprach überhaupt nicht ein einziger Europäer.

Dass es ihm schon vor zwanzig Jahren gelungen war, aus animalischen Zellen unter dem Einfluss des magnetischen Feldes und durch mechanische Rotation vollständig ausgebildete Gehirne auf Glasplatten wachsen zu lassen, – Gehirne, die, nach allem zu schließen, sogar selbstständig zu denken vermochten, – hatte zwar hie und da in Zeitungen gestanden, – wissenschaftliches, tieferes Interesse aber hatte es nicht geweckt.

Derlei Dinge passen auch gar nicht in unsere Zeit. Und dann, – was sollte man in Deutsch sprechenden Ländern mit selbstständig denkenden Gehirnen?!

Als Hiram Witt noch jung und ehrgeizig war, hatte er fast jede Woche ein oder zwei der von ihm mühsam erzeugte Gehirne in die großen wissenschaftlichen Institute geschickt, – man möge sie prüfen, – sich äußern über sie! Das war denn auch gewissenhaft geschehen; – der Wahrheit die Ehre.

Man hatte die Dinger in gläsernen Dosen warm gestellt, ihnen sogar von dem berühmten Gymnasialprofessor Aurelian Fließpapier gründliche Vorträge über Häckels Welträtsel halten lassen – auf die Einmischung einer hohen Persönlichkeit hin natürlich –, aber die Resultate waren derart unerfreulicher Natur gewesen, dass man von weiteren Bildungsversuchen abzusehen sich fast gezwungen sah. Man denke nur: schon bei Einleitung des Vortrages waren die meisten Gehirne unter lautem Knall geplatzt, andere wieder hatten ein paarmal wild gezuckt, waren alsbald unauffällig krepiert und hatten dann grässlich gestunken.

Ja, eines sogar, ein starkes lachsfarbenes Exemplar, soll sich blitzschnell umgedreht, seine gläserne Dose gesprengt haben und die Wand hinaufgeklettert sein.

Und was der große Chirurg Professor Wasenmeister über die Gehirne gesagt hatte, war auch recht abfällig gewesen.

»Ja, wenn es noch Blinddärme waren, die man herausschneiden könnte«, hatte er gesagt, – »aber Gehirne! In Gehirnen gibt es doch gar keine Blinddärme.«

Die neue Erfindung war damit abgetan. – –

Das ist jetzt Jahre her.

Hiram Witt hat seitdem Gehirne nur noch an den Restaurateur Kempinski geliefert, – fünfzig Prozent billiger als die Metzger der Stadt – und mit dem Erlös sein Leben und die Kosten neuer Versuche bestritten.

Eines Tages nun saß er wieder einmal in seinem Studierzimmer, Schnedderedengsstraße Nr. 8 im dritten Stock, regungslos wie ein Steinbild, vor einer Glasscheibe, die sich in stählernen Achsensystemen mit so rasender Schnelle drehte, dass sie nur noch einem matt leuchtenden Nebel glich.

Die ganze Nacht hatte er bei dem Experimente zugebracht und mit starrem Auge den Verlauf beobachtet.

Wissen die verborgenen Kräfte der Natur den Zeitpunkt gekommen, wo sie ihr Geheimnis der Willkür des Menschen preisgeben müssen, so verschließen sie eifersüchtig mit unsichtbaren Händen die Pforten seiner Sinne vor dem Außen und verraten im kaum vernehmlichen Flüstertone der Seele den verborgenen Pflanzort ihres Wesens, ihren Namen und wie sie gerufen sein wollen und wie man sie bannt; sie hassen die müßigen Horcher, die an den Schwellen des Bewusstseins lungernden Gedanken, und da darf kein Mitwisser sein. In solchen Augenblicken überfällt uns ein fremdartiges, lauerndes Wachsein der Innenwelt, und es ist, als hämmere sich der Puls einen neuen ungewohnten Rhythmus. Als hätte der Atem sein eigenes Leben vergessen, drängt sich eine andere als die grobe atmosphärische Luft – ein unbekanntes, unwägbares Flüssiges – heran, unser Blut zu ernähren.

So schien seit Mitternacht Hiram Witt – ohne Atem, fast ohne Herzschlag – nichts anderes mehr wahrzunehmen, als die schimmernde gläserne Scheibe, die vor ihm – ein aus seinem Körper ausgetretener stoffgewordener Gedanke – surrend um ihre Achse wirbelte.

Die hallenden, langgestreckten Töne, die nächtlich eine schlummernde Stadt durchziehen, wie einsam fliegende Eulen, trafen sein Ohr nicht.

Und die schattenhaften Arme des Schlafdämons, wie er um die zweite und fünfte Stunde leise, leise aus dem Boden wächst, – hinter Schränken und Türen hervor hinter die Wachenden huscht, mit flaumweichen schwarzen Riesenhänden nach den noch glimmenden Funken des Bewusstseins der Wesen zu schlagen, – glitten machtlos an ihm ab.

Der tappende Morgen ging an ihm vorbei, die Sonne schob das zwergenhafte Licht seiner Lampe beiseite, – er fühlte es nicht und wusste es nicht.

Unten auf der belebten Straße die schrillenden Pfeifen und das klingende Spiel der Soldaten, die – goldbeknopft – vor sich das symbolische Ochsenhorn, die Stadt durchzogen, er hörte es nicht.

Es wurde zwölf Uhr, und die Mittagsglocken fielen brüllend über das kläffende Gassengelärm her, da endlich zuckte Hiram Witts Hand in die schwirrenden Räder und brachte das Getriebe zum Stehen.

In einer Mulde der Glasscheibe war jetzt ein kleines menschliches Gehirn sichtbar und an ihm, – wie sich der Gelehrte mit einem hastigen Blick überzeugte, – ein winziger Nervenansatz, – der Beginn, der Keim – eines Rückenmarkes!

Hiram Witt taumelte vor Erregung.

Da! Da!

Gefunden, – endlich hatte er es gefunden, – das letzte fehlende Glied in der Kette: Mathematische, rein gedankliche Größen die Achsen des Weltalls! Nichts sonst!

Kein Rest, kein Kern mehr, um den sich die Eigenschaften scharen, bloß Gleichgewicht-gebärende Zahlen; – und ihr Verhältnis zueinander allein des Lebens einzige Wurzel. – Sichtbarkeit, Greifbarkeit, Schwere, – wie sie verschwinden! Wie Rechenfehler verschwinden! –

Gehirn verhält sich zu Rückenmark, wie die Schwerkraft zur Zentrifugalen. Das war des letzten Rätsels Lösung.

Ja, ja, wer richtig es begreift und die simplen Handgriffe kennt, der kann es auch sichtbar machen und fühlbar, – »stofflich«, wie es die Tölpel nennen.

Hiram Witt sah ganz verstört um sich, – die Brandung seiner Gedanken, die sein Inneres durchbrausten, – verwirrte ihn.

Er musste sich orientieren, wo er eigentlich sei, und beinahe wäre er heftig erschrocken, als sein Blick auf den nackten menschlichen Körper fiel – gegenüber an der Wand, – den er mühsam durch volle zwanzig Jahre aus winzigen Zellen großgezogen, – wie man einen Gummibaum großzieht, –

und der nun als erwachsenes, bewusstloses Geschöpf vor ihm stand. Hiram lächelte froh: »Auch eine meiner *überflüssigen* Arbeiten!

Wozu überhaupt einen Körper bauen?

Kann ich nur Gehirn und Rückenmark hervorbringen, was soll mir da noch solcher Betätigungsplunder?«

Und wie der wilde Jäger ruhelos mit seinen gespenstischen Hunden vorwärts rast, so stürmte seine Seele mit krausen Gedanken in eine fantastische Zukunft, wo er Weltenkörper aus dem Reiche des Seins werde schwinden machen können, wie ein Divisor Zahlenmassen zerstört.

Ein hundertstimmiges Hurra von der Straße herauf zerriss die Luft, Hiram Witt öffnete schnell das Fenster und blickte hinaus:

Ein Strolch mit einer Soldatenmütze und ein Pavian in Offiziersuniform waren in einer Droschke vorgefahren und musterten – umstanden von einer begeisterten Menge und einem Halbkreis in Ehrfurcht versunkener Schutzleute – die Fassade des Hauses.

– Und gleich darauf begannen die beiden, der Affe voran, den Blitzableiter hinaufzuklettern, bis sie im ersten Stock anlangten, die Scheiben zerschlugen und einstiegen.

Einige Minuten später warfen sie Kleider, Möbel und einige Handkoffer durch das Fenster auf die Straße hinab, erschienen dann wieder auf dem Sims und setzten ihre Kletterei zum zweiten Stock fort, wo sich dasselbe Schauspiel wiederholte.

Hiram Witt begriff sofort, was ihm bevorstand, und suchte rasch in seinen Taschen zusammen, was er an Geld und Goldeswert besaß.

Im selben Augenblick schwangen sich der Affe und der Strolch auch schon über die Fensterbrüstung ins Zimmer.

– – – »Ich bin«, sagte der Strolch, »ich bin ...«

»Ja, ja, ich weiß, Herr Hauptmann, Sie sind der Gauner, der gestern das Rathaus von Köpenick erobert hat«, fiel ihm der Gelehrte in die Rede.

– Eine Sekunde nur war der Strolch sprachlos, dann wies er stolz auf das bunt gefärbte Hinterteil des Pavians und sagte: »Dieser Herr in Uniform ist meine Legitimation, äh.«

»Wahrlich, das Gesäß, man überschätzt es heutzutage allzu sehr«, dachte Hiram Witt und reichte schlicht 4 Mark 50 Pfennig, eine Uhrkette aus Silber und drei goldene ausgefallene Zahnplomben hin: »Das ist alles, was ich für Sie tun kann.«

Der Strolch wickelte die Beute sorgsam in Papier, steckte sie in die Tasche und schrie: »Schweinehund! Äh! Hacken zuu-samm'!« – –

Und während Hiram Witt gehorsam Folge leistete, schwangen sich der Pavian und der Strolch in würdevoller Haltung aus dem Fenster. – –

Unten ertönte das Hurra der Schutzleute, als man der Uniformen abermals ansichtig wurde.

Traurig setzte sich der Gelehrte wieder an seinen Experimentiertisch: »Da heißt es schnell sechs Gehirne für Kempinski fertig zu machen, um den Schaden wieder einzubringen. Übrigens halt, eines, scheint mir, ist noch von gestern übrig.«

Und er holte unter dem Bett einen Teller mit einem prächtigen lebenden Gehirn hervor und stellte ihn auf den Tisch. Setzte die Glasscheibe in Bewegung und wollte eben die Arbeit beginnen, da klopfte es energisch und gleichzeitig erschütterte dumpfes, mächtiges Dröhnen das Haus.

Hiram Witt stieß wütend seinen Sessel zurück.

»Kommt man heute denn gar nicht zur Ruhe!«

Da wurde die Türe aufgerissen, und im Stechschritt marschierte ein Off'ßier, gefolgt von einigen Kanonieren, ins Zimmer:

»Äh! Sie sind der Jehirnfatzke Hiram Witt?! Äh! – Schweinehund! Stilljestann'! Hände an die Hosennaht!«

Gehorsam richtete Hiram Witt sich auf, fuhr mit den Händen zuerst unschlüssig am Körper herum und steckte sie dann, – wie plötzlich erleuchtet, – zwischen seine Beine. Der Off'ßier zog die Schnauze schief:

»Äh! Kerl, verrückt jeworden! Hosennaht, äh, Hosennaht.«

»Pardon, meine Hosen sind nämlich innen genäht; ich bin nicht Reserveleutnant; ich weiß nicht, welche Hosennaht Sie meinen«, antwortete unsicher der Gelehrte.

»Was wünschen Sie denn überhaupt von mir«, wollte er weiter sprechen, »der Herr Hauptmann aus dem Rathaus war doch soeben hier; oder sollten gar Sie der Schuster Voigt aus Köpenick sein?« – aber der Off'ßier unterbrach ihn: »Hier! Äh! Lejitimatziong.«

Und Hiram Witt las:

> Lejitimatziong
> Ick bestätije hiemit auf Off'ßiersehrenwort, dass ick Hauptmann Fritz Schnipfer Edler von Zechprell bin.
> gez. Fritz Schnipfer von Zechprell
> Hptm. Jarde Re'ment 1000

und erkannte auf den ersten Blick an der Handschrift, dass der Schreiber sich im ersten Stadium der Gehirnparalyse befinde. Er machte dem Off'ßier eine tiefe Verbeugung.

Unterdessen waren die rhythmischen Stöße, die das Haus erschütterten, immer näher gekommen, und schließlich schob eine Kanone neugierig ihr rundes Maul zur Türe herein.

Das war aber eigentlich überflüssig, denn der Gelehrte legte sowieso nicht die geringsten Zweifel mehr an den Tag, und als dem Hauptmann bei einer Handbewegung gar ein Zettel aus der Tasche fiel, auf dem deutlich zu lesen ein Rezept über Zinksulfat stand, wurden Hiram Witts Mienen nur noch überzeugter.

»Äh, Jehirnfatzke Witt, sechzig Jarhe alt, Beruf: Individuum, wohnhaft Schnedderedengstraße 8, Sie erzeugen sei zwanzig Jahren künstliche Menschen, – wa?«, inquirierte der Off'ßier, nahm seinen Helm ab und stülpte ihn achtlos über das Gehirn, das auf dem Tische lag.

Der Gelehrte verbeugte sich zustimmend.

»Wo sind se?«, fragte der Off'ßier weiter.

Hiram Witt zeigte auf den nackten Menschen ohne Hirn, der an der Wand lehnte.

»Is er zum Militärdienst jemeldet?«

Der Gelehrte verneinte befremdet.

»Flichtvajessna Schweinehund!«, brüllte der Off'ßier und gab seinen Kanonieren ein Zeichen, worauf diese sofort die Wohnung auszuräumen begannen und Stühle, Betten, Kleider, Apparate und schließlich auch den künstlichen Menschen aus dem Zimmer trugen.

»Wollen wir ihm nicht das Gehirn einfüllen, wenn er schon zum Militär soll?«, fragte Hiram Witt resigniert und hob, obwohl der Off'ßier verächtlich verneinte, den Helm vom Teller ab.

Was sich da nun zeigte, war derart überraschend und unheimlich, dass dem Gelehrten der Helm aus der Hand fiel. Das Gehirn, das sich darunter befunden, war nicht mehr vorhanden, und an seiner Stelle lag – – an seiner Stelle lag – ein Maul!

Ja, ja, ein Maul.

Ein schiefes Maul mit eckig aufwärts gebogenem Schnurrbart.

Hiram Witt starrte entsetzt auf den Teller.

Ein wüster Hexentanz begann in seinem Schädel.

So schnell also verwandelt der Einfluss eines Helmes ein Gehirn in ein Maul!!

Oder liegt die Ursache anderswo?

Hat vielleicht die scharfe metallene Helmspitze eine Art galoppierende Verdunstung eingeleitet?

So, wie z. B. der Blitzableiter ein Ausströmen der Erdelektrizität begünstigt!?

Hat die Polizei vielleicht deshalb Kugeln auf den Helmspitzen, um solche Verdunstungen aufzuhalten? Aber nein, denn dann hätte man die Folgen doch schon bemerken müssen. – Bemerken müssen. – – Bemerken müssen – – – – – Der Bürgermeister von Köpenick – – – – – – Ein Pavian – – – – – Null dividiert durch Null gibt eins. Hilfe, Hilfe, der Wahnsinn. Hilfe, ich werde verrückt. – –

Und Hiram Witt schrie gellend auf, drehte sich einige Mal um sich selbst und fiel dann lang hin. Aufs Gesicht.

Der Off'ßier, die Mannschaft und die Kanone waren längst fort. Die Wohnung leer. – In der Ecke kauerte Hiram Witt, ein blödsinniges Lächeln auf den Lippen, und zählte rastlos an seinen Knöpfen ab: »Hauptmann Zechprell, Schuster Voigt, Schuster Voigt, Hauptmann Zechprell, echt, unecht, echt, unecht, Zinksulfat, echt, Gehirnerwechung, Hauptmann Zechprell, Schuster Voigt.«

Schließlich steckte man den Ärmsten ins Irrenhaus, aber sein Wahnsinn lässt nicht nach: – an stillen Sonntagen kann man ihn singen hören:

»Von der Maas bis an die Me–he–mel,
Von der Etsch bis an den Belt,
Deutschland, Deutschland, üü–ber
a–ha–lles, Über alles in der Welt.«

Tut sich – macht sich – Prinzess

»Guten Morgen«, sagte das Gigerl und schob seinen gelbledernen Handkoffer auf das Tragnetz des Waggons.

»Ich hab' die Ehre«, und »mein Kompliment wünsch' ich«, grüßten die beiden behäbigen alten Herren, und zwar auffallend verbindlich, denn das Gigerl war sehr reich, wie jeder anständiger Prager wissen musste, und hatte außerdem etwas Undefinierbares an sich – so eine Art schreckeinflößender Sicherheit.

Nachdem natürlich kein Mensch von dem beharrlich ausgerufenen »frischen Wasser« getrunken hatte, und jene übliche Viertelstunde verflossen war, die nötig ist, um den Laien glauben zu machen, das Eisenbahnwesen sei eine Wissenschaft, setzte sich der Zug langsam in Bewegung.

Die beiden würdigen alten Herren betrachteten missgünstig die scharfe Bügelfalte an den Hosenbeinen des neuen Passagiers. –

Sie billigten solchen Tand natürlich nicht. – Ein charaktervoller Mann hat an den Knien knollenartige Ausbuchtungen der Hosen – er trägt breitkrempige Hüte, wenn schmalkrempige modern sind, und umgekehrt. – (Die meisten Hutläden nähren sich von solchen ehrenfesten Leuten.) Und wie affektiert, den kleinen Finger mit einem Ring zu schmücken. – Wozu – um Gottes willen – hat man denn einen Zeigefinger! – An *diesen* gehört doch der Siegelring – mit den Initialen des Großvaters. –

Und gar die dumme Mode mit den schmalen Uhrketten! – Da sieht meine schon ein bissl würdiger aus, dachte sich der Herr Baurat und sah stolz auf seinen geschmückten Bauch herab, auf dessen Mitte das anerkannt schöne und übliche Amethystberlocke baumelte.

»Können Sie mir vielleicht einen Gulden umwechseln!«, fragte das Gigerl den zweiten alten Herrn, »ich muss nämlich dem Kofferträger noch schnell ein Trinkgeld hinauswerfen.«

Der Herr Oberinspektor fischte zögernd sein großes Portemonnaie mit dem schweigsamen Messingmaul hervor und machte ein Gesicht, wie wenn ihn jemand um tausend Gulden angepumpt hätte. –

Beim Öffnen fielen viele Münzen heraus, unter ihnen – o weh – auch der Milchzahn der kleinen Mizzi; – die des kleinen Franzl und des Max waren – Gott sei Dank – im inneren Fach. –

Es ging aber nichts verloren, denn der junge Herr hatte Glück im Suchen und gute Augen. –

Eine ältliche Dame blieb im Wagenkorridor stehen. – Der Herr Baurat grüßte verbindlich durch die offene Türe.

»Bitt' Sie, wer ist das?«, fragte der Oberinspektor neugierig.

»Die – die kennen Sie nicht? Das ist doch die Frau Syrovatka, die was die Witwe ist nach dem gottseligen Oberlandesgerichtsrat. – Sie wohnt jetzt nach seinem Tode wieder bei ihrer Familie – Sie wissen doch: die Müllerischen von der obern Neustadt. – Ihren Papagei hat sie, hör' ich, aber weggeben müssen, damit er nicht zu viel ausplaudert vor den jungen Mädchen und so. – Na, sie wird ihn ja nicht zu sehr vermissen – sie und ihre Schwestern haben doch alles. – Bitt' Sie was, denn die, die haben's gut – das sind – das sind ...«

»Verdammte Spießbürger«, ergänzte doppelsinnig das Gigerl, schob das Kinn vor und zerrte mit dem Zeigefinger ungeduldig an dem Rande seines Stehkragens. –

Eine peinliche Pause entstand – der Baurat schwieg, der Oberinspektor spuckte verlegen zwischen seine Stiefel, und der vorlaute junge Mensch sag etwas gedrückt zum Fenster hinaus, an dem die vorbeifliegenden Telegrafendrähte sich hoben und senkten.

Selbst der Zug schien den allgemeinen Druck mitzuspüren und schlug, wie um der bedenklichen Stimmung ein Ende zu bereiten, ein geradezu rasendes Tempo ein. –

Verfluchtes Gerumpel! – Die Waggons schleuderten und rasselten, die Fensterscheiben klirrten. –

Bald fanden sich die beiden Alten wieder auf den breiten Bahnen der üblichen Bürgergespräche. –

Verstehen konnte man freilich nichts, denn das Rasseln war schauderhaft.

Nur hie und da tauchten ein paar abgerissene Sätze an die Oberfläche: »Ich wäre natürlich gar nicht gefahren, wenn ich gewusst hätt, dass das Barometer gefallen ist, – der Maxl, – Quarta – Kunstgeschichte – Griechisch, – unglaublich, mit was sich der Bub alles den Kopf einnimmt.«

»Na, meine Tochter erst – nächsten Monat wird sie zwanzig – prachtvolles rotes Haar – hundsmager und hat immer so alberne Redensarten: den ganzen Tag hört man: ›tut sich, macht sich, Prinzess‹ –, ganz sinnlos – das kommt von den dummen modernen Romanen – Maeterlink – Gehirnerweichung – polizeilich verbieten.« – – –

Den jungen Mann musste offenbar eine tiefe Sorge plötzlich überfallen haben, denn er hatte an den Gesprächen nicht den geringsten Anteil genommen, vielmehr aufmerksam das grüne baumelnde Fensterband angestarrt und schließlich ein Notizbuch herausgezogen, in dem er angestrengt rechnete.

»Der Herr von Vacca wird's gewiss wissen«, störte ihn der Herr Baurat, als das Schleudern ein wenig nachließ: »Sagen Sie, bitte, wie heißt der Roman von Prévost, den sie jetzt im Sommertheater sogar aufführen?«

»Demi-vierges«, antwortete das Gigerl.

»Demi-vierges, ja richtig. – Sie, Herr Oberinspektor, ich sag' Ihnen – so was! Und das soll realistisch sein. So was gibt's ja gar nicht. Erstens kommt das in einem guten Haus nicht vor und zweitens bei uns in Prag schon gar nicht.«

Das Gigerl grinste.

»Und dem Helden in dem Roman versteht man überhaupt nicht. Was macht der ... der ..., wie heißt er denn g'schwind?«

»Julien de Suberceaux«, half der junge Mann.

»Ja richtig, Suberceaux, – was treibt denn eigentlich der mit dem Frauenzimmer, ich versteh' das ganze nicht.« –

Das Gigerl warf einen boshaften Blick auf den Sprecher. Der eintretende Schaffner verlangte die Karten und ersparte ihm die Antwort.

»Wohin fahren eigentlich Herr von Vacca?«, fragte leutselig wiederum der Herr Baurat.

»Ich? – Ich fahre nur bis Trautenau, eine ekstatische Frau ansehen. – Beglaubigter Fall.« –

»No natürlich, haben Sie schon wieder so was Verrücktes! Ekstase! Ich bitt' Sie Ekstase! – So was! Ein gutes G'selchtes mit Kraut und Knödeln und ein paar Glas Pilsner ist die beste Ekstase.«

Pause. –

»Pilsner! Das ist halt ein Bierl«, meditierte der Alte.

Das Gigerl wollte eine heftige Antwort geben, spülte sie aber im letzten Augenblick mit einem Mundvoll Zigarettenrauch hinunter.

Der Herr Baurat ging ohnehin sehr rasch auf ein anderes Thema über: »Sie sollten doch einen Leinwandüberzug über Ihren schönen Lederkoffer geben, Herr von Vacca, damit er nicht ruiniert wird.« –

»Da schaffe ich mir doch lieber gleich einen Leinwandkoffer an«, entgegnete der junge Mann misslaunig, holte aber nach eine kleinen Weile ein Paket Fotografien hervor, die er versöhnlich dem Alten reichte: »Interessiert Sie vielleicht so was?«

Der Baurat rückte seine Brille zurecht und sah mit feistem Schmunzeln die Bilder durch, die er dann einzeln seinem Nachbarn reichte:

»Die da, die Blonde, das ist ein strammes Mensch, – so was zum Anhalten, ha, ha, ha.« – (Der Herr Oberinspektor stimmte vergnügt in das fettige Lachen ein.) – »Aber was ist denn mit der da, die hat ja gar keinen Kopf? – das magere Ding!«, fuhr er fragend fort, schwieg aber plötzlich, – warum lächelte denn der junge Laffe gar so süffisant?

»Das!? - Das ist eine junge Dame«, war die Antwort, »nach dem Körper allein – ohne den Kopf kann sie eben ein Unberufener nicht erkennen!«

Wieder entstand eine lange Pause.

Eine Wolke war vor die Sonne getreten. Graues licht lag über den fächerförmigen Äckern; – die scharfen Schatten waren verflattert. –

Erwartungsvoll hielt die Natur den Atem an.

»Meine Älteste, die Erne, wird jetzt auch bald heiraten«, platzte der Herr Baurat unvermittelt heraus.

Wieder allgemeine Stille.

»Sagen Sie, halten Sie von Telepathie – *Gedankenübertragung* – auch nichts?«, hob das Gigerl an.

»Sie meinen die neueste drahtlose Telegrafie?«, fragte der Oberinspektor.

»Nein, nein, – die spontane direkte Übertragung der *Gedanken* von Hirn zu Hirn: – ›Gedankenlesen‹ meinetwegen.«

»Aber hören Sie mir solchen Ibsensachen auf, – so ein Unsinn«, spottete der Herr Baurat, »man weiß ja in der ganzen Stadt, Sie befassen sich gerne mit derlei Kram, aber mich kriegen Sie mit so was nicht dran. Gedankenübertragung! – ha, ha, ha. – Wenn ich nicht die Bilder vorhin von Ihnen gesehen hätt', ich möchte wahrhaft glauben, Sie sind wirklich so ein Fantast!«

Der junge Mann knipste mit seiner Zigarettendose.

»No, und die ohne Kopf haben Sie selbst fotografiert?«, fragte der Oberinspektor, »no und ist die was Feines?«

Das Gigerl schwang seine Handschuhe in der Luft und gähnte: »Tut sich, – macht sich – Prinzess.«

Dem Herrn Baurat fiel die Zigarre aus der Hand: »Wa wa... tut sich, Prinzess, wa... was?« –

»Na ja«, sagte das Gigerl: »Das ist so eine gedankenlose Redensart von ihr.« –

Ein Ruck!

Der Lederkoffer fiel dem Herrn Baurat auf den Schädel.

Es hält der Zug.

Trr–autenau, – Trauten–au.

Trrr-autenau. Fünfzehn Minuten.

Das Fieber

Alchemist: Wer bist du, trübes Ding im
Glase hier, sag an.
Der Stoff in der Retorte: Alter corvus sum.

Es war einmal ein Mann, den verdross die Welt so sehr, dass er beschloss, im Bette liegen zu bleiben. Jedes Mal, wenn er aufwachte, wälzte er sich auf die andere Seite, und so gelang es ihm, jedes Mal noch ein bisschen weiterzuschlafen.

Aber eines Tages ging es durchaus nicht mehr. Es ging nicht mehr und ging nicht mehr.

Da lag der Mann im Bette und blieb ganz unbeweglich, aus Furcht, es werde ihn frösteln, wenn er eine Lage verändere.

Von seinem Kopfkissen aus war er gezwungen, durch das Fenster ins Freie zu sehen, und eben jetzt, wo er ganz ausgeschlafen war, ging es dem Sonnenuntergang zu.

Eine breite, goldgelbe Wunde klaffte quer über den Himmel unter einem dunklen Wolkenkopf hervor.

Es geht nicht an, gerade um diese unglückselige Stunde herum aufzustehen, sagte der Mann zähneklappernd, – und fürchtete sich noch mehr vor dem Frösteln als vorher, – auch für einen, den das Leben nicht so verdrießt, wie mich. Elend stierte er wieder in das Abendgelb unter dem glimmenden Nebelsaum.

Eine schwarze Wolke hatte sich losgetrennt, wie ein geschwungener Flügel geformt, mit befiedertem Rand.

Da kroch langsam im Hirn des Mannes – mit den flaumigen Umrissen eines pelzigen Muffs eine Erinnerung an einen Traum aus ihrer Höhle heraus. An einen Traum von einem Raben, der ein Herz ausgebrütet.

Und die ganze Zeit seines Schlafes über hatte er sich mit diesem Traum herumgeschlagen. Dessen war sich der Mann jetzt deutlich bewusst.

Ich muss es herausbekommen, wem dieser Flügel gehört, sagte er, stieg im Hemd aus dem Bett – und die Treppe hinunter auf die Straße. Immer weiter ging er so, immer dem Sonnenuntergang zu.

Die Leute aber, denen er begegnete, raunten: »Pst, pst, pst, leise, leise, er träumt doch das alles bloß!«

Nur der beeidete Hostienbäcker Vrieslander glaubte sich einen Spaß machen zu dürfen. Er stellte sich ihm in den Weg, spitzte den Mund und machte runde Augen wie ein Fisch. Sein dünner Schneiderbart schien noch gespenstischer als sonst. Mit den mageren Armen und Fingern machte er eine verrenkte sinnlose Geste und verdrehte die Beine ganz seltsam. »Ssst, ssst, nur gemach, hörst du«, flüstere er dem Manne giftig zu, »ich bin das Kichern, weißt du, das Kich...« und schnellte plötzlich das spitze Knie zur Brust empor, riss den Mund auf und wurde bleifarben im Gesicht, als habe ihn mitten in seiner tänzelnden Stellung der Tod ereilt.

Dem Manne im Hemd sträubte sich das Haar vor Grauen, und er lief aus der Stadt hinaus. – – – Über Wiesen und Stoppelfelder, immer dem Sonnenuntergange zu, und immer mit bloßen Füßen.

Zuweilen trat er auf einen Frosch.

– – – – Erst in der Nacht, als sich längst der glühende Riss am Himmel wieder geschlossen, erreichte er die weiße, langgestreckte Mauer, hinter der der Wolkenfittich verschwunden war.

Er setzte sich auf einen kleinen Hügel. Ich bin hier auf dem Friedhof, je nun, sagte er sich und sah um sich, je nun, das kann ein arger Kitsch werden. Aber ich muss doch erfahren, wem der Flügel eigentlich gehört!

Als die Nacht vorrückte, wurde ihr Schein allmählich heller, und der Mond kroch langsam über die Mauer. Eine gewisse Art dämmernden Erstaunens legte sich an den Himmel.

Wie der Mondglanz grell auf den Flächen schwamm, schlüpften hinter den Grabsteinen, an den Seiten, die dem Lichte abgewandt waren, blauschwarze Vögel aus der Erde und flogen lautlos in Scharen auf die kalkbetünchte Mauer. Dann lag eine lange Zeit eine leichenhafte Unbeweglichkeit auf allem.

Es ist der dunkle Wald in der Ferne, der aus den Nebeln taucht, natürlich, und in der Mitte der runde Kopf: das ist der Hügel mit seinen Bäumen, träumte der Mann im Hemd, doch als seine Augen schärfer sahen, da war es ein riesiger Rabe, der mit ausgespannten Schwingen auf der anderen Mauer saß.

Ah, der Flügel, – besann sich der Mann und war sehr zufriedengestellt, der Flügel – – – Und der Vogel brüstete sich: »Ich bin der Rabe, der die Herzen ausbrütet. Wenn einem Menschen ein Sprung am Herzen geschieht, so fahren sie ihn schnell heraus zu mir.« Dann flog er von der Mauer herab auf einen Marmorstein, und der Wind von seinem Flügelschlag roch wie verwelkte Blumen.

Unter dem Marmorstein aber lag einer seit heute morgen bei seiner Familie.

Der Mann im Hemd buchstabierte einen Namen und wurde sehr neugierig, was für ein Vogel aus diesem gesprungenen Herzen kriechen würde, denn der Verstorbene war ein bekannter Menschenfreund gewesen, hatte sein ganzes Leben für Aufklärung gewirkt, nur Gutes getan und gesprochen, die Bibel gereinigt und erhebende Bücher geschrieben. Seine Augen schlicht und ohne Falsch – wie Spiegeleier, – stets hatten sie Wohlwollen gestrahlt im Leben, und auch jetzt noch im Tode stand:

»Üb immer Treu und Redlichkeit
bis an dein kühles Grab

und weiche keinen Finger breit
vom Weg des Rechten ab«

in goldenen Lettern auf seiner Gruft.

Der Mann im Hemd war sehr gespannt. Aus dem Grabe drang leises Knistern, wie sich der junge Vogel aus dem Herzen löste, – und da flog's auch schon – pechschwarz – mit Gekrächz hinauf zu den andern auf die Mauer. –

»Das war aber doch wirklich vorauszusehen; – oder? Haben Eure Liebden vielleicht ein Rebhuhn erwartet?«, spottete der Rabe.

»Etwas Weißes hat er doch«, sagte der Mann verbissen und meinte damit eine leichte helle Feder, die deutlich abstand. Der Rabe lachte: »Der Gänseflaum? – Der ist doch nur angeklebt. Vom Daunenkissen, worauf der Tote immer schlief!«, und weiter flog er von Grab zu Grab und brütete da und brütete dort, und überall wurde es flügge und kam schwarz aus dem Boden geflattert.

»Alle, alle sind sie schwarz?«, fragte der Mann beklommen nach einer Weile.

»Alle, alle sind sie schwarz!«, brummte der Rabe.

Da bereute der Mann im Hemd, dass er nicht in seinem Bette geblieben war.

Und wie er empor zum Himmel blickte, standen die Sterne voll Tränen und blinzelten. Nur der Mond glotzte vor sich hin und begriff nicht.

Auf einem Kreuz aber saß mit einem Mal regungslos ein Rabe, der glänzte schneeweiß. Und es schien, als käme all der Schimmer der Nacht von ihm. Der Mann sah ihn erst an, als er zufällig den Kopf nach ihm wandte. Auf dem Kreuz die Inschrift nannte den Namen eines, der war ein Müßiggänger gewesen ein Leben lang.

Der Mann im Hemd kannte ihn gut. Und er sann lang nach.

»Welche Tat hat denn sein Herz so weiß gemacht?«, fragte er endlich.

Der schwarze Rabe aber war mürrisch und mühte sich unablässig, über seinen eigenen Schatten zu springen.

»Welche Tat, welche Tat, welche Tat?«, quälte der Mann ruhelos.

Da fuhr der Rabe zornig auf: »Glaubst du, *Taten* können weiß machen? Du ... Du ... *kannst* ja nicht einmal eine Tat *tun!* – Eher spränge ich noch über meinen Schatten. Der morsche Hampelmann auf dem kleinen Grab – siehst du ihn?, er gehörte einst dem Kinde dort unten – der morsche Hampelmann glaubte auch eine lange Zeit, er fuchtle in der Welt herum. Weil er die Schnüre nicht sah, an denen er hing, und es nicht wahr haben wollte, dass ein Kind mit ihm spiele. Und du!? Und du!? Was glaubst du wohl, wird mit *dir* sein, wenn das – – ›Kind‹ ein anderes Spielzeug sucht!; – Wirst alle viere von dir strecken und ver...«, der Rabe blinzelte listig zur Mauer hin, – »und ver–« »– – –recken!«, krächzte die Rabenschar, fröhlich, dass sie auch einmal dran kam.

Da erschrak der Mann im Hemd ganz außerordentlich.

»Und was denn sonst hat sein Herz so weiß gemacht? Hörst du denn nicht, – was denn sonst hat sein Herz so weiß gemacht?«, fragte er.

Unschlüssig trat der Rabe von einem Bein aufs andere: »Es muss wohl die Sehnsucht gewesen sein. Die Sehnsucht nach etwas Verborgenem, das ich nicht kenne und auf der Erde nirgends gefunden habe. Wir alle sahen seine Sehnsucht wachsen wie ein Feuer und begriffen es nicht; – es verbrannte sein Blut und endlich sein Hirn – – wir begriffen es nicht – –«

Den Mann im Hemd fasste es eiskalt an: – – – – Es Schien Das Licht In Der Finsternis, Und Die Finsternisse Haben Es Nicht Begriffen – –!

– – – »ja, wir begriffen es nicht«, fuhr der Rabe fort, »doch einer der gigantischen schimmernden Vögel, die im Weltenraume unbeweglich schweben seit Anbeginn, erspähte die flammende Lohe und stieß herab. – Wie Weißglut. Und Er hat auf jenes Menschen Herz gebrütet Nacht um Nacht.«

Scharfe Bilder traten dem Mann im Hemd vor das Auge, Bilder, die in seinem Gedächtnis nicht hatten sterben können, – Geschehnisse im Schicksal des Müßiggängers, die immer noch von Mund zu Mund gingen unter den Leuten: – Er sah jenen Menschen unter dem Galgen stehen – – der Henker zog ihm die leinene Maske übers Gesicht – – die Feder, die das Brett unter den Füßen des armen Sünders kippen sollte, weigerte sich, – da führten sie ihn weg und rückten das Brett zurecht.

Und wieder ordnete der Henker die leinene Maske – – und wieder versagte die Feder. Und als nach einem Monat abermals der Mensch dort stand, die leinene Maske über den Augen, – – da brach die Feder.

Die Richter aber ergrimmten und bissen die Zähne zusammen über – – den Zimmermann, der den Galgen so schlecht gezimmert hatte.

Dann verschwand die Vision. –

»Und was ist aus dem Menschen geworden?«, fragte voll Grauen der Mann im Hemd.

»Ich habe sein Fleisch gefressen und seine Gebeine, die Erde ist kleiner geworden um das Stück, das sein Leib groß war«, sagte der weiße Rabe.

»Ja, ja«, flüstere der schwarze, »sein Sarg ist leer, er hat das Grab betrogen.«

– – Das hörte der Mann, und sein Haar sträubte sich, er zerriss sein Hemd über der Brust und lief hin zu dem weißen Vogel, der auf dem Kreuz saß: »Brüte mein Herz, brüte mein herz! Mein Herz ist voll Sehnsucht – – –!«

Doch der *schwarze* Rabe warf ihn mit den Schwingen zur Erde und setzte sich schwer auf ihn – – die Luft roch nach sterbenden Blumen – – »Dass Euer Liebden nur nicht irren: Gier und nicht Sehnsucht schläft in Euer Liebden Herz! Ja, das möchte mancher gerne probieren, vor dem Kre– – –«, listig blinzelte er zur Mauer hin, »– vor dem Kre– – –?« »– – –pieren!«, pfiff die Rabenschar, entzückt, dass sie schon wieder dran kam.

– Die Hitze seins Leibes ist fremdartig und erregend wie das Fieber, fühlte der Mann, dann zerflatterte sein Bewusstsein.

Als er nach langem Schlaf erwachte, da stand der Mond gerade im Zenit und starrte ihm ins Gesicht.

Der Glanz hatte die Schatten getrunken und troff an den Steinen herab von allen Seiten.

Die schwarzen Raben waren fortgeflogen.

Noch hatte der Mann ihr hämisches Gekrächz in den Ohren und verdrossen stieg er über die Mauer in sein Bett.

Schon stand da auch im schwarzen Rock der Herr Medizinalrat, fasste seinen Puls, schloss die Augen hinter der goldenen Brille und babbelte lang und unhörbar mit der Unterlippe. Suchte dann umständlich in seinem Taschenbuch und schrieb auf einen Zettel heraus:

Rp:	
Cort. chin. reg. rud. tus	3ß
coque c. suff. quant. vini rubri, per horam	j
ad colat	3viij
cum hac inf. herb. abs.	
postea solve	3j
acet. lix.	
tunc adde	3j
syr. cort. aur	
M. d. ad	
vitr. s.	3ß
3 mal täglich ein Esslöffel.	

Und als er damit fertig war, schritt er mit Weihe zur Türe, sah noch einmal zurück, und sagte geheimnisvoll, den Zeigefinger würdig erhoben:

»Gögön das Fübör, gögön das Fübör.«

Der heiße Soldat

Es war keine Kleinigkeit für die Militärärzte gewesen, alle die verwundeten Fremdenlegionäre zu verbinden. – Die Annamiten hatten schlechte Gewehre und die Flintenkugeln waren fast immer in den Leibern der armen Soldaten stecken geblieben. –

Die medizinische Wissenschaft hatte in den letzten Jahren große Fortschritte gemacht, das wussten selbst diejenigen, die nicht lesen und schreiben konnten, und sie unterwarfen sich, zumal ihnen nichts anderes übrig blieb, willig allen Operationen.

Zwar starben die meisten, aber immer erst nach der Operation, und auch dann nur, weil die Kugeln der Annamiten offenbar vor dem Schuss nicht aseptisch behandelt worden waren, oder auf ihrem Weg durch die Luft gesundheitsschädliche Bakterien mitgerissen hatten.

Die Berichte des Professors Mostschädel, der sich aus wissenschaftlichen Motiven, und von der Regierung bestätigt, der Fremdenlegion angeschlossen hatte, ließen keinen Zweifel daran zu.

Seinen energischen Anordnungen war es auch zu danken, dass die Soldaten wie auch die Eingeborenen im Dorfe nur noch im Flüstertone von den Wunderheilungen des frommen indischen Büßers Mukhopadaya sprachen.

Als letzter Verwundeter wurde lange nach dem Scharmützel der Soldat Wenzel Zavadil, ein gebürtiger Böhme, von zwei annamitischen Weibern in das Lazarett getragen. Befragt, woher sie jetzt so spät noch kämen, erzählten sie, dass sie Zavadil wie tot vor der Hütte des Mukhopadaya liegend gefunden und sodann getrachtet hätten, ihn durch Einflößen einer opalisierenden Flüssigkeit – das einzige, was in der verlassenen Hütte des Fakirs zu finden gewesen war – wieder zum Leben zurückzubringen.

Der Arzt konnte keine Wunde finden und bekam auf sein Befragen von dem Patienten nur ein wildes Knurren zur Antwort, das er für die Laute eines slawischen Dialektes hielt. Für alle Fälle verordnete er ein Klistier und ging in das Offizierszelt. – – –

Ärzte und Offiziere unterhielten sich ausgezeichnet; das kurze, aber blutige Scharmützel hatte Leben in das alte Einerlei gebracht.

Mostschädel hatte eben einige anerkennende Worte über Professor Charcot – um die anwesenden französischen Kollegen sein deutsches Übergewicht nicht allzu schmerzlich fühlen zu lassen – beendet, als die indische Pflegerin vom roten Kreuz am Zelteingang erschien und in gebrochenem Französisch meldete:

»Sergeant Henry Serpollet tot, Trompeter Wenzel Zavadil 41,2 Grad Fieber.«

»Intrigantes Volk, diese Slawen«, murmelte der Wache habende Arzt, »der Kerl hat Fieber und doch keine Verwundung!«

Die Wächterin erhielt die Weisung, dem Soldaten, natürlich dem lebendigen, drei Gramm Chinin in den Schlund zu stopfen, und entfernte sich. – – –

Professor Mostschädel hatte die letzten Worte aufgefangen und machte sie zum Ausgangspunkt einer längeren gelehrten Rede, in der er die Wissenschaft Triumphe feiern ließ, die es verstanden hatte, das gute Chinin in den Händen von Laien zu entdecken, die in der Natur, der blinden Henne gleich, auf dieses Heilmittel gestoßen waren.

Er war von diesem Thema auf die spastische Spinalparalyse übergegangen und die Augen seiner Zuhörer begannen bereits gläsern zu werden, als wiederum die Wärterin mit der Meldung erschien:

»Trompeter Wenzel Zavadil 49 Grad Fieber, bitte um ein längeres Thermometer.« – – –

»Also demnach schon längst tot«, sagte lächelnd der Professor. –

Der Stabsarzt stand langsam auf und näherte sich mit drohender Miene der Wärterin, die sofort einen Schritt zurückwich. – »Sie sehen, meine Herren«, erklärte der daraufhin zu den übrigen Ärzten, »das Weib ist ebenfalls hysterisch, wie der Soldat Zavadil; – – – Duplizität der Fälle!« – Hierauf legten sich alle zur Ruhe.

»Der Herr Stabsarzt lässt dringend bitten«, schnarrte der Meldereiter den noch sehr verschlafenen Gelehrten an, als kaum die ersten Sonnenstrahlen den Saum der nahen Hügel färbten.

Alles blickte erwartungsvoll auf den Professor, der sich augenblicklich an das Bett Zavadils begab.

»54 Grad Reaumur Blutwärme, unglaublich«, stöhnte der Stabsarzt.

Mostschädel lächelte ungläubig, zog aber entsetzt seine Hand zurück, als er sich an der Stirne des Kranken tatsächlich verbrannte.

»Nehmen Sie die Vorgeschichte der Krankheit auf«, sagte der zögernd nach längerem peinlichem Schweigen zum Stabsarzt. »Nehmen Sie doch die Vorgeschichte der Krankheit auf und stehen Sie nicht so unentschlossen herum!«, schrie der Stabsarzt den jüngsten der Ärzte an.

»Bhagavan Sri Mukhopadaya wüsste vielleicht ...« wagte die indische Wärterin zu beginnen.

»Reden Sie, wenn Sie gefragt werden«, unterbrach sie der Stabsarzt.

»Immer der alte verdammte Aberglauben«, fuhr er, zu Mostschädel gewendet, fort.

»Der Laie denkt immer an das Nebensächliche«, begütigte der Professor. – »Senden Sie mir nur den Bericht, ich habe jetzt dringend zu tun.« – –

»Nun, junger Freund, was haben Sie eruiert«, fragte der Gelehrte den Subalternarzt, hinter dem sich eine Menge Offiziere und Ärzte wissbegierig in das Zimmer drängten.

»Die Temperatur ist inzwischen auf 80 Grand gestiegen ...«

Der Professor machte ein ungeduldige abwehrende Bewegung: Nun?

»Patient machte vor zehn Jahren einen Typhus durch, vor zwölf Jahren eine leichte Diphtheritis; Vater an Schädelbruch gestorben, Mutter an Gehirnerschütterung; Großvater an Schädelbruch, Großmutter an Gehirnerschütterung! – Der Patient und seine Familie stammen nämlich aus Böhmen«, fügte der Subalternarzt erklärend hinzu. »Befund, Temperatur ausgenommen, normal, – Abdominalfunktionen sämtlich träge; – Verwundung, außer leichten Kontusionen am Hinterkopf, nicht auffindbar. – Patient soll angeblich in der Hütte des Fakirs Mukhopadaya mit einer opalisierenden Flüssigkeit ...«

»Zur Sache, nicht in das Unwesentliche abschweifen, junger Freund«, ermahnte gütig der Professor und fuhr, seinen Gästen mit einer einladenden Handbewegung die umherstehenden Bambuskoffer und Stühle als Sitze anbietend fort: »Es handelt sich hier, meine Herren, wie ich schon heute früh auf den ersten Blick erkannte, Ihnen aber nur andeutete, damit Sie selber Gelegenheit fänden, den richtigen Weg zur Diagnose einzuschlagen, um einen nicht allzu häufigen Fall von spontaner Temperaturerhöhung infolge einer Verletzung des Thermalzentrums« – (mit einer leicht geringschätzigen Miene zu den Offizieren und Laien:) »des Zentrums im Gehirn, das die Temperaturschwankungen des Körpers vermittelt – auf Basis erheblicher und akquirierter Belastung. – Wenn wir ferner die Schädelbildung des Subjektes – – –«

Hornsignale der Ortsfeuerwehr, die aus einigen invaliden Soldaten und chinesischen Kulis bestand, drangen Schrecken verkündend vom Missionsgebäude herüber und ließen den Redner verstummen. –

Alle stürzten ins Freie; der anwesende Oberste voran.

Vom Lazaretthügel herab zum See der Göttin Parvati raste, einer lebenden Fackel gleich, gefolgt von einer schreienden und gestikulierenden Menge, der Trompeter Wenzel Zavadil in brennende Fetzen gehüllt.

Knapp vor dem Missionshause empfing den Armen die chinesische Feuerwehr mit einem armdicken Wasserstrahl, der ihn zwar zu Boden warf, sich aber fast gleichzeitig in eine Dampfwolke verwandelte. – – – Die Hitze des Trompeters hatte sich im Lazarett zuletzt derart gesteigert, dass die neben ihm stehenden Gegenstände zu verkohlen angefangen hatten und die Wärter schließlich gezwungen waren, Zavadil mit Eisenstangen aus dem Hause zu scheuchen; die Fußböden und Treppen wiesen seine eingebrannten Fußstapfen, als ob der Teufel dort spazieren gegangen wäre. –

Jetzt lag Zavadil nackt, – die letzten Fetzen hatte der Wasserstrahl fortgerissen – auf dem Vorhofe des Missionsgebäudes, dampfte wie ein Bügeleisen und schämte sich seiner Blöße. – – –

Ein findiger Jesuitenpater warf ihm einen alten Asbestanzug, der einmal einem Lavaarbeiter gehört hatte, vom Balkon zu, in den sich Zavadil unter Dankesworten hüllte.

»Wie, um Gottes willen, soll man sich aber erklären, dass der Kerl nicht selbst gänzlich zu Asche verbrennt?«, fragte der Oberst den Professor Mostschädel. –

»Ich bewundere stets Ihre strategischen Talente, Herr Oberst«, entgegnete der Gelehrte indigniert, »aber was die medizinische Wissenschaft anbetrifft, so müssen Sie diese schon uns Ärzten überlassen. – Wir müssen uns an die gegebenen Tatsachen halten, und diese aus den Augen zu lassen, liegt für uns keinerlei Indikation vor!« –

Die Ärzte freuten sich der klaren Diagnose, und abends traf man immer wieder im Zelte des Kapitäns zusammen, wo es dann stets lustig herging.

Von Wenzel Zavadil sprachen nur noch die Annamiten; – – zuweilen sah man ihn am anderen Ufer des Sees beim Steintempel der Göttin Parvati sitzen, und die Knöpfe seines Asbestanzuges erstrahlten in Rotglut. – –

Die Priester des Tempels sollten ihr Geflügel an ihm braten, hieß es; andere sagten wiederum, er sei bereits im Abkühlen begriffen und gedenke, schon mit 50 Grad in seine Heimat zurückzukehren.

Die Pflanzen des Dr. Cinderella

Siehst du, dort die kleine schwarze Bronze zwischen den Leuchtern ist die Ursache aller meiner sonderbaren Erlebnisse in den letzten Jahren.

Wie Kettenglieder hängen diese gespenstischen Beunruhigungen, die mir die Lebenskraft aussaugen, zusammen, und verfolge ich die Kette zurück in die Vergangenheit, immer ist der Ausgangspunkt derselbe: Die Bronze.

Lüge ich mir auch andere Ursachen vor, – immer wieder taucht sie auf wie der Meilenstein am Wege.

Und wohin dieser Weg führen mag, ob zum Licht der Erkenntnis, ob weiter zu immer wachsendem Entsetzen, ich will es nicht wissen und mich nur an die kurzen Rasttage klammern, die mir mein Verhängnis frei lässt bis zur nächsten Erschütterung.

In Theben habe ich sie aus dem Wüstensande gegraben, – die Statuette, – so ganz zufällig mit dem Stock, und von dem ersten Augenblick an, wo ich sie genauer betrachtete, war ich von der krankhaften Neugier befallen, zu ergründen, was sie denn eigentlich bedeute. – Ich bin doch sonst nie so wissensdurstig gewesen!

Anfangs fragte ich alle möglichen Forscher, aber ohne Erfolg.

Nur ein alter arabischer Sammler schien zu ahnen, um was es sich handle.

»Die Nachbildung einer ägyptischen Hieroglyphe«, meinte er; und die sonderbare Armstellung der Figur müsse irgendeinen unbekannten ekstatischen Zustand bedeuten.

Ich nahm die Bronze mit nach Europa, und fast kein Abend verging, an dem ich mich nicht sinnend über ihre geheimnisvolle Bedeutung in die seltsamsten Gedankengänge verloren hätte.

Ein unheimliches Gefühl überkam mich oft dabei: ich grüble da an etwas Giftigem – Bösartigem, das sich mit hämischem Behagen von mir aus dem Banne der Leblosigkeit losschälen lasse, um sich später wie eine unheilbare Krankheit an mir festzusaugen und der dunkle Tyrann meines Lebens zu bleiben. Und eines Tages bei einer ganz nebensächlichen Handlung schoß mir der Gedanke, der mir das Rätsel löste, mit solcher Wucht und so unerwartet durch den Kopf, dass ich zusammenfuhr.

Solch blitzartige Einfälle sind wie Meteorsteine in unserem Innenleben. Wir kennen nicht ihr Woher, wir sehen nur ihr Weißglühen und ihren Fall. –

Fast ist es wie ein Furchtgefühl – – und dann – – ein leises – – so – so, als sei jemand Fremder – – – – – – Was wollte ich doch nur sagen?! – Verzeih, ich werde manchmal so seltsam geistesabwesend, seitdem ich mein linkes Bein gelähmt nachziehen muss; – – ja, also die Antwort auf mein Grübeln lag plötzlich nackt vor mir: – *Nachahmen!*

Und als hätte dieses Wort eine Wand eingedrückt, so schossen die Sturzwellen der Erkenntnis in mir auf, dass *das* allein der Schlüssel ist zu allen Rätseln unseres Daseins.

Ein heimliches automatisches Nachahmen, ein unbewusstes, rastloses, – der verborgene Lenker aller Wesen!!

Ein allmächtiger geheimnisvoller Lenker, – ein Lotse mit einer Maske vor dem Gesicht, der schweigend bei Morgengrauen das Schiff des Lebens betritt. Der aus jenen Abgründen stammt, dahin unsere Seele wandern mag, wenn der Tiefschlaf die Tore des Tages verschlossen! Und vielleicht steht tief dort unten in den Schluchten des körperlosen Seins das Erzbild eines Dämons errichtet, der da will, dass wir ihm gleich seien und sein Ebenbild werden – – – Und dieses Wort »nachahmen!« dieser kurze Zuruf von »irgendwoher« wurde mir ein Weg, den ich augenblicklich betrat. Ich stellte mich hin, hob beide Arme über den Kopf, so wie die Statue, und senkte die Finger, bis ich mit den Nägeln meinen Scheitel berührte.

Doch nichts geschah.

Keine Veränderung innen und außen.

Um keinen Fehler in der Stellung zu machen, sah ich die Figur genauer an und bemerkte, dass ihre Augen geschlossen und wie schlafend waren.

Da wusste ich genug, brach die Übung ab und wartete, bis es Nacht wurde. Stellte dann die tickenden Uhren ab und legte mich nieder, die Arm- und Handstellungen wiederholend.

Einige Minuten verstrichen so, aber ich kann nicht glauben, dass ich eingeschlafen wäre.

Plötzlich war mir, als käme ein hallendes Geräusch aus meinem Inneren empor, wie wenn ein großer Stein in die Tiefe rollt.

Und als ob mein Bewusstsein ihm nach eine ungeheure Treppe hinabfiele – zwei, vier, acht, immer mehr und mehr Stufen überspringend, – so verfiel ruckweise meine Erinnerung an das Leben, und das Gespenst des Scheintodes legte sich über mich.

Was dann eintrat, das werde ich nicht sagen, das sagt keiner.

Wohl lacht man darüber, dass die Ägypter und Chaldäer ein magisches Geheimnis gehabt haben sollen, behütet von Uräusschlangen, das unter Tausenden Eingeweihter auch nicht ein einziger je verraten hätte.

Es gibt keine Eide, meinen wir, die so fest binden!

Auch ich dachte einst so, in jenem Augenblick aber begriff ich alles.

Es ist kein Vorkommnis aus menschlicher Erfahrung, in dem die Wahrnehmungen *hinter*einander liegen, und kein Eid bindet die Zunge, nur der bloße Gedanke einer Andeutung dieser Dinge hier – hier im Diesseits – und schon zielen die Vipern des Lebens nach deinem Herzen.

Darum wird das große Geheimnis verschwiegen, weil es sich selbst verschweigt, und wird ein Geheimnis bleiben, solange die Welt steht.

Aber all das hängt nur nebensächlich zusammen mit dem versengenden Schlag, von dem ich nie mehr gesunden kann. Auch das äußere Schicksal eines Menschen gerät in andere Bahnen, durchbricht sein Bewusstsein nur einen Augenblick die Schranken irdischer Erkenntnis.

Eine Tatsache, für die ich ein lebendes Beispiel bin.

Seit jener Nacht, in der ich aus meinem Körper trat, ich kann es kaum anders nennen, hat sich die Flugbahn meines Lebens geändert, und mein früher so gemächliches Dasein kreist jetzt von einem rätselhaften, grauenerregenden Erlebnis zum andern – irgendeinem dunklen, unbekannten Ziele zu.

Es ist, als ob eine teuflische Hand mir in immer kürzer werdenden Pausen immer weniger Erholung zumisst und Schreckbilder in den Lebensweg schiebt, die von Fall zu Fall an Furchtbarkeit wachsen. Wie um eine neue, unbekannte Art Wahnsinn in mir zu erzeugen – langsam und mit äußerster Vorsicht – eine Wahnsinnsform, die kein Außenstehender merken und ahnen kann, und deren sich nur ein von ihr Befallener in namenloser Qual bewusst ist. In den nächsten Tagen schon nach jenem Versuch mit der Hieroglyphe traten Wahrnehmungen bei mir auf, die ich anfangs für Sinnestäuschungen hielt. Seltsam sausende oder schrillende Nebentöne hörte ich den Lärm des Alltags durchqueren, sah schimmernde Farben, die ich nie gekannt. – Rätselhafte Wesen tauchten vor mir auf, ungehört und ungefühlt von den Menschen, und vollführten in schemenhaftem Dämmer unbegreifliche und planlose Handlungen. So konnten sie ihre Form ändern und plötzlich wie tot daliegen; glitschten dann wieder wie lange Schleimseile an den Regenrinnen herab oder hockten wie ermattet in blödsinniger Stumpfheit in dunklen Hausfluren.

Dieser Zustand von Überwachsein bei mir hält nicht an, – er wächst und schwindet wie der Mond.

Der stetige Verfall jedoch des Interesses an der Menschheit, deren Wünschen und Hoffen nur noch wie aus weiter Ferne zu mir dringt, sagt mir, dass meine Seele beständig auf einer dunklen Reise ist – fort, weit fort vom Menschentum. Anfangs ließ ich mich von den flüsternden Ahnungen *leiten*, die mich erfüllten, – jetzt – bin ich wie ein angeschirrtes Pferd und *muss* die Wege gehen, auf die es mich zwingt. Und siehst du, eines Nachts, da riss es mich wieder auf und trieb mich, planlos durch die stillen Gassen der Kleinseite zu gehen um des fantastischen Eindruckes willen, den die altertümlichen Häuser erzeugen.

Es ist unheimlich in diesem Stadtviertel wie nirgends auf der Welt.

Nie ist Helle und nie ganz Nacht.

Irgend ein matter, trüber Schein kommt von irgendwo, wie phosphoreszierender Dunst sickert es vom Hradschin auf die Dächer herab.

Man biegt in eine Gasse und sieht nur totes Dunkel, da sticht aus einer Fensterritze ein gespenstischer Lichtstrahl plötzlich wie eine lange boshafte Nadel einem in die Pupillen.

Aus dem Nebel taucht ein Haus, – mit abgebrochenen Schultern und zurückweichender Stirn – und glotzt besinnungslos aus leeren Dachluken zum Nachthimmel auf wie ein verendetes Tier.

Daneben eines reckt sich, gierig mit glimmernden Fenstern auf den Grund des Brunnens da unten zu schielen, ob das Kind des Goldschmiedes noch drinnen, das vor hundert Jahren ertrank. Und geht man weiter über die buckligen Pflastersteine und sieht sich plötzlich um, da möchte man wetten, es habe einem ein schwammiges, fahles Gesicht aus der Ecke nachgestarrt, – nicht in Schulterhöhe – nein, ganz tief unten, wo nur große Hunde die Köpfe haben könnten. – – –

Kein Mensch ging auf den Straßen.

Totenstille.

Die uralten Haustore bissen schweigend ihre Lippen zusammen. Ich bog in die Thunsche Gasse, wo das Palais der Gräfin Morzin steht.

Da kauerte im Dunst ein schmales Haus, nur zwei Fenster breit, ein hektisches, bösartiges Gemäuer; dort hielt es mich fest, und ich fühlte den gewissen überwachen Zustand kommen.

In solchen Fällen handle ich blitzschnell wie unter fremdem Willen und weiß kaum, was mir die nächste Sekunde befiehlt.

So drückte ich hier gegen die nur angelehnte Türe und schritt durch einen Gang eine Treppe in den Keller hinab, als ob ich in das Haus gehöre.

Unten ließ der unsichtbare Zügel, der mich führt wie ein unfreies Tier, wieder nach, und ich stand da in der Finsternis mit dem quälenden Bewusstsein einer Handlung vollbracht ohne Zweck.

Warum war ich hinuntergegangen, warum hatte ich nicht einmal den Gedanken gefasst, solch sinnlosen Einfällen Einhalt zu gebieten?! Ich war krank, offenbar krank, und ich freute mich, dass nichts anderes, nicht die unheimliche rätselhafte Hand im Spiele war.

Doch im nächsten Moment wurde mir klar, dass ich die Türe geöffnet, – das Haus betreten hatte, die Treppe hinabgestiegen war, ohne nur ein einziges Mal anzustoßen, ganz wie jemand, der Schritt und Tritt genau kennt, und meine Hoffnung war schnell zu Ende.

Allmählich gewöhnte sich mein Auge an die Finsternis, und ich blickte umher.

Dort auf einer Stufe der Kellertreppe saß jemand. – Dass ich ihn nicht gestreift hatte im Vorbeigehen?!

Ich sah die zusammengekrümmte Gestalt ganz verschwommen im Dunkel.

Einen schwarzen Bart über einer entblößten Brust. – Auch die Arme waren nackt.

Nur die Beine schienen in Hosen oder einem Tuch zu stecken.

Die Hände hatten etwas Schreckhaftes in ihrer Lage; – sie waren so merkwürdig abgebogen, fast rechtwinklig zu den Gelenken.

Lange starrte ich den Mann an.

Er war so leichenhaft unbeweglich, dass mir war, als hätten sich seine Umrisse in den dunklen Hintergrund eingefressen, und als müssten sie so bleiben bis zum Verfall des Hauses.

Mir wurde kalt vor Grauen, und ich schlich den Gang weiter, seiner Krümmung entlang.

Einmal fasste ich nach der Mauer und griff dabei in ein splittriges Holzgitter, wie man es verwendet, um Schlingpflanzen zu ziehen. Es schienen auch solche in großer Menge daran zu wachsen, denn ich blieb fast hängen in einem Netz stängelartigen Geranks.

Das Unbegreifliche war nur, dass sich diese Pflanzen, oder was es sonst sein mochte, blutwarm und strotzend anfühlten und überhaupt einen ganz animalischen Eindruck auf den Tastsinn machten.

Ich griff noch einmal hinein, um erschreckt zurückzufahren: ich hatte diesmal einen kugeligen, nussgroßen Gegenstand berührt, der sich kalt anfühlte und sofort wegschnellte. War es ein Käfer?

In diesem Moment flackerte ein Licht irgendwo auf und erhellte eine Sekunde lang die Wand vor mir.

Was ich je an Furcht und Grauen empfunden, war nichts gegen diesen Augenblick.

Jede Fiber meines Körpers brüllte auf in unbeschreiblichem Entsetzen.

Ein stummer Schrei bei gelähmten Stimmbändern, der durch den ganzen Menschen fährt wie Eiseskälte.

Mit einem Rankennetz blutroter Adern, aus dem wie Beeren Hunderte von glotzenden Augen hervorquollen, war die Mauer bis zur Decke überzogen. Das eine, in das ich soeben gegriffen, schnellte noch in zuckender Bewegung hin und her und schielte mich bösartig an.

Ich fühlte, dass ich zusammenbrechen werde, und stürzte zwei, drei Schritte in die Finsternis hinein; eine Wolke von Gerüchen, die etwas Feistes, Humusartiges wie von Schwämmen und Ailanthus hatten, drang mir entgegen.

Meine Knie wankten, und ich schlug wild um mich. Da glomm es vor mir auf wie ein kleiner glühender Ring: der erlöschende Docht einer Öllampe, die im nächsten Augenblick noch einmal aufblakte.

Ich sprang darauf zu und schraubte den Docht mit bebenden Fingern hoch, so dass ich ein kleines rußendes Flämmchen noch retten konnte.

Dann mit einem Ruck drehte ich mich um, wie zum Schutz die Lampe vorstreckend.

Der Raum war leer.

Auf dem Tisch, auf dem Lampe gestanden, lag ein länglicher, blitzender Gegenstand.

Meine Hand fuhr danach wie nach einer Waffe.

Doch war es bloß ein leichtes, raues Ding, das ich fasste. Nichts rührte sich, und ich stöhnte erleichtert auf. Vorsichtig, die Flamme nicht zu verlöschen, leuchtete ich die Mauern entlang.

Überall dieselben Holzspaliere und, wie ich jetzt deutlich sah, durchrankt von offenbar zusammengestückelten Adern, in denen Blut pulsierte.

Grausig glitzerten dazwischen zahllose Augäpfel, die in Abwechslung mit scheußlichen, brombeerartigen Knollen hervorsprossten und mir langsam mit den Blicken folgten, wie ich vorbeiging. – Augen aller Größe und Farben. – Von der klarschimmernden Iris bis zum hellblauen toten Pferdeauge, das unbeweglich aufwärts steht. Manche, runzelig und schwarz geworden, glichen verdorbenen Tollkirschen. Die Hauptstämme der Adern rankten sich aus blutgefüllten Phiolen empor, aus ihnen kraft eines unbekannten Prozesses ihren Saft ziehend.

Ich stieß auf Schalen – gefüllt mit weißlichen Fettbrocken, aus denen Fliegenpilze, mit einer glasigen Haut überzogen, emporwuchsen. – Pilze aus rotem Fleisch, die bei jeder Berührung zusammenzuckten.

Und alles schienen Teile, aus lebenden Körpern entnommen, mit unbegreiflicher Kunst zusammengefügt, ihrer menschlichen Beseelung beraubt, und auf rein vegetatives Wachstum heruntergedrückt.

Dass Leben in ihnen war, erkannte ich deutlich, wenn ich die Augen näher beleuchtete und sah, wie sich sofort die Pupillen zusammenzogen. – Wer mochte der teuflische Gärtner sein, der diese grauenhafte Zucht angelegt!

Ich erinnerte mich des Menschen auf der Kellerstiege.

Instinktiv griff ich in die Tasche nach irgendeiner Waffe, da fühlte ich den riesigen Gegenstand, den ich vorhin eingesteckt. – Er glitzerte trüb und schuppig, – ein Tannenzapfen aus rosigen Menschennägeln!

Schaudernd ließ ich ihn fallen und biss die Zähne zusammen: nur hinaus, hinaus, und wenn der Mensch auf der Treppe aufwachen und über mich herfallen sollte!

Und schon war ich bei ihm und wollte mich auf ihn stürzen, da sah ich, dass er tot war, – wachsgelb.

Aus den verrenkten Händen – die Nägel ausgerissen. Kleine Messerschnitte an Brust und Schläfen zeigten, dass er seziert worden war.

Ich wollte an ihm vorbei und habe ihn, glaube ich, mit der Hand gestreift. – Im selben Augenblick schien er zwei Stufen herunter auf mich zuzurutschen, stand plötzlich aufrecht da, die Arme nach oben gebogen, die Hände zum Scheitel.

Wie die ägyptische Hieroglyphe, dieselbe Stellung – dieselbe Stellung!

Ich weiß nur noch, dass die Lampe zerschellte, dass ich die Haustür aufwarf und fühlte, wie der Dämon des Starrkrampfes mein zuckendes Herz zwischen seine kalten Finger nahm. – – –

Dann machte ich mir hellwach irgend etwas klar – – der Mann müsse mit den Ellenbogen an Stricken aufgehängt gewesen sein, nur durch Herabrutschen von den Stufen hatte sein Körper in die aufrechte Stellung geraten können – – – und dann – – dann rüttelte mich jemand: »Sie sollen zum Herrn Kommissär.« – – – – –

Und ich kam in eine schlecht beleuchtete Stube, Tabakspfeifen lehnten an der Wand, ein Beamtenmantel hing an einem Ständer. – – Es war ein Polizeizimmer.

Ein Schutzmann stützte mich.

Der Kommissär saß vor einem Tisch und sah immer von mir weg – er murmelte: »Haben Sie sein Nationale aufgeschrieben?«

»Er hatte Visitenkarten bei sich, wir haben sie ihm abgenommen«, hörte ich den Schutzmann antworten.

»Was wollten Sie in der Thunschen Gasse – vor einem offenen Haustor?«

Lange Pause.

»Sie!«, mahnte der Schutzmann und stieß mich an.

Ich lallte etwas von einem Mord im Keller in der Thunschen Gasse. – –

Darauf ging der Wachmann hinaus.

Der Kommissär sah immer von mir weg und sprach einen langen Satz.

Ich hörte nur: »Was denken Sie denn, der Doktor Cinderella ist ein großer Gelehrter – Ägyptologe – und er zieht viel neuartige, fleischfressende Pflanzen, – Nepenthen, Droserien oder so, – glaube ich, ich weiß nicht, – – – – – Sie sollten nachts zu Hause bleiben.«

Da ging eine Tür hinter mir, ich drehte mich um, und dort stand ein langer Mensch mit einem Reiherschnabel – ein ägyptischer Anubis.

Mir wurde schwarz vor den Augen, und der Anubis machte eine Verbeugung vor dem Kommissär, ging zu ihm hin und flüsterte mir zu: »Doktor Cinderella.« – – –

Doktor Cinderella!

Und da fiel mir etwas Wichtiges aus der Vergangenheit ein, – das ich sogleich wieder vergaß.

Wie ich den Anubis abermals ansah, war er ein Schreiber geworden und hatte nur einen Vogeltypus und gab mir meine eigenen Visitenkarten, darauf stand: Doktor Cinderella.

Der Kommissar sah mich plötzlich an, und ich hörte, wie er sagte: »Sie sind es ja selbst. Sie sollten nachts zu Hause bleiben.« –

Und der Schreiber führte mich hinaus, und im Vorbeigehen streifte ich den Beamtenmantel an der Wand.

Der fiel langsam herunter und blieb mit den Ärmeln hängen.

Sein Schatten an der kalkweißen Mauer hob die Arme nach oben über den Kopf, und ich sah, wie er unbeholfen die Stellung der ägyptischen Statuette nachahmen wollte.

Siehst du, das war mein letztes Erlebnis vor drei Wochen. Ich aber bin seitdem gelähmt: habe zwei verschiedene Gesichtshälften jetzt und schleppe das linke Bein nach.

Das schmale hektische Haus habe ich vergeblich gesucht, und auf dem Kommissariat weiß niemand etwas von jener Nacht.

Montreux

Ein pessimistisches Reisebild

Montreux am Lehmannsee liegt im Kanton Sachsen dicht bei Glanchau, und niemand wird daran zweifeln, der in der Hochsaison den Dialekt gehört hat, der um diese Zeit dort vorherrscht. – Und wenn auch Leute, die in Geografie zu Hause sind, deutsche Volksschullehrer, internationale Schlafwagenkondukteure u. dgl. behaupten sollten, es gehöre zum Kanton Vaud und vis-à-vis sei Frankreich, – – einfach nicht glauben! Nur nicht glauben!

Liegt denn überhaupt ein triftiger Grund vor, sich mit derlei Menschen in Meinungsaustausch einzulassen?! –

Wer den Anblick des Bodensees verträgt, – ich würde mir, wenn ich schon ein See wäre, eine andere, etwas handlichere Form gewählt haben, – fährt am besten, um nach Montreux zu kommen, über Lindau, die Strecke Trottlikon-Idiotlikon. – So ähnlich heißen, glaube ich, diese wichtigen Knotenpunkte.

Landet man in Lausanne, der berühmten Brutstätte der französischen Gouvernante, muss man den Waggon wechseln. Es ist das beste, was man tun kann.

Knapp, bevor der Zug einläuft, wird man wahrnehmen, dass plötzlich alle Mitreisenden nachdenklich werden und anfangen, in kleinen gebundenen Büchern herumzublättern. – Für einen Eingeweihten höheren Grades hat das aber nichts Befremdendes; – sie schlagen nur nach, wie »Träger« im Französischen heißt.

Eine Stunde später kann man weiter fahren. Bis Vevey. Oder noch weiter.

Wer in Vevey aussteigen will, vielleicht um die berühmte Veveyzigarre, die mit der sogenannten »Pfälzer« bekanntlich ein scharfes Rennen fährt, an Ort und Stelle zu rauchen, dem empfehle ich, wenn er ein ausgesprochener Tierfreund ist, das kleine Hotel »Trois Rois«.

Ich selbst stieg einst dort ab, als andere Gasthäuser überfüllt waren, und habe im Speisezimmer etwas ganz Reizendes erlebt.

So deutlich, als sei es gestern geschehen, steht das Bild vor meiner Seele. – Sitze ich da ganz unbefangen beim Essen, mit einem Male sehe ich ein graues, niedliches Bürschchen auf dem Fensterbrette hin und her laufen. – »Oh, ein sibirisches Eichkätzchen, mit Recht nennt man es die Zierde der russischen Wälder«, rufe ich freudig aus, und schon denke ich mir, dass am Ende gar seinetwillen das Hotel im Baedeker mit einem Stern gelobt ist, da fällt mein Blick auf noch zwei solche Tierchen.

Und beschämt musste ich zugeben, dass es nur gewöhnliche Ratten waren.

Weshalb wohl der Stern im Baedeker steht? Ich habe es nie begriffen. – Und noch dazu nur *ein* Stern! Und ich habe doch ganz deutlich *drei* Ratten gesehen!

Oder sollte das Hotel vielleicht »Trois Rats heißen?«

– – Von Vevey hat man dann nicht mehr lange. – Außer man fährt mit der Elektrischen.

Montreux heißt im nördlichen Ende zuerst Basset, dann Clarens, Chernex, Vernex, Montreux, Bonport, Territet, Collonges und schließlich Veytaux. Je nach den Hotelpreisen.

Hört der Laie zum ersten Mal den Namen Montreux nennen, so drängt sich ihm unwillkürlich der Gedanke an einen unbekannten süßen Schnaps auf, ohne dass sich aber für eine solche Ideenassoziation eine zureichende Erklärung finden ließe.

Alle beeideten eidgenössischen Sachverständigen des Kantons Vaud stimmen darin überein, dass Montreux der »schönste Fleck der Erde« sei, und stützen sich auf einen Roman von J. J. Rousseau, in dem es wörtlich so stehen soll. –

Leider ist Rousseau schon lange tot und er kann deshalb nicht mehr darüber einvernommen werden, ob er in seinem Buche den Ton auf »schönste« oder auf »Fleck« gelegt hat. – Es ist jammerschade, denn es ist sozusagen die Melodie verloren gegangen.

Ich selbst kann leider kein Urteil fällen; ich habe bloß ein Jahr dort gelebt und weiß daher nur von Nebelphänomenen, Regenschwankungen usw. zu berichten.

Die Schönheit der Gegend kenne ich lediglich aus Ansichtskarten.

Wenn mich in diesem Augenblick jemand unterbrechen und fragen würde: »Warum sind Sie dann so lange dort geblieben?«, müsste ich ihm antworten: »Weil ich abwarten wollte, bis es zu regnen aufhörte.« Ich bitte deshalb, solche persönlichen Fragen gefälligst zu unterlassen.

Das Klima von Montreux ist außerordentlich bemerkenswert, denn es gibt tatsächlich keinen Schnee dort. Kaum berührt er den Boden, verwandelt er sich sofort in Schmutz, und wenn nicht alles trügt, dürfte das wohl daher kommen, dass das Thermometer beständig drei Grad Reaumur über Null zeigt. – Reaumur! nicht etwa Celsius oder Zerfahrenheit.

Derartiges Wetter herrscht von Oktober bis Anfang Mai, und der Gummischuh kommt dort, möchte man sagen, beinahe wild vor. –

Überhaupt verstehe ich nicht, warum Montreux nicht schon längst ein internationales Wettregnen veranstaltet hat. Es könnte dadurch zu einem Sportplatz allerersten Ranges werden, und ich bin sicher, dass es auch in untrainiertem Zustande selbst Salzburg glatt schlagen würde.

Am ersten Februar beginnt der Frühling. Weil an diesem Tage die Preise für die fremden um die Hälfte erhöht werden.

Der »Vaudois«, auf deutsch »Waadtländer«, hilft dann der mangelhaften Witterung nach, indem er im Prachteinband, die Weste mit einer silbernen Pferdekinnkette geschmückt, auf dem Quai auf und ab wandelnd zierlich einen Plattfuß vor den andern setzt und biederstrahlenden Auges die Worte laut wiederholt: »Manifique! O, quel beau temps.« Gleichzeitig gehen an die Zeitungen des Auslandes auf billiges Käsepapier hektografierte Berichte ab, dass – o Wunder – der Frühling eingezogen ist, und dass im Garten des Hotel du Cygne (sprich »Zinch«) bereits die Magnolien blühen.

Ich habe mich, als ich das gelesen, sofort in diesen Garten begeben, konnte aber nichts Blühendes finden. – Offenbar irrt sich der Berichterstatter jedes Mal und versteht unter Magnolien die rosa Lichtmanschetten der Glühlampen, die dort herumhängen.

Der Anblick der Hügelgelände, die den Ort von den Bergen trennen, ist erquickend und lieblich wie der eines wohlfrisierten Schnürpudels, und die Wirkung ihrer unabsehbaren Flächen – vollbepflanzt mit der labenden Rebe – auf das Gemüt des sinnenden Wanderers verstärkt dieses Bild nicht nur fast bis zur Greifbarkeit, – nein, es senkt auch das tröstliche Gefühl froher Gewissheit in alle Herzen, dass hier der Mensch nichts unterließ, Mutter Natur mit sorgsamer Hand zu nimmer rastender Fürsorge für das Gemeinwohl anzuleiten.

Wie gar herrlich passt sich dieser Rebenflur Montreux mit all dem raffinierten feinsinnigen Luxus seiner Villen, Hotels und Fremdenpensionen an!

Mit tausend Türmchen geschmückt, stehen sie da, diese künstlerischen Bauten, mit zierlichen Arabesken umwuchert. Kein Fleckchen, das die reiche Fantasie der Stuckatur liebevoll mit Ornamenten zu bedecken vergessen hätte. Trittst du aber erst in das Innere, – so stehst du wie gebannt.

Die Möbel – prächtig geschweift – von rotem erpresstem Samt tragen sämtlich gehäkelte Kreise aus Zwirn, den teuern Plüsch vor Pomade bewahrend, und kostbare Chenilledecken behüten die Tischplatte vor Übergriffen. – Auch der japanische Schirm über dem Diwan fehlt nicht, und die lampenschützende Balletttänzerin aus rosa Seidenpapier mit den Pappendeckelbeinen und dem goldenen Stern im Haar. In den Prunkgemächern sitzt außerdem noch ein Engel aus farbigem Gips auf dem Ofen.

Kurz, allüberall ausgegossen die üppige Pracht des preiswerten Axminsterteppichs.

Ja ja, der erlesene Geschmack, der den Waadtländer ziert, hat Montreux einen höchst eigenartigen Reiz verliehen.

Die Grand'rue, die in stets gleicher Breite den Ort durchzieht und nur einmal in eine Buchtung – den »marché« – ausartet, fletscht links und rechts die Laden, die den berauschten Blicken des Fremden geschnitzte Kunstwerke anbieten, – meist Bären aus Holz in allen Größen und Stellungen und mit lebenswahr rotfarbigen Zungen.

Oh, könnte ich doch einmal – für eine kurze Weile nur – mit einem solchen Kunstwerk allein unter vier Augen sein! Doch nicht bloß im Darstellen der natürlichen Verrichtung des Bären hat sich der Schönheitssinn des Volkes betätigt, nein, auch einer reichen Fantasie ließ er jauchzend die Zügel schießen. – Der Bär als Schirmständer, als Aschenbecher, als Pfeifenlehne und als Zuhälter des Tintenfasses, kurz der Bär in allen Lebenslagen füllt die Schaufenster. – Wie sie sich aber vor den Läden stauen, die nordischen fremden Frauen, wenn die kaschubischsemmelblonde Saison beginnt! In appetitlichen Lodenkleidern zum Hochknöpfen. – Schlicht wie Läuse.

Eine Holzgruppe ist besonders beliebt bei ihnen: Der Bärenpapa sitzt bei Tisch und raucht, und die Bärenmama züchtigt mit einer echten Rute das Bärenbaby.

Der begeisterten Ausrufe aus holdem Frauenmund ist dann kein Ende:

»Achch, sieh' nu' ma'. Zückend! Nöch? Und das Kleinchen da, wie reizend; und so natürlich!«

Und daneben ein Handelshaus, das hält elfenbeinerne Erinnerungen feil. – Den glatten, festen Zahn des majestätischen Elefanten haben sie so lang verschnitzelt, bis er in tausend wirrgeformte Krawattennadeln zerfiel, künstliche Blumen darstellend. Immer ein Edelweiß zwischen zwei Vergissmeinnicht, und darunter das Wort »Souvenir«. – Zuweilen auch »Ricuerdo Montreux«. Ricuerdo! – – – für vazierende Brasilianer!!

Weiter gegen Vernex zu, sagte mir einmal ein Greis, sollen an einem Polyphon aus Holz eingelegt sogar die Bildnisse von Guillaume Tell und General Rülpsli zu sehen sein.

– Ich habe mich aber nie hingetraut und bin nur bis zum Friedhof von Bonport gekommen. Dort steht ein Monument der Kaiserin Elisabeth von Österreich, die sie in Genf ermordet haben, – die Kanaillen.

Ein Freund aus Wien, den ich in Territet traf, machte mich mit grimmiger Miene auf das Denkmal aufmerksam, und als ich sofort den Namen des – Künstlers wissen wollte, da schrie er mich an: »Was kümmert's dich! – Die Schweiz liefert ja doch nicht aus. – – – – – –«

– – Das Herz von Montreux ist und bleibt aber der »Kürsall«.

Keine größeren Kosten wurden bei seiner Erbauung gescheut. Dafür sieht er jetzt aber auch aus – – wie ein Kasperltheater, das einen Haupttreffer gemacht hat.

Betrittst du, freundlicher Leser, nur die Schwelle seines Eingangs, schon erblickst du von weitem ein gigantisches giftgrünes Mieder auf vier dünnen Säulenbeinen. – Scheue dich nicht, es ist bloß eine Mojalikavase, und solchen wirst du in den Sälen noch vielen begegnen. Bei jeder Ecke hat sich mindestens eine ungeniert an die Wand gestellt.

Ich kann den Gedanken nicht loswerden, dass sie aus einer Konkursmasse stammen, und habe lange nachgegrübelt, wie sie wohl entstehen mögen. – Man sagt zwar, wenn man mitleidlos edeln Ton stark erhitze, nehme er schließlich solche Formen an, aber das sind gewiss nur Redereien. Die Decke strotzt von »Stuckatur«. Einen einzigen flüchtigen Blick habe ich hingeworfen, und werde sie nicht schildern. – Ich will nicht.

Hätte sie der gottselige Sardanapal erblickt, er hätte sich ohne Aufschub ein zweites Mal verbrennen lassen. Neben dem Hauptsaal ist in das Haus ein Theater eingebaut.

Lange haben sie beraten, wie sie es innen ausstatten sollten. – Und als ihnen gar nichts mehr einfiel, da beschlossen sie schlicht und wahr zu sein wie Tell. Ließen jegliche Wandverzierung weg und haben den ganzen Zuschauerraum brustzucker-rosa angestrichen.

Mit jener Farbnuance, die bis dahin das ausschließliche Eigentumsrecht der billigen langgestreckten Hustenzuckerstangen war, die auf Weihnachtsmärkten so begehrt sind. – Wer die Vorstellung nicht aushalten kann, geht in den Hauptsaal und ruht dort aus.

Bänke stehen an den Wänden, mit blauen goldgesterntem Ledertuch überzogen.

Das eingepresste Muster ist *wirklich* originell. – Es ist von einem berühmten Spezialisten für bösartige Hautkrankheiten entworfen.

Oft habe ich mir ausgemalt, was wohl mit einem geschehen würde, wenn man eine lange Nacht so ganz ohne Beistand und Zuspruch in dem einsamen »Kürsall« zubringen müsste. Es wäre rein nicht auszuhalten!!

– – – Schlägt die Uhr neun, so treten aus einer Türe drei friseurähnliche Gestalten und begeben sich mit spitzigen Schritten in den »Spielsaal«. Die mittelste trägt eine polierte Zigarrenkiste.

Darin befindet sich der Kriegsschatz der Montreuxer Spielbank.

– Zweihundert Franken in Silber. –

Und das Spiel beginnt. Es ist schlicht und bieder, denn nur die Bank kann gewinnen. Sechsfach statt neunfach wird ausbezahlt, und fünf Franken pro Spieler sind der höchste Satz.

Es ist eine Art »grad-ungrad auf Ehrenwort«.

Einmal haben sich sieben durch-reisende (oder -brennende?) russische Kosakenoffiziere, die sich von der Schlacht bei Mukden erholen wollten, zusammengetan und versucht, mit siebenmal fünf gleich fünfunddreißig Franken Einsatz auf die Zahl eins die Bank zu sprengen.

Sofort stieß jedoch der Obercroupier (der mittelste der drei Friseure) den großen Notruf aus; eine fliegende Generalversammlung sämtlicher Waadtländer Aktionäre trat zusammen, und so gelang es noch rechtzeitig, dem frivolen Versuch einen Riegel vorzuschieben.

Wer um elf Uhr nachts den »Kürsall« verlässt und richtet sein Auge auf die Bergkämme, der sieht da oben viele hundert Meter hoch über Montreux das Hotel Caux.

Mit einem riesigen Ringwall umgeben, im Spekulantenstil gebaut, halb Lebkuchen, halb Sanatorium, sieht es herab ins Tal.

Wie ein Irrenhaus aus Tausendundeiner Nacht!

Um Weihnachten herum rodeln da oben des Londoner shopkeeper's Frau und Töchter.

Wie die Furien sausen sie die Abhänge hinunter, sämtliche vierundsechzig Zähne fletschend. Rittlings – auf kleinen hölzernen Dingern, die man beim ersten Blick für Bidets mit Schlittenkufen halten könnte, die aber nur hundsgemeine »Rodeln« sind.

Und haben sie sich totgeschlagen, so lassen sie sich zulöten, nach London schicken und zu Hause begraben. –

So, das wäre alles, was ich über Montreux Lobendes sagen könnte, und kurz und gut, ich kann es allen Reisenden aufs beste empfehlen.

Aus zwei Gründen ganz besonders.

Erstens kann man, noch ehe man hinkommt, nach rechts abschwenken und nach Evian, an der französischen Seite des Sees, das wundervoll und sehr elegant ist, fahren. Oder zweitens, man steigt in Montreux nicht aus und rutscht durch den Simplontunnel direkt nach Italien! -

Prag

Eine optimistisch gehaltene Städteschilderung in vier Bildern

I. Landschaftliche Reize usw.

Selten wissen Engländer oder Franzosen, wo Prag liegt, – denn sie haben, wie es in der Bibel steht, den besseren Teil erwählt.

Auf tschechisch heißt Prag: Prr–aha. Und nicht mit Unrecht.

Die Nebbich, die im südlichen Böhmen entspringt und sich schließlich doch in die Elbe ergießt, fließt rasch an der Stadt vorüber. Dem harmlosen Fremdling erscheint sie auf den ersten Blick mächtig wie der Mississippi, sie ist aber nur vier Millimeter tief und mit Blutegeln angefüllt.

Allerdings im März, wenn der Tauwind weht, gelingt es ihr, anzuschwellen, und sie gibt dann regelmäßig dem ruhmbedeckten Artillerieregiment Nr. 23, das auf dem »Hradschin« wohnt und Tag und Nacht die Stadt vor den Preußen beschirmt, willkommenen Anlass, mit den Kanonen zu schießen.

Warnungsschüsse natürlich!

Als aber in neuerer Zeit bewilligt wurde, dass jeden Tag um die Mittagsstunde auch geschossen werden dürfe, war damit der letzte haltbare Grund gefallen, die Regulierung der Nebbich länger aufzuschieben. –

Wie viel Monde noch, und man wird Prag sogar per Schiff verlassen können! –

Über die Nebbich führen sechs Brücken, darunter die alte berühmte »steinerne« Brücke, bei deren Bau bekanntlich als Bindemittel Eiweiß verwandt wurde.

Oder irre ich vielleicht? – Dann war es Bleiweiß.

Die Schweden wollten im Dreißigjährigen Krieg über diese Brücke von der Kleinseite her in die Stadt dringen, sind schließlich aber doch zurückgeschreckt.

Angeblich zerfällt Prag in mehrere Teile, – das ist aber nur so ein leeres Versprechen.

Von Süden, Osten und Norden ist es leicht zu erreichen, im Westen wird dies jedoch durch die böhmische Westbahn erfolgreich gehindert.

Wer sich aber darauf kapriziert, kann ganz gut von Furth i. W. aus zu Fuß gehen. – Ach Gott, die Wege sind ja gar nicht so schlecht. –

Übrigens soll sich jeder selber kümmern, der Prag einmal besuchen oder ansehen will.

Der »Verein zur Behebung des Fremdenverkehrs« in der Ferdinandstraße vis-à-vis »Platteis«, schräg gegenüber dem Friseur Gürtler, das elfte Haus von Norden, numero conscriptionis 7814478189b gibt auf alle Fragen bereitwilligst Antwort. In böhmischer Sprache natürlich.

II. Inneres Leben

Auf dem »Graben« ist etwas Sonnenschein.

Natürlich nur der Kommerzialrat Sonnenschein. –

(Es unterliegt heute überhaupt nicht dem geringsten Zweifel mehr, dass Prag tatsächlich von orientalischen Kaufleuten, wie die Sage berichtet, gegründet wurde.)

Herr Sonnenschein steht gern bei dem Laden der Firma Waldek & Wagner, Gummiwaren und Uterusilien, – und auf seinem Antlitz ruht der Glanz, der von jeher großen Kaufleuten eigen war: Marco Polo, Fugger, Li-hungtschang.

Er steht dort gern –, es ist mitten zwischen zwei Banken, der böhmischen Landesbank und der Kreditanstalt, und das macht immer ä guten Eindruck. – Und dann ist er stets schwarz angezogen.

– »Schwarz is immer elegant.« –

»Hab' dj' Ähre!« – hat jetzt jemand laut gegrüßt. –

Herr Feldeck von Feldrind ist es. – Ein feiner Kopf.

Die Brusttasche dick geschwollen. – Stearinkerzen hat er drin. – Er nimmt sie immer aus den Laternen seiner Equipage, damit sie der Kutscher nicht stiehlt.

Man dreht sich um: Ah!

Die harmlose kleine Frau Doktor Teichhut ist vorbeigegangen. Klapp, klapp, klapp, mit hohen Absätzen. Sie imitiert sengenden Blick, sieghaft, als hätte sie ein neues Laster erfunden.

Und dort hält ein Wagen. Welch prächtiger Landauer!

Schau nur!

Die Gemahlin des Millionärs Steißbein sitzt darin und isst mit bloßen Fingern kalte Linsen aus ihrer Pompadour.

Verlegen ruft die Tochter, die eben vorübergeht, ihr zu:

»Aber Mamma, was esst du das?!«

Jedoch die alte Dame lässt sich nicht beirren.

Ja, und wer ist denn das? – Schon aus Wien zurück? – Ah, da staun ich:

Der Hauptmann Aaron Gedalje Hehler vom Infanterieregiment Nr. 202 ist angekommen. – Schreibabteilung natürlich!

Wer kennt ihn nicht!

Fünfundvierzig Kilo schwer, ist er die Leichtgewichtsbalmachome par excellence. –

Sein unbändiger Mut ist Stadtgespräch, und ein Duell mit ihm muss etwa Schauderhaftes sein.

Gott sei Dank hat er noch keins gehabt.

Er macht einen äußerst verwegenen Eindruck, und daran ist weiter nichts Wunderbares, denn einer seiner Ahnen schon hat sich kühn bis zu weiland Hermann dem Cherusker vorgedrängt, um sich das Knopperngeschäft im Teutoburger Wald nicht entgehen zu lassen.

Erst kürzlich wieder hat man ihn dekoriert, den Hauptmann Hehler, – von Armenien aus, zusammen mit dem Friseur Schicketanz und dem Diurnisten Oberkneifer aus Marienbad, aber gewiss nicht seiner Furchtlosigkeit oder unvergleichlichen Befähigung, die Ehrbegriffe im kabbalistischem Sinne zu deuten, wegen, sondern offenbar der Verdienste halber, die er sich in den Tagen, als er noch ungetauft und Kommis in der Zichorienbranche war, um Armenien und die angrenzenden Länder erworben hatte.

»Maj Kärl is ä hajpohrn Leedi«, singt er abends so gerne beim Wein, denn er liebt die englische Sprache, – Hauptmann Gedalje Hehler!

Jetzt aber, vorgeneigter Leser, folge mir willig ins Café Continental, es ist gerade gegenüber und das Herz Deutsch-Prags.

Siehst du, dort links mündet die Schwefelgasse, so benannt, weil sie täglich der tiefsinnige Rechtsgelehrte Jellinek durchquert, und dort rechts steht der Insektenpulverturm, der mit Recht die »Zeltnergasse« abschließt.

Für Leute, die noch nicht in Prag akklimatisiert sind, empfiehlt es sich ja allerdings, ehe sie zum Besuche des Caféhauses schreiten, sich längere Zeit in einem Wachsfigurenkabinett abzuhärten.

Man wird dann nicht so leicht erschrecken und manche kleine Freude haben, wenn man gelegentlich einen oder den anderen verbürgten Prager Ehrenmann kennen lernt und sich innerlich froh gestehen kann: hurra, ganz denselben Kopf habe ich ja schon in Spiritus gesehen.

Selbstverständlich ist und bleibt aber ein Panoptikum immer nur ein mildes Training, und so manchem, der unvorbereitet das Café betrat, ist der Schreck arg in die Glieder gefahren. –

Ahnungslos drängt man sich zwischen Sesseln hindurch, wehrt dankend dem aufmerksamen Kellner, der einem verbindlich sämtliche österreichischen Wochen-, Tages- und Sennesblätter anbietet, und sieht plötzlich auf:

Um Gottes willen, was ist denn das? –

Da sitzen ja drei assyrische Flügelstiere hinter einem Tisch? –

Mit langen, schwarzen viereckigen Bärten und glühenden Augen, und starren einem auf die Stelle, wo man die Brieftasche stecken hat.

Es sind aber nur der Herr Eisenkaß aus der Schmielesgase, der Herr Jettinger und der Spezialist für unheilbare Krankheiten Doktor Paschory, und ihr Aussehen büßt viel an Schrecklichkeit ein, wenn sie aufstehen, denn sie haben krumme Hosen und den friedlichen Plattfuß.

Und in der Stammecke tagaus tagein, da sitzt ein Herr, der ist vielleicht gar kein Herr, sondern ein Kondor. Er ist immer à quatre epingles, aber er ist doch ein Raubvogel.

Er ist sogar ganz gewiss ein Raubvogel!

Wetten?

Seinen Namen habe ich vergessen, er soll eine »Seehandlung« betreiben, sagt man. – Heißt wohl, er handelt, was er »seht«. –

Mit seinen kleinen Augen, dem dünnen, faltigen Hals und dem riesigen Kondorschnabel ist er entsetzlich unheimlich anzuschauen; weiß Gott, man würde sich nicht wundern, wenn er plötzlich still in seine Tasche griffe, einen Haufen Gedärme hervorzöge und sie unter heiserem Geierschrei verzehren würde. –

Und jetzt steht plötzlich alles auf und grüßt ehrerbietig!?! Ein würdevoll aussehender Herr ist soeben eingetreten, – ein kleines Unterschleifchen im Knopfloch – und dankt herablassend nach allen Seiten. –

Er war früher Offizier. Jetzt ist er falscher Zeuge von Beruf.

Daher die allgemeine Beliebtheit.

III. Aufzug

»Tratarah – Tratharah – Obácht – Obácht – Kanál – Kanáal.« Das Angriffssignal der Prager Bürgereskadron schallt durch die Straßen.

Ein Mann fehlt: – der Fiakerkutscher Kottysch hat in letzter Stunde sein Handpferd nicht hergeborgt.

Angsterfüllt schlottern die Greise auf ihren Gäulen im Asthmagalopp durch die Straßen.

Konkurs hippique! –

Tsin–fum Trarah tsin–fum tsin–fum – – und die Grenadiere ziehen mit riesigen Damenmuffs aus schwarzem Pelz auf dem Kopfe über den Graben.

Die vernickelten Bajonette blitzen in der Sonne.

Ein kriegerisches Stimmungsbild von packender Gewalt!

Man fühlt, jeden Augenblick kann etwas Großes geschehen, vielleicht tritt Lohengrin plötzlich aus einem Anstandsort hervor und schließt sich an.

Voran todesmutig als Generalfeldmarschall der Hosenschneider Kvasnitschka.

Ja, ja, das sind die Grenadiere, vor denen sich schon Friedrich der Große so entsetzlich gefürchtet hat.

Eine halbe Stunde später, und wieder tönen Klänge durch die Luft.

Diesmal mehr potpourriartig:

»Ja, die Muh–sik, sie spie–lät so siß,
Geht ins Herz – und – in – die Fiß'.«

Diesmal ist es die Gilde der Müller!

Sie tragen weiße Strümpfe, gelbe Hosen, einen grünen Rock, violette Samtkappen – obendrauf Astrachan – der Quadratkilometer zwei Kreuzer – und gigantische Beile über den Schultern. –

Das alles bringt eben das Müllergewerbe so mit sich.

Kaum sind die vorbei, kommt es rot heranmarschiert. – Die böhmischen Turner – »Sokols« genannt – mit blutrotem Hemd, um die Grausamkeit anzudeuten, und der Eleganz und Behändigkeit wegen mit Schaftstiefeln angetan.

Eine hellblaue Fahne weht ihnen voran – dem Europäer ist wohl, wenn ihm etwas voranweht – darauf das silberne Wahrzeichen der slawischen Turnerschaft: Ein Geier mit einer Hantelstange in den Krallen. –

Denn der Geier ist und bleibt nun einmal das trefflichste Symbol für den Turner; – was ist der Affe dagegen?!

– Wer von uns hätte noch nicht Gelegenheit gehabt, zu belauschen, wie sich die Geier – wenn alles still ist – leise, leise in die Eisenhandlungen schleichen, – husch, die schwersten Hanteln ergreifen und sich in die Lüfte schwingen, heimwärts, dem unwirtlichen Felsenhorste zu, um zu Hause ihrem Weibchen das Hantelstemmen beizubringen.

– Welch prächtiges Naturspiel!

Aufzug um Aufzug wälzt sich durch die Gassen, – den Schluss bildet eine kleine, ernste, schwarz gekleidete Schar: der Hausmeistersparverein »U Hadrbolce«.

Sie kommen aus der Teinkirche und haben dort zu Ehren ihres Obmannes, des Herrn Frantisek Fanfule, der – den heutigen Tag mit gezählt – nunmehr durch volle fünfundzwanzig Jahre niemals um ein Darlehen bei der Vereinskasse angesucht hat, – ein Hochamt zelebrieren lassen. Jede Truppe zieht zuerst vor das böhmische Nationaltheater, jubelt dort, und dann geht es zum Deutschen Kasino.

Dort wird Halt gemacht und längere Zeit ein Wort wiederholt, das ungefähr soviel wie »Krepier!« bedeutet. –

Die Kasinoidioten aber sitzen währenddessen gleichmütig hinter den Fensterscheiben und fürchten sich nicht.

Ich bin unberufen kein Prager, würde mich aber auch nicht fürchten, denn der »Aufzug« ist in Prag etwas ganz Alltägliches.

Überdies verfügt das Deutsche Kasino über geheime Hilfskräfte eigener Art.

Die Stadt steht nämlich bekanntermaßen auf einem Netz unterirdischer Gänge, und ein solcher geheimer Gang verbindet diesen Mittelpunkt Prager deutschen Lebens mit dem fernen, aber stammverwandten Jerusalem.

Wenn es nun wirklich einmal schief gehen oder die deutsche Burschenschaft Markomannia, woran, Gott soll hüten, allerdings kaum gedacht werden darf, – versagen sollte, so genügt ein einfacher Druck auf ä elektrische Knopp, und im Handumdrehen sind ein paar hundert frische Makkabäer zur Stelle.

Und da soll man sich dann nix sicher fühlen!!

IV. Gesellschaft

Bei Doktor Serbes ist Soiree. –

»Huhuu – huu – hu«, – es wird gesungen und Klavier gespielt.

Es ist schon zehneinviertel Uhr, und immer noch huu – huu – wird gesungen. –

Dem Herrn Richter knurrt der Magen.

Die Tochter des Hauses ist weiß lackiert.

Endlich wird serviert.

Krebse auf einer Schüssel, kleine steinharte Krebse, – denn der Monat hat vier »r«. –

Aber in der Mitte (der Schüssel natürlich) liegt ein Hummer. Man sticht hinein, es prasselt; der Hummer ist nur eine Attrappe.

Also an die Krebse! – Für jeden Gast ist einer da.

Plötzlich knallt es, – ein Herr ist mit dem Messer ausgerutscht und hat fast den Teller zertrümmert. Sein Krebs aber ist über den Tisch und unter das Buffet geflogen.

Die übrigen Gäste lassen entmutigt von den ihrigen ab, und das Gericht wird abgetragen.

Es werden Stimmen laut, einer oder der andere der Krebse müsse ein Briefbeschwerer gewesen sein.

Ein Lachs kommt, – – mit Kartoffeln.

Man will hineinstechen!

Ausgeschlossen!

Der Lachs ist roh. Nicht einmal ausgenommen.

Man nimmt Kartoffeln.

Der Lachs ist natürlich absichtlich nicht gekocht.

Er wird erst morgen mittag gekocht.

Schon wieder kracht etwas; der Terrier des Hauses ist unter das Buffet gekrochen und knackt den Krebs.

Also doch kein Briefbeschwerer.

Ein neuer Gang: – – – Lebkuchenherzen.

Jawohl, jawohl, Lebkuchenherzen!

Und dann kommt das Dessert: die zwei Dienstmädchen bringen auf einem Tablett ein Kindergrab herein.

Ringsherum in Eierbechern ist Gefrorenes.

Das Kindergrab aber ist leider leer.

Dann sollte wieder – – Huuuhuuuh – gesungen werden, aber das wurde dem Herrn Richtov zu dumm, und er geht in die Küche und lässt auf seine Kosten von den Dienstmädchen hundert Paar heiße Würstel und zwanzig Liter Bier aus dem Wirtshaus holen.

Das freute alle sehr, und besonders die Familie Serbe, die ein über das andere Mal in die Hände klatscht und sagt, es kommt ihr so ungeheuer lustig und originell vor, wie da mit einem Schlage aus dem Souper ein Picknick geworden sei. Und heiterer Laune essen sie sämtliche Würste auf bis zu

Ende.

Der Albino

I

»Sechzig Minuten noch – bis Mitternacht«, sagte »Ariost« und nahm die dünne holländische Tonpfeife aus dem Mund. »Der dort« – und er wies auf ein dunkles Porträt an der rauchgebräunten Wand, dessen Züge kaum mehr kenntlich waren – »der dort wurde Großmeister gerade vor hundert Jahren weniger sechzig Minuten.«

»Und wann zerfiel unser Orden? – Ich meinte, wann sanken wir zu Zechbrüdern herab, wie wirs jetzt sind, Ariost?«, fragte eine Stimme aus dem dichten Tabakqualm heraus, der den kleinen altertümlichen Saal erfüllte.

Ariost flocht die Finger durch seinen langen weißen Bart, fuhr wie zögernd über die Spitzenhalskrause an seinem samtnen Talar: – – »Es wird in den letzten Dezennien gewesen sein – – – vielleicht – kam es auch nach und nach.«

»Du hast da eine Wunde in seinem Herzen berührt, Fortunat«, flüsterte »Baal Schem«, der Arche-Zensor des Ordens im Ornate der mittelalterlichen Rabbiner, und trat aus dem Dunkel einer Fensternische an den Frager heran zum Tisch. – »Sprich von etwas anderem!«

Und laut fuhr er fort: »Wie hieß denn dieser Großmeister im profanen Leben?«

»Graf Ferdinand Paradies«, antwortete rasch jemand neben Ariost, verständnisvoll auf das Thema eingehend, »ja, illustre Namen waren das damaliger Zeit – und früher noch. Die Grafen Spork, Norbert Wrbna, Wenzel Kaiserstein, der Dichter Ferdinand van der Roxas! – Sie alle zelebrierten das ›Ghonsla‹ – den Logenritus der ›asiatischen Brüder‹ im alten Angelusgarten, wo jetzt die Hauptstadt steht. Vom Geiste Petrarcas umweht und Vola Rienzos, die auch unsre ›Brüder‹ waren.«

»So ist es. Im Angelusgarten! Nach Angelus de Florentia benannt, Kaiser Kars IV. Leibarzt, bei dem Rienzo Asyl fand bis zu seiner Auslieferung an den Papst«, fiel eifrig der »Skribe« Ismael Gneiting ein.

»Wisst ihr aber auch, dass von den ›Sat-Bhais‹, den alten asiatischen Brüdern, sogar Prag und – und – Allahabad, kurz alle jene Städte, deren Namen soviel wie ›die Schwelle‹ bedeutet, begründet wurden?! Gott im Himmel, welche Taten, welche Taten! Und alles, alles verraucht, verflogen. Wie sagt doch Buddha: ›Im Luftraum bleibet keine Spur.‹ – Das waren unsere Vorfahren! Wir aber Saufbrüder!! – Saufbrüder!! hip hip hurra; – es ist zum Lachen.«

Baal Schem machte dem Sprecher Zeichen, er möge doch schweigen. – Der aber verstand ihn nicht und redete weiter, bis Ariost sein Weinglas heftig zurückstieß und das Zimmer verließ.

»Du hast ihn verletzt«, sagte Baal Schem ernst zu Ismael Gneiting, »seine Jahre schon hätten dir Rücksicht gebieten sollen.«

»Ah bah«, murrte dieser, »habe ich ihn denn kränken *wollen!* Und wenn auch! Übrigens wird er ja zurückkommen. In einer Stunde beginnt die hundertjährige Feier, der er doch beiwohnen muss.«

»Immer ein Misston, wie ärgerlich«, meinte einer der Jüngeren, »hat es sich doch so gemütlich getrunken.«

Verstimmung lag über der Tafelrunde.

Stumm saßen alle um den halbkreisförmigen Tisch und sogen an ihren weißen holländischen Pfeifen.

In den mittelalterlichen Ordensmänteln, behangen mit kabbalistischen Zierarten sahen sie wie eine spukhafte Versammlung seltsam und unwirklich aus in dem trüben Lichte der Öllampen, das kaum bis in die Ecken des Zimmers und hin zu den vorhanglosen gotischen Fenstern drang.

»Werde ihn besänftigen gehen, den Alten«, sagte endlich »Corvinus«, ein junger Musiker – und ging hinaus.

Fortunat neigte sich zum Arche-Zensor: »Corvinus hat Einfluss auf ihn? – Corvinus?!«

Baal Schem brummte etwas in den Bart: – Corvinus sei mit Beatrix, Ariosts Nichte, verlobt.

Wieder nahm Ismael Gneiting die Rede auf und sprach von den vergessenen Glaubenssätzen des Ordens, der zurückreiche bis in die graue Vorzeit, wo die Dämonen der Sphären noch die Vorfahren der Menschen gelehrt.

Von den schweren düsteren Prophezeiungen, die alle, alle mit der Zeit ihre Erfüllung gefunden hätten, Buchstabe um Buchstabe, Satz für Satz, dass es einen verzweifeln lasse an der Willensfreiheit der Lebenden; -´- und von dem »versiegelten Briefe von Prag«, der letzten echten Reliquie, die heute noch der Orden besitze. »Kurios! Wer ihn vorwitzig öffnen wolle, diesen ›sealed letter from Prague‹, ehe die Zeit erfüllet sei, der – – – wie heißt es doch im Original, ›Lord Kelwyn‹?«, wandte Ismael Gneiting fragend seinen Blick zu einem uralten Bruder, der zusammengesunken und unbeweglich gegenüber in einem geschnitzten und vergoldeten Lehnstuhl saß. *»Der verderbet, ehe er beginnt!* Sein Angesicht wird die Finsternis verschlingen und nicht mehr herausgeben.« – – – – –?

»Die Hand des Schicksals wird seine Züge verbergen im Reiche der Form bis zum Jüngsten Tag«, ergänzte langsam der Greis, bei jedem Worte mit dem kahlen Kopfe nickend, als wolle er den Silben besondere Kraft verleihen – »und wird sein Gesicht austilgen aus der Welt der Umrisse. Unsichtbar wird sein Antlitz werden: unsichtbar für alle Zeit! *Verschlossen gleich dem Kern in der Nuss* – – –, gleich dem Kern in der Nuss.«

– Gleich dem Kern in der Nuss! – die Brüder in der Runde sahen sich erstaunt an.

Gleich dem Kern in der Nuss! – seltsames, unverständliches Gleichnis!

Da ging die Türe auf, und Ariost trat ein.

Hinter ihm der junge Corvinus.

Der zwinkerte den Freunden fröhlich zu, als wolle er sagen, alles sei wieder in Ordnung mit dem Alten.

»Frische Luft! Lassen wir frische Luft ein«, sagte jemand und ging zu den Fenstern und öffnete eins. Viele standen auf und schoben ihre Sessel zurück, hinauszusehen in die Vollmondnacht, wie die Mondesstrahlen opalgrün auf dem buckligen Pflaster des Altstätter Ringes glänzten.

Fortunat wies auf den blauschwarzen Schlagschatten, der von der Teinkirche über das Haus hinweg auf den alten menschenleeren Platz fiel und ihn in zwei Hälften zerschnitt: »Die riesige Schattenfaust da unten mit den zwei vorgestreckten Spitzen – die mit Zeige- und Merkurfinger nach Westen deutet, ist sie nicht wie das uralte Abwehrzeichen gegen den bösen Blick?«

In den Saal kam der Diener und brachte neue Chiantiflaschen – mit langen Hälsen – wie rote Flamingos – – Um Corvinus hatten sich in einer Ecke seine jüngeren Freunde geschart und erzählten ihm halblaut und lachend von dem »versiegelten Briefe von Prag« und der verrückten Prophezeiung, die sich an ihn knüpfe.

Aufmerksam hörte Corvinus zu, dann blitzte es übermütig in seinen Augen auf wie ein lustiger Einfall.

Und in hastigem Flüsterton machte er seinen Freunden einen Vorschlag, den sie mit Jubel begrüßten.

So ausgelassen wurden ein paar von ihnen, so ausgelassen, dass sie auf einem Bein tanzten und sich vor Tollheit kaum mehr zu halten wussten. – –

Die Alten waren allein.

Corvinus hatte sich mit seinen Kumpanen in großer Eile auf eine halbe Stunde beurlaubt; er müsse sich bei einem Bildhauer das Gesicht in Gips abgießen lassen, um ein spaßiges Vorhaben, wie er sagte, noch rasch vor Mitternacht, ehe die große Feier beginne, auszuführen. – – –

– – – »Närrische Jugend«, murmelte Lord Kelwyn. – »Das muss wohl ein seltsamer Bildhauer sein, der so spät noch arbeitet«, sagte jemand halblaut.

Baal Schem spielte mit seinem Siegelring: »Ein Fremder, *Iranak-Essak* heißt er, sie sprachen vorhin von ihm. Er soll nur in der Nacht arbeiten und bei Tage schlafen; – er ist ein Albino und verträgt kein Licht.«

– – »Arbeitet nur in der Nacht?«, wiederholte zerstreut Ariost, der das Wort Albino überhört hatte.

– – Dann blieben alle stumm eine lange Zeit.

»Ich bin froh, dass sie fort sind – die Jungen«, – brach endlich Ariost gequält das Schweigen.

»Wir zwölf Alten sind so wie die Trümmer aus jener vergangenen Zeit, und wir sollten zusammenhalten. – Vielleicht treibt dann unser Orden nochmals ein frisches grünes Reis. Ja! – Ja, ich trage die Hauptschuld am Zerfall.«

Stockend fuhr er fort: »Ich möchte euch gerne eine lange Geschichte erzählen; – und mein Herz ausschütten, bevor sie zurückkommen – die andern, – und ehe das neue Jahrhundert einzieht.«

Lord Kelwyn in dem Thronsessel sah auf und machte eine Bewegung mit der Hand, und die übrigen nickten zustimmend.

Ariost sprach weiter: »Ich muss es kurz machen, sollen meine Kräfte ausreichen bis zum Ende. Hört also.

Vor dreißig Jahren, ihr wisst, war Doktor Kassekanari Großmeister und ich sein erster Arche-Zensor.

Das Steuer des Ordens lag nur in unserer Hand. – Doktor Kassekanari war Physiolog – ein großer Gelehrter. Seine Vorfahren stammen aus Trinidad – ich denke von Negern – daher wohl seine grauenhafte exotische Hässlichkeit! Doch das wisst ihr alle noch.

Wir sind Freunde gewesen; – wie aber heißes Blut auch die festesten Dämme niederreißt, so – –. Kurz, ich betrog ihn mit seiner Frau Beatrix, die schön war wie die Sonne und die wir beide liebten über alle Maßen. – –

Ein Verbrechen unter Ordensbrüdern!!

– – – Zwei Knaben hatte Beatrix, und einer von ihnen – Pasqual – war mein Kind.

Kassekanari entdeckte die Untreue seiner Gattin, ordnete seine Angelegenheiten und verließ Prag mit den beiden kleinen Kindern, ohne dass ich es hätte verhindern können. Zu mir hat er kein Wort mehr gesprochen, mich nicht einmal mehr angeblickt.«

Einen Augenblick lang schwieg Ariost und starrte wie geistesabwesend an die gegenüberliegende Wand. Dann fuhr er fort:

»Nur ein Hirn, das die finstere Fantasie eines Wilden mit der durchdringenden Verstandesschärfe des Gelehrten, des tiefsinnigsten Kenners menschlicher Seelenvorgänge, verband wie das seine, konnte den Plan ersinnen, der Beatrix das Herz im Leibe verbrannte, mir arglistig den freien Willen stahl und mich langsam hineinzwang in die Mitschuld an einem Verbrechen, das grauenvoller kaum gedacht werden kann.

Meiner arme Beatrix erbarmte sich wohl bald der Wahnsinn, und ich segne die Stunde ihrer Erlösung.«

Des Sprechers Hände schlugen wie im Fieber und verschütteten den Wein, den er zur Stärkung zum Munde führen wollte.

»Weiter! Nicht lange war Kassekanari fort, da kam ein Brief von ihm mit einer Adresse, die alle ›wichtigen Nachrichten‹, wie er sich ausdrückte – an ihn befördern werde – *wo immer er sich auch aufhalten möge.*

Und gleich darauf schrieb er, nach langem Grübeln sei er zur Überzeugung gekommen, der kleine Manuel sei mein Kind, der jüngere Pasqual dagegen zweifellos das seinige. Während es in Wirklichkeit sich gerade umgekehrt verhielt. –

Aus seinen Worten klang eine dunkle Rachedrohung, und ich konnte mich einer leisen Regung selbstsüchtiger Beruhigung nicht erwehren, meinen kleinen Sohn Pasqual, den ich anders ja nicht zu schützen vermochte, infolge dieser Verwechslung gegen Hass und Verfolgung gefeit zu wissen.

So schwieg ich denn und tat unbewusst den ersten Schritt jenem Abgrunde zu, aus dem es kein Entrinnen mehr gab.

Viel, viel später erschien es mir wie Arglist, – – als habe Kassekanari mich an eine Verwechslung nur glauben lassen, um mir die unerhörtesten Seelenqualen aufzubürden. Langsam zog das Ungeheuer die Schraube zu.

In regelmäßigen Intervallen, mit der Pünktlichkeit eines Uhrwerkes trafen mich seine Berichte über gewisse physiologische und vivisektorische Experimente, die er, – ›um fremde Schuld zu sühnen und zum Wohle der Wissenschaft‹ – an dem kleinen Manuel – der ja nicht *sein* Kind sei, ›wie ich doch stillschweigend zugegeben‹ – vornehme, – wie an einem Wesen vornehme, das seinem Herzen ferner stehe als ein beliebiges Versuchstier.

Und Fotografien, die beilagen, bestätigten die entsetzliche Wahrheit seiner Worte. – Wenn solch ein Brief ankam und verschlossen vor mir lag, da glaubte ich, ich müsse meine Hände in lodernde Flammen stecken, um die furchtbare Folter zu übertäuben, die mich bei dem Gedanken zerriss, wieder von neuen gesteigerten Schrecknissen erfahren zu müssen.

Nur die Hoffnung, endlich, endlich doch den wahren Aufenthalt Kassekanaris entdecken und das arme Opfer befreien zu können, hielt mich vom Selbstmord zurück.

Stundenlang lag ich auf den Knien, Gott anflehend, mich die Kraft finden zu lassen, den Brief ungelesen zu vernichten.

Aber niemals fand ich die Kraft dazu.

Immer wieder habe ich die Briefe geöffnet, und immer wieder bin ich in Ohnmacht zusammengebrochen. Kläre ich ihn auf über seinen Irrtum, sagte ich mir vor, so fällt wohl sein Hass auf meinen Sohn, der andere aber – der Unschuldige – ist erlöst!

Und ich griff zur Feder, um alles zu schreiben, zu beweisen.

Doch der Mut verließ mich – ich konnte nicht wollen und wollte nicht können und wurde so zum Missetäter an dem armen kleinen Manuel, – – der doch auch Beatrix' Kind war, – – – indem ich schwieg.

Das Fürchterlichste jedoch in allen meinen Qualen war das gleichzeitige grauenvolle Emporzüngeln eines fremden, finsteren Einflusses in mir, über den ich keine Gewalt hatte, der sich in mein Herz schlich, – leise und unwiderstehlich – eine Art hasserfüllte Befriedigung, dass es sein eigenes Fleisch und Blut sei – gegen das das Ungeheuer raste.«

Die Logenbrüder waren aufgesprungen und starrten Ariost an, der sich in seinem Sessel kaum aufrecht erhielt und die Sätze mehr flüsterte als sprach.

»Jahrelang hat er Manuel gefoltert –, ihm Martern zugefügt, deren Schilderung ich nicht über die Lippen bringe – hat ihn gefoltert und gefoltert, bis ihm der Tod das Messer aus der Hand schlug, – hat Bluttransfusionen von weißen entarteten Tieren und solchen, die das Tageslicht scheuen, an ihm vollzogen, – ihm die Gehirnteilchen exstirpiert, die nach seinen Theorien die guten und milden Regungen im Menschen erwecken, – und ihn dadurch zu dem gemacht, was er einen ›seelisch Gestorbenen‹ nannte. Und mit der Ertötung aller menschlichen Regungen des Herzens, aller Keime des Mitleids, der Liebe, des Erbarmens, trat bei dem armen Opfer, genau wie Kassekanari in einem Briefe vorausgesagt, auch die *körperliche* Degeneration ein, jenes grausige Phänomen, das die afrikanischen Völker den ›echten, weißen Neger‹ nennen. – – –

Nach langen, langen Jahren verzweiflungsvollen Forschens und Suchens – die Verhältnisse des Ordens und meine eigenen ließ ich achtlos ihrer Wege treiben – gelang es mir endlich (Manuel war und blieb spurlos verschwunden) meinen Sohn – als Erwachsenen aufzufinden.

Aber ein letzter Schlag traf mich dabei: Mein Sohn nannte sich *Emanuel* Kassekanari – – –!

Derselbe Bruder ›Corvinus‹, den ihr ja alle in unserem Orden kennt. *Emanuel* Kassekanari.

Und er behauptet unerschütterlich, niemals mit dem Vornamen Pasqual genannt worden zu sein.

Seitdem verfolgt mich der Gedanke, dass der Alte mich belogen und Pasqual und nicht Manuel verstümmelt haben könnte, – dass also doch mein Kind zum Opfer gefallen ist.

Die Fotografien damals zeigten die Gesichtszüge so undeutlich, und im Leben sahen die Kinder einander zum Verwechseln ähnlich.

Doch das darf, das darf, das darf ja nicht sein, – das Verbrechen, all die ewiglange Gewissenspein umsonst! – Nicht wahr?«, schrie plötzlich Ariost wie ein Wahnsinniger auf; – »nicht wahr, sagt Brüder, nicht wahr, ›Corvinus‹ ist mein Sohn, mir wie aus den Augen geschnitten!«

Die Brüder sahen scheu zu Boden und brachten die Lüge nicht über die Lippen.

Nickten nur stumm.

Ariost sprach leise zu Ende:

»Und manchmal in schreckhaften Träumen, da fühle ich mein Kind verfolgt von einem scheußlichen, weißhaarigen Krüppel, mit rötlichen Augen, der – lichtscheu – im Zwielicht hasserfüllt auf ihn lauert: Manuel, der verschwundene Manuel, – der – der grauenhafte – – ›*weiße Neger*‹.« Keiner der Logenbrüder konnte ein Wort hervorbringen. – – Totenstille. – –

Da, – als ob Ariost die stumme Frage gefühlt hätte – sagte er halblaut, wie erklärend vor sich hin: »Ein seelisch Gestorbener! – Der weiße Neger – – ein *echter Albino.*«

Albino? – – Baal Schem taumelte an die Wand.

»Barmherziger Gott, der Bildhauer! – Der Albino Iranak-Essak!«

II

»Kriegstrompeten erschallen – weit durch Morgenrot«, – sang Corvinus das Turniersignal aus »Robert der Teufel« vor dem Fenster seiner Braut Beatrix, – Ariosts blonder Nichte, – und seine Freunde pfiffen unisono die Melodie. Gleich darauf flogen die Scheiben auf und ein junges Mädchen im weißen Ballkleid sah in den altertümlichen, im Mondlicht flimmernden »Teinhof« hinab und fragte lachend, ob denn die Herren das Haus zu stürmen gedächten.

»Ah, du gehst auf Bälle, Trixie, – und ohne mich?«, rief Corvinus hinauf, »und wir fürchteten, du schliefest schon längst!«

»Da siehst du, wie ich mich ohne dich langweile, dass ich schon vor Mitternacht zu Hause bin! Was willst du denn nur mit deinen Signalen; ist etwas los?«, fragte Beatrix.

»Was los ist? – Wir haben eine gro–o–oße Bitte an dich. Weißt du nicht, wo Papa den ›versiegelten Brief von Prag‹ liegen hat?«

Beatrix legte beide Hände an die Ohren: »Den versiegelten – was?«

»Den versiegelten Brief von Prag – die olle Reliquie« – schrien alle durcheinander.

»Ich verstehe doch kein Wort, wenn Sie so brüllen, Messieurs« – und Trixie zog das Fenster zu, »aber warten Sie, gleich bin ich unten, – ich suche nur den Hausschlüssel und schleiche mich an der braven Gouvernante vorbei.«

Und in wenigen Minuten war sie vor dem Tore.

»Reizend, entzückend, - so im weißen Ballkleid, im grünen Mondschein«, die jungen Herren umdrängten sie, ihr die Hand zu küssen.

»Im *grünen* Ballkleid, – im *weißen* Mondschein«, – Beatrix knickste kokett und verbarg abwehrend ihre winzigen Hände in einem riesigen Muff, – »und mitten unter lauter ganz *schwarzen Femerichtern!* Nein, muss so ein ehrwürdiger Orden etwas Verrücktes sein!«

Und neugierig musterte sie die langen feierlichen Gewänder der Herren mit den unheimlichen Kapuzen und den goldbestickten kabbalistischen Zeichen.

»Wir sind so Hals über Kopf davongelaufen, dass wir uns gar nicht umkleiden konnten, Trixie«, entschuldigte sich Corvinus und ordnete zärtlich ihr seidenes Spitzentuch.

Dann erzählte er ihr in fliegenden Worten von der Reliquie, »dem versiegelten Brief von Prag«, der verrückten Prophezeiung und dass sie einen prächtigen Mitternachtsspaß ersonnen hätten.

Nämlich zu dem Bildhauer Iranak-Essak zu laufen, einem höchst kuriosen Kerl, – der in der Nacht arbeite, weil er ein Albino sei, übrigens aber eine wertvolle Erfindung gemacht habe: – eine Gipsmaske, die sofort an der Luft hart und unverwüstlich werde wie Granit. Und dieser Albino solle ihm nun rasch einen Gesichtsabguss verfertigen – –

»Dieses Konterfei nehmen wir dann mit, wissen Sie, mein Fräulein«, fiel Fortunat ein, »nehmen ferner den ›geheimnisvollen Brief‹ den Sie uns gütigst im Archiv aufstöbern und ebenso gütig herabwerfen wollen. Wir öffnen ihn natürlich sofort, um den Blödsinn, der darin steht, zu lesen, und begeben uns dann ›verstört‹ in die Loge.

Natürlich wird man uns bald nach Corvinus fragen, und wo er denn stecke. Da wollen wir laut weinend die entweihte Reliquie zeigen und gestehen, er habe sie aufgemacht, und plötzlich sei unter Schwefelgestank der Teufel erschienen, und habe ihn beim Kragen genommen und in die Luft entführt; Corvinus aber, der das vorausgesehen habe, habe sich vorher noch schnell in Iranak-Essaks unzerstörbarem Gipsstein abgießen lassen, zur Sicherheit! Um die schauerlich-schöne Prophezeiung ›vom gänzlichen Verschwinden aus dem Reiche der Umrisse‹ ad absurdum zu führen. Und hier sei nun diese Büste, und wer sich als etwas Besonderes dünke, ob einer der alten Herren, oder alle zusammen, oder die Adepten, die den Orden gegründet, vielleicht der liebe Gott selber, – der trete vor und zerstöre das Steinbild – – wenn er könne. Übrigens lasse Bruder Corvinus alle recht herzlich grüßen, und in längstens zehn Minuten werde er aus dem Hause zurücksein.«

»Weißt du, Schatz, das hat noch das Gute«, unterbrach Corvinus, »dass wir damit den letzten Ordensaberglauben entwurzeln, die öde Zentenarfeier abkürzen und um so schneller dann zum fröhlichen Gelage kommen.

Aber jetzt Adieu und gute Nacht, denn: eins, zwei, drei, im Sauseschritt – läuft die Zeit – – –«

»Wir laufen mit«, ergänzte jauchzend Beatrix und hängte sich in ihres Bräutigams Arm, – »ist's weit von hier zu Iranak-Essak – – – heißt er nicht so? Und wird ihn auch ganz gewiss nicht der Schlag treffen, wenn wir in solchem Aufzug bei ihm einbrechen?!«

»Wahre Künstler trifft nie der Schlag«, schwur Saturnilus, einer der Herren. – »Brüder! Ein Hurra, Hurra, für das mutige Fräulein!«

Und vorwärts ging's im Galopp.

Über den Teinhof, durch mittelalterliche Torbogen, krumme Gassen, um geschweifte Ecken herum und an barocken verwitterten Palästen vorbei. Dann machte man halt.

»Hier wohnt er, Nummer 33«, sagte Saturnilus, atemlos – »Nummer 33, nicht wahr, ›Ritter Cadosh‹? Schau du hinauf, du hast bessere Augen.«

Und schon wollte er läuten, da öffnete sich plötzlich das Haustor nach innen, und gleich darauf hörte man eine scharfe Stimme Worte in Niggerenglisch die Treppen hinaufkreischen. Corvinus schüttelte erstaunt den Kopf: »The gentlemen already here?! – Die Gentlemen *bereits* hier, – das ist ja, als hätte man schon auf uns gewartet!!

Vorwärts also, aber Vorsicht, es ist stockdunkel hier; Licht haben wir nicht, in unseren Kostümen fehlen schlauerweise die Taschen und mit diesen daher auch die so beliebten Schwefelhölzer.«

Schritt für Schritt tappte die kleine Gesellschaft vorwärts – Saturnilus voran, hinter ihm Beatrix, dann Corvinus und die andern jungen Herren: Ritter

Cadosh, Hieronymus, Fortunat, Pherekydes, Kama und Hilarion Termaximus.

Enge gewundene Treppen empor nach links und nach rechts, der Kreuz und der Quer.

Durch offene Wohnungstüren und leere, fensterlose Zimmer tasteten sie sich, immer der Stimme folgend, die unsichtbar und anscheinend ziemlich weit entfernt vor ihnen herging und ihnen kurz die Richtung wies.

Endlich landeten sie in einem Raum, in dem sie wohl warten sollten, denn die Stimme war verstummt und niemand antwortete mehr auf ihre Fragen.

Nichts regte sich.

»Es scheint ein uraltes Gebäude zu sein, mit vielen Ausgängen, wie ein Fuchsbau, – eines jener seltsamen Labyrinthe, wie sie noch aus dem 17. Jahrhundert her in diesem Stadtviertel stehen«, sagte endlich halblaut Fortunat, »und das Fester dort geht wohl auf einen Hof, dass so gar kein Schein hereinfällt!? – Kaum dass sich das Fensterkreuz etwas dunkler abhebt –«

»Ich denke, eine hohe Bauer dicht vor den Scheiben nimmt alles Licht« – antwortete Saturnilus – »finster ist es hier, – nicht die Hand sieht man vor Augen. Nur der Fußboden ist etwas heller. Nicht?«

Beatrix klammerte sich an den Arm ihres Verlobten. »Ich fürchte mich unsagbar in dieser grauenhaften Dunkelheit hier. – Warum bringt man kein Licht –«

»Sst, sst, ruhig alle«, flüsterte Corvinus, »sst! Hört ihr denn nichts!? – Es nähert sich leise irgend etwas. Oder ist es schon im Zimmer?«

– – – *»Dort! Dort steht jemand«*, fuhr plötzlich Pherekydes auf, »dahier, – kaum zehn Schritte von mir, – ich sehe es jetzt ganz genau. *Heda, Sie!«* – rief er überlaut und man hörte seine Stimme beben vor verhaltener Furcht und Erregung. – – –

– *»Ich bin der Bildhauer Pasqual Iranak-Essak«*, sagte jemand mit einer Stimme, die nicht heiser klang und doch seltsam aphonisch war.

»Sie wollen sich den Kopf abgießen lassen! – Schätze ich!«

»Nicht ich, hier unser Freund Kassekanari, Musiker und Komponist«, machte Pherekydes den Versuch, in der Dunkelheit Corvinus vorzustellen.

Ein paar Sekunden Stille.

»Ich kann sie nicht sehen, Herr Iranak-Essak, wo stehen Sie?«, fragte Corvinus.

»Ist's Ihnen nicht hell genug?«, antwortete spöttisch der Albino. »Machen Sie beherzt ein paar Schritte nach links – es ist hier eine offene Tapetentüre, durch die Sie müssen –, sehen sie, ich komme Ihnen schon entgegen.«

Es schien, als schwebte bei den letzten Worten die klanglose Stimme näher heran, und plötzlich glaubten die Freunde einen weißlichgrauen verschwommenen Dunst an der Wand schimmern zu sehen, – die undeutlichen Umrisse eines Menschen.

»Geh nicht, geh nicht, um Christi willen, wenn du mich lieb hast, gehst du nicht«, – flüsterte Beatrix und wollte Corvinus zurückhalten. Dieser wand sich leise los: »Aber Trixie, ich kann mich doch nicht so blamieren, er denkt gewiss schon, wir fürchten uns alle.«

Und entschlossen ging er auf die weißliche Masse zu; um mit ihr im nächsten Augenblick hinter der Tapetentür in der Finsternis – zu verschwinden.

– Beatrix jammerte angsterfüllt vor sich hin, und die Herren versuchten alles mögliche, ihr Mut einzuflößen.

»Seien sie doch ganz unbesorgt, liebes Fräulein«, tröstete Saturnilus, »es geschieht ihm nichts.

Und wenn Sie das Abgießen *sehen* könnten, würde es Sie sehr interessieren und unterhalten. Zuerst, wissen Sie, kommt gefettetes Seidenpapier auf Haare, Wimpern und Augenbrauen. – Öl aufs Gesicht, damit nichts haften bleibt, – und dann drückt man, auf dem Rücken liegend, den Hinterkopf bis an die Ohrränder in eine Schüssel mit nassem Gips. Ist die Masse hart geworden, wird auf das noch freiliegende Gesicht gegossen, so dass das ganze Haupt wie in einen sehr großen Klumpen eingehüllt erscheint. Nach dem Erhärten werden die Verbindungsstellen aufgemeißelt und so ergibt sich die Hohlform für die prächtigsten Abgüsse und Konterfeis.«

»Da muss man doch unfehlbar ersticken«, jammerte das junge Mädchen. Saturnilus lachte: »Natürlich, – wenn man nicht zum Atmen Strohhalme in Mund und Nasenlöcher gesteckt bekäme, die aus dem Gips herausragen, – so müsste man ersticken.«

Und um Beatrix zu beruhigen, rief er laut ins Nebenzimmer: »Meister Iranak-Essak, dauert's lange und wird es weh tun?«

Einen Augenblick herrschte tiefe Stille, dann hörte man die klanglose Stimme von ferne antworten, – wie aus einem dritten, vierten Zimmer herüber oder wie durch dicke Tücher hindurch:

»Mir tut's gewiss nicht weh! Und Herr Corvinus wird sich wohl kaum beklagen, – – he, he. Und lange dauern?! Manchmal dauert's bis zu zwei und drei Minuten.«

Etwas so unerklärlich Erregendes, ein so unbeschreiblich boshaftes Frohlocken lag in diesen Worten und der Betonung, mit der sie der Albino sprach, dass es wie ein erstarrender Schrecken auf die Zuhörer fiel.

Pherekydes krampfte seines Nebenmannes Arm. »Seltsam, wie der redet! Hast du es gehört? – ich halte es nicht länger mehr aus vor wahnsinnigem Angstgefühl. Woher kennt er denn plötzlich Kassekanaris Logennamen ›Corvinus‹? Und gleich anfangs wusste er, weshalb wir gekommen sind?!! Nein, nein; – ich muss hinein. Ich muss wissen, was da drinnen vorgeht.«

In diesem Augenblick schrie Beatrix auf: »Da, – da oben, da oben, – was sind das für weiße scheibenförmige Flecke dort, – an der Wand! –«

»Gipsrosetten, nur weiße Gipsrosetten«, wollte sie Saturnilus beruhigen, »ich habe sie auch schon gesehen, es ist viele heller jetzt – und unsere Augen sind besser an die Dunkelheit gewöhnt – –«

Da schnitt ihm eine heftige Erschütterung, die durch das Haus lief wie der Fall eines schweren Gewichtes, – das Wort ab.

Die Wände zitterten und die weißen Scheiben fielen herab mit klingendem Schall wie von glasiertem Ton, rollten einen Schritt weit und lagen still.

Lagen still und grinsten mit leeren weißen Augen zur Decke empor.

Aus dem Atelier drang ein wilder Lärm herüber, Poltern, Fallen von Tischen und Stühlen.

Dröhnen – –.

Ein Krachen, wie von splitternden Türen, als schlüge ein Rasender um sich im Todeskampf und bahne sich verzweifelt einen Weg ins Freie.

Ein stampfendes Laufen, dann ein Aufprall – – und im nächsten Augenblick brach ein heller unförmiger Steinklumpen durch die dünne Stoffwand – Corvinus' umgipster Kopf! – Und leuchtete – mühsam sich bewegend – weiß und gespenstisch aus dem Zwielicht. Körper und Schultern aufgehalten von den kreuzweise stehenden Latten und Sparren.

Mit einem Ruck hatten Fortunat, Saturnilus und Pherekydes die Tapetentüre eingedrückt, um Corvinus beizuspringen: doch kein Verfolger war zu sehen.

Corvinus, in der Wand eingekeilt bis zur Brust, wand sich in Konvulsionen.

Im Todeskampf bohrten sich seine Nägel in die Hände seiner Freunde, die, fast von Sinnen vor Entsetzen, ihm beistehen wollten.

»Werkzeuge! Eisen!«, heulte Fortunat, »holt Eisenstangen, schlagt den Gips entzwei, – er erstickt! *Das Scheusal hat ihm die Halme zum Atmen herausgezogen – – – und den Mund vergipst!*«

Wie rasend stürzten viele umher, Rettung zu bringen, Sesselstücke, Latten, was sich in der blinden Eile fand, zerbrach an der Steinmasse.

Umsonst!

Eher wäre ein Granitblock zersplittert.

Andere stürmten durch die finsteren Räume und schrien und suchten vergebens nach dem Albino, zertrümmerten, was in den Weg kam; verfluchten seinen Namen; fielen in der Dunkelheit zu Boden, und schlugen sich wund und blutig.

Corvinus' Körper regte sich nicht mehr.

Wortlos und verzweifelt umstanden ihn die »Brüder«.

Beatrix' herzzerreißendes Schreien gellte durch das Haus und weckte ein grausiges Echo, und ihre Finger riss sie blutig an dem Stein, der das Haupt ihres Geliebten umschloss.

Lang, lang war Mitternacht vorüber, da erst hatten sie den Weg ins Freie gefunden aus dem finsteren, unheimlichen Labyrinthe und trugen gebrochen und stumm durch die Nacht die Leiche mit dem steinernen Kopf.

Kein Stahl, kein Meißel hatte vermocht, die grausame Hülle zu sprengen, und so hat man Corvinus begraben im Ornate des Ordens:

»unsichtbar das Antlitz
und verschlossen gleich dem Kern in der Nuss.«

Das – allerdings

Mein lieber Freund Wärndorfer!

Leider traf ich Sie nicht zu Hause, konnte Sie auch anderwärts nirgends finden und muss Sie daher schriftlich bitten, sich doch heute abends mit Zavrel und Doktor Rolof bei mir einzufinden.

Denken Sie nur, der berühmte Philosoph Professor Arjuna Zizerlweis aus Schweden (Sie haben doch von ihm gelesen?) hat gestern mit mir eine Stunde lang im Vereine »Lotos« über spiritistische Phänomene debattiert, und ich habe ihn für heute eingeladen – und er kommt. – –

Er ist begierig, Sie alle kennen zu lernen, und ich denke, wenn wir ihn gehörig ins Kreuzfeuer nehmen, können wir ihn für unsere Sache gewinnen und damit der Menschheit einen vielleicht unschätzbaren Dienst erweisen.

Also, nicht wahr, Sie kommen bestimmt? – (Doktor Rolof soll nicht vergessen, die Fotografien mitzubringen).

In Eile Ihr aufrichtiger
Gustav

Die fünf Herren hatten sich nach dem Souper in das Rauchzimmer zurückgezogen. – Professor Zizerlweis spielte mit dem Kopf eines Igelfisches, der als Streichholzbecher auf dem Tische stand:

»Was Sie mir da erzählen, Herr Doktor Rolof, klingt ja recht wunderlich und für Laien verblüffend, aber die Umstände, die Sie zum Beweise anführen, man könne quasi die Zukunft fotografieren, sind durchaus nicht zwingend. Im Gegenteil lassen sie eine viel näher liegende Erklärung zu. – Fassen wir zusammen: – Ihr Freund also, Herr Zavrel, gibt an, er sei ein sogenanntes Medium, – das heißt, seine bloße Nähe reiche bei gewissen Personen hin, um Phänomene ungewöhnlicher Art zu erzeugen, die dem Auge zwar unsichtbar sind, sich jedoch fotografisch festhalten lassen.

Sie haben nun, meine Herren, eines Tages einen scheinbar völlig gesunden Menschen fotografiert und beim Entwickeln der Platte –«

»Jawohl, beim Entwickeln der Platte kamen auf dem fotografieren Gesicht eine Menge Narben zum Vorschein, die erst zwei Monate später, bitte, zwei Monate, auf der Haut der betreffenden Person als Folge eines durchgemachten Blatternfalles entstanden«, – unterbrach Doktor Rolof.

»Gut, gut, Herr Doktor, bitte, lassen Sie mich nur ausreden. – Angenommen nun, es läge wirklich kein Zufall vor – Pardon, meine Herren, ich meine nur – also – – – – kein Zufall vor, wie wollen Sie aus diesen Umständen beweisen, man habe hier – – die Zukunft fotografiert?! Ich sage (übrigens ist Ihr Versuch keineswegs neu), die optische Linse zeichnete nur schärfer, sah einfach mehr als das menschliche Auge, sie sah die Blattern im Keime, dieselben Blattern, die ein bis zwei Monate später erst, wie wir es nennen, zum ›Ausbruch‹ kamen, das heißt akut wurden!!« Triumphierend blickte Professor Zizerlweis im Kreise umher, weidete sich einen Moment an der Verblüffung seiner Gegner und begann dann eifrig an seiner halberloschenen Zigarre zu saugen, unter gierigem Schielen ihr Anglimmen belauernd.

»Möglich! – Wie erklären Sie dann aber folgendes, Herr Professor?«, nahm jetzt Zavrel das Wort.

»Eines Tages fotografierten wir einen jungen Mann; – wir wussten übrigens nichts Näheres über ihn und kannten ihn nur flüchtig – – eine Kaffeehausbekanntschaft – wir wären wohl gar nicht auf die Idee gekommen, mit ihm zu experimentieren, wenn nicht Gustav, eigentlich ohne jeden Anhaltspunkt, – in diesem Fall etwas ganz Besonderes, eine wissenschaftliche Ausbeute in unserem Sinne, gewittert hätte. Also wir machen die Aufnahme, ›entwickeln‹, und auf dem Bild zeigt sich mitten auf der Stirn ein deutlicher kreisrunder schwarzer Fleck.«

– Eine kurze Pause Stillschweigens.

»Na – und?«, fragte der Philosoph.

»Und? – vierzehn Tage später tötete sich der junge Mann – – – durch eine Schuss in die Stirne.

Sehen Sie, hier genau an dieser Stelle, – hier haben Sie beide Fotografien, – die da als Leiche und diese vierzehn Tage früher.

Vergleichen Sie selbst!«

Während einiger Minuten versank Professor Zizerlweis in tiefes Nachdenken, und sein Auge wurde glanzlos wie blaues Zuckerpapier.

»Diesmal haben wir's ihm gegeben«, flüsterte Wärndorfer und rieb sich die Hände. – Da erwachte der Professor aus seinem Brüten und fragte:

»Hat der junge Mann die fotografische Platte mit dem Fleck auf der Stirne je zu Gesicht bekommen? – Ja? – Nun, da liegt die Sache doch ganz einfach: der Mensch trug sich schon damals mit Selbstmordideen. Sie zeigten ihm das Bild, und er, der sehr wohl wusste, dass es sich hier um ein mediumistisches Experiment handle, trug infolgedessen, ›unterbewusst‹ eine Suggestion davon.

Nicht etwa, dass er sich dessentwegen umgebracht hätte, – nein; aber durch die Stirne schoß er sich, ohne natürlich sich bewusst zu sein, dass die Idee dazu bereits durch den Anblick des Bildes in ihm geboren war.

Hätte er die Platte damals nicht gesehen, würde er vielleicht eine ganz andere Todesart gewählt haben, – Ertränken, Erhängen, Gift oder dergleichen.«

»Und der Fleck, – wie kam der Fleck auf die Platte, Herr Professor?«

»Der Fleck? – wird eben ein Schatten, ein Stäubchen im Objektiv, ein vorbeifliegendes Insekt vielleicht, möglicherweise auch ein Plattenfehler oder etwas dergleichen Grobsinnliches gewesen sein. – – Kurz und gut, mit solchen Beweisen dürfen Sie einem Forscher wie mir nicht kommen, – diese Fälle sind alle nicht zwingend.«

Betrübt saßen die Freunde und ließen die Flut der Beredsamkeit des Professors Zizerlweis über sich ergehen, der in seinem Sieg förmlich schwelgte.

»Wenn man dem Kerl nur irgend etwas entgegnen könnte auf seine Hypothesen«, raunte der Hausherr Doktor Rolof zu, »schau nur, wie er ekelhaft ist, wenn er so salbadert; – sieht er nicht aus mit seinem kurzen Kinn- und Schnurrbart, als ob ihm ein schwarzes Vorhängeschloss unter der Nase hinge? – widerlicher Bursche; – ist vielleicht gar kein Schwede. – Zizerlweis! Professor Arjuna Zizerlweis!!« – – »Rede dich nicht in Wut«, beruhigte Rolof seinen Freund, – während Wärndorfer sich im Schweiße seines Angesichtes abmühte, dem Professor wenigstens halbwegs anständige Begriffe von Kunst, wenn er schon nicht an Spiritismus glauben wolle, beizubringen –, »reg dich nicht auf, vielleicht – – – – doch, Herrgott, sind wir denn alle verrückt?! – Wir haben doch die Hauptsache noch gar nicht erzählt! – Kinder! – *das Bild ohne Kopf!*«

»Hurra, das Bild ohne Kopf«, riefen alle, »das war doch unser erster und bester Versuch, – Sie, Herr Professor, hören Sie« – –

»Lasst mich, mich lasst erzählen!«, rief Gustav jubelnd.

»Kennen Sie hier in der Stadt einen gewissen Chiçier, Herr Professor? – Nein?

Das macht übrigens nichts, er ist jetzt Oberleutnant, damals aber war er noch Kommis in einem Zichoriengeschäft. – Jetzt sind es etwa so sechzehn Jahre her, und wir begannen gerade mit unseren mediumistisch-fotografischen Experimenten.

Weiß der Teufel, wie wir gerade auf diesen Kommis, den Chiçier , verfielen – aber kurz und gut, wir hatten ihn aufs Korn genommen und beschlossen, ihn, so sehr er sich auch wehrte – er war schon damals ein Mordsfeigling, – inmitten einer spiritistischen Sitzung bei Magnesiumlicht zu fotografieren.

Während der Sitzung selbst war gar nichts vorgefallen, nicht das geringste Phänomen hatte sich gezeigt, – desto seltsamer war das Resultat auf der Platte. – Ich werde dann das Bild heraussuchen, damit Sie sich selbst genau überzeugen können. – Das Negativ ›kam‹ rasch in der Hervorruferflüssigkeit, aber – wir waren sprachlos – *der Kopf fehlte*; – keine Spur davon; – fehlte einfach.«

– »Wahrscheinlich« – unterbrach Professor Zizerlweis – »Hören Sie doch nur zu, was jetzt kommt; – wir raten also hin und her, und da wir zu keinem Schlusse gelangen, packen wir die Platte sorgfältig ein und tragen sie am nächsten Tage zu Fuchs – Berufsfotograf, gleich gegenüber ... Obstgasse.

Na, und der wendet denn auch die schärfsten chemischen Entwickler an, um aus dem Negativ noch möglichst viel ›herauszuholen‹.

Und richtig, immer deutlicher und deutlicher zeigen sich im Kreise gerade über dem Hemdkragen des Bildes, dort wo der Kopf hätte sein sollen, dreizehn gleich große Lichtflecken; sehen Sie, so angeordnet: eins – zwei; ein –

zwei, vier, vier und eins! genau die typische Anordnung der Himmelskörper im *Sternbild des ›großen Schöpsen‹*.

Nun, sind Sie jetzt überzeugt, Herr Professor?!

Das Symbol ist doch wohl nicht misszuverstehen!«

Professor Zizerlweis sah etwas verlegen drein: »Ich verstehe nicht ganz, was soll das mit der Zukunft zu tun haben, die sie doch behaupten zu fotogr...«

– – »Aber, aber, Herr Professor, haben Sie denn nicht begriffen?«, riefen alle durcheinander, »der Mann schlug doch später die *Militärkarriere* ein, ging zur Infanterie, – ließ sich ›aktivieren‹, wie man das in Österreich nennt.«

Da ließ der Gelehrte in größter Überraschung seine Zigarre fallen; vor Staunen konnte er kaum ein Wort finden:

»Hm, hm, – das allerdings, das allerdings!« –

Chimäre

Reifes Sonnenlicht liegt auf den grauen Steinen, – der alte Platz verträumt den stillen Sonntagnachmittag. –

Aneinandergelehnt schlummern die müden Häuser mit den verfallenen Holztreppen und heimlichen Winkeln, – mit den treuen Mahagonimöbeln in den kleinen altmodischen Stuben.

Und warme Sommerluft atmet durch wachsame offene Fensterchen.

Ein Einsamer geht langsam über den Platz zur Kirche des heiligen Thomas, die fromm herabsieht auf das ruhige Bild. Er tritt ein. – Weihrauchduft.

Seufzend fällt die schwere Türe zurück an das Lederpolster. Verschlungen ist der laute Schein der Welt – grünrosa fließen die Sonnenstrahlen durch schmale Kirchenfenster auf die heiligen Steinquadern. – Hier unten ruhen die Frommen aus vom wechselnden Sein.

Der Einsame atmet die tote Luft. – Gestorben sind die Klänge, andächtig liegt der Dom im Schatten der Töne. – Das Herz wird ruhig und trinkt den dunkeln Weihrauchduft.

Der Fremde blickt auf die Schar der Kirchenbänke, die, weihevoll zum Altar hingebeugt, wie auf ein kommendes Wunder warten.

Er ist einer jener Lebendigen, die das Leid überwunden haben und mit andern Augen tief hineinsehen in eine andere Welt. Er fühlt den geheimnisvollen Atem der Dinge: Das verborgene lautlose Leben der Dämmerung.

Die verleugneten, heimlichen Gedanken, die hier geboren wurden, ziehen unstet – suchend durch den Raum. Wesen ohne Blut, ohne Freude und Weh – wachsbleich, wie die kranken Gewächse der Dunkelheit.

Verschwiegen schwingen die roten Ampeln – feierlich – an langen geduldigen Stricken; – der Luftzug von den Flügeln der goldenen Erzengel bewegt sie. –

– Da. Ein leises Scharren unter den Bänken. – Es huscht zum Betstuhl und versteckt sich.

Jetzt kommt es um die Säule geschlichen:

Eine bläuliche Menschenhand!

Auf flinken Fingern läuft sie am Boden hin: eine gespenstische Spinne! – Horcht. – Klettert eine Eisenstange empor und verschwindet im Opferstock.

Die silbernen Münzen darin klirren leise.

Träumend ist ihr de Einsame mit den Augen gefolgt, und seine Blicke fallen auf einen alten Mann, der im Schatten eines alten Pfeilers steht. – Die beiden sehen sich ernst an.

»Es gibt viele gierige Hände hier«, flüstert der Alte.

Der Einsame nickt.

Aus dem nächtigen Hintergrunde ziehen trübe Gestalten heran. Langsam – sie bewegen sich kaum.

Betschnecken!

Menschenbüsten – Frauenköpfe mit schleiernden Umrissen auf kalten, schlüpfrigen Schneckenleibern – mit Kopftüchern und schwarzen katholischen Augen – saugen sie sich lautlos über die kalten Fliesen.

»Sie leben von den leeren Gebeten«, sagt der Alte. »Jeder sieht sie, und doch kennt sie keiner, – wenn sie tagsüber bei den Kirchentüren hocken.«

Wenn der Priester die Messe liest, schlafen sie in den Flüsterecken.

»Hat sie mein Hiersein im Beten gestört?«, fragt der Einsame. –

Der Alte tritt an seine linke Seite: »Wessen Füße im lebendigen Wasser stehen, der ist selber das Gebet! Wusste ich doch, dass heute einer kommen würde, der *sehen* und *hören* kann!«

Gelbe Lichtreflexe hüpfen über die Steine, wie Irrlichter.

»Sehen Sie die Goldadern, die sich hier unter den Quadern hinziehen?« Das Gesicht des Alten flackert.

Der Einsame schüttelt den Kopf: »Mein Blick dringt nicht so tief. – Oder meinen Sie es anders?«

Der Alte nimmt ihn an der Hand und führt ihn zum Altar. – Das Bild des Gekreuzigten ragt stumm.

Schatten bewegen sich leise in den dunklen Seitenlogen hinter gebrauchten kunstvollen Gittern: – Schemen alter Stiftfräulein aus vergessenen Zeiten, die nie mehr wiederkehren, – fremdartig – entsagungsvoll wie Weihrauchduft.

Es rauschen ihre schwarzen seidenen Kleider.

Der Greis deutet zu Boden: »Hier tritt es fast zutage. Einen Fuß tief unter den Fliesen, – lauteres Gold, ein breiter leuchtender Streifen. Die Adern ziehen sich über den alten Platz bis weiter unter die Häuser. – Wunderbar, dass die Menschen nicht längst schon darauf gestoßen sind, als sie das Pflaster gelegt haben. – Ich allein weiß es seit vielen Jahren und habe es niemandem gesagt. – Bis heute. – Keiner hatte ein reines Herz. –«

Ein Geräusch! –

In dem gläsernen Reliquienschrein ist das silberne Herz herabgefallen, das in der Knochenhand des heiligen Thomas lag.

Der Alte hört es nicht. Er ist entrückt. Seine Augen schauen ekstatisch ins Weite mit starrem, geradem Blick: »Die Tempel sein aus schimmerndem Gold. – Der Fährmann holt über – zum letztenmal.«

Der Fremde lauscht den prophetischen Worten, die flüsternd in seine Seele dringen wie feiner, erstickender Staub aus dem heiligen Moder versunkener Jahrhunderte.

Hier unter seinen Füßen! Ein blinkendes Zepter gefesselter, schlafender Macht! Es steigt ihm brennend in die Augen: *Muss* denn auf dem Golde der Fluch sein, lässt er sich nicht bannen durch Menschenliebe und Mitleid? – Wie viel Tausende verhungern! –

Vom Glockenturme tönt die siebente Stunde. Die Luft vibriert.

Die Gedanken des Einsamen fliegen mit dem Schall hinaus in eine Welt voll üppiger Kunst, voll Pracht und Herrlichkeit.

Ihn schaudert. Er sieht den Alten an. – Wie verändert sind die Räume. – Es hallt der Schritt. Die Ecken der Betstühle sind abgestoßen, abgeschürft der Fuß der steinernen Pfeiler. Die weiß gestrichenen Statuen der Päpste bedeckt mit Staub.

»Haben Sie das ... das Metall mit körperlichen Augen gesehen – in den Händen gehalten?«

Der Alte nickt. »Im Klostergarten draußen, beim Muttergottesbild unter blühenden Lilien, kann man es greifen.«

– – – Er zieht eine blaue Kapsel hervor. »Hier.« Öffnet sie und gibt dem Einsamen ein zackiges Ding.

Die beiden Männer schweigen. – – –

Zur Kirche dringt weit her der Lärm des Lebens: das Volk kehrt heim von den lustigen Wiesen – morgen ist Arbeitstag. –

Die Frauen tragen müde Kinder auf dem Arm.

Der Einsame hat den Gegenstand genommen und schüttelt dem Alten die Hand. – Dann wirft er einen Blick zurück zum Altar. Nochmals umwogt ihn der geheimnisvolle Hauch friedvoller Erkenntnis:

»Vom Herzen gehen Dinge aus – sind herzgeboren und herzgefügt.«

Er schlägt das Kreuz und geht. Am offenen Türspalt lehnt der müde Tag. Frischer Abendwind weht herein. –

Über den Markt rasselt ein Leiterwagen, mit Laub bekränzt, voll lachender, fröhlicher Menschen, und in die Botengänge der alten Häuser fallen die roten Strahlen der sinkenden Sonne.

Der Fremde lehnt an dem steinernen Denkmal inmitten des Platzes und sinnt: Er ruft im Geiste den Vorübergehenden zu, was er soeben erfahren. Er hört, wie das Lachen verstummt. – – – Die Bauten zerstauben, die Kirche stürzt. – – – Ausgerissen, im Staube die weinenden Lilien des Klostergartens. –

Es wankt die Erde; die Dämonen des Hasses brüllen zum Himmel!

Ein Pochwerk hämmert und dröhnt und stampft den Platz, die Stadt und blutende Menschenherzen zu goldenem Staub. – – –

Der Träumer schüttelt den Kopf und sinnt und lauscht der klingenden Stimme des verborgenen Meisters im Herzen: »Wer eine schlimme Tat nicht scheut und die nicht liebt, die Glück verleiht –

Der ist entsagend, einsichtsvoll, entschlossen, voll von Wesenheit.«

Wie ist doch der zackige Brocken so leicht für hartes Gold? – – – Der Einsame sieht ihn an:

Ein menschlicher Wirbelknochen!

Die Geschichte des Löwen Alois

war so: Seine Mutter hatte ihn geboren und war sofort gestorben.

Vergebens hatte er getrachtet, mit seinen runden Pfoten, die so weich waren wie Puderquasten, sie aufzuwecken, denn er verschmachtete vor Durst in der sengenden Mittagsglut.

»Wie die Sonne frühmorgens die Tautropfen schlürft, wird sie auch sein Leben austrinken«, murmelten pathetisch die wilden Pfauen oben auf der

Tempelruine, machten Prophetengesichter und schlugen rauschend stahlblau schimmernde Räder.

Und wären nicht die Schafherden des Emirs des Weges gezogen, hätte es auch so kommen müssen.

Da aber wendete sich das Schicksal.

»Hirten haben wir nicht, unberufen, die dreinreden dürften«, meinten die Schafe – »warum sollen wir diesen jungen Löwen also nicht mitnehmen?

Übrigens die Witwe Bovis macht's gewiss gern, erziehen ist ja ihre Leidenschaft. Seit ihr Ältester nach Afghanistan geheiratet hat – (die Tochter de fürstlichen Oberwidders) – fühlt sie sich sowie so ein bisschen einsam.«

Und Frau Bovis sagte kein Wort, nahm das Löwenjunge zu sich, säugte und hegte es – neben Agnes, ihrem eigenen Kind.

Nur der Herr Schnucke Ceterum aus Syrien – schwarz gelockt und mit krummen Hinterbeinen – war dagegen. Er legte den Kopf schief und sagte melodisch: »Scheene Sachen werden da noch emol 'erauskommen«, aber weil er immer alles besser wusste, kümmerte sich niemand um ihn. – Der kleine Löwe wuchs erstaunlich, wurde bald getauft und erhielt den Namen »Alois«.

Frau Bovis stand dabei und fuhr sich ein ums andere Mal über die Augen; – und der Gemeindeschöps trug ins Buch ein: »Alois + + +«, und statt eines Familiennamens drei Kreuze.

Damit aber jeder sehen könne, dass hier wahrscheinlich eine uneheliche Geburt vorliege, schrieb er es auf eine Extraseite.

Alois' Kindheit floß dahin wie ein Bächlein.

Er war ein guter Knabe, und nie gab er – von gewissen Heimlichkeiten vielleicht abgesehen – Grund zur Klage. – Rührend war es anzusehen, wie er heißhungrig mit den andern weidete und die Schafgarbe, die sich ihm widerspenstig immer um die langen Eckzähne legte, in kindlicher Unbeholfenheit mühsam zerkaute.

Jeden Nachmittag ging er mit klein Agnes, seinem Schwesterchen, und ihren Freundinnen ins Bambusgehölz spielen, und da war des Scherzens und der Lustbarkeiten kein Ende.

Alois, hieß es dann immer, Alois, zeig mal deine Krallen, bitte, bitte, und wenn er sie recht lang herausstreckte, erröteten die Mädchen, steckten kichernd die Köpfe zusammen und sagten: »Ffui, wie unanßtändig«; aber sie wollten es doch immer wieder sehen.

Zur kleinen schwarzhaarigen Scholastika, Schnucke Ceterums lieblichem Töchterlein, entwickelte sich in Alois frühzeitig eine tiefe Herzensneigung.

Stundenlang konnte er an ihrer Seite sitzen, und sie bekränzte ihn mit Vergissmeinnicht.

Waren sie ganz allein, so sagte er ihr das wunderschöne Gedicht auf:

»Willst du nicht das Lämmlein hüten,
Lämmlein ist so fromm und sanft,
Nährt sich von des Grases Blüten
Spielend an des Baches Ranft.«

Und sie vergoss dabei Tränen tiefster Rührung.

Dann tollten sie wieder durch das saftige Gras, bis sie umfielen.

Kam er abends erhitzt vom kindlichen Spiele nach Hause, sagte Frau Bovis, seine Mähne nachdenklich betrachtend, immer nur: »Jugend hat keine Tugend«, – und – »Junge, wie du heute wieder mal unfrisiert aussiehst!« (Sie war so gut.)

Alois reifte zum Jüngling, und das Lernen war seine Lust. In der Schule allen ein Vorbild, glänzte er stets durch Fleiß und gute Sitten, – und im Singen und in »Vaterländischer Ruhmesgeschichte« hatte er durchwegs I a.

»Nicht wahr, Mama«, sagte er immer, wenn er mit einem Lob des Lehrers heimkam, »nicht wahr, ich darf später in die Kadettenschule?«

Da musste sich jedes Mal Frau Bovis abwenden und eine Träne zerdrücken. »Er weiß ja nicht, der gute Junge«, seufzte sie, »dass dort nur wirkliche Schafe aufgenommen werden«, – streichelte ihn, zwinkerte verheißungsvoll mit den Augen und sah ihm gerührt nach, wenn er hoch aufgeschossen, wie er war, mit dem ein wenig dünnen Hals und den weichen X-Beinen der Flegeljahre wieder hinaus an seine Schulaufgaben ging.

Der Herbst zog ins Land, da hieß es eines Tages: Kinder, vorsichtig sein, ja nicht zu weit außerhalb spazieren gehen, besonders nicht in der Dämmerung, wenn die Sonne zu sinken beginnt, – wir kommen jetzt in gefährliches Gebiet. – Der persische Löwe – nämlich – mordet und würgt dort.

Und immer wilder wurde das Punjab und immer finsterer das Gesicht, das die Landschaft schnitt.

Die steinernen Finger der Berge von Kabul krallen sich in die Niederungen, – Bambusdschungel starrt wie gesträubtes Haar, und auf den Sümpfen treiben träge die Fieberdämonen mit lidlosen Augen und atmen vergiftete Mückenschwärme in die Luft.

Die Herde zog durch einen Engpass, ängstlich und schweigend. Hinter jedem Felsblock Todesgefahr.

Da machte ein hohler, schauerlicher Ton die Luft beben, – in wilder, besinnungsloser Furcht stürmte die Herde davon. Hinter einem Felsen hervor schoß ein breiter Schatten gerade auf Herrn Schnucke Ceterum los, der nicht rasch genug vorwärts kam.

Ein riesiger alter Löwe!

Herr Schnucke wäre rettungslos verloren gewesen, hätte sich nicht in diesem Augenblick etwas Merkwürdiges ereignet. Mit Gänseblümchen bekränzt, ein Sträußchen Georginen hinter dem Ohr, kam Alois mit schmetterndem »Bäh, bäh« im Galopp vorbei.

Als hätte vor ihm der Blitz eingeschlagen, hielt der alte Löwe im Sprung inne und stierte in maßlosem Staunen dem Fliehenden nach.

Lange konnte er keinen Laut hervorbringen, und als er endlich ein wütendes Gebrüll ausstieß, antwortete ihm Alois' »Bäh, bäh« schon aus weiter Ferne.

Eine ganze Stunde noch blieb der Alte in tiefem Grübeln stehen; alles, was er je über Sinnestäuschungen gelesen und gehört, ließ er an seinem Geiste vorüberziehen.

Vergebens!

Die Nacht fällt rasch und kalt vom Himmel im Punjab; fröstelnd knöpfte sich der alte Löwe zu und ging in seine Höhle.

Aber er konnte keinen Schlaf finden, und als das gigantische Katzenauge des Vollmondes grünlich durch die Wolken starrte, brach er auf und setzte der geflohenen Herde nach.

Gegen Morgengrauen erst fand er Alois – die Blumenkränze noch im Haar – süß schlummernd hinter einem Strauche.

Er legte ihm die Pranke auf die Brust, und mit entsetztem »Bäh« fuhr Alois aus dem Schlafe.

»Herr, so sagen Sie doch nicht immer ›bäh‹. Sind Sie denn wahnsinnig? Sie sind doch ein Löwe, um Gottes willen«, brüllte ihn der Alte an.

»Da irren Sie, bitte –«, antwortete Alois schüchtern, »ich bin ein Schaf.«

Der alte Löwe schüttelte sich vor Wut; »Sie, – wollen Sie mich vielleicht zum besten haben?! Frozzeln Sie gütigst meinetwegen die Frau Blaschke – –«

Alois legte die Tatze beteuernd aufs Herz, blickte ihm treuherzig in die Augen und sagte tief bewegt:

»Mein *Ehrenwort* – ich bin ein Schaf!«

Da entsetzte sich der Alte, wie tief sein Stamm gesunken, und ließ sich Alois' Lebensgeschichte erzählen.

»Das alles«, meinte er dann, »ist mir zwar gänzlich schleierhaft, aber dass Sie ein Löwe und kein Schaf sind, steht fest, und wenn Sie's nicht glauben wollen – zum Teufel – so vergleichen Sie unser beider Bilder hier im Wasser.

Und jetzt lernen Sie zuvörderst mal anständig brüllen, schauen Sie – so:

Uuuaah, uuuuaah.«

Und er brüllte, dass die Oberfläche des Weihers ganz rieselig wurde und aussah wie Schmirgelpapier. »Also versuchen Sie's, es ist ganz leicht.«

»Uhah«, setzte Alois schüchtern an, verschluckte sich jedoch und musste hüsteln.

Der alte Löwe blickte ungeduldig zum Himmel auf: »Na, meinetwegen üben Sie's, wenn Sie allein sind, ich muss jetzt sowieso nach Hause.«

Er sah auf die Uhr: »Himmelsakra! schon wieder halb fünf! – Also Servus!« Und er salutierte flüchtig mit der Pranke und verschwand.

Alois war wie betäubt – – –: Also doch!!

Vor ganz kurzer Zeit erst hatte er das Gymnasium absolviert – hatte es sozusagen schwarz auf weiß bekommen, dass er ein Schaf sei – und jetzt!

Gerade jetzt, wo er in den Staatsdienst treten sollte!

Und – und – und Scholastika!

Er musste weinen – Scholastika!!

So schön hatten sie alles miteinander verabredet, wie er vor Papa und Mama hintreten solle usw.

Und Mama Bovis hatte noch zu ihm gesagt – neulich –: »Junge, den alten Schnucke, den halte dir warm, der hat ein Viechsgeld; – das wäre so ein Schwiegervater für dich bei deinem Riesenappetit.« – Und immer lebendiger zogen die Ereignisse der letzten Tage vor Alois' innerem Auge vorüber: Wie er auf einem Spaziergange Herrn Schnucke über sein blühendes Aussehen und seinen Reichtum Elogen gemacht hatte: »Herr von Schnucke haben, wie ich vernahm, in Syrien einen so schwunghaften Exporthandel in Trommelschlägeln unterhalten, und das soll, höre ich, den Grundstock zu Ihrem Reichtum gelegt haben!?« – –

»Auch hab' ich gehandelt dermit –«, hatte Herr Ceterum etwas zögernd geantwortet, ihn aber dabei recht argwöhnisch von der Seite angesehen.

»Sollte ich da am Ende etwas Dummes gesagt haben?« – hatte sich Alois damals gedacht – »aber man spricht doch allgemein – – – – – –« Ein Geräusch schreckte ihn jetzt aus seinen Träumereien! – Also alles, alles sollte jetzt zu Ende sein! Alois legte sein Haupt auf die Tatzen und weinte lange und bitterlich.

Tag und Nacht vergingen, – da hatte er sich durchgerungen.

Übernächtig, tiefe Schatten um die Augen, ging er zur Herde, trat mitten unter sie, richtete sich majestätisch auf und rief:

»Uh- -hah!«

Ein ungeheures Gelächter brach los.

»Pardon, ich meine damit«, stotterte Alois verlegen – »ich meine damit nur – – ich bin nämlich ein Löwe.« Ein Augenblick der Überraschung, allgemeine Stille, und wiederum erhoben sich großer Lärm, höhnische Worte, Warnungsrufe, lautes Lachen.

Erst als Dr. Simulans, der Herr Pastor, hinzutrat und Alois in strengem Tone befahl, ihm zu folgen, legte sich der Tumult.

Es musste ein langes ernstes Gespräch gewesen sein, das die beiden miteinander führten, und als sie zusammen aus dem Bambusdickicht traten, da leuchteten des Predigers Augen in frommem Eifer. »Sei dössen eingedenk, mein Sohn«, waren seine letzten Worte, – »mannigfaltig sind die Fallstricke des bösen Feindes! Tag und Nacht versuchet ör uns, auf dass wir gögen den Stachel löcken, dörweilen wir im Fleische wandeln allhier.

Siehe, das ist ös ja eben, wir allesamt sollen trachten, das Löwentum in uns niederzuwerfen und in Demut zu verharren, dass wir einen *nojen* Bund schließen und unsere Bitten erhöret werden – hier zeitlich und dort öwiglich.

Und was du gesehen und gehört gestern morgens dort am Weiher, das vergiss; – ös war nicht Wirklichkeit, – war teuflisch Gaukelspiel dös bösen Feines! Anathema!

Eines noch, mein Sohn! Heiraten ist gut, und ös wird dir die finsteren Dünste des Fleisches vertreiben, die den Teufeln ein Wohlgefallen sind, so freie denn die Jungfrau Scholastika Cöterum und sei zahlreich wie der Sand am Meere.«

Er hob seine Augen zum Himmel, – »das wird dir helfen des Fleisches Bürde zu tragen und – (hier wurde seine Rede zum Gesang):

lär–nee zu lei–deen
oh–näh zu klaa–geen!«

Und dann schritt er von hinnen.

Alois' Augen standen voll Tränen.

Drei Tage lang sprach er keine Wort, reinigte nur rastlos sein Inneres von allen Schlacken, und als ihm eines Nachts im Traum eine Löwin erschien, die angab, der Geist seiner Mutter zu sein und verächtlich dreimal vor ihm ausspuckte, da trat er erhobenen Hauptes vor den Herrn Pastor – jauchzend, dass nunmehr die Blendwerke der Hölle von ihm abgelassen hätten und er von nun an das Denken wolle ganz und gar sein lassen, um sich um so blinder der Leitung des Herrn Pastors hinzugeben.

Der Herr Pastor aber hielt in beredten Worten Fürsprache für ihn um die Hand der Jungfrau Scholastika bei ihren Eltern.

Zwar wollte Herr Ceterum anfangs nichts hören, war sehr wild und rief immer »Er is nix, er hat nix«, aber schließlich fand seine Ehegattin den Schlüssel zu seinem Herzen:

»Schnucke«, sagte sei, »Schnucke, was willst de eigentlich, was hast de gegen Alois? Schau – – – er is doch *blond*.« –

Und tags darauf war Hochzeit.

Bäh.

Ohrensausen

Auf der Kleinseite steht ein altes Haus, in dem nur unzufriedene Leute wohnen. – Jeden, der es betritt, befällt ein quälendes Missbehagen. – – Ein düsteres Ding, das bis an den Bauch in der Erde steckt.

– – Im Keller liegt eine eiserne Platte: wer sie hebt, der sieht einen schwarzen engen Schacht mit schlüpfrigen Wänden, die kalt hinunter in die Erde zeigen.

Viele schon hatten an einem Strick Fackeln hinabgelassen. – Tief in die Dunkelheit hinunter, und das Licht war immer schwächer und schwelenderer geworden, dann erlosch es, und die Leute sagten:

Es ist keine Luft mehr.

So weiß keiner, wohin der Schacht führt.

Wer aber helle Augen hat, der sieht ohne Licht, – auch in der Finsternis, wenn die andern schlafen. –

Wenn die Menschen der Nacht erliegen und das Bewusstsein schwindet, so verlässt die Gierseele das Herzpendel – grünlich im Schimmer, mit lockern Formen und hässlich, denn es ist keine Liebe in den Herzen der Menschen.

Die Menschen sind ermattet vom Tagewerk, das sie Pflicht nennen, und suchen frische Kraft im Schlaf, um ihren Brüdern das Glück zu stören, – um neuen Mord zu sinnen im nächsten Sonnenschein. –

Und schlafen und schnarchen. –

Dann huschen die Gierschatten durch die Fugen in Türen und Wänden ins Freie, – in die horchende Nacht, – und die schlafenden Tiere winseln und schrecken, wenn sie ihre Henker wittern. – – –

Sie huschen und schleichen in das alte, düstere Haus, in den modrigen Keller zur eisernen Platte. – – – Das Eisen wiegt nicht, wenn es die Hände der Seelen berühren. – – – – – – Der Schacht weitet sich tief unten, – dort sammeln sich die Schemen. Sie grüßen sich nicht und fragen nicht; – es ist nichts, was einer vom andern wissen wollte. – – – Mitten im Raume dreht sich schwirrend in rasender Schnelle eine graue steinerne Scheibe. Die hat der Böse gehärtet im Feuer des Hasses vor Jahrtausenden, lang ehe Prag erstand.

An den sausenden Kanten schleifen die Phantome die gierigen Krallen scharf, die sich der Tagmensch stumpf gekratzt. Die Funken stieben von den Onyxkrallen der Wollust, von den stählernen Hacken der Habgier. –

Alle, alle werden wieder messerscharf, denn der Böse braucht immer neue Wunden.

Wenn der Mensch im Schlafe die Finger strecken will, muss sein Schemen in den Körper zurück, – die Krallen sollen krumm bleiben, dass sich die Hände nicht falten können zum Gebet.

Der Schleifstein des Satans schwirrt weiter, – unablässig – Tag und Nacht –

Bis die Zeit still steht und der Raum zerbricht.

Wer die Ohren verstopft, der kann ihn sausen hören im Innern.

Der violette Tod

Der Tibetaner schwieg.

Die magere Gestalt stand noch eine Zeit lang aufrecht und unbeweglich, dann verschwand sie im Dschungel. –

Sir Roger Thornton starrte ins Feuer. Wenn er kein Sannyasin – kein Büßer – gewesen wäre, der Tibetaner, der überdies nach Benares wallfahrte, so hätte er ihm natürlich kein Wort geglaubt – aber ein Sannyasin lügt weder, noch kann er belogen werden. – Und dann dieses tückische, grausame Zucken im Gesicht des Asiaten!?

Oder hatte ihn der Feuerschein getäuscht, der sich so seltsam in den Mongolenaugen gespiegelt? –

Die Tibetaner hassten den Europäer und hüten eifersüchtig ihre magischen Geheimnisse, mit denen sie die hochmütigen Fremden einst zu vernichten hoffen, wenn der große Tag heranbricht. –

Einerlei, er, Sir Hannibal Roger Thornton, muss mit eigenen Augen sehen, ob okkulte Kräfte tatsächlich in den Händen dieses merkwürdigen Volks ruhen. – Aber er braucht Gefährten, mutige Männer, deren Wille nicht bricht, auch wenn die Schrecken einer anderen Welt hinter ihnen stehen. –

Der Engländer musterte seine Gefährten: Dort der Afghane wäre der einzige, der in Betracht käme von den Asiaten, – furchtlos wie ein Raubtier, doch abergläubisch! Es bleibt also nur sein europäischer Diener. –

Sir Roger berührt ihn mit seinem Stock. – Pompejus Jaburek ist seit seinem zehnten Jahre völlig taub, aber er versteht es, jedes Wort, und sei es noch so fremdartig, von den Lippen zu lesen.

Sir Roger Thornton erzählt ihm mit deutlichen Gesten, was er von dem Tibetaner erfahren: Etwa zwanzig Tagesreisen von hier, in einem genau bezeichneten Seitentale des Himalaja, befinde sich ein ganz seltsames Stück Erde. – Auf drei Seiten senkrechte Felswände; – der einzige Zugang abgesperrt durch giftige Gase, die ununterbrochen aus der Erde dringen und jedes Lebewesen, das passieren will, augenblicklich töten. – In der Schlucht selbst, die etwa fünfzig englische Quadratmeilen umfasst, solle ein kleiner Volksstamm leben – mitten unter üppigster Vegetation –, der der tibetanischen Rasse angehöre, rote spitze Mützen trage und ein bösartiges satanisches Wesen in Gestalt eines Pfaues anbete. – Dieses teuflische Wesen habe die Bewohner im Laufe der Jahrhunderte die schwarze Magie gelehrt und ihnen Geheimnisse geoffenbart, die einst den ganzen Erdball umgestalten sollen; so habe es ihnen auch eine Art Melodie beigebracht, die den stärksten Mann augenblicklich vernichten könne. – Pompejus lächelte spöttisch. Sir Roger erklärte ihm, dass er gedenke, mit Hilfe von Taucherhelmen und Tauchertornistern, die komprimierte Luft enthalten sollen, die giftigen Stellen zu passieren, um ins Innere der geheimnisvollen Schlucht zu dringen. –

Pompejus Jaburek nickte zustimmend und rieb sich vergnügt die schmutzigen Hände.

Der Tibetaner hatte nicht gelogen: Dort unten lag im herrlichsten Grün die seltsame Schlucht; ein gelbbrauner, wüstenähnlicher Gürtel aus lockerem, verwittertem Erdreich – von der Breite einer halben Wegstunde – schloss das ganze Gebiet gegen die Außenwelt ab.

Das Gas, das aus dem Boden drang, war reines Kohlenoxid.

Sir Roger Thornton, der von einem Hügel aus die Breite dieses Gürtels abgeschätzt hatte, entschloss sich, bereits am kommenden Morgen die Expedition anzutreten. – Die Taucherhelme, die er sich aus Bombay hatte schicken lassen, funktionierten tadellos. –

Pompejus trug beide Repetiergewehre und diverse Instrumente, die sein Herr für unentbehrlich hielt. –

Der Afghane hatte sich hartnäckig geweigert mitzugehen und erklärt, dass er stets bereit sei, in eine Tigerhöhle zu klettern, sich es aber sehr überlegen werde, etwas zu wagen, was seiner unsterblichen Seele Schaden bringen könne. – So waren die beiden Europäer die einzigen wagemutigen geblieben. –

Die kupfernen Taucherhelme funkelten in der Sonne und warfen wunderliche Schatten auf den schwammartigen Erdboden, aus dem die giftigen Gase in zahllosen, winzigen Bläschen aufstiegen. – Sir Roger hatte einen sehr schnellen Schritt eingeschlagen, damit die komprimierte Luft ausreiche, um die gasige Zone zu passieren. – Er sah alles vor sich in schwankenden Formen wie durch eine dünne Wasserschicht. – Das Sonnenlicht schien ihm gespenstisch grün und färbte die fernen Gletscher – das »Dach der Welt« mit seinen gigantischen Profilen – wie eine wundersame Totenlandschaft. –

Er befand sich mit Pompejus bereits auf frischem Rasen und zündete ein Streichholz an, um sich vom Vorhandensein atmosphärischer Luft in allen Schichten zu überzeugen. Dann nahmen beide die Taucherhelme und Tornister ab. Hinter ihnen lag die Gasmauer wie eine bebende Wassermasse. – In der Luft ein betäubender Duft wie von Amberiablüten. Schillernde handgroße Falter, seltsam gezeichnet, saßen mit offenen Flügeln wie aufgeschlagene Zauberbücher auf stillen Blumen.

Die beiden schritten in beträchtlichem Zwischenraume voneinander der Waldinsel zu, die ihnen den freien Ausblick hinderte. –

Sir Roger gab seinem tauben Diener ein Zeichen, – er schien ein Geräusch vernommen zu haben. – Pompejus zog den Hahn seines Gewehres auf. –

Sie umschritten die Waldspitze, und vor ihnen lag eine Wiese. – Kaum eine viertel englische Meile vor ihnen hatten etwa 100 Mann, offenbar Tibetaner, mit roten spitzen Mützen einen Halbkreis gebildet: – man erwartete die Eindringlinge bereits. – Furchtlos ging Sir Thornton – einige Schritte seitlich vor ihm Pompejus – auf die Menge zu. –

Die Tibetaner waren in die gebräuchlichen Schaffelle gekleidet, sahen aber trotzdem kaum wie menschliche Wesen aus, so abschreckend hässlich und unförmig waren ihre Gesichter, in denen ein Ausdruck furchterregender und übermenschlicher Bosheit lag. – Sie ließen die beiden nahe herankommen, dann hoben sie blitzschnell, wie ein Mann, auf das Kommando ihres Führers die Hände empor und drückten sie gewaltsam gegen ihre Ohren. – Gleichzeitig schrien sie etwas aus vollen Lungen. –

Pompejus Jaburek sah fragend nach seinem Herrn und brachte die Flinte in Anschlag, denn die seltsame Bewegung der Menge schien ihm das Zeichen zu irgend einem Angriff zu sein. – Was er nun wahrnahm, trieb ihm alles Blut zum Herzen:

Um seinen Herrn hatte sich eine zitternde wirbelnde Gasschicht gebildet, ähnlich der, die beide vor kurzem durchschritten hatten. – Die Gestalt Sir Rogers verlor die Konturen, als ob sie von dem Wirbel abgeschliffen würden, – der Kopf wurde spitzig, – die ganze Masse sank wie zerschmelzend in sich zusammen, und an der Stelle, wo sich noch vor einem Augenblick der sehnige Engländer befunden hatte, stand jetzt ein hellvioletter Kegel von der Größe und Gestalt eines Zuckerhutes. –

Der taube Pompejus wurde von wilder Wut geschüttelt. – Die Tibetaner schrien noch immer, und er sah ihnen gespannt auf die Lippen, um zu lesen, was sie denn eigentlich sagen wollten. –

Es war immer ein und dasselbe Wort. – Plötzlich sprang der Führer vor, und alle schwiegen und senkten die Arme von den Ohren. – Gleich Panthern stürzten sie auf Pompejus zu. – Dieser feuerte wie rasend aus seinem Repetiergewehr in die Menge hinein, die einen Augenblick stutzte. – Instinktiv rief er ihnen das Wort zu, das er vorher von ihren Lippen gelesen hatte:

»*Ämälän – Äm-mä-län*«, brüllte er, dass die Schlucht erdröhnte wie unter Naturgewalten. –

Ein Schwindel ergriff ihn, er sah alles wie durch starke Brillen, und der Boden drehte sich unter ihm. – Es war nur einen Moment gewesen, jetzt sah er wieder klar. Die Tibetaner waren verschwunden – wie vorhin sein Herr –; nur zahllose violette Zuckerhüte standen vor ihm.

Der Anführer lebte noch. Die Beine waren bereits in bläulichen Brei verwandelt, und auch der Oberkörper fing schon an zu schrumpfen, – es war, als ob der ganze Mensch von einem völlig durchsichtigen Wesen verdaut würde. – Er trug keine rote Mütze, sondern ein mitraähnliches Gebäude, in dem sich gelbe lebende Augen bewegten. –

Jaburek schmetterte ihm den Flintenkolben an den Schädel, hatte aber nicht verhindern können, dass ihn der Sterbende mit einer im letzten Moment geschleuderten Sichel am Fuße verletzte.

Dann sah er sich um. Kein lebendes Wesen weit und breit. Der Duft der Amberiablüten hatte sich verstärkt und war fast stechend geworden. – Er schien von den violetten Kegeln auszugehen, die Pompejus jetzt besichtigte. – Sie waren einander gleich und bestanden alle aus demselben hellvioletten gallertartigen Schleim. Die Überreste Sir Roger Thorntons aus diesen violetten Pyramiden herauszufinden, war unmöglich.

Pompejus trat zähneknirschend dem toten Tibetanerführer ins Gesicht und lief dann den Weg zurück, den er gekommen war. –

Schon von weitem sah er im Gras die kupfernen Helme in der Sonne blitzen. – Er pumpte seinen Tauchertornister voll Luft und betrat die Gaszone. – Der Weg wollte kein Ende nehmen. Dem Armen liefen die Tränen über das Gesicht, – Ach Gott, ach Gott, sein Herr war tot. – Gestorben, hier, im fernen Indien! – Die Eisriesen des Himalaja gähnten gen Himmel, – was kümmerte sie das Leid eines winzigen pochenden Menschenherzens.

Pompejus Jaburek hattte alles, was geschehen war, getreulich zu Papier gebracht, Wort für Wort, so wie er es erlebt und gesehen hatte – denn verstehen konnte er es noch immer nicht –, und es an den Sekretär seines Herrn nach Bombay, Adheritollahstraße 17, adressiert. – Der Afghane hatte die Besorgung übernommen. – Dann war Pompejus gestorben, denn die Sichel des Tibetaners war vergiftet gewesen. –

»Allah ist das Eins und Mohammed ist sein Prophet«, betete der Afghane und berührte mit der Stirne den Boden. – Die Hindujäger hatten die Leiche mit Blumen bestreut und unter frommen Gesängen auf einem Holzstoß verbrannt.

Ali Murrad Bey, der Sekretär, war bleich geworden, als er die Schreckensbotschaft vernahm, und hatte das Schriftstück sofort in die Redaktion der »Indian Gazette« geschickt. –

Die neue Sintflut brach herein. –

Die »Indian Gazette«, die die Veröffentlichung des »Falles Sir Roger Thornton« brachte, erschien am nächsten Tage um volle drei Stunden später als sonst. – Ein seltsamer und schreckenerregender Zwischenfall trug die Schuld an der Verzögerung:

Mr. Birendranath Naorodjee, der Redakteur des Blattes, und zwei Unterbeamte, die mit ihm die Zeitung vor der Herausgabe noch mitternachts durchzuprüfen pflegten, waren aus dem verschlossenen Arbeitszimmer spurlos verschwunden. – Drei bläuliche gallertartige Zylinder standen statt dessen auf dem Boden, und mitten zwischen ihnen lag das frischgedruckte

Zeitungsblatt. – Die Polizei hatte kaum mit bekannter Wichtigtuerei die ersten Protokolle angefertigt, als zahllose ähnliche Fälle gemeldet wurden.

Zu Dutzenden verschwanden die zeitungslesenden und gestikulierenden Menschen vor den Augen der entsetzten Menge, die aufgeregt die Straßen durchzog. – Zahllose violette kleine Pyramiden standen umher, auf den Treppen, auf den Märkten und Gassen – wohin das Auge blickte. –

Ehe der Abend kam, war Bombay halb entvölkert. Eine amtliche sanitäre Maßregel hatte die sofortige Sperrung des Hafens, wie überhaupt jeglichen Verkehrs nach außen verfügt, um eine Verbreitung der neuartigen Epidemie, denn wohl nur um eine solche konnte es sich hier handeln, möglichst einzudämmen. – Telegraf und Kabel spielten Tag und Nacht und schickten den schrecklichen Bericht, sowie den ganzen Fall »Sir Thornton« Silbe für Silbe über den Ozean in die weite Welt. –

Schon am nächsten Tag wurde die Quarantäne, als bereits verspätet, wieder aufgehoben.

Aus allen Ländern verkündeten Schreckensbotschaften, dass der »violette Tod« überall fast gleichzeitig ausgebrochen sei und die Erde zu entvölkern drohe. Alles hatte den Kopf verloren, und die zivilisierte Welt glich einem riesigen Ameisenhaufen, in den ein Bauernjunge seine Tabakspfeife gesteckt hat. –

In Deutschland brach die Epidemie zuerst in Hamburg aus; Österreich, in dem ja nur Lokalnachrichten gelesen werden, blieb wochenlang verschont.

Der erste Fall in Hamburg war ganz besonders erschütternd. Pastor Stühlken, ein Mann, den das ehrwürdige Alter fast taub gemacht hatte, saß früh am Morgen am Kaffeetisch im Kreise seiner Lieben: Theobald, sein Ältester, mit der langen Studentenpfeife, Jette, die treue Gattin, Minchen, Tinchen, kurz alle, alle. Der greise Vater hatte eben die eingelangte englische Zeitung aufgeschlagen und las den Seinen den Bericht über den »Fall Sir Roger Thornton« vor. Er war kaum über das Wort Ämälän hinausgekommen und wollte sich eben mit einem Schluck Kaffee stärken, als er mit Entsetzen wahrnahm, dass nur noch violette Schleimkegel um ihn herumsaßen. In dem einen stak noch die lange Studentenpfeife.

Alle vierzehn Seelen hatte der Herr zu sich genommen. –

Der fromme Greis fiel bewusstlos um. -

Eine Woche später war bereits mehr als die Hälfte der Menschheit tot.

Einem deutschen Gelehrten war es vorbehalten, wenigstens etwas Licht in diese Vorkommnisse zu bringen. – Der Umstand, dass Taube und Taubstumme von der Epidemie verschont blieben, hatte ihn auf die ganz richtige

Idee gebracht, dass es sich hier um ein rein akustisches Phänomen handle. – Er hatte in seiner einsamen Studierstube einen langen wissenschaftlichen Vortrag zu Papier gebracht und dessen öffentliche Verlesung mit einigen Schlagworten angekündigt.

Seine Auseinandersetzung bestand ungefähr darin, dass er sich auf einige fast unbekannte indische Religionsschriften berief, – die das Hervorbringen von astralen und fluidischen Wirbelstürmen durch das Aussprechen gewisser geheimer Worte und Formeln behandelten – und diese Schilderungen durch die modernsten Erfahrungen auf dem Gebiete der Vibrations- und Strahlungstheorie stützte. –

Er hielt seinen Vortrag in Berlin und musste, während er die langen Sätze von seinem Manuskripte ablas, sich eines Sprachrohrs bedienen, so enorm war der Zulauf des Publikums. –

Die denkwürdige Rede schloss mit den lapidaren Worten: »Geht zum Ohrenarzt, er soll euch taub machen, und hütet euch vor dem Aussprechen des Wortes ›Ämälänm‹.« –

Eine Sekunde später waren wohl der Gelehrte und seine Zuhörer nur mehr leblose Schleimkegel, aber das Manuskript blieb zurück, wurde im Laufe der Zeit bekannt und befolgt und bewahrte so die Menschheit vor dem gänzlichen Aussterben.

Einige Dezennien später, man schreibt 1950, bewohnt eine neue taubstumme Generation den Erdball. –

Gebräuche und Sitten anders, Rang und Besitz verschoben. – Ein Ohrenarzt regiert die Welt. – Notenschriften zu den alchemistischen Rezepten des Mittelalters geworfen, – Mozart, Beethoven, Wagner der Lächerlichkeit verfallen, wie weiland Albertus Magnus und Bombastus Paracelsus. In den Folterkammern der Museen fletscht hie und da ein verstaubtes Klavier die alten Zähne.

Nachschrift des Autors: Der verehrte Leser wird gewarnt, das Wort »Amälän« laut auszusprechen.

Petroleum, Petroleum

Um mir die Priorität dieser Prophezeiung zu sichern, stelle ich fest, dass folgende Novelle im Jahre 1903 geschrieben wurde.

Gustav Meyrink

Freitag – mittags – war es, da schüttete Dr. Kunibald Jessegrim die Strychninlösung langsam in den Bach.

Ein Fisch tauchte an die Oberfläche – tot – mit dem Bauche aufwärts.

»So tot wärest du jetzt«, sprach Jessegrimm zu sich selber und reckte sich, – froh, dass er die Selbstmordgedanken mit dem Gifte weggegossen hatte.

Dreimal in seinem Dasein hatte er auf diese Weise schon dem Tode ins Auge gesehen, und jedes Mal war er durch eine dumpfe Ahnung, dass er noch zu Großem – zu einer wilden, umfassenden Rache – berufen sei, wieder an das Leben gefesselt worden.

Das erste Mal wollte er ein Ende machen, als man ihm seine Erfindung gestohlen hatte, – dann nach Jahren, wie sie ihn aus seiner Stellung jagten, weil er nicht aufhörte, den Dieb seiner Erfindung zu verfolgen und bloßzustellen, – und jetzt, weil – – weil – –

Kunibald Jessegrim stöhnte auf, wie die Gedanken an sein wildes Weh wieder lebendig wurden. –

Alles war dahin, – alles an dem er gehangen, – alles, was ihm einst lieb und teuer gewesen.

– Und nur der blinde, bornierte, grundlose Hass einer Menge, die, von Schlagworten beseelt, allem sich entgegenstemmt, was nicht in die Schablone geboren ist, hatte ihm das angetan. –

Was hatte er nicht alles unternommen, erdacht und vorgeschlagen. Kaum im Zuge, musste er aufhören – vor ihm die »chinesische Mauer«: der lieben Menschen breitgestirnte Schar und das Schlagwort »aber«.

– – – »Gottesgeißel« – ja, so heißt die Erlösung. – Herr im Himmel, Allmächtiger. Lass mich ein Zerstörer sein, – ein Attila! – loderte die Wut in Jessegrims Herzen. –

Timur Lenk, der Dschingis-Khan, wie er durch Asien hinkt und Europas Fluren verwüstet mit seinem gelben Mongolenheer, – die Vandalenführer, die erst auf dem Schutte römischer Kunst die Ruhe finden, – sie alle waren von seinem Geschlecht – starke, ungeschlachte Brüder, in einem Adlernest geboren. –

Eine ungeheure, schrankenlose Liebe zu diesen Geschöpfen des Gottes Shiva erwachte in ihm. – Die Geister dieser Toten werden mit mir sein, fühlte er, – und ein anderer Typus trat in seinem Körper – blitzartig.

Wenn er sich in diesem Augenblick hätte in einem Spiegel sehen können, wären ihm die Wunder der Transfiguration kein Rätsel mehr geblieben. – –

So fallen die dunklen Mächte der Natur ins Blut des Menschen – tief und schnell.

Dr. Jessegrim besaß ein profundes Wissen, – er war Chemiker, und sich durchzubringen, fiel ihm nicht schwer. – In Amerika kommen solche Menschen gut fort, – was Wunder, dass auch er bald zu Geld kam, – Reichtümern sogar.

Er hatte sich in Tampico in Mexiko angesiedelt und durch einen schwunghaften Handel mit Meskal, einem neuen narkotischen Genuss- und Betäubungsmittel, das er chemisch zu präparieren verstand, Millionen erworben.

Viele Quadratmeilen Ländereien im Umkreise Tampicos waren sein Eigen, und der enorme Reichtum an Petroleumquellen versprach sein Vermögen ins Ungezählte zu vermehren.

Doch das war es nicht, wonach sein Herz sich sehnte.

Neujahr zog ins Land. –

›Morgen wird der 1. Januar 1951 sein, und die faulen Kreolen werden wieder einen Anlass haben, drei Feiertage lang sich zu betrinken und Fandango zu tanzen‹, dachte Dr. Jessegrim und sah von seinem Balkon auf das stille Meer hinab.

›Und in Europa wird's nicht viel besser sein. Jetzt um diese Zeit erscheinen in Österreich schon die ›Tagesblätter‹ – zweimal dicker als sonst und viermal so dumm. Das neue Jahr als nackter Junge abgebildet, frische Kalender mit schwebenden Frauen und Füllhörnern, statistische Merkwürdigkeiten: dass am Dienstag 11 Uhr 35 Minuten 16 Sekunden mittags genau 9 Milliarden Sekunden verflossen seien, seit der Erfinder der doppelten Buchhaltung die Augen zur wohlverdienten ewigen Ruhe geschlossen habe, – und so weiter.‹

Dr. Jessegrim saß noch lange und starrte auf den regungslosen Meeresspiegel, der so eigen schimmerte im Sternenschein.

Bis es zwölf Uhr schlug. –

Mitternacht! –

Er nahm seine Uhr heraus und zog sie langsam auf, bis seine Fingerspitzen den Widerstand am Remontoir fühlten. – Leise drückte er dagegen und immer stärker ... da – – ein leises Knacken, die Feder war zerbrochen, die Uhr stand still.

– – – Dr. Jessegrim lächelte spöttisch: »So will ich euch auch die Feder abdrehen, ihr lieben guten –«

Eine fürchterliche Detonation erschreckte die Stadt. Sie dröhnte von weit her, vom Süden, und die Schiffer meinten, es müsse in der Nähe der großen

Landzunge – ungefähr zwischen Tampico und Vera-Cruz – der Ursprung der Erscheinung zu suchen sein. –

Feuerschein hatte niemand gesehen, – auch die Leuchttürme gaben keine Signale. – –

Donner? – jetzt? – und bei heiterem Himmel! – – Unmöglich. – Also wahrscheinlich ein Erdbeben. –

Alles bekreuzigte sich, – nur die Wirte fluchten wie wild, denn sämtliche Gäste waren aus den Schenken gestürzt und hatten sich auf die Anhöhen der Stadt begeben, wo sie sich unheimliche Geschichten erzählten.

Dr. Jessegrim beachtete all das gar nicht, er war in sein Studierzimmer getreten und summte etwas wie: »Ade, mein Land Tirol –«

Er war vorzüglich aufgelegt und holte eine Landkarte aus der Schublade, stach an ihr mit einem Zirkel herum, – verglich in seinem Notizbuch und freute sich, dass alles stimmte: Bis Omaha, vielleicht noch weiter nach Norden zog sich das Petroleumgebiet, daran ließ sich nicht mehr zweifeln, und dass das Erdöl unterirdisch ganze Seen, so groß wie die Hudsonbay, bilden musste, das wusste er.

Er *wusste* es, er hatte es ausgerechnet, – volle zwölf Jahre daran gerechnet.

Ganz Mexiko stand seiner Meinung nach auf Felsenhöhlen im Erdinnern, die zum großen Teil, wenigstens so weit sie mit Petroleum gefüllt waren, miteinander in Verbindung standen.

Die vorhandenen Zwischenräume nach und nach wegzusprengen, war seine Lebensaufgabe geworden. – Jahrelang hatte er dazu ganze Scharen Arbeiter beschäftigt, – und was das für Geld gekostet!

Die vielen Millionen, die er an dem Handel mit Meskal verdient hatte, waren drauf gegangen.

Und wenn er dabei ein einziges Mal eine Erdölquelle traf, – wäre alles aus gewesen. – Die Regierung hätte ihm natürlich sofort die Sprengerei gelegt, der sei sowieso stets abhold war.

– Heute nachts sollten die letzten Wände fallen, – die zum Meere zu, – an der Landzunge – und die weiter nördlich bei St. Louis de Potosi. –

Automatische Vorrichtungen besorgten die Explosion.

Dr. Kunibald Jessegrim steckte die paar Tausenddollarscheine, die ihm noch blieben, zu sich und fuhr auf den Bahnhof. – Um vier Uhr früh ging der Schnellzug nach New York. –

Was sollte er noch in Mexiko?!

Richtig, da stand es schon in allen Zeitungen – das Originaltelegram von sämtlichen Küstenpunkten des mexikanischen Golfes in den Abkürzungen des internationalen Cable-Code:

»Ephraim Kalbsniere Beerenschleim«, was übersetzt ungefähr heißt: »Meeresspiegel ganz mit Petroleum bedeckt, Ursache unbekannt, alles stinkt weit und breit. Der staatliche Gouverneur.«

Die Yankees interessierte das ungemein, da das Ereignis doch zweifelsohne einen mächtigen Eindruck auf die Börse und die Petroleumkurse hervorbringen musste, – und Besitzverschiebung ist doch das halbe Leben! – –

Die Bankmänner in Wallstreet, von der Regierung befragt, ob das Ereignis ein Steigen oder Sinken der Kurse hervorbringen werde, zuckten die Achseln und lehnten Urteile ab, ehe nicht die Ursache des Phänomens bekannt sei; – dann allerdings – – wenn man das Gegenteil von dem an der Börse machen werde, was die Vernunft gebiete, ließe sich wohl viel Geld verdienen. –

Auf die Gemüter Europas brachte die Nachricht keinen besonderen Eindruck hervor, – erstens war man durch Schutzzölle gedeckt, und zweitens waren gerade neue Gesetze im Werden, die durch geplante Einführung des sogenannten dreijährig freiwilligen Nummernzwanges, verbunden mit Abschaffung der Eigennamen männlicher Individuen, die Vaterlandsliebe anfachen und die Seelen zum Militärdienst besser geeignet machen sollten. – – –

Unterdessen floß das Petroleum, genau wie Dr. Jessegrim berechnet hatte, fleißig aus den unterirdischen Becken Mexikos ins Meer ab und bildete an der Oberfläche eine opalisierende Schicht, die sich immer weiter und weiter ausdehnte und, vom Golfstrom fortgetrieben, bald den ganzen Meerbusen zu bedecken schien.

– – – Die Gestade waren verödet, und die Bevölkerung zog sich ins Innere des Landes zurück. –

Schade um die blühenden Städte!

Dabei war der Anblick der See ein furchtbar schöner, – eine unabsehbare Fläche, schimmernd und schillernd in allen Farben: rot, grün und violett, – – wieder tiefes, tiefes Schwarz, wie Fantasien aus märchenhafter Sternenwelt. – Das Öl war dicker, als sonst Petroleum zu sein pflegt, und zeigte durch seine Berührung mit dem salzigen Seewasser keine andere Veränderung, als dass es allmählich an Geruch verlor. – – –

Die Gelehrten meinten, dass eine präzise Erforschung der Ursachen dieser Erscheinung von hohem wissenschaftlichem Werte sei, und da Dr. Jessegrims Ruf im Lande – wenigstens als Praktiker und Kenner mexikanischer Petroleumlager – begründet war, stand man nicht an, auch seine Meinung einzuholen. -

Die war kurz und bündig, wenn sie auch das Thema nicht in dem Sinne behandelte, wie man erwartete:

»Wenn das Erdöl in dem Maße weiterströmt, wie bisher, so werden meiner Berechnung nach in 27 - 29 Wochen sämtliche Ozeane der Erde davon bedeckt sein und ein Regen in Zukunft für immer ausbleiben, da kein Wasser mehr verdunsten kann, – im besten Falle wird es dann nur Petroleum regnen.« –

– – – Diese frivole Prophezeiung rief eine stürmische Missbilligung wach, gewann aber täglich an Wahrscheinlichkeit, und als die unsichtbaren Zuflüsse gar nicht versiegen wollten, – im Gegenteil, sich ganz außerordentlich zu vergrößern schienen, befiel ein panisches Entsetzen die gesamte Menschheit.

Stündlich waren neue Berichte von den Sternwarten Amerikas und Europas zu lesen, – ja sogar die Prager Sternwarte, die bis dahin immer nur den Mond fotografiert hatte, begann allmählich, sich den neuen seltsamen Erscheinungen zuzuwenden.

In der Alten Welt sprach bald niemand mehr von der neuen Militärvorlage, und der Vater des Gesetzentwurfs, der in einer europäischen Streitmacht bedienstete Major Dressel Ritter von Glubinger ab Zinkski auf Trottelgrün, kam ganz in Vergessenheit.

Wie immer in Zeiten der Verwirrung, wenn die Zeichen des Unheils dräuend am Himmel stehen, meldeten sich die Stimmen der unruhigen Geister, die, mit dem Bestehenden nie zufrieden, an altehrwürdige Einrichtungen zu tasten wagen:

»Weg mit dem Militär, das unser Geld frisst, frisst, frisst! – Bauet lieber Maschinen, ersinnet Mittel, um die verzweifelnde Menschheit vor dem Petroleum zu retten« – – – Aber das geht ja doch nicht, – mahnten die Besonneneren, man kann doch nicht so viele Millionen Menschen auf einmal brotlos machen!

– – – »Wieso brotlos? Die Mannschaft braucht ja nur entlassen zu werden, – jeder von ihnen hat ja doch etwas gelernt, und sei es auch nur das einfache Handwerk«, war die Antwort.

– – – »Na ja, – gut – die Mannschaft! – Aber was soll man mit den vielen Offizieren machen?« –

– – – Das war allerdings ein gewichtiges Argument.

Lange schwankten die Meinungen hin und her, und keine Partei konnte die Oberhand gewinnen, bis die chiffrierte Kabelbotschaft aus New York eintraf:

»Stachelschwein pfundweise Bauchfellentzündung Amerika«, – das heißt übersetzt:

– »Erdölquellen nehmen stetig zu, Situation äußerst gefährlich. Drahtet umgehend, ob Gestank bei euch auch so unerträglich. Herzlichen Gruß! Amerika.«

– – Das schlug dem Fass den Boden aus! –

Ein Volksredner – ein wilder Fanatiker – stand auf, – mächtig wie ein Fels in der Brandung – faszinierend – und stachelte durch die Kraft seiner Rede das Volk zu den unüberlegtesten Taten.

»Lasset die Soldaten frei, – fort mit dieser Spielerei, – sollen die Offiziere sich auch einmal nützlich machen. – Geben wir ihnen neue Uniformen, wenn's ihnen schon Freude macht, – meinetwegen froschgrüne mit roten Tupfen. – Und an die Meeresufer mit ihnen, sollen sie dort mit Fließpapier das Petroleum auftunken, während die Menschheit nachdenkt, wie dem schrecklichen Unheil zu steuern ist.« –

– Die Menge jubelte Beifall. –

– Die Vorstellungen, dass solche Maßregeln gar keine Wirkung haben könnten, dass sich da doch viel eher mit chemischen Mitteln ankämpfen ließe, fanden kein Gehör.

– »Wissen wir, – wissen wir alles«, – hieß es. »Aber was soll man dann mit den vielen überflüssigen Offizieren anfangen, – he?«

Die Königin unter den Bregen

Der Herr da drüben ist der Dr. Jorre. Er besitzt ein technisches Bureau und verkehrt mit keinem Menschen.

Regelmäßig um ein Uhr isst er im Restaurant des Staatsbahnhofes zu mittag, und wenn er eintritt, bringt ihm der Kellner die »Politik«. –

Dr. Jorre setzt sich immer darauf, nicht etwa aus Verachtung, sondern um sie jeden Augenblick bei der Hand zu haben, denn er liest bruchstückweise während des Essens. Er ist überhaupt ein eigentümlicher Mensch, – ein Automat, der niemals in Eile ist, niemanden grüßt und nur das tut, was er will. – Gemütsbewegungen hat noch keiner an ihm wahrgenommen. –

»Ich möchte mir eine Portemonnaiefabrik – egal wo, nur in Österreich muss es sein – errichten«, sagte eines Tages ein Herr zu ihm, – »so und so viel will ich daran wenden, – können Sie mir das besorgen, – samt Maschinen, Arbeitern, Bezugs- und Absatzquellen und so weiter und so weiter, – – kurz: ganz komplett!« –

Vier Wochen später schrieb Dr. Jorre dem Herrn, dass die Fabrikgelände fix und fertig seien – an der ungarischen Grenze. Der Betrieb bei der Behörde angemeldet, – 25 Arbeiter und 2 Werkmeister vom Ersten des Monats ab angestellt, ebenso das kaufmännische Personal; Leder aus Budapest, – Alligatorenhäute aus Ohio unterwegs. – Bestellungen von Wiener Abnehmern zu günstigen Preisen in den Geschäftsbüchern bereits eingetragen. Bankverbindungen in den Hauptstädten angeknüpft.

Nach Abzug seines Honorars seien 5 fl. 63 Kr. von dem übergebenen Gelde übrig, die sich in Briefmarken in der linken Schublade des Schreibtisches im Chefzimmer befänden. Solche Geschäfte machte Dr. Jorre.

Zehn Jahre hatte er auf diese Art schon gearbeitet und wahrscheinlich viel Geld verdient. Jetzt stand er wieder mit einem englischen Syndikat in Unterhandlungen, und morgen früh um acht Uhr sollten sie zum Abschlusse kommen. Eine halbe Million würde Dr. Jorre dabei verdienen, meinten seine Konkurrenten. Es könne gar nicht mehr gelingen, ihn noch aus dem Felde zu schlagen, glaubten sie. –

Die Engländer glaubten es auch nicht.

Dr. Jorre erst recht nicht.

»Kommen Sie morgen pünktlich ins Hotel«, sagte der eine Engländer.

Dr. Jorre gab keine Antwort und ging nach Hause. Der Kellner, der die Bemerkung gehört, lachte bloß.

In Jorres Schlafzimmer steht nur ein Bett, ein Stuhl und ein Waschtisch. –

Totenstille im ganzen Haus.

Lang ausgestreckt liegt der Mann und schläft.

»Morgen soll er am Ziele seines Strebens sein, mehr besitzen, als er verbrauchen kann. Was wird er dann wohl beginnen? Welche Wünsche bewegen dieses Herz, das so freudlos schlägt?«

Das hat er wohl keinem Menschen je gesagt. – Er steht ganz allein in der Welt.

Ob die Natur zu ihm spricht, ob Musik, ob Kunst? – Niemand weiß es. – – – Es ist, als ob der Mann tot wäre, – kein Atemzug ist hörbar.

Das kahle Zimmer schläft mit ihm, – kein Knistern – nichts. – Solch alte Räume sind nicht mehr neugierig.

So verfließt die Nacht – langsam – Stunde um Stunde. – War das nicht ein Schluchzen, – wie aus dem Schlaf? – Pa, – Dr. Jorre schluchzt nicht. – Auch nicht im Schlaf. Und jetzt ein Rascheln. – Es ist etwas herabgefallen, – ein leichter Gegenstand. – Eine dürre Rose, die an der Wand neben dem Bette hing, liegt auf dem Boden. – Der Faden, der sie gehalten, ist zerrissen; – er war schon alt – und morsch geworden. Ein Lichtschein fällt auf die Zimmerdecke – eine Wagenlaterne von der Gasse war es wohl. – Früh stand Dr. Jorre auf, wusch sich und ging ins Nebenzimmer. Dann setzt er sich an seinen Schreibtisch und starrt vor sich hin.

Wie alt und verfallen er heute aussieht. –

Draußen fahren Lastwagen; man hört sie über das Pflaster holpern. Ein nüchterner, öder Morgen, – halbdunkel noch, als ob es nie mehr freudiger Tag werden wolle. –

Dass die Menschen den Mut haben, da weiter zu leben.

Was soll das alles, – dieses mürrische Arbeiten im trüben Nebel!

Jorre spielt mit einem Bleistift. – Die Dinge stehen in wohl geordneten Abständen auf dem Schreibtische. – Er klopft zerstreut mit dem Briefbeschwerer, der vor ihm liegt. Ein Basaltstück mit zwei gelbgrünen Olivinkristallen; – wie zwei Augen sehen ihn die Steine an. – Warum quält ihn das so? – Er schiebt den Block beiseite. –

Immer wieder muss er hinschauen. – – Wer hat ihn nur so angeblickt, so gelbgrün? Und noch vor ganz kurzer Zeit? Bregen – – – – – – Bregen – –

Was für ein Wort ist das nur? – Bregen? –

Er hält die Hand an die Stirn und sinnt. –

Ein Traumgesicht dämmert in seiner Seele. –

Heute nacht hatte er von dem Worte geträumt; – jawohl, – gerade vor wenigen Stunden:

Er war in den Herbst hineingeschritten, in eine fröstelnde Landschaft. – Weidenbäume mit hängenden Zweigen. Das Laub tot auf allen Sträuchern. – Dicht bedecken die abgefallenen Blätter die Erde, mit Wasserstaub bestanden, als ob sie die sonnigen Tage beweinten, wo sie noch in der Höhe – im Winde – gejauchzt und gezittert, – die silbergrünen Weidenkinder. –

Es ist ein eigenes trostloses Rauschen, wenn der Fluss durch die dürren Blätter streift.

Ein brauner Pfad liegt zwischen wirren Sträuchern, die wie erstarrte Krallen in die nasse Luft greifen. – – Er sieht sich auf diesem Wege gehen. – Vor ihm humpelt ein altes Weib in Lumpen – tief gebückt – mit einem Hexengesicht. – Er hört ihren Krückstock auf die Erde stampfen. – Jetzt bleibt sie stehen.

Ein Sumpf liegt vor ihnen im Dunkel der Ulmen, und grüne Schwaden decken die tückische Fläche. – Die Hexe reckt ihren Krückstock auf; die Decke zerreißt, – Jorre blickt in die unergründliche Tiefe. -

Die Wasser werden klar, – klar wie Kristall, – und da unten erscheint eine seltsame Welt. Immer höher hinauf taucht es: – Nackte Frauen wie Schlangen verschlungen bewegen sich dort; leuchtende Leiber schwimmen in wirbelndem Reigen. – Und eine mit grünen großen Augen, eine Krone im Haar, sieht herauf zu ihm und schwingt ein Zepter über die anderen. – Sein Herz schreit auf vor Weh unter diesem Blick; er fühlt, wie sein Blut diese Augen aufnimmt und wie ihr grüner Schein in seinen Augen zu kreisen beginnt. –

Da lässt die Hexe den Krückstock sinken und sagt:

»Die einst deines Herzens Königin war, ist Königin jetzt hier unter den Bregen!«

Und wie die Worte verklingen, schießen die dichten Schwaden über dem Sumpf zusammen.

Die einst deines Herzens Königin war ...

Dr. Jorre sitzt an seinem Schreibtisch, den Kopf auf die Arme gelegt, und weint.

Es schlägt acht Uhr; er hört es und weiß, dass er fortgehen soll. – Und er geht nicht. Was soll ihm auch das Geld! – Der Wille hat ihn verlassen. –

»Die einst deines Herzens Königin war, ist Königin jetzt hier unter den Bregen.«

Er denkt es immerfort. – Das herbstlich spukhafte Bild steht unbeweglich vor seiner Seele – und die grünen Augen kreisen in seinem Blute. – Was das Wort nur bedeuten mag? Er hat es nie im Leben vernommen und kennt seinen Sinn nicht. – Es heißt etwas Grauenhaftes, namenlos Trauriges, etwas Elendes – fühlt er –, und das freudlose Klappern der Lastwagen von der Straße her dringt wie beißendes Salz in sein krankes Herz.

Wahrheitstropfen

I

Das gespenstische Dämmerlicht des Frühmorgens tastete sich bereits durch die staubigen Straßen und hauchte trüb schimmernde Nebel an die Häusermauern. Vier Uhr früh! Und immer noch war Hlavata Ohrringle wach und ging ruhelos im Zimmer auf und ab.

Jahrzehnte ein Fläschchen, gefüllt mit einer wasserhellen Flüssigkeit, zu besitzen, von der man bestimmt weiß, dass sie irgendwelche geheimnisvollen Eigenschaften hat, – zu gewissen Zeiten eingenommen, vielleicht sogar die höchsten magischen Fähigkeiten verleihen kann, ohne dass man imstande wäre, hinter das Geheimnis zu kommen, ist betrübend und qualvoll. Aber plötzlich – wie mit einem Ruck – den Vorhang gelüftet zu sehen, regt auf und zerreißt den Schlaf.

Hlavata Ohrringle hatte oft des Abends das Fläschchen hervorgeholt, geschüttelt, gegen das Licht gehalten und an seinem Inhalt gerochen – hatte immer und immer wieder die alten Folianten aufgeschlagen, die nach den testamentarischen Angaben seines Urgroßvaters Aufschlüsse geben sollten – und war jedes Mal gereizt zu Bette gegangen, ohne etwas herausgefunden zu haben. Nur eins war seltsam, immer in solchen Nächten besuchte ihn derselbe Traum: eine violette gebirgige Landschaft, mitten darin ein asiatisches Kloster mit einem goldenen Dach und darauf in starrer Unbeweglichkeit eine Leiche stehend, die ein Buch in der Hand hielt. Wenn sich dann langsam die Deckel öffneten, wurde in chaldäischen Lettern der Satz sichtbar: »Bleib auf deinem Weg und wanke nicht.« –

Und heute endlich, endlich nach so langem fruchtlosen Grübeln hatte Hlavata Ohrringle gefunden, und die verbergende Hülle des Geheimnisses war vor den Augen seiner Seele geborsten – so wie die Schale einer Nuss zerspringt, wenn Hitze auf sie wirkt. –

Eine Stelle in einem der Traktate, die er bisher übersehen, weil sie gleich anfangs in der Vorrede stand, gab genauen Aufschluss: die Flüssigkeit war ein sogenanntes alchemistisches Partikular. Also doch – ein alchemistisches Partikular! Aber die Eigenschaften der Flüssigkeit waren kurios und anscheinend so wertlos nach modernen Begriffen! Ein Tropfen zwischen zwei Metallspitzen gebracht, nehme nach wenigen Minuten eine mathematisch absolut genaue Kugelform an. – Interessant – sehr interessant, dass es also einen Stoff gab, aus dem sich in praxi eine solch absolut genaue Form bilden ließ; – aber was weiter, das konnte doch unmöglich alles sein?

Es war auch nicht alles, und Hlavata Ohrringle, der ein Bücherwurm von Gottes Gnaden war, fand gar bald in einem zweiten Folianten den wundersamen Wert beschrieben. Wäre es möglich, hieß es dort ungefähr – eine in geometrischem Sinne korrekte Kugelrundung herzustellen – so würden sich Dinge darin sehen lassen, die jeden in höchstes Erstaunen versetzen müssten. Das ganze astrale Weltall – jenes geistige Weltall, das dem unsrigen zugrunde liegt, wie der Handlung die Absicht, wie der Tat der Entschluss – könne sogar darin wahrgenommen werden, wenn auch zuweilen nur in symbolischer Form. Ein Kugelauge schaue eben nach allen erdenklichen Seiten hin bis in die entferntesten Tiefen des Weltalls und ordne nach uns unerkennbaren Gesetzen der Oberflächenspannung alle Spiegelbilder über- und nebeneinander.

Hlavata Ohrringle hatte alles vorbereitet, die Metallnadeln in einen Halter geschraubt, dazwischen den Tropfen mit unsäglicher Mühe angebracht und konnte jetzt den Tagesanbruch kaum erwarten, um im Morgenlichte das Experiment zu beginnen. Ungeduldig schritt er auf und nieder oder warf sich in den Lehnstuhl, dann sah er wieder auf die Uhr: Erst viertel Fünf, Himmelsakra!

Er blätterte im Kalender, wenn eigentlich die Sonne aufgehe. Gerade heute ein Marientag – und Marientage sind so bedeutsam.

Endlich schien es ihm hell genug; er nahm sein Vergrößerungsglas und betrachtete den Tropfen, der glitzernd zwischen den silbernen Nadelspitzen hing. –

Anfangs sah er nur die Spiegelbilder der Dinge, die sein Zimmer füllten, den Schreibtisch mit der gesternten Decke und den umhergestreuten Büchern, die weiße Kugel der Lampe und am Fensterriegel den alten Talar – auch einen kleinen Fleck rötlichen Himmels, wie er durch die Scheiben schimmerte. Aber bald überzog ein dunkles Grün die Oberfläche des Tropfens und verschlang alle diese Reflexe. – Gegenden bildeten sich aus Basaltfelsen, gähnenden Grotten und Höhlen – fantastisch langgezogenes Gestrüpp lauerte wie zum Schlag ausholend, und fremdartiges Baumkraut breitete durchsichtig glasgrüne Segelblätter aus.

Selbstleuchtend die ganze Landschaft – eine Szene der Tiefsee.

Ein länglich weißer Fleck trat hervor und wurde immer deutlicher und plastischer: eine Wasserleiche, ein nacktes Weib mit dem Kopf nach abwärts, die Füße an adernartiges Geflecht gefesselt, hing in dem grünen Wasser.

Plötzlich löste sich ein farbloser Klumpen mit gestielten Augen und scheußlichem fadenumwachsenen Maule aus den Felsenschatten und schoß auf das Weib zu. Blitzartig folgte ihm ein zweiter.

So rasch hatte das erste Ungeheuer der Leiche den Leib aufgerissen und war selbst von dem anderen gespießt worden, dass Hlavata Ohrringle gar nicht mit den Augen folgen konnte. Vor Erregung stieß er einen Seufzer aus und beugte sich noch tiefer über seine Lupe. Doch sein Atem hatte das Bild bereits getrübt und alsbald zerrann es gänzlich. Keine Mühe, kein geduldiges Warten nützte, die Szene kehrte nicht zurück; und der Tropfen spiegelte nur die blendende Sonne wieder, die sich über den Dunst der rauchigen Häusergiebel hob.

II

Hlavata Ohrringle war mit sorgenschwerer Miene von einem Vororte zurückgekehrt und sammelte seine Gedanken. Er hatte dort einen alten Rosenkreuzer, einen gewissen Eckstein, aufgesucht und um Rat gefragt. –

Eckstein, nachdem er lange zugehört, war in die Worte ausgebrochen: »Dies ist ein Mysterium von unerhörter Tiefe. Ich war nämlich der allererste, der den Querschnitt solcher Wahrnehmungen in den Schriften des Kabbalisten Rabbi Gikatilla, natürlich in verborgener Form, wieder fand. Was Basilius Valentin in seinem Traktate ›der Triumphwagen des Antimonii‹, Seite 712, darüber sagt, ist lediglich symbolisch oder analogisch, das heißt nur dem fasslich, dessen Seele in die Tiefe der Gottheit herabgetaucht ist.« – Und wenn sich Hlavata Ohrringle für Visionen in glänzenden Gegenständen interessiere, so sei am geeignetsten dazu eine japanische Kristallkugel. Wohl befänden sich augenblicklich alle, die bisher nach Europa gekommen, in den Händen eines finsteren schwarzen Magiers namens Fahlendien, in Wien. – Die genaueste Auskunft über das gesehene Bild könne aber jedenfalls ein in Berlin lebender irrsinniger Maler namens Christophe geben – wenn er wolle.

All das konnte Ohrringle natürlich nicht genügen, und er machte Tag um Tag neue Experimente mit der Flüssigkeit. Seine Versuche blieben in der Stadt kein Geheimnis und bildeten das Tagesgespräch. Lächerlich – so hieß es – lächerlich das ganze; wie könne man in einem Kugelspiegel *alle* Dinge sehen. Die meisten Dinge lägen doch im Weltraume *hinter*einander, und eines mache dadurch das andere unsichtbar.

Das schien allen sehr einleuchtend, und um so erstaunter war man, als man in einer auswärtigen Zeitung die ganz entgegengesetzte Meinung eines englischen Forschers las, – die dahin ging, dass es theoretisch gar wohl möglich sei, sogar durch Mauern und verschlossene Kasten hindurch zu sehen; man möge doch nur an die Röntgenstrahlen denken – gegen welche z. B. bloß Bleiplatten Schutz gewährten.

Jeder Gegenstand auf der Welt sei im Grunde genommen doch nichts anderes, so zu sagen, als ein feines Sieb aus wirbelnden Atomen gebildet, und wenn man die richtige Strahlenart fände, gäbe es eben auch kein Hindernis für seine Durchleuchtung.

Dieser Zeitungsartikel rief besonders in behördlichen Kreisen Erregung hervor. – Ganz eigentümliche »Reservaterlasse« sickerten ins Publikum: – von den Diplomaten seien z. B. Befehle an die Attachés ergangen, dass sämtliche Akten – augenblicklich in *Bleikassetten* zu versperren seien; es werde ferner eine gründliche Reorganisation auch der Provinzpolizei ins Auge gefasst, – ja man sei zur Hebung der »Geheimpolizei« bereits mit Russland in Verbindung getreten, um von dort eine Menge Bluthunde – im Tausche gegen überzählige Schweinehunde des Inlandes – einzuführen; – und dergleichen mehr.

Natürlich wurde Hlavata Ohrringle streng überwacht, – um so strenger, je zufriedener er auf seinen Spaziergängen aussah; und als er eines Tages mit geradezu strahlender Miene auf der Esplanade erschien, – beschloss man behördlicherseits, auf das rücksichtsloseste vorzugehen, zumal man gar wohl in Erfahrung gebracht, – dass er immer nur lächle, wenn von Diplomaten die Rede sei, ja sogar einmal – befragt, was er von der Kunst der Diplomatie halte – geantwortet habe: kein Schwindel könne sich auf die Dauer halten.

Und eines Tages – es war wieder ein Marientag – wurde Hlavata Ohrringle – gerade als er bei seinem geheimnisvollen Tropfen saß – verhaftet und unter der Anschuldigung des mehrfachen Muttermordes in Gewahrsam gesteckt.

Die seltsame Flüssigkeit aber wurde eingezogen und zur Prüfung den Gerichtschemikern überwiesen.

Man kann darüber nur hoch erfreut sein, denn fraglos muss jetzt die Wahrheit über die Diplomaten voll und ganz ans Tageslicht kommen.

– Ehüm – ans Tageslicht kommen. –

Bocksäure

Malaga ist wunderschön.

Aber heiß.

Die Sonne prasselt den ganzen Tag auf die steilen Hügel und reift den Wein, der auf natürlichen Terrassen wächst. – In der Ferne auf blauem stillem Meer die weißen Segel, sie ziehen wie Möwen. – – –

Die dicken Mönche dort oben im Kloster Alkazaba sind stolz geworden und reich – vom Guindre, den nur Herzöge trinken.

Wer kennt nicht den Guindre vom Kloster Alkazaba?! – – So feurig, so süß, so schwer; – – man spricht von ihm in ganz Spanien. –

Doch nur die Erlesenen des Landes gießen ihn in die schimmernden Gläser; ist er doch kostbar gleich trinkbarem Gold.

Weiß steht das Kloster in den nachtblauen Schatten, hoch über der Stadt von blendenden Strahlen beschienen. – – Vor Jahren waren die Brüder so arm, dass sie betteln gingen und die Malagueños segneten, die ihnen spärliche Almosen gaben: Milch, Gemüse, Eier.

Dann kam der neue Abt Padre Cesáreo Ocáriz, der milde, und brachte das irdische Glück.

Zufrieden und rund wie eine Kugel, verbreitete er frohen Sinn, wohin er ging.

Die schlanken Mädchen aus den Dörfern strömten zu ihm, wenn er die Beichte abnahm. – Wie sie ihn liebten! – Hatte er doch für die heißesten Küsse so milde Buße.

– – – Balsa war gestorben, der Weinbauer, und hatte sein kleines Gut, das an den Klostergarten stieß, den Fratres verschrieben, weil ihm der Trost des guten Abtes die letzten Stunden gar so leicht gemacht.

Padre Ocáriz segnete des Toten Vermächtnis. – Er schlug die Heilige Schrift auf und wies den Mönchen das Gleichnis vom Weinberg. – Und die Brüder gruben und gruben, dass die Schollen schwarz glänzten in dem glühenden Sonnenlicht und die Eselstreiber auf den staubigen Wegen verwundert stehen blieben. –

– – – Ja, damals ging es noch, da waren die Fratres noch mager und jung, und ihre emsigen Hände achteten nicht der schmerzenden Schwielen.

Im Schatten saß der Abt in seinem alten Lehnstuhl und warf Brotkrumen den hellen Tauben zu, die in den Klosterhof geflogen kamen.

Sein rundes, rotes Gesicht glänzte zufrieden und nickte ermunternd, wenn einer der fleißigen innehielt und sich den Schweiß von der Stirne wischte. – Zuweilen klatschte er auch drohend in die fleischigen Hände, hatte sich irgend ein spanischer Lausbub zu nahe an die Gartenhecke gewagt.

– – – Und war die Vesperglocke verklungen, und wehte die Abendbrise ihren kühlen milden Segen her vom Meere, saß er oft noch lange unter dem Maulbeerbaum und sah hinaus auf die spielenden Wellen da unten in der Bucht. – Wie die sinkenden Strahlen der Sonne an die flimmernden Kämme sich schmiegen, sich ihnen vermischen zu leuchtendem Schaum, – da wird es so friedvoll, und die dunkelnden Täler warten und schweigen. – – –

Dann ließ er sich wohl auch den alten Manuel kommen, den Gärtner des Kaufherrn Otero, der die Geheimnisse des Weinbaues kannte wie kein zweiter im Lande, und hörte ihm zu. –

Und die Blätter des Maulbeerbaumes rauschten besorgt, als wollten sie die leisen Worte verwehen, dass sie kein Unberufener hörte. –

Kopfschüttelnd vernahm da der gute Abt, dass man verwitterte Lederstücke, je schmutziger desto besser, in den gärenden Most tun müsse, um das Aroma zu erhöhen, und sah dem Alten forschend in das gefurchte Gesicht, ob er auch die Wahrheit spräche. –

Wurde es dunkel, und war die Sonne hinter den grünen Hügeln versunken, so sagte er einfach: »Gehe nun heim, mein Sohn, ich danke dir. Siehe da fliegen schon die Schwalben des Teufels.« Damit meinte er die Fledermäuse, die er nicht leiden konnte. »Und der Segen der Jungfrau sei auf deinen Wegen.« –

Dann kam die blaue schweigende Nacht mit ihren tausend freundlichen Augen, und Funken glommen im schlummernden Hafen. Schwer hingen die Trauben an den Stöcken, jahraus, jahrein. –

Wie der junge stürmische Wein im Keller tobte, als müsse er fort aus dem Dunkel, hinaus ins Freie, wo er geboren!

– – – Es waren bloß wenige Fässer, und die Mönche murrten, dass die Früchte der harten Arbeit so spärlich seien.

– – – Padre Cesáreo Ocáriz sagte kein Wort, schmunzelte nur listig, wenn das Botenweib kam und die Briefe der Kaufherren brachte, – blaue, rote, grüne, – mit Wappen und krauser Schrift aus allen Gegenden Spaniens. –

Als aber ein Sendschreiben eintraf vom Hofe, mit dem Siegel des Königs, da blieb es kein Geheimnis mehr:

Der Klosterwein von Alkazaba war die Perle von Malaga geworden. – Wie den Purpur des Altertums – kostbar – wog man ihn mit Gold auf, und sein Duft wurde gepriesen in Lied und Sang.

Herrscher tranken ihn und hohe Frauen, – und küssten die Tropfen vom Rande des Bechers.

Der Reichtum zog ins Kloster, und wie der Keller sich leerte vom Wein, füllten sich die Schreine mit prunkenden Schätzen.

Die herrliche Kapelle erstand an Stelle der alten, und eine mächtige silberne Glocke »del Espiritu Santo« sang das Lob des Herrn, dass es in heiliger Weihe über den Tälern klang. –

– – – Die Fratres sahen freundlich, wurden dick und rund und saßen gemächlich auf den steinernen Bänken. – Mit dem Graben war es schon lange nichts mehr.

Doch die Trauben wuchsen nach wie vor, – ganz wie von selbst. Und das war den Mönchen recht.

Die aßen und tranken; nur einmal im Jahre zogen sie – wie zum Feste – mit ihrem Abt in den Keller, wenn der Most gärte, und sahen blinzelnd zu, wie er in jedes Fass einen halben alten Stiefel warf. – Das war das ganze Geheimnis, wie sie meinten, und sie freuten sich mit dem frommen Alten, der für diesen feierlichen Moment immer seine eigenen Schuhe sorgfältig aufhob und sie selber zerschnitt. –

– – – Der greise Manuel hatte ihnen wohl oft erklärt, dass es eigentlich ein Wunder sei, dass das Leder allein die Ursache der so besonderen Güte des Weins nicht sein könne. Leder lege doch jeder dritte Weinbauer in Malaga in seinen Most, während er gäre. – Es müsse also wohl nur der segensreiche Boden des Erbstückes sein. – –

Aber was kümmerte all das die Brüder: – die Sonne schien, die Trauben wuchsen, und der Hoflieferant aus Madrid kam pünktlich Jahr für Jahr, holte die Fässer und brachte das Geld.

– – – An einem klaren Herbsttage war Padre Ocáriz in seinem Sessel unter dem Maulbeerbaum eingeschlafen und nicht mehr aufgewacht. –

Im Tale unten läuteten die Glocken. –

Ein grünes, schlichtes, kühles Erdenbett! –

Neben den toten Äbten schläft er nun. – – Und die maurische Ruine auf dem Gipfel des Hügels wirft ihren stillen, ehrwürdigen Schatten auf sein Grab. – Viele kleine dunkelblaue Blumen und ein schmale Steintafel: »Requiescat in pace.«

Der Kardinal von Saragossa hat einen jungen Abt geschickt. – Padre Ribas Sobri.

Ein sehr gelehrter Mann von tiefem Wissen, – erzogen in den Schulen der Fratres vom Herzen Jesu. Mit festem, stechendem Blick, – hager und willensstark. – Vorbei sind die Zeiten süßen Nichtstuns, – die Knechte entlassen, – und ächzend bücken sich wieder die feisten Mönche bei der Weinlese – Tief in die Nacht müssen sie auf den Knien liegen und beten, beten.

Im Kloster herrscht die strenge Observanz: – bleiernes Schweigen. – Gesenkten Hauptes, aufrecht stehend, mit gefalteten Händen üben murmelnd die Fratres die »Anmutungen«:

Non est sanitas in carne mea a facie irae tuae: non est pax ossibus meis a facie peccatorum meorum. – –

Auf dem Hof wächst das Gras zwischen den Steinen, und die weißen Tauben sind fortgeflogen. Aus kahlen Zellen dringt die gramvolle »Betrachtung der Strafen«:

Unusquisque carnem brachii sui vorabit. –

Wenn der kalte Morgen schimmert, siehst du die dunkeln Gestalten zur Kapelle ziehen, und summende Stimmen beten bei flackerndem Kerzenschein das Salve Regina.

Die Weinlese ist vorüber. – Streng befolgt Don Pedro Ribas Sobri die Rezepte seines toten Vorgängers: seine eigenen Schuhe wirft er in die offenen Fässer, genau wie jener. – – Es hallt in dem gewölbten Keller, wie der süße Wein gärt und kämpft. –

Der König wird zufrieden sein mit dem Guindre. –

Die schönen Mädchen kommen nicht mehr und beichten nicht mehr. – Sie fürchten sich. –

Schwer lastet die Scheu, – wortlos wie der mürrische Winter, der seine harten Hände auf die toten Fluren legt. – – – Und der Frühling zieht vorüber und der tanzende junge Sommer – – – und locken umsonst.

Verdrossen laden die Maultiertreiber um halben Lohn die schweren Fässer in die Leiterkarren.

Don Pedro Ribas liest und zieht finster die Stirne: »– der ehrwürdige Vater muss sich wohl geirrt und anderen Wein geschickt haben. – Das sei doch nicht der gute alte Guindre, – gewöhnlicher ›Dulce del Color‹, wie jede andere Sorte aus Malaga«, schreibt man aus der Hauptstadt.

Täglich kommen die Sendungen zurück. Volle Fässer. Aus Lissabon, aus Madrid, aus Saragossa. – – –

Der Abt kostet, – kostet – und vergleicht. Kein Zweifel, – es fehlt der fremdartige würzige Duft.

Man holt den greisen Manuel, – der prüft und zuckt traurig die Achseln.

Ja, ja, der gute, alte Don Cesáreo, der hatte ein glückliche Hand; mehr Segen als der junge Padre. – Doch das darf man nicht laut sagen; – die Mönche raunen es einander zu.

Don Pedro sitzt Nacht um Nacht in seiner Zelle bei seltsamen Retorten, und der Kerzenschein wirft den Schatten seines scharf geschnittenen Profils an die kalkweiße Wand. – Seine langen mageren Finger hantieren an funkelnden Gläsern mit hässlichen dünnen Hälsen. – Abenteuerliche Werkzeuge und Kolben stehen umher. – Ein spanischer Alchemist! –

Vergessen die Observanz – – – die ermatteten armen Mönche schlafen tief und fest.

Das tut nicht gut! – Mit weißen Pulvern und den gelben beißenden Wässern Luzifers findest du nicht, was die schweigsame Natur in verschlossene Bücher schrieb mit heimlichen Fingern.

Die Herzöge werden ihn wohl nicht mehr trinken, den herrlichen, duftenden Guindre!

Wieder stehen die Fässer in Reih und Glied mit gärendem Moste gefüllt. In jedem Gebinde ein anderer zerschnittener Stiefel, – der von dem dicken Bruder Theodosio, – dort einer selbst vom alten Manuel. –

Vom toten Abt noch einer dort im Fasse links in der Ecke. Und wieder kommt das andere Jahr, man kostet und prüft: gut ist der Wein, aber Guindre ist es nicht; – *ein* Fass nur birgt solchen.

Das in der Ecke mit dem Schuh des alten Abtes.

Das schicket dem König!

Pedro Ribas Sobri ist ein willensstarker Mann, der nicht aufhört zu suchen, zu prüfen, zu vergleichen. – Er sagt, jetzt endlich kenne er das Geheimnis. – Die Mönche schweigen und zweifeln. – Sie fragen nicht und tun blind, was ihr Abt befiehlt, – sie kennen seine eiserne Strenge.

Manuel schüttelt den Kopf.

Die Knechte sind wieder in Diensten des Klosters, graben und wenden die schwarzen Schollen und schneiden den Weinstock, dass die Fratres keinen Finger rühren sollen, wieder feist und rund werden wie ehedem. –

So will es der Abt.

– – – Wenn die glühenden Strahlen der Sonne, unbarmherzig den Klosterhof von Alkazaban sengen, dass der Maulbeerbaum lechzend die Zweige hängt, stehen die braunen Mädchen in den farbigen Mantillas an der Hecke und recken den Hals und kichern.

– – – In langer Reihe müssen die armen Mönche auf hölzernen Bänken liegen – schwitzend – mit schweren wollenen Kutten in der quälenden Glut, – die dicken Füße in hohe Stiefel gesteckt und mit breitem Band aus Gummistoff umflochten. – –

Denn Pedor Ribas Sobri hat sich gelobt, den Guindre wieder zu finden; er ist ein willensstarker Mann, der nicht aufhört zu suchen, zu prüfen, zu vergleichen. –

Ich aber sage, es ist alles umsonst, wenn der Wein auch besser wird: dem alten Abt tut es doch keiner mehr gleich. –

Die schwarze Kugel

Anfangs sagenhaft – gerüchteweise – ohne Zusammenhang drang aus Asien die Nachricht in die Zentren westlicher Kultur, dass in Sikkim – südlich vom Himalaja – von ganz ungebildeten, halbbarbarischen Büßern – sogenannten Gosains – eine geradezu fabelhafte Erfindung gemacht worden sei.

Die anglo-indischen Zeitungen meldeten zwar auch das Gerücht, schienen aber schlechter als die russischen informiert, und Kenner der Verhältnisse staunten hierüber nicht, da bekanntlich Sikkim allem, was englisch ist, mit Abscheu aus dem Wege geht. –

Das war wohl auch der Grund, weshalb die rätselhafte Erfindung auf dem Umwege Petersburg-Berlin nach Europa drang.

Die gelehrten Kreise Berlins waren fast vom Veitstanz ergriffen, als ihnen die Phänomene vorgeführt wurden.

Der große Saal, der sonst nur wissenschaftlichen Vorträgen diente, war dicht gefüllt.

In der Mitte, auf einem Podium, standen die beiden indischen Experimentatoren: der Gosain Deb Schumscher Dschung, das eingefallene Gesicht mit heiliger weißer Asche bestrichen, und der dunkelhäutige Brahmane Radschendralalamitra, – als solcher durch die dünne Baumwollschnur kenntlich, die ihm über die linke Brusthälfte hing.

An Drähten von der Saaldecke herab waren in Mannshöhe gläserne, chemische Kochkolben befestigt, in denen sich Spuren eines weißlichen Pulvers befanden. Leicht explodierbare Stoffe, vermutlich Jodide, wie der Dolmetsch angab.

Unter lautloser Stille des Auditoriums näherte sich der Gosain einem solchen Kochkolben, band eine dünne Goldkette um den Hals des Glases und knüpfte die Enden dem Brahmanen um die Schläfen.

Dann trat er hinter ihn, erhob beide Arme und murmelte die Mantrams – Beschwörungsformeln – seiner Sekte. – Die beiden asketischen Gestalten standen wie Statuen. Mit jener Regungslosigkeit, die man nur an arischen Asiaten sieht, wenn sie sich ihren religiösen Meditationen hingeben.

Die schwarzen Augen des Brahmanen starrten auf den Kolben. Die Menge war wie gebannt. –

Viele mussten die Lider schließen oder wegsehen, um nicht ohnmächtig zu werden. – Der Anblick solcher versteinerter Gestalten wirkt wie hypnotisierend, und mancher fragte flüsternd seinen Nebenmann, ob es ihm nicht auch scheine, als ob das Gesicht des Brahmanen manchmal wie in Nebel getaucht sei. –

Dieser Eindruck wurde jedoch nur durch den Anblick des heiligen Tilakzeichens auf der dunklen Haut des Inders erweckt, – ein großes weißes U, das jeder Gläubige als Symbol Vishnus des Erhalters auf Stirne, Brust und Armen trägt.

Plötzlich blitzte in dem Glaskolben ein Funken auf, der das Pulver zur Explosion brachte. – Einen Augenblick: Rauch, dann erschien in der Flasche eine indische Landschaft von unbeschreiblicher Schönheit. – Der Brahmane hatte seine Gedanken projiziert! –

Es war der Tadsch Mahal von Agra, jenes Zauberschloss des Großmoguls Aurungzeb, in dem dieser vor Jahrhunderten seinen Vater einkerkern ließ.

Der Kuppelbau aus bläulichem Weiß wie Kristallschnee – mit schlanken Seitenminaretts – in einer Pracht, die den Menschen in die Knie zwingt, warf sein Spiegelbild auf den endlosen schimmernden Wasserweg zwischen traumgeschmiegten Zypressen. –

Ein Bild, das dunkles Heimweh weckt nach vergessenen Gefilden, die der Tiefschlaf der Seelenwanderung verschlungen.

Stimmengewirr der Zuschauer, ein Staunen und Fragen. – Die Flasche wurde losgewickelt und ging von Hand zu Hand.

Monatelang halte sich so ein fixiertes plastisches Gedankenbild, übersetzte der Dolmetsch, zumal es der immensen stetigen Vorstellungskraft Radschendralalamitras entsprungen sei. – Projektionen europäischer Gehirne dagegen hätten nicht annähernd solche Farbenpracht und Dauer.

Viele ähnliche Experimente wurden noch gemacht, bei denen teils wieder der Brahmane, teils einer oder der andere der berufensten Gelehrten die Goldkette um die Schläfen knüpfte.

Klar wurden eigentlich nur die Vorstellungsbilder der Mathematiker; – recht sonderbar fielen hingegen die Resultate aus, die den Köpfen juridischer Kapazitäten entsprangen. – Allgemeines Staunen aber und Kopfschütteln bewirkte die angestrengte Gedankenprojektion des berühmten Professors für innere Medizin, Sanitätsrats Mauldrescher. – Sogar den feierlichen Asiaten blieb der Mund offen: Eine unglaubliche Menge kleiner missfarbener Brocken, dann wieder ein Konglomerat verschwommener Klumpen und Zacken war in dem Versuchskolben entstanden.

»Wie italienischer Salat«, sagte spöttisch ein Theologe, der sich vorsichtshalber gar nicht an den Experimenten beteiligt hatte.

Besonders der Mitte zu, wo sich bei wissenschaftlichen Gedanken die Vorstellungen über Physik und Chemie niederschlagen, wie der Dolmetsch betonte, – war die Materie gänzlich versulzt.

Auf Erklärungen, wieso und wodurch die Phänomene eigentlich zustande kämen, ließen sich die Inder nicht ein.

»Später einmal – später« sagten sie in ihrem gebrochenen Deutsch.

Zwei Tage darauf fand wieder eine Vorführung der Apparate – diesmal halbpopulär – in einer anderen europäischen Metropole statt. – Wieder die atemlose Spannung des Publikums und dieselben bewundernden Ausrufe, als zuerst unter der Einwirkung des Brahmanen ein Bild der seltsamen tibetanischen Festung Taklakot erschien.

Abermals folgten die mehr oder minder nichtssagenden Gedankenbilder der Stadtgrößen.

Die Mediziner lächelten nur überlegen, waren jedoch diesmal nicht zu bewegen, in die Flasche – hineinzudenken.

Als endlich eine Gesellschaft Offiziere näher trat, machte alles respektvoll Platz. – Na selbstverständlich!

»Gustl, was meinst du, denk du amol wos«, sagt ein Leutnant mit gefettetem Scheitel zu einem Kameraden.

»Ah, – i nöt, mir is vüll z'vüll Ziwüll do.«

»Na, aber ich biddde, ich biddde, doch einer von die Herren – – – – – –« forderte gereizt der Major auf.

Ein Hauptmann trat vor: »Sö, Dolmetscher, kann ma sich a wos Idealls denken? I wüll ma wos Idealls denken!«

»Was wird es denn sein, Herr Hauptmann?« (»Auf den Zwockel bin ich neugierig«, schrie einer aus der Menge.)

»No«, sagte der Hauptmann, »no, – i wier halt an die ehrenräddlichen Vurschriften denken!«

»Hm.« der Dolmetsch strich sich das Kinn. »Hm, – ich – hm, ich denke, Herr Hauptmann, – hm, – dazu – hm – sind die Flaschen vielleicht doch nicht widerstandsfähig genug.«

Ein Oberleutnant drängte sich vor. »Alsdann lass mich, Kamerad.«

»Ja, ja, lasst's 'n Katschmatschek«, schrien alle. »Dös is a scharfer Denker.«

Der Oberleutnant legte sich die Kette um den Kopf. – »Bitte« (– verlegen reichte ihm der Dolmetsch ein Tuch –) »bitte: ... Pomade isoliert nämlich.« –

Deb Schumscher Dschung, der Gosain mit seinem roten Lendentuch und dem weiß getünchten Gesicht, trat hinter den Offizier. – Er sah diesmal noch unheimlicher aus als in Berlin.

Dann hob er die Arme.

Fünf Minuten – – – – – –

Zehn Minuten – – – nichts.

Der Gosain biss vor Anstrengung die Zähne zusammen. Der Schweiß lief ihm in die Augen.

Da! – Endlich. – – Das Pulver war zwar nicht explodiert, aber eine sammetschwarze Kugel, so groß wie ein Apfel, schwebte frei in der Flasche. –

»Dös Werkl spüllt nimmer«, entschuldigte sich verlegen lächelnd der Offizier und trat vom Podium herab. – –

Die Menge brüllte vor Lachen. –

Erstaunt nahm der Brahmane die Flasche – – Da! – Wie er sie bewegte, berührte die innen schwebende Kugel die Glaswand. Sofort zersprang diese, und die Splitter, wie von einem Magnet angezogen, flogen in die Kugel, um darin spurlos zu verschwinden.

Der sammetschwarze Körper schwebte unbeweglich frei im Raum. –

Eigentlich sah das Ding gar nicht wie eine Kugel aus und machte eher den Eindruck eines gähnenden Loches. – Und es war auch gar nichts anderes als ein Loch. –

Es war ein absolutes: – ein mathematisches »Nichts«! – Was dann geschah, war nichts als die notwendige Folgeerscheinung dieses »Nichts«. – Alles an dieses »Nichts« angrenzende stürzte naturnotwendig hinein, um darin augenblicklich ebenfalls zu »Nichts« zu werden, d. h. spurlos zu verschwinden.

Wirklich entstand sofort ein heftiges Sausen, das immer mehr und mehr anschwoll, denn die Luft im Saale wurde in die Kugel hineingesaugt. Kleine Papierschnitzel, Handschuhe, Damenschleier – alles riss es mit hinein. –

Ja, als ein Offizier mit dem Säbel in das unheimliche Loch stieß, verschwand die Klinge, als ob sie abgeschmolzen wäre. –

»Jetzt dös geht zu weit«, rief der Major bei diesem Anblick, »dös kann i nöt dulden. Geh' mer, meine Herren, geh' mer. Bidde, – ich bidde.« –

»Was host dir denn denkt, eigentlich, Katschmatschek?«, fragten die Herren beim Verlassen des Saales.

»I? – No – – – wos ma sich halt so denkt.«

Die Menge, die sich das Phänomen nicht erklären konnte und nur das schreckliche, immer mehr anwachsende Sausen hörte, drängte angsterfüllt zu den Türen.

Die einzigen Zurückbleibenden waren die beiden Inder.

»Das ganze Universum, das Brahma schuf, Vishnu erhält und Siva zerstört, wird nach und nach in diese Kugel stürzen«, sagte feierlich Radschendralalalamitra, »– das ist der Fluch, dass wir nach Westen gingen, Bruder!«

»Was liegt daran«, murmelte der Gosain, »einmal müssen wir alle ins negative Reich des Seins.«

Der Schrecken

Die Schlüssel klirren, und ein Trupp Sträflinge betritt den Gefängnishof. – Es ist zwölf Uhr, und sie müssen im Kreise herumgehen, um Luft zu schöpfen, paarweise – einer hinter dem andern. –

Der Hof ist gepflastert. Nur in der Mitte ein paar Flecken dunkles Gras wie Grabhügel. – Vier dünne Bäume und eine Hecke aus traurigem Liguster.

Ringsum alte gelbe Mauern mit kleinen, vergitterten Kerkerfenstern.

Die Sträflinge in ihren grauen Zuchthauskleidern, sie reden kaum und gehen immer im Kreise herum – einer hinter dem andern. – Fast alle sind krank: Skorbut, geschwollene Gelenke. – Die Gesichter grau wie Fensterkitt, die Augen erloschen. Mit freudlosem Herzen halten sie gleichen Schritt.

Der Aufseher mit Säbel und Mütze steht an der Hoftüre und starrt vor sich hin. –

Längs der Mauer ist nackte Erde. – Dort wächst nichts: das Leid sickert durch die gelben Wände.

»Lukawsky war eben beim Präsidenten«, ruft ein Gefangener den Sträflingen durch sein Kerkerfenster halblaut zu. – Der Trupp marschiert weiter. – »Was ist's mit ihm?«, fragt ein Neuling seinen Nebenmann.

»Lukawsky, der Mörder, ist zum Tode verurteilt durch den Strang, und heute glaub' ich, soll sich's entscheiden, ob das Urteil bestätigt wird oder nicht. Der Präsident hat ihm die Bestätigung des Urteils auf dem Amtszimmer verlesen. – Der Lukawsky hat kein Wort gesagt, nur getaumelt hat er. – Aber draußen hat er mit den Zähnen geknirscht und einen Wutanfall bekommen. – Die Aufseher haben ihm die Zwangsjacke angelegt und ihn mit Gurten auf die Bank geschnallt, dass er kein Glied rühren kann bis morgen früh. – Und ein Kruzifix haben sie ihm hingestellt.« – Bruchstückweise hatte der Gefangene den Vorbeimarschierenden dies zugerufen. –

»Auf Zelle Nr. 25 liegt er, der Lukawsky«, sagt einer der ältesten Sträflinge. – Alle blickten zum Gitterfenster Nr. 25 hinauf.

Der Aufseher lehnt gedankenlos am Tor und stößt mit dem Fuß ein Stück altes Brot beiseite, das im Wege liegt. –

In den schmalen Gängen des alten Landgerichtes liegen die Kerkertüren dicht nebeneinander. – Niedrige Eichentüren, in das Mauerwerk eingelassen, mit Eisenbändern und mächtigen Riegeln und Schlössern. – Jede Tür hat einen vergitterten Ausschnitt, kaum eine Spanne im Geviert. Durch diese ist die Neuigkeit gedrungen und läuft längs der Fenstergitter von Mund zu Mund: »Morgen wird er gehenkt!« –

Es ist still auf den Gängen und im ganzen Hause, und doch herrscht ein feines Geräusch. Leise, unhörbar. Nur zu fühlen. – Durch die Mauern dringt es und spielt in der Luft, wie Mückenschwärme. – Das ist das Leben, das gebundene, gefangene Leben!

Mitten im Haupteingang, dort wo er weiter wird, steht eine alte leere Truhe ganz im Dunkeln.

Lautlos, langsam hebt sich der Deckel. – Da fährt es wie Todesfurcht durchs ganze Haus. – Den Gefangenen bleibt das Wort im Munde stecken. Auf den Gängen kein Laut mehr, – dass man das Schlagen des Herzens hört und das Klingen im Ohr. –

Die Bäume und Sträucher auf dem Hofe rühren kein Blatt und greifen mit herbstlichen Ästen in die trübe Luft. – Es ist, wie wenn sie noch dunkler geworden wären. –

Ein Trupp Sträflinge ist stehen geblieben wie auf einen Winke: Hat nicht jemand geschrien? –

Aus der alten Truhe kriecht langsam ein scheußlicher Wurm. – Ein Blutegel von gigantischer Form. – Dunkelgelb mit schwarzen Flecken, saugt er sich die Zellen entlang am Boden hin. – Bald dick werdend, dann wieder dünn, bewegt er sich vorwärts und tastet und sucht. – Am Kopfe seitlich in jeder Höhle starren fünf aneinandergequetschte Augäpfel, – ohne Lider und unbeweglich. – Es ist der Schrecken. –

Er schleicht sich zu den Gerichteten und saugt ihnen das warme Blut aus – unterhalb der Kehle, dort, wo die große Ader das Leben vom Herzen zum Kopfe trägt. – Und umschlingt mit seinen schlüpfrigen Ringen den warmen Menschenleib.

Jetzt ist er zur Zelle des Mörders gekommen. –

Ein langes grauenhaftes Schreien, ohne Unterbrechung, wie ein einziger nicht endender Ton, dringt auf den Hof.

Der Aufseher am Türpfosten fährt zusammen und reißt den Torflügel auf. – »Alle, marsch hinauf, auf die Zellen«, schreit er, und die Gefangenen laufen an ihm vorbei, ohne ihn anzusehen, die steinernen Treppen hinauf. – Trapp, trapp, trapp – mit plumpen, genagelten Schuhen.

Dann ist es wieder still geworden. – Der Wind fährt in den öden Hofraum hinunter und reißt eine alte Dachluke ab, die klirrend und splitternd auf die schmutzige Erde fällt.

Der Verurteilte kann nur den Kopf bewegen. – Er sieht die weiß getünchten Kerkerwände vor sich. – Undurchdringlich. – Morgen früh um sieben Uhr werden sie ihn holen. – Noch achtzehn Stunden bis dahin. – Und sieben Stunden, dann kommt die Nacht. – – – Bald wird Winter sein, und das Frühjahr kommt und der heiße Sommer. – Dann wird er aufstehen – früh – schon in der Dämmerung –, und auf die Straße gehen, den alten Milchkarren ansehen und den Hund davor ... Die Freiheit –! Er kann ja tun, was er will. –

Da schnürt es ihm wieder die Kehle: – wenn er sich nur bewegen könnte, – verflucht, verflucht, verflucht – und mit den Fäusten an die Mauern schlagen. – Hinaus! – – – Alles zerbrechen und in die Riemen beißen. – Er will jetzt nicht sterben – will nicht – will nicht! – *Damals* hätten sie ihn hängen dürfen, als er ihn ermordet hat, – den alten Mann, – der schon mit einem Fuß im Grabe stand. – Jetzt hätte er es doch nicht mehr getan! – Der Verteidiger hat das nicht erwähnt. – Warum hat er es den Geschworenen nicht selbst zugerufen?! – Sie hätten dann anders geurteilt. – Er muss es jetzt noch dem Präsidenten sagen. – Der Aufseher soll ihn vorführen. – Jetzt gleich. – – – Morgen früh ist's zu spät, da hat der Präsident die Uniform an, und er kann nicht so dicht an ihn heran. – Und der Präsident würde ihn nicht anhören. – Dann ist's zu spät, man kann die vielen Polizeileute nicht mehr wegschicken. – Das tut der Präsident nicht. – – –

Der Henker legt ihm die Schlinge über den Kopf, – er hat braune Augen und sieht ihm immer scharf auf den Mund. – Sie reißen an, alles dreht sich – halt, halt – er will noch etwas sagen, etwas Wichtiges.

Ob der Aufseher kommen wird und ihn heute noch losbinden von der Bank? – Er kann doch nicht so liegen bleiben die ganzen achtzehn Stunden. – Natürlich nicht, der Beichtvater muss doch noch kommen, so hat er es immer gelesen. Das ist Gesetz. – Er glaubt an nichts, aber nach ihm verlangen wird er, es ist sein Recht. – Und den Schädel wird er ihm einschlagen, dem frechen Pfaffen, mit dem steinernen Krug dort. – – – – – – Die Zunge ist ihm wie gedörrt. – Trinken will er – er ist durstig. – Himmel, Herrgott! – Warum geben sie ihm nichts zu trinken! – Er wird sich beschweren, wenn die Inspektion nächste Woche kommt. – Er wird es ihm schon eintränken, – dem Aufseher, dem verfluchten Hund! – Er wird solange schreien, bis sie kommen und ihn losbinden, immer lauter und lauter, dass die Wände einstürzen. – Und dann liegt er unter freiem Himmel ganz hoch oben, dass sie ihn nicht finden können, wenn sie um ihn herum gehen und ihn suchen. – – – – – – – – – Er muss irgendwo herabgefallen sein, deucht ihm, – es hat ihm einen solchen Ruck gegeben durch den Körper. –

Sollte er geschlafen haben? – Es ist dämmerig. –

Er will sich an den Kopf greifen: seine Hände sind festgebunden. – – – Vom alten Turme dröhnt die Zeit – eins, zwei – wie spät mag's sein? – Sechs Uhr. – Herrgott im Himmel, nur noch dreizehn Stunden, und sie reißen ihm den Atem aus der Brust. – Hingerichtet soll er werden, erbarmungslos – gehenkt. – Die Zähne klappern ihm vor Kälte. – Etwas saugt ihm am Herzen, er kann es nicht sehen. – Dann steigt es ihm schwarz ins Gehirn. – Er schreit und hört sich nicht schreien, – alles schreit in ihm, die Arme, die Brust, die Beine, – der ganze Körper, – ohne Aufhören, ohne Atemholen. – – –

An das offene Fenster des Amtszimmers, das einzige, das nicht vergittert ist, tritt ein alter Mann mit weißem Bart und einem harten, finstern Gesicht und sieht in den Hofraum hinab. Das Schreien stört ihn, er runzelt die Stirn, – murmelt etwas und schlägt das Fenster zu.

Am Himmel jagen die Wolken und bilden hakenförmige Streifen. – – Zerfetzte Hieroglyphen, wie eine alte, verloschene Schrift: *»Richtet nicht, auf das ihr nicht gerichtet werdet!«*

Der Fluch der Kröte – Fluch der Kröte

Breit, mäßig bewegt und gewichtig.
»Meistersinger«

Auf die Straße zur blauen Pagode scheint heiß die indische Sonne herab – heiß die indische Sonne herab.

Die Menschen singen im Tempel und streuen dem Buddha weiße Blüten, und die Priester beten feierlich: Om mani padme hum; Om mani padme hum.

Die Straße menschenleer und verlassen: heute ist Feiertag. Die langen Kushagräser hatten Spalier gebildet in den Wiesen an der Straße zur blauen Pagode – an der Straße zur blauen Pagode.

Die Blumen alle warteten auf den Tausendfüßler, der da drüben wohnte in der Rinde des verehrungswürdigen Feigenbaumes.

Der Feigenbaum war das vornehmste Viertel.

»Ich bin der Verehrungswürdige«, hatte er von sich selbst gesagt, »und aus meinen Blättern kam man Schwimmhosen machen – kann man Schwimmhosen machen.«

Die große Kröte aber, die immer auf dem Steine saß, verachtete ihn, weil er angewachsen war, und hielt auch nichts von Schwimmhosen. – Und den Tausendfüßler hasste sie. Fressen konnte sie ihn nicht, denn er war sehr hart und hatte einen giftigen Saft, – giftigen Saft.

Darum hasste sie ihn – hasste sie ihn.

Sie wollte ihn verderben und unglücklich machen und hatte mit den Geistern der toten Kröten die ganze Nacht beraten.

Seit Sonnenaufgang saß sie auf dem Stein und wartete und bebte zuweilen mit dem Hinterfuß – bebte zuweilen mit dem Hinterfuß.

Dann und wann spuckte sie auf das Kushagras.

Alles schwieg: Blüten, Käfer, Blumen und Gräser. – Und der weite, weite Himmel. Denn es war Feiertag.

Nur die Unken im Tümpel – die unheiligen – sangen gottlose Lieder:

»I pfeif' auf die Lotosblum',
i pfeif' auf mein Lebn', –
i pfeif' auf mein Lebn', –
i pfeif' auf mein Lebn' ...«

Da glitzerte es in der Rinde des Feigenbaumes und rieselte schimmernd herab wie eine Schnur schwarzer Perlen. – Wand sich kokett und hob den Kopf und spielte tanzend im strahlenden Sonnenlicht.

Der Tausendfüßler – der Tausendfüßler.

Der Feigenbaum schlug voll Wonne die Blätter zusammen, und das Kushagras raschelte entzückt – raschelte entzückt.

Der Tausendfüßler lief zum großen Stein, dort lag sein Tanzplatz – ein heller sandiger Fleck – -iger Fleck.

Und huschte umher in Kreisen und Achtern, dass alles geblendet die Augen schloss – die Augen schloss.

Da gab die Kröte ein Zeichen, und hinter dem Stein hervor trat ihr ältester Sohn und überreichte mit tiefer Verbeugung dem Tausendfüßler ein Schreiben seiner Mutter.

– Der nahm es mit dem Fuß Nr. 37 und fragte das Kushagras, ob alles auch richtig gestempelt sei.

»Wir sind zwar das älteste Gras der Erde, aber das wissen wir nicht, – die Gesetze sind jedes Jahr anders, – das weiß nur Indra allein – weiß nur Indra allein.«

Da holte man die Brillenschlange, und die las den Brief vor:

»Seiner Hochgeboren, dem Herrn Tausendfuß!

Ich bin nur ein Nasses, Schlüpfriges – ein Verachtetes auf Erden, und mein Laich wird gering geschätzt unter Pflanzen und Tieren. – Und ich glänze und schillere nicht. – Ich habe nur vier Beine – nur vier Beine – und nicht tausend wie Du – nicht tausend wie Du. – O Verehrungswürdiger! – Dir nemeskar, Dir nemeskar! –«

»Ihm nemeskar, ihm nemeskar«, stimmten begeistert die wilden Rosen aus Schiras mit ein in den persischen Gruß – in den persischen Gruß.

»Doch wohnet Weisheit in meinem Haupte und tiefes Wissen – und tiefes Wissen. Ich kenne die Gräser, die vielen, beim Namen. – Ich weiß die Zahl der Sterne am Nachthimmel und der Blätter des Feigenbaumes, – des angewachsenen. – Und mein Gedächtnis hat seinesgleichen nicht unter den Kröten in ganz Indien.

Siehe und dennoch kann ich die Dinge nur zählen, wenn sie stille stehen, – nicht wenn sie sich bewegen – nicht, wenn sie sich bewegen.

Sage mir doch – o Verehrungswürdiger, wie es sein kann, dass Du beim Gehen immer weißt, mit welchem Fuße Du anfangen musst, welcher der zweite sei, – und dann der dritte, – welcher dann kommt als vierter, als fünfter, als sechster, – ob der zehnte folgt oder der hundertste, – was dabei der zweite macht und der siebente, ob er stehen bleibt oder weitergeht, – wenn Du beim 917sten angelangt bist, den 700sten aufheben und den 39sten niedersetzen, den 1000sten biegen oder den vierten strecken sollst – strecken sollst.

O bitte, sage mir armen Nassen, Schlüpfrigen, das nur vier Beine hat – nur vier Beine hat – und nicht tausend wie Du – nicht tausend wie Du –, wie Du das machst, o Verehrungswürdiger!

Hochachtungsvoll die Kröte.«

»Nemeskar«, flüsterte eine kleine Rose, die fast eingeschlafen war.

Und die Kushagräser, die Blumen, die Käfer und der Feigenbaum und die Brillenschlange blickten erwartungsvoll auf den Tausendfüßler.

Selbst die Unken schwiegen – Unken schwiegen.

Der Tausendfüßler aber blieb starr an den Boden festgebannt und konnte hinfort kein Glied mehr rühren.

Er hatte vergessen, welches Bein er zuerst heben solle, und je mehr er darüber nachdachte, desto weniger konnte er sich entsinnen – konnte er sich entsinnen.

Auf die Straße zur blauen Pagode schien heiß die indische Sonne herab – indische Sonne herab.

Der Untergang

Chlodwig Dohna, ein nervöser Mensch, der ununterbrochen – jawohl ununterbrochen – sozusagen mit angehaltenem Atem achtgeben muss, um nicht jeden Moment sein psychisches Gleichgewicht zu verlieren und eine Beute seiner fremdartigen Gedanken zu werden! – Dohna, der mit der Pünktlichkeit einer Maschine kommt und geht, fast nie spricht und sich mit den Kellnern im Klub, um jedes überflüssige Wort zu meiden, nur durch Zettel verständigt, die seine Anordnungen für die kommende Woche enthalten, der soll krankhaft nervös sein?! –

Das ist ja rein zum Lachen!

»Er muss untersucht werden«, meinten die Herren und beschlossen, um Dohna ein wenig auszuholen, kurzerhand eine Festlichkeit im Klub, der er nicht gut ausweichen konnte.

Sie wussten ganz gut, dass ein besonders höfliches und korrektes Benehmen ihn am leichtesten in eine angeregte Stimmung versetzte, und wirklich ging Dohna früher, als man gehofft hatte, aus sich heraus. –

»Ich möchte so gerne wieder einmal ein Seebad aufsuchen«, sagte er, »wie in früheren Zeiten, wenn ich nur den Anblick der mehr oder weniger nackten Menschen vermeiden könnte. Sehen Sie, noch vor fünf Jahren konnte mich ein menschlicher Körper unter Umständen sogar begeistern, – griechische Statuen waren mir ein Kunstgenuss. – Und jetzt? – Seit mir die Schuppen von den Augen gefallen sind, quält mich ihr Anblick wie physischer Schmerz. – Bei den modernen Skulpturen mit den wirbelnden oder überschlanken Formen geht es noch halbwegs, aber ein nackter lebender Mensch ist und bleibt mir das Grauenhafteste, das sich denken lässt. – Die klassische Schönheit ist eine Schulsuggestion, die sich vererbt wie eine ansteckende Krankheit. – Betrachten Sie doch einmal eine Hand. Ein widerlicher Fleischklumpen mit fünf verschieden langen, scheußlichen Stummeln! Setzen Sie sich ruhig hin, schauen Sie so eine Hand an und werfen Sie alle Erinnerungen fort, die daran hängen, – betrachten Sie sie, kurz gesagt, wie etwas ganz

Neues, und Sie werden verstehen, was ich meine. Und gar wenn Sie das Experiment auf die ganze menschliche Gestalt ausdehnen! Da fasst einen das Grausen, ich möchte sagen, die Verzweiflung, – eine nagende Todespein. Man fühlt den Fluch der Vertreibung aus dem Paradies am eigenen Fleische. Ja! – Wirklich schön ist eben nur das, was man sich mit Grenzen nicht vorstellen kann, – etwa der Raum; alles andere, begrenzte, selbst der prächtigste Schmetterlingsflügel, ruft den Eindruck der Verkrüppelung wach. – Die Ränder, die Grenzen der Dinge, werden mich noch zum Selbstmorde treiben; sie machen mich so elend, und es würgt mich, wie sie mir in die Seele schneiden. –

Bei manchen Formen tritt mich dies Leiden weniger quälend an, – wie ich schon sagte: bei den stilisierten Linien der Sezession, aber unerträglich wird es bei den natürlichen, die quasi frei wachsen. – Der Mensch! – Der Mensch! Was peinigt einen so beim nackten Menschen?! Ich kann es nicht ergründen. Fehlen ihm Federn oder Schuppen, oder Lichtausstrahlungen? Ich sehe ihn immer wie ein Gerüst vor mir, um das herum die eigentliche Hülle fehlt – leer wie ein Rahmen ohne Bild. – Doch wohin soll ich die Augen geben, die so gar nicht zu dieser Vorstellung passen und so unbegrenzt scheinen?« –

Chlodwig Dohna hatte sich ganz in dem Thema verloren, sprang endlich auf und ging erregt im Zimmer auf und ab und biss dabei nervös an seinen Nägeln.

»Sie haben sich wohl viel mit Metaphysik oder Physiognomik befasst?«, fragte ein junger Russe, Monsieur Petroff.

»Ich? Mit Physiognomik? – Nein. Brauche es auch gar nicht. Wenn ich bloß die Hosenbeine eines Menschen ansehe, weiß ich alles über ihn und kenne ihn besser als er sich selbst.

Lachen Sie nicht, mein Herr, es ist mein voller Ernst.«

Die Frage musste Dohna immerhin in seinen sich fortspinnenden Grübeleien unterbrochen haben, – er setzte sich zerstreut nieder und empfahl sich plötzlich steif und förmlich von den Herren, die einander befremdet ansahen, aber nicht sonderlich befriedigt schienen: – es war ihnen zu wenig gewesen.

Am nächsten Tag fand man Dohna tot vor seinem Schreibtische.

Er hatte sich erschossen.

Vor ihm lag ein fußlanger Bergkristall mit spiegelnden Flächen und scharfen Kanten.

Der Verstorbene war vor fünf Jahren ein fröhlicher Mensch gewesen, der von Vergnügen zu Vergnügen eilte und mehr auf Reisen als zu Hause war.

Zu dieser Zeit lernte er in dem Kurorte Levico einen indischen Brahmanen Mr. Lala Bulbir Singh kennen, der in seinen Anschauungen große Umwälzungen hervorbrachte.

An den Ufern des regungslosen Caldonazzo-Sees hatten sie oft geweilt, und Dohna hatte mit tiefer Verwunderung die Reden des Inders angehört, der, in allen europäischen Wissenszweigen auf das Gründlichste geschult, dennoch über sie in einer Weise sprach, die erkennen ließ, dass er sie nicht viel höher als Kinderspielzeug achtete.

Kam er auf sein Lieblingsthema: die direkte Erkenntnis der Wahrheit, so ging von seinen Worten, die er stets in einem eigentümlichen Rhythmus aneinander reihte, eine überwältigende Kraft aus, und dann schien es, als ob das Herz der Natur still stände und das unruhige Schilf gespannt dieser uralten heiligen Weisheit lausche.

Aber auch viele seltsame Berichte erzählte er Dohna, die wie Märchen klangen: von der Unsterblichkeit im Körper und dem geheimen profunden Wissen der Sekte Paradâ.

Die ungeheure glühende Oberfläche würde naturgemäß in kurzer Zeit durch Oxidation allen Sauerstoff der Erde aufsaugen und die Menschheit dem Erstickungstode preisgeben.

Lala Bulbir Singh hatte die Kenntnis dieser Vorhersage aus jenen geheimen Manuskripten geschöpft, die in Indien einzig und allein einem Hochgradbrahmanen zugänglich sind und für einen solchen jeden Zweifel an Wahrheit ausschließen.

Was aber Dohna besonders überraschte, war die Erzählung, dass ein neuer europäischer Prophet, namens Jan Doleschal, der sich in Prag aufhalte, erstanden sei und die gleiche Kenntnis lediglich aus sich selbst und durch geistige Offenbarungen erhalten habe. –

Wie der Inder steif und fest behauptete, sei Doleschal nach gewissen geheimen Zeichen auf Brust und Stirne die Wiederverkörperung eines Yogi aus dem Stamme der Sikhs, der zur Zeit des Guru Nanak gelebt und jetzt die Mission habe, einen Teil der Menschheit aus dem allgemeinen Untergange zu erretten. –

Er predige, wie vor 3000 Jahren der große Hindulehrer Patanjali, die Methode, durch Anhalten des Atems und gleichzeitige Konzentration der Gedanken auf ein gewisses Nervenzentrum die Tätigkeit der Lungen aufzuheben und das Leben unabhängig von atmosphärischer Luft zu gestalten.

Dohna war sodann in Gesellschaft Lala Bulbir Singhs in die Nähe Prags gereist, um den Propheten in eigener Person kennen zu lernen.

Auf dem Landsitze eines Fürsten fand das Zusammentreffen statt. –

Niemand, der nicht bereits zur Sekte gehörte oder von Gläubigen eingeführt wurde, durfte die Besitzung betreten.

Doleschals Eindruck war noch faszinierender als der des Brahmanen, mit dem ihn übrigens eine tiefe Freundschaft verband. –

Der heiße konvergierende Blick seiner schwarzen Augen war unerträglich und drang wie ein glühender Draht ins Gehirn.

Dohna verlor jeden seelischen Halt unter dem überwältigenden Einflusse dieser beiden Männer. –

Er lebte wie im Taumel dahin und hielt mit der kleinen Gemeinde die vorgeschriebenen stundenlangen Gebete. – Halb träumend hörte er die rätselhaften ekstatischen Reden des Propheten, die er nicht verstand, und die dennoch wie Hammerschläge in sein Herz fielen und ein quälendes Dröhnen im ganzen Körper hervorriefen, um ihn bis tief in den Schlaf zu verfolgen. –

Jeden Morgen zog er mit den übrigen auf die Anhöhe des Parkes, wo eine Gruppe Arbeiter unter Leitung des Inders beschäftigt war, ein tempelähnliches achteckiges Gebäude zu vollenden, dessen Seitenteile ganz aus dicken Glastafeln bestanden.

Durch den Boden des Tempels führten mächtige Metallröhren zu einem naheliegenden Maschinenraum. –

Einige Monate später befand sich Dohna schwer nervenleidend in Begleitung eines befreundeten Arztes in einem Fischerdorfe der Normandie als jener sonderbare, sensitive Mensch, dem die Formen der Natur eine ununterbrochene geheimnisvolle Sprache redeten. –

Sein letztes Erlebnis mit dem Propheten hatte ihn fast getötet, und die Erinnerung daran war bis zu seinem Tode nicht mehr von ihm gewichen.

Er war mit Männern und Weibern der Sekte in dem gläsernen Tempel eingeschlossen. –

In der Mitte der Prophet mit unterschlagenen Beinen auf einem roten Postamente. Sein Bild bricht sich in den achteckigen Glaswänden, dass es scheint, als sei er in hundert Verkörperungen zugegen. –

Scheußlicher, stinkender Rauch von verbranntem Bilsenkraut wirbelt aus einer Pfanne und legt sich schwer wie die Hände der Qual auf die Sinne. –

Ein schluchzendes, schlapfendes Geräusch dringt aus dem Boden herauf: *sie pumpen die Luft aus dem Tempel.* –

Erstickenden Gase fallen zur Decke herein, in der armdicke Schläuche münden: Stickstoff –.

Wie Schlangen des Todes legt sich die schnürende Angst um Hals und Kopf. –

Der Atem wird röchelnd, das Herz hämmert zum Zerspringen.

Die Gläubigen schlagen an die Brust.

Der Prophet sitzt wie aus Stein gehauen, und alle fühlen sich von seinen starren schwarzen Augen verfolgt, die ihnen aus den Ecken drohend entgegenspiegeln. –

Halt, halt! – Um Gottes willen Luft, – Luft! – Ich ersticke. –

Alles dreht sich im Wirbel, der Körper verrenkt sich, die Finger krallen sich in die Kehle. –

Heulende Schmerzen wie der Tod das Fleisch von den Knochen saugt.

Weiber werfen sich zu Boden und winden sich im Krampfe des Erstickens. –

Die dort reißt sich mit blutigen Nägeln die Brust auf. –

In den Spiegeln die schwarzen Augen werden immer mehr und bedecken die Wände.

Begrabene Szenen aus dem Leben treten vor die Seele, und wirre Erinnerungen tanzen: Der Caldonazzo-See rauscht wie die Brandung, – Länderstrecken verdunsten, – der See ist ein Meer aus glühendem Kupfer geworden, und grüne Flammen hüpfen über dem Krater.

Aus der erstickenden Brust donnert der Herzschlag, und Lala Bulbir Singh fliegt als Geier über die Glut.

– – – Dann ist alles zerbrochen, erstickt, geborsten.

Noch ein Aufflackern klaren Bewusstseins: Aus den Ecken spiegelt die statuenhafte Gestalt Doleschals, seine Augen sind tot, und ein grauenhaftes Lächeln liegt wie eine Maske auf seinem Gesicht. –

Risus sardonisus – das Leichengrinsen –, so nannten es die Alten.

Dann schwarze Nacht, ein kalter Windstoß fährt über den Körper. – Eiswogen dringen in die Lungen, und das Schluchzen der Pumpen ist verstummt.

Aus der Ferne klingt die rhythmische Stimme Lala Bulbir Singhs: »Doleschal ist nicht tot, er ist in ›Samadhi‹ – der Verzückung der Propheten! – –«

Das alles hatte Dohnas Innerstes unheilbar erschüttert und die Tore seiner Seele erbrochen. –

Ja, wenn es einen Schwachen trifft, wirft es ihn um. –
Und seine Seele ist wund geblieben.
Die Erde werde ihm leicht.

Jörn Uhl

St sprich (s-prich) wie S–t
und mach die Schnauze süß und lieblich.

Jörn Uhl war lang, hatte die Augen enge stehend und strohblondes Haar. – Er war ein Obotrit seiner Abstammung nach. – Möglich auch, dass er ein Kaschube war, – jedenfalls war er ein Norddeutscher.

Er lebte abgeschlossen, stand früh vor Sonnenaufgang mit den Hühnern auf und wusch sich dann immer in einer Ballje, während seine Brüder noch in den Federn lagen. –

Mach dich nützlich, war sein Wahlspruch, und wenn Sonnabendabends die alte Magd Dorchen Mahnke mit Gretchen Klempke am Gesindetisch saß und tühnte, – ach, da schnackte er nu nie mit. –

Er war so abgeschlossen und gänzlich verschieden von seinen Geschwistern, und das kam wohl daher, weil seine Mutter, als sie ihn zeugte, an etwas ganz anderes gedacht hatte. –

»Tühnen – nein«, – sagte er sich, biss die Zähne zusammen und ging hinaus in die Abendluft.

Er war ein Uhl!!

Dahinten – weit am Himmel lag das letzte träumende Gelb, schwere Nachtwolken darüber, dass die Sterne nicht hervorkonnten. Und dichte Nebelschleier zogen langsam über die Heide. – –

Da kam ein dunklen Schatten mit etwas Blitzendem über der Schulter auf das Haus zu. – War Fiete Krey, der so spät noch von Felde kam. – Ein paar Schritte von ihm weg Lisbeth Sootje, das Süßchen, – und sie trippelte auf Jörn zu und bot ihm die kleine Hand.

»'n Tachch, Jörn«, sagte sie so fein zu ihm, als er ihre Hand hielt. – »Ich komme nu man eben ein büschen snacken. Is Dorchen in? – Sieh ma, ich hab mich ein Strickstrumpf mitgebracht, – ach, nu hat sich das Strickzeug verheddert. Lass nachch«, und: »muss mal klar kriegen«, sagte sie dann, um sich von ihm loszumachen. –

Jörn kuckte ihr auf das blonde Köpfchen. –

Heintüüt, wollte er zu ihr sagen, Heintüüt; aber er sagte es nicht, er dachte es bloß, – er war ein Uhl! –

Noch oft später im Leben musste er daran denken, dass er ihr damals nicht Heintüüt gesagt hatte, und auch sie dachte später oft daran zurück, wie sich ihr Strickzeug vertüdert hatte. –

So lässt es Gott oft anders geschehen, als wir hier auf Erden uns vornehmen. – Nöch?

Jörn strich noch durch die Wiesen, und es lag so kühl in der Luft. – Von weitem drangen über die Felder die Weisen der Spielleute aus der Schenke, bald leise, leise, – bald übermäßig deutlich, – wie es der Abendwind herübertrug. Als es an zu regnen fing, lenkte er seine Schritte dem Hofe zu. –

Es war schon so finster geworden, dass man es kaum über den Weg springen sah, wenn ein Pagütz mang das Gras hüpfte. Jörn legte seine Kappe ab, als er an den Gesindetisch trat.

»Hast dein Strickzeug all klar gekriegt?«, sagte er zu Lisbeth.

»Hab' es klar gekriecht«, nickte sie. –

»Hest du all 'n Swohn siehn, dej mit 'n Buuk opn koolen Woter swemm?«, fragte da Pieter Uhl, sein Bruder, und tat vertraulich zu Gretchen Klempke. –

»Ich geh' nu man nach oben«, sagte Jörn verdrossen, der solche Redensarten nicht leiden mochte. – »Schlaf süß, Lisbeth!« »Schlaf süss, Jörn!«

»Baller man, jüü«, rief ihm sein Bruder nach.

»Ja-nu-man«[5] – – – seufzte Dorchen Mahnke, denn sie war hellsehend.

Jörn Uhl war nach oben gegangen – in sein Zimmer, – reinigte sein Beinkleid, denn er war arg in Mudd gesackt, und aß noch ein bisschen Buchweizengrütze mit Sahne, die er von Mittag her in einen Topf getan und hinter dem Ofen verstochen hatte. –

»Schmeckt schön«, sagte er.

Dann nahm er einen Foil und machte reine. –

Bis alles wieder blitzeblank gescheuert war, nahm er ein Buch vor, das ihm Fiete Krey mal von Hamburg mitgebracht hatte, wo gerade Dom war. –

»Ach, das ist es ja nich«, sagte er. – »Es is wohl Claudius, der Wandsbecker Bote: – – ›lieber Mond, du gehst so stille‹ – der ruht nu man schon lange draußen in Ottensen.« –

[5] Ja-nu-man« nicht zu verwechseln mit Hanuman – der Affenkönig – brahminische Götterfigur.

Denn nahm er ein ander Buch aus dem Spinde und trat für einen kleinen Augenblick an das Vogelbauer, das vor dem Fenster hing. –

»Bist du ein klein süßer Finke«, sagte er, »tüüt – tüüt.« – – Das Vögelchen hatte sein Köpfchen aus den Flügeln gezogen und sah nu ganz starr und erschrocken ins Lichte. – – Dann klappte er finster die Luke zu, denn von drüben her aus Krögers Destillation tönte das trunkene Gegröle der wüsten Gesellen beim Bechersturz, – und setzte sich in Urahns geschnitzten Stuhl. – – – – – War auch so'n altes Stück! – Mit steife Lehne, und da, wo die Farbe wechgetan war, kuckte nu das schöne Schnitzwerk durch.

Clawes Uhl anno domini 1675 stand darüber.

Ja, die Uhlen waren ein erbgesessen Geschlecht, knorrig und hahnebüchen! –

Wie Großmutter Jörn zum Manne nahm – Jörns Großvater hieß auch Jörn – da wollte sie lange nicht ja und Amen sagen. –

Sie war eine stolze Deern gewesen, und verschlossen war sie – verschlossen, – hatte Kreyenblut in den Adern; und noch als sie eine Göre war und zu Schule ging zu Pastor Lorenzen, sprach sie selten ein Wort und spielte nie mit den andern Gören. –

Hatte klein harte Fäuste und rotes Haar, – die lüttje Deern. –

»Ich tanze nich mit dich«, hatte sie zu ihrem Bräutigam gesagt, »im Tanze liegt etwas Sündhaftes in«, und hatte sich wech von ihm gebogen.

Denn hatte sie noch ein »Rundstück warm« mit Tunke gegessen und war allein hinausgefahren mit ihren Pferden über die dämmerfrische Heide. –

»Weshalb ich ihn nur nicht liebe«, wiederholte sie sich immer wieder beim Fahren.

Denn hielt sie plötzlich an. – Ein Junge badete dort, nackend, ganz nackend. – Sie sah sich ihn lange an, und er bemerkte es nicht. – Da fühlte sie, wie etwas in ihre keusche Seele drang: – – dass alles in der Natur zur Liebe geschaffen war. –

Jetzt wusste sie es, sie hatte es deutlich gesehen. – Jetzt wusste sie auch, dass sie Jörn liebe, aus ganzer Seele liebe.

Keusch natürlich.

Da war Jörn leise an ihren Wagen getreten – er war ihr nachgegangen – und hinten aufgesessen. – »Was kiekst du so?«, hatte er gesagt. –

Der Knabe aber verstach sich.

Ihr war ganz fladderig geworden. – »Mien Uhl«, hatte sie gesagt. Dann waren sie zu zweit weiter gefahren. –

So kam es, dass Großvater Uhl eine Krey zum Weibe nahm.

Wir hatten Jörn verlassen, als er Buchweizengrütze mit Schüh aß und ein Buch vorgenommen hatte. –

Es war: »Fietze Faatz, der Mettenkönig« von Pastor Thietgen und hatte eine Auflage, – sooo groß! –

In Hamburch las es jeder, es hieß sogar, dass es demnächst aus dem Frenssenschen ins Deutsche übersetzt werden sollte. Jörn Uhl las und las.

Es handelte davon, wie Fietze Faatz noch drei Jahre alt war, ein kleinen Buttje, – wie er immerzu lernen wollte – immerzu! – –, und mit Nestküken, seinem Schwesterlein, die ein klein niedliches Gör war, in der Twiete spielte und im Fleet Sticklegrintjes fing. –

Wie er denn nach Schule sollte und nich lateinisch konnte. Wie Senator Stühlkens lütt Jettchen im Grünen Koppeister schloss und sie von einem Quittje und einer lüderlichen Deern das Lied lernten:

»Op de Brüch, do steit
en ohlen Kerl un fleit,
un Mareiken Popp
grölt jem dol
dat Signol:
Du kumm man eben ropp«,

und wie der Vater da so böse über war. –

Jörn Uhl las und las: – dass Fietze Faatz 10 Jahre wurde, und 10 1/2, und 10 3/4, und 11 Jahre und Jettchen Stühlken immer Schritt mit ihm im Alter hielt und keines das andere darin überflügeln konnte, – das Fietze Faatz von Tag zu Tag ernster zusah, wenn Jettchen Koppeister schoß, bis sie endlich längere Kleider erhielt.

Jörn Uhl las die ganze Nacht, – – und Fietze Fatz war erst 11 1/2 Jahre alt, – las den nächsten Tag und die kommende Nacht: – Da war Fietze Fatz allerdings schon 16 Jahre, aber Jörn hatte erst ein Drittel des Buches gelesen und fiel vor Schwäche vom Stuhl. – –

Wegen des Gepolters kam das Gesinde nach oben, – früher hatten sie es nicht gewagt – er war ein Uhl! –

Voran Fiete Krey, der Großknecht. – Wie *der* Jörn sah, scheuerte er sich hinter den Ohren und entsetzte sich: hatte der mit eins einen langen grauen Bart bekommen und war selber beim Lesen sechzehn Jahre älter geworden.

»Junge, – Minsch«, – sagte Krey, – »kuck dich nu man eben im Spiegel.«

»Dat kumt von die verdammten Bücher«, setzte er halblaut hinzu

Lisbeth Sootje aber mochte Jörn nu mit eins gar nicht mehr leiden; – – – und so blieb es.

Tja.

Eine Suggestion

23. September

So. – Jetzt bin ich fertig mit meinem System und sicher, dass kein Furchtgefühl in mir entstehen kann.

Die Geheimschrift kann niemand entziffern. Es ist doch gut, wenn man alles vorher genau überlegt und in möglichst vielen Gebieten auf der Höhe des Wissens steht. Dies soll ein Tagebuch für mich sein; kein anderer als ich ist es zu lesen imstande, und ich kann jetzt gefahrlos niederschreiben, was ich zu meiner Selbstbeobachtung für nötig halte. – Verstecken allein genügt nicht, der Zufall bringt es an den Tag. –

Gerade die heimlichsten Verstecke sind die unsichersten. – Wie verkehrt alles ist, was man in der Kindheit lernt! – Ich aber habe mit den Jahren zu lernen verstanden, wie man den Dingen ins Innere sieht, und ich weiß ganz genau, was ich zu tun habe, damit auch nicht eine Spur von Furcht in mir erwachen kann.

Die einen sagen, es gibt ein Gewissen, die anderen leugnen es; das ist dann beiden ein Problem und ein Anstoß zum Streit. Und wie einfach doch die Wahrheit ist: Es gibt ein Gewissen und es gibt keines, je nachdem man daran glaubt. Wenn ich an ein Gewissen in mir glaube, suggeriere ich es mir. Ganz natürlich.

Seltsam ist dabei nur, dass, wenn ich an ein Gewissen glaube, es dadurch nicht nur *entsteht*, sondern auch sich ganz selbstständig meinem Wunsche und Willen *entgegenzustellen* vermag.

»Entgegen« stellen! – Sonderbar! – Es stellt sich also das Ich, das ich mir einbilde, dem Ich gegenüber, mit dem ich es mir selbst geschaffen habe, und spielt dann eine recht unabhängige Rolle.

Eigentlich scheint es aber auch in andern Dingen so zu sein. Z. B. schlägt manchmal mein Herz schneller, wenn man von dem Morde spricht, und ich stehe dabei und bin doch sicher, dass sie mir nie auf die Spur kommen können. Ich erschrecke nicht im geringsten in solchen Fällen, – ich weiß es ganz genau, denn ich beobachte mich zu scharf, als dass es mir entgehen könnte; und doch fühle ich mein Herz schneller schlagen.

Die Idee mit dem Gewissen ist wirklich das Teuflischste, was je ein Priester erdacht hat. –

Wer wohl der erste war, der diesen Gedanken in die Welt brachte! – Ein Schuldiger? Kaum! Und ein Schuldloser? Ein sogenannter Gerechter? Wie hätte der sich so in die Folgen einer solchen Idee hineindenken können?! –

Es kann nur so sein, dass irgend ein Alter es Kindern als Schreckgespenst dargestellt hat. Mit dem Instinkt der drohenden Wehrlosigkeit des Alters gegenüber der keimenden brutalen Kraft der Jugend. –

Ich kann mich ganz gut erinnern, wie ich noch als großer Junge für möglich gehalten hätte, dass sich die Schemen der Erschlagenen an die Fersen des Mörders heften und ihm in Visionen erscheinen. –

Mörder! – Wie listig schon wieder das Wort gewählt und gebaut ist. – Mörder! Es liegt ordentlich etwas Röchelndes drin. –

Ich denke, der Buchstabe »Ö« ist die Wurzel, aus der das Entsetzliche ausklingt. – –

Wie einen die Menschen mit Suggestionen schlau umstellt haben!

Aber ich weiß schon, wie ich solche Gefahren entwerte. Tausendmal habe ich mir dieses Wort an jenem Abend vorgesagt, bis es die Schrecklichkeit für mich verloren hat. – Jetzt ist es mir ein Wort wie jedes andere. – –

– – Ich kann mir ganz gut vorstellen, dass einen ungebildeten Mörder die Wahnideen, von den Toten verfolgt zu werden, in den Irrsinn hetzen, aber nur den, der nicht überlegt, nicht wägt, nicht vorausdenkt. – Wer ist denn heutzutage gewöhnt, in brechende Augen voll Todesangst kaltblütig hineinzuschauen, ohne ein inneres Leck davonzutragen, oder in gurgelnde Kehlen den Fluch zurückzudrosseln, vor dem man sich heimlich doch fürchtet. – Kein Wunder, dass so ein Bild *lebendig* werden kann und dann eine Art Gewissen erzeugt, dem man schließlich erliegt. –

Wenn ich über mich nachdenke, muss ich bekennen, dass ich eigentlich geradezu genial vorgegangen bin:

Zwei Menschen kurz hintereinander zu vergiften und dabei alle Spuren des Verdachtes zu verwischen, ist wohl schon Dümmeren, als ich bin, geglückt; aber die Schuld, das eigene Schuldgefühl zu ersticken, noch ehe es geboren, das – – – Ich glaube wirklich, ich bin der einzige – – –

Ja, wenn einer das Unglück hätte, allwissend zu sein, für den gäbe es schwerlich einen inneren Schutz: – so aber habe ich wohlweislich meine eigene Unwissenheit benützt und klug ein Gift gewählt, das eine Todesart erzeugt, deren Verlauf mir gänzlich *unbekannt* ist und auch bleiben soll: Morphium, Strychnin, Zyankali; – alle ihre Wirkungen kenne ich oder könnte ich mir vorstellen: Verrenkungen, Krämpfe, blitzartiges Niederstürzen, Schaum vor dem Mund. – Aber Curarin! – Ich habe keine Ahnung, wie bei diesem Gift der Todeskampf aussehen mag, und wie sollte sich da eine Vorstellung in mir bilden können?! Darüber nachzulesen werde ich mich natürlich hüten, und zufällig oder unfreiwillig etwas darüber mit anhören zu müssen, ist ausgeschlossen. – Wer kennt denn heute überhaupt den Namen Curarin?!

Also! – Wenn ich mir nicht einmal ein Bild von den letzten Minuten meiner beiden Opfer (welch albernes Wort) machen kann, wie könnte mich ein solches je verfolgen? – Und sollte ich dennoch davon träumen, so kann ich mir beim Erwachen die Unhaltbarkeit einer solchen Suggestion direkt beweisen. Und welche Suggestion wäre stärker als ein solcher *Beweis!*

26. September

Merkwürdig, gerade heute nachts träumte ich, dass die beiden Toten links und rechts hinter mir hergehen. – Vielleicht, weil ich gestern die Idee vom Träumen niedergeschrieben habe!? –

Da gibt es jetzt nur zwei Wege, um solchen Traumbildern den Eintritt zu verrammeln:

Entweder fortwährend sie sich innerlich vorzuhalten, um sich daran zu gewöhnen, wie ich es mit dem dummen Wort »Mörder« mache, oder zweitens diese Erinnerung ganz auszureißen aus dem Gedächtnisse. –

Das erstere? – Hm. – – Das Traumbild war zu scheußlich! – – Ich wähle den zweiten Weg. –

Also: »Ich will nicht mehr daran denken! Ich will nicht! Ich will *nicht, nicht, nicht* mehr daran denken! – Hörst Du! – Du sollst gar nicht mehr daran denken! –«

Eigentlich ist diese Form: »Du sollst nicht usw.« recht unüberlegt, wie ich jetzt bemerke, man soll sich nicht mit »Du« anreden, – dadurch zerlegt man sozusagen sein Ich in zwei Teile: in ein Ich und ein Du, und das könnte mit der Zeit verhängnisvolle Wirkungen haben! –

5. Oktober

Wenn ich das Wesen der Suggestion nicht so genau studiert hätte, könnte ich wirklich recht nervös werden: Heute war es die achte Nacht, dass ich jedes Mal von demselben Bilde geträumt habe. – Immer die Zwei hinter mir her, auf Schritt und Tritt. – – Ich werde heute abends unter die Leute gehen und etwas mehr als sonst trinken. –

Am liebsten ginge ich ins Theater, – aber natürlich: gerade heute ist »Macbeth«.

7. Oktober

Man lernt doch nie aus. – Jetzt weiß ich, warum ich so hartnäckig davon träumen *musste*. – Paracelsus sagt ausdrücklich, dass man, um beständig lebhaft zu träumen, nichts anderes zu tun brauche, als ein- oder zweimal seine Träume niederzuschreiben. Das werde ich nächstens gründlich bleiben lassen. Ob das so ein moderner Gelehrter wüsste. Aber auf den Paracelsus schimpfen, das können sie.

13. Oktober

Ich muss mir heute genau aufschreiben, was passiert ist, damit nicht in meiner Erinnerung etwa Dinge dazuwachsen, die gar nicht geschehen sind. – –

Seit einiger Zeit hatte ich das Gefühl – die Träume bin ich Gott sei dank los –, als ob stets jemand links hinter mir ginge. –

Ich hätte mich natürlich umdrehen können, um mich von der Sinnestäuschung zu überzeugen, das wäre aber ein großer Fehler gewesen, denn schon dadurch hätte ich mir selbst gegenüber heimlich zugegeben, dass die *Möglichkeit* von etwas Wirklichem überhaupt vorhanden sein könne. – Das hielt so einige Tage an. – Ich blieb gespannt auf meiner Hut. –

Wie ich nun heute früh an meinen Frühstückstisch trete, habe ich wieder dieses lästige Gefühl, und plötzlich höre ich ein knirschendes Geräusch hinter mir. – Ehe ich mich fassen konnte, hatte mich der Schrecken übermannt, und ich war herumgefahren. – Einen Augenblick sah ich ganz deutlich mit wachen Augen den toten Richard Erben, grau in grau, – dann huschte das Phantom blitzschnell wieder hinter mich, – aber doch nicht mehr so weit, dass ich es nur wie vorher bloß ahnen kann. – Wenn ich mich ganz grad richte und die Augen stark nach links wende, kann ich seine Konturen sehen, so wie im Augenschimmer; – drehe ich aber den Kopf, so weicht die Gestalt im selben Maß zurück. –

Es ist mir ja ganz klar, dass das Geräusch nur von der alten Aufwärterin verursacht sein konnte, die keinen Augenblick still ist und sich immer an den Türen herumdrückt.

Sie darf mir von jetzt ab nur mehr in die Wohnung, wenn ich nicht zu Haus bin. Ich will überhaupt keinen Menschen mehr in die Nähe haben. –

Wie mir das Haar zu Berge stand! – Ich denke mir, dass das davon kommt, dass sich einem die Kopfhaut zusammenzieht.

Und das Phantom? Die erste Empfindung war ein Nachwehen aus den früheren Träumen, – ganz einfach; und das Sichtbarwerden entstand ruckweise durch den plötzlichen Schrecken. – Schrecken, – Furcht, Hass, Liebe sind lauter Kräfte, die das Ich zerteilen und daher die eigenen, sonst ganz unbewussten Gedanken sichtbar machen können, dass sie sich im Wahrnehmungsvermögen wie in einem Reflektor spiegeln. –

Ich darf jetzt längere Zeit gar nicht unter Leute gehen und muss mich scharf beobachten, denn das geht so nicht mehr weiter. –

Unangenehm ist, dass das gerade auf den dreizehnten des Monats fallen muss. – Ich hätte wirklich gegen das alberne Vorurteil mit dem dreizehnten, das eben auch in mir zu stecken scheint, von allem Anfang an energisch kämpfen sollen. – Übrigens, was liegt an diesem unwichtigen Umstand.

20. Oktober

Am liebsten hätte ich meine Koffer gepackt und wäre in eine andere Stadt gefahren. –

Schon wieder hat sich die Alte an der Tür zu schaffen gemacht. –

Wieder dieses Geräusch, – diesmal rechts hinter mir. – Derselbe Vorgang wie neulich. – Jetzt sehe ich rechts meinen vergifteten Onkel, und wenn ich das Kinn auf die Brust drücke, so quasi auf meine Schultern schiele, – alle beide links und rechts. – Die Beine kann ich nicht sehen. Es scheint mir übrigens, als ob die Gestalt des Richard Erben jetzt mehr hervorgetreten, näher zu mir gekommen wäre. Die Alte muss mir aus dem Hause, – das wird mir immer verdächtiger, – aber ich werde noch einige Wochen ein freundliches Gesicht machen, – damit sie nicht Misstrauen schöpft. –

Auch das Übersiedeln muss ich noch hinausschieben, es würde den Leuten auffallen, und man kann nicht vorsichtig genug sein. –

Morgen will ich wieder das Wort »Mörder« ein paar Stunden lang üben – es fängt an, unangenehm auf mich zu wirken –, um mich wieder an den Klang zu gewöhnen. – – Eine merkwürdige Entdeckung habe ich heute gemacht; ich habe mich im Spiegel beobachtet und gesehen, dass ich beim Gehen mehr mit dem Ballen auftrete als früher und daher ein leichtes Schwanken spüre. – Die Redensart vom »festen Auftreten« scheint einen tiefen, inneren Sinn zu haben, wie überhaupt in den Worten ein psychologisches Geheimnis zu stecken scheint. – Ich werde darauf achten, dass ich wieder mehr auf den Fersen gehe. –

Gott, wenn ich nur nicht immer über Nacht die Hälfte von dem vergäße, was ich mir tagsüber vornehme. – Rein, als ob der Schlaf alles verwischte.

1. November

Letztes Mal habe ich doch absichtlich nichts über das zweite Phantom niedergeschrieben, und doch verschwindet es nicht. – Grässlich, grässlich. – Gibt es denn keinen Widerstand? –

Ich habe doch einmal ganz klar unterschieden, dass es zwei Wege gibt, um mich aus der Sphäre solcher Bilder zu rücken. – Ich habe doch den zweiten eingeschlagen und bin dabei immerwährend auf dem ersten! –

War ich denn damals sinnesverwirrt? –

Sind die beiden Gestalten Spaltungen meines Ichs oder haben sie ihr eigenes unabhängiges Leben?

– – – Nein, nein! – Dann würde ich sie ja füttern mit meinem eigenen Leben! Also sind es doch wirkliche Wesen! – Grauenhaft! – Aber nein, ich *betrachte* sie doch nur als selbstständige Wesen, und was man als Wirklichkeit betrachtet, das ist – das ist – – – Herrgott, barmherziger, ich schreibe ja nicht, wie man sonst schreibt. – Ich schreibe ja, als ob mir jemand diktieren würde. – – – Das muss von der Geheimschrift kommen, die ich immer erst übersetzen muss, ehe ich sie fließend lesen kann. –

Morgen schreibe ich das ganze Buch noch einmal kurrent ab. – Herrgott, steh mir bei in dieser langen Nacht.

10. November

Es sind *wirkliche* Wesen, sie haben mir im Traum ihren Todeskampf erzählt. – Jesus schütze mich, – ja – Jesus, Jesus! – Sie wollen mich erdrosseln! – Ich habe nachgelesen; – es war die Wahrheit, – Curarin wirkt so, genau so. – Woher wüssten sie es, wenn sie nur Scheinwesen wären – – –

Gott im Himmel, – warum hast du mir nie gesagt, dass man nach dem Tode weiterlebt, – ich hätte ja nicht gemordet.

Warum hast du dich mir nicht als Kind geoffenbart?

– – – Ich schreibe schon wieder so, wie man spricht; und ich will nicht.

12. November

Ich sehe wieder klar, jetzt, wo ich das ganze Buch abgeschrieben habe. – Ich bin krank. Da hilft nur kalter Mut und klares Wissen.

Für morgen früh habe ich mir den Dr. Wetterstrand bestellt, der muss mir genau sagen, wo der Fehler lag. – Ich werde ihm alles haarklein berichten, er wird mir ruhig zuhören und das über Suggestion verraten, was ich noch nicht weiß. –

Er kann im ersten Augenblick unmöglich für wahr halten, dass ich wirklich gemordet habe, – er wird glauben, ich sei bloß wahnsinnig. –

Und dass er es sich zu Hause *nicht* mehr überlegt, dafür werde ich sorgen: – – Ein Gläschen Wein!!!

13. November

G. M.

»Mackintosh ist wieder hier, das Mistviech.«

Ein Lauffeuer ging durch die Stadt.

George Mackintosh, den Deutschamerikaner, der vor fünf Jahren allen adieu gesagt, hatte jeder noch gut im Gedächtnis, – seine Streiche konnte man gerade sowenig vergessen wie das scharfe, dunkle Gesicht, das heute wieder auf dem »Graben« aufgetaucht war. –

Was will denn der Mensch schon wieder hier?

Langsam, aber sicher war er damals weggeekelt worden; – alle hatten daran mitgearbeitet, – der mit der Miene der Freundschaft, jener mit Tücke und falschen Gerüchten, aber jeder mit einem Quäntchen vorsichtiger Verleumdung – und alle diese kleinen Niederträchtigkeiten ergaben schließlich zusammen eine so große Gemeinheit, dass sie jeden anderen Mann wahrscheinlich zerquetscht hätte, den Amerikaner aber nur zu einer Abreise bewog. – – –

Mackintosh hatte ein Gesicht, scharf wie ein Papiermesser, und sehr lange Beine.

Das allein schon vertragen die Menschen schlecht, die die Rassentheorie so gerne missachten.

Er war schrecklich verhasst, und anstatt diesen Hass zu verringern, indem er sich landläufigen Ideen angepasst hätte, stand er stets abseits der Menge und kam alle Augenblicke mit etwas neuem: – Hypnose, Spiritismus, Handlesekunst, ja eines Tages sogar mit einer symbolischen Erklärung des Hamlet. – Das musste natürlich die guten Bürger aufbringen und ganz besonders keimende Genies, wie z. B. den Herrn Tewinger vom Tageblatt, der soeben ein Buch unter dem Titel »Wie ich über Shakespeare denke« herausgeben wollte.

Und dieser »Dorn im Auge« war wieder hier und wohnte mit seiner indischen Dienerschaft in der »roten Sonne«.

»Wohl nur vorübergehend?«, forschte ihn ein alter Bekannter aus.

»Natürlich: vorübergehend, denn ich kann mein Haus ja erst am 15. August beziehen. – Ich habe mir nämlich ein Haus in der Ferdinand-Straße gekauft.« –

Das Gesicht der Stadt wurde um einige Zoll länger: – Ein Haus in der Ferdinand-Straße! – Woher hat dieser Abenteurer das Geld?! –

Und noch dazu eine indische Dienerschaft. – Na, werden ja sehen, wie lange er machen wird!

Mackintosch hatte natürlich schon wieder etwas Neues: Eine elektrische Maschinerie, mit der man Goldadern in der Erde sozusagen wittern könne, – eine Art moderner wissenschaftlicher Wünschelrute. –

Die meisten glaubten es selbstverständlich nicht: »Wenn es gut wäre, hätten das doch schon andere erfunden!«

Nicht wegzuleugnen war aber, dass der Amerikaner während der fünf Jahre ungeheuer reich geworden sein musste. Wenigstens behauptete dies das Auskunftsbureau der Firma Schnufflers Eidam steif und fest.

– – – Und richtig, es verging auch keine Woche, dass er nicht ein neues Haus gekauft hätte. –

Ganz planlos durcheinander; eines auf dem Obstmarkt, dann wieder eines in der Herrengasse, – aber alle in der inneren Stadt. –

Um Gottes willen, will er es vielleicht bis zum Bürgermeister bringen?

Kein Mensch konnte daraus klug werden. –

»Haben Sie schon seine Visitenkarte gesehen? Da schauen Sie her, das ist denn doch schon die höchste Frechheit, – bloß ein Monogramm, – gar kein Name! – Er sagt, er brauche nicht mehr zu heißen, er hätte Geld genug!«

Mackintosh war nach Wien gefahren und verkehrte dort, wie das Gerücht ging, mit einer Reihe Abgeordneten, die täglich um ihn waren.

Was er mit ihnen gar so wichtig tat, konnte man nicht und nicht herausbekommen, aber offenbar hatte er seine Hand bei dem neuen Gesetzentwurf über die Umänderung der Schürfrechte im Spiele.

Täglich stand etwas in den Zeitungen, – Debatten für und wider, – und es sah ganz danach aus, als ob das Gesetz, dass man hinfort – natürlich nur außer gewöhnlichen Vorkommnissen – auch mitten in den Städten Freischürfe errichten dürfe, recht bald angenommen werden würde.

Die Geschichte sah merkwürdig aus, und die allgemeine Meinung lautete, dass wohl irgend eine große Kohlengewerkschaft dahinter stecken müsse.

Mackintosh allein hatte doch gewiss kein so starkes Interesse daran, – wahrscheinlich war er nur von irgend einer Gruppe vorgeschoben.

Er reiste übrigens bald nach Hause zurück und schien ganz vortrefflicher Laune. So freundlich hatte man ihn noch nie gesehen. »Es geht ihm aber auch gut, – erst gestern hat er sich wieder eine ›Realität‹ gekauft, – es ist jetzt die dreizehnte«, – erzählte beim Beamtentische im Kasino der Herr Oberkontrollor vom Grundbuchamt. – »Sie kennen's ja: das Eckhaus ›zur angezweifelten Jungfrau‹ schräg vis-à-vis von den ›drei eisernen Trotteln‹, wo jetzt die städtische Befundhauptkommission für die Inundations-Bezirkswasserbeschau drin ist.«

»Der Mann wird sich noch verspekulieren und so«, meinte da der Herr Baurat, – »wissen Sie, um was er jetzt wieder angesucht hat, meine Herren? – Drei von seinen Häusern will er einreißen lassen, das in der Perlgasse – das vierte rechts neben dem Pulverturm – und das Numero conscriptionis 47184/II. – Die neuen Baupläne sind schon bewilligt!« –

Alles sperrte den Mund auf.

Durch die Straßen jagte der Herbstwind, – die Natur atmete tief auf, ehe sie schlafen geht.

Der Himmel ist so blau und kalt, und die Wolken so backig und stimmungsvoll, als hätte sie der liebe Gott eigens vom Meister Wilhelm Schulz malen lassen.

Oh, wie wäre die Stadt so schön und rein, wenn der ekelhafte Amerikaner mit seiner Zerstörungswut nicht die klare Luft mit dem feinen Mauerstaub so vergiftet hätte. – – Das aber auch so etwas bewilligt wird!

Drei Häuser einreißen, na gut, – aber alle dreizehn gleichzeitig, da hört sich denn doch alles auf.

Jeder Mensch muss ja schon husten, und wie weh das tut, wenn einem das verdammte Ziegelpulver in die Augen kommt.

»Das wird ein schön verrücktes Zeug werden, was er uns dafür aufbauen wird. – ›Sezession‹ natürlich, – ich möchte darauf wetten«, hieß es. –

»Sie müssen wirklich nicht recht gehört haben, Herr Schebor! – Was?! gar nichts will er dafür hinbauen? – Ist er denn irrsinnig geworden, – wozu hätte er denn dann die neuen Baupläne eingereicht?« –

– – – »Bloß damit ihm vorläufig die Bewilligung zum Einreißen der Häuser erteilt wird!« –

»Meine Herren, wissen Sie das Neueste schon«, der Schlossbauaspirant Vyskotschil war ganz außer Atem: »Gold in der Stadt, ja wohl, – Gold! Vielleicht grad' hirr zu unsrrn Fißen.«

Alles sah auf die Füße des Herrn von Vyskotschil, die flach wie Biskuits in den Lackstiefeln staken.

Der ganze »Graben« lief zusammen.

»Wer hat da was gesagt von Gold!«, rief der Herr Kommerzienrat Löwenstein.

»Mr. Mackintosh will goldhaltiges Gestein in dem Bodengrund seines niedergerissenen Hauses in der Perlgasse gefunden haben«, bestätigte ein Beamter des Bergbauamtes, »man hat sogar telegrafisch eine Kommission aus Wien berufen.«

Einige Tage später war George Mackintosh der gefeiertste Mann der Stadt. In allen Läden hingen Fotografien von ihm, – mit dem kantigen Profil und dem höhnischen Zug um die schmalen Lippen.

Die Blätter brachten seine Lebensgeschichte, die Sportberichterstatter wussten plötzlich genau sein Gewicht, seinen Brust- und Bizepsumfang, ja sogar, wie viel Luft seine Lunge fasse.

Ihn zu interviewen war auch gar nicht schwer.

Er wohnte wieder im Hotel »Zur roten Sonne«, ließ jedermann vor, bot die wundervollsten Zigarren an und erzählte mit entzückender Liebenswürdigkeit, was ihn dazu geführt hatte, seine Häuser einzureißen und in den freigewordenen Baugründen nach Gold zu graben:

Mit seinem neuen Apparat, der durch Steigen und Fallen der elektrischen Spannung genau das Vorhandensein von Gold unter der Erde anzeige und der seinem eigenen Gehirn entsprungen sei, hätte er nachts nicht nur die Keller *seiner* Gebäude genau durchforscht, sondern auch die aller seiner Nachbarhäuser, in die er sich heimlich Zutritt zu verschaffen gewusst.

»Sehen Sie, da haben Sie auch die amtlichen Berichte des Bergbauamtes und das Gutachten des eminenten Sachverständigen Professor Senkrecht aus Wien, der übrigens ein alter guter Freund von mir ist.«

– – – Und richtig, da stand schwarz auf weiß, mit dem amtlichen Stempel beglaubigt, dass sich in sämtlichen dreizehn Bauplätzen, die der Amerikaner George Mackintosh käuflich erworben, Gold in der dem Sande beigemengten, bekannten Form gefunden habe, und zwar in einem Quotienten, der auf eine immense Menge Gold besonders in den unteren Schichten mit Sicherheit schließen lasse. Diese Art des Vorkommens sei bis jetzt nur in Amerika und Asien nachgewiesen worden, doch könne man der Ansicht des Mr. Mackintosh, dass es sich hier offenkundig um ein altes Flussbett der Vorzeit handle, ohne weiteres beipflichten. Eine genaue Rentabilität lasse sich ziffernmäßig natürlich nicht ausführen, aber dass hier ein Metallreichtum erster Stärke, ja vielleicht ein ganz beispielloses Lager verborgen liege, sei wohl außer Zweifel.

Besonders interessant war der Plan, den der Amerikaner von der mutmaßlichen Ausdehnung der Goldmine entworfen und der die vollste Anerkennung der sachverständigen Kommission gefunden hatte.

Da sah man deutlich, dass sich das ehemalige Flussbett von einem Haus des Amerikaners anfangend zu den übrigen in komplizierten Windungen gerade unter den Nachbarhäusern hinzog, um wieder bei einem Eckhause Mackintoshs in der Zeltnergasse in der Erde zu verschwinden. –

Die Beweisführung, dass es so und nicht anders sein konnte, war so einfach und klar, dass sie jedem, – selbst wenn er nicht an die Präzision der elektrischen Metallkonstatierungsmaschine glauben wollte – einleuchten musste.

– – – War das ein Glück, dass das neue Schürfrecht bereits Gesetzeskraft erlangt hatte. –

Wie umsichtig und verschwiegen der Amerikaner aber auch alles vorgesehen hatte.

Die Hausherren, in deren Grund und Boden plötzlich solche Reichtümer staken, saßen aufgeblasen in den Cafés und waren des Lobes voll über ihren findigen Nachbarn, den man früher so grundlos und niederträchtig verleumdet hatte.

»Pfui über solche Ehrabschneider!«

Jeden Abend hielten die Herren lange Versammlungen und berieten sich mit dem Advokaten des engeren Komitees, was nunmehr geschehen solle.

»Ganz einfach! – Alles genau dem Mr. Mackintosh nachmachen«, meinte der, »neue ixbeliebige Baupläne überreichen, wie es das Gesetz verlangt, dann einreißen, einreißen, einreißen, damit man so rasch wie möglich auf den Grund kommt. – Anders geht es nicht, denn schon jetzt in den Kellern nachzugraben, ist nutzlos und übrigens nach § 47 a Unterabteilung Y gebrochen durch römisch XXIII unzulässig.«

– – – Und so geschah es. –

Der Vorschlag eines überklugen ausländischen Ingenieurs, sich erst zu überzeugen, ob nicht Mackintosh am Ende gar den Goldfund auf die Fundstellen heimlich habe hinschaffen lassen, um die Kommission zu täuschen, – wurde niedergeläche1t.

Ein Gehämmer und Gekrach in den Straßen, das Fallen der Balken, das Rufen der Arbeiter und das Rasseln der Schuttwagen, dazu der verdammte Wind, der den Staub in dichten Wolken umherblies! Es war zum Verstandverlieren.

Die ganze Stadt hatte Augenentzündung, die Vorzimmer der Augenklinik platzten fast vor dem Andrang der Patienten, und eine neue Broschüre des Professors Wochenschreiber »über den befremdenden Einfluss moderner Bautätigkeit auf die menschliche Hornhaut« war binnen weniger Tage vergriffen.

Es wurde immer ärger.

Der Verkehr stockte. In dichter Menge belagerte das Volk die »Rote Sonne«, und jeder wollte den Amerikaner sprechen, ob er denn nicht glaube, dass sich auch unter andern Gebäuden als den im Plan bezeichneten – Gold finden müsse. Militärpatrouillen zogen umher, an allen Straßenecken klebten die Kundmachungen der Behörden, dass vor Eintreffen der Ministerialerlasse strengstens verboten sei, noch andere Häuser niederzureißen.

Die Polizei ging mit blanker Waffe vor: kaum dass es nützte.

Grässliche Fälle von Geistesstörung wurden bekannt: In der Vorstadt war eine Witwe nachts und im Hemd auf das eigene Dach geklettert und hatte unter gellem Gekreisch die Dachziegel von den Balken ihres Hauses gerissen.

Junge Mütter irrten wie trunken umher, und arme verlassene Säuglinge vertrockneten in den einsamen Stuben.

Ein Dunst lag über der Stadt, – dunkel, als ob der Dämon Gold seine Fledermausflügel ausgebreitet hätte.

Endlich, endlich war der große Tag gekommen. Die früher so herrlichen Bauten waren verschwunden, wie aus dem Boden gerissen, und ein Heer von Bergknappen hatte die Maurer abgelöst.

Schaufel und Spitzhaue flogen.

Von Gold – – keine Spur! – Es musste also wohl tiefer liegen, als man vermutet hatte.

– – – Da! – – ein seltsames riesengroßes Inserat in den Tagesblättern:

George Mackintosh an seine teuern Bekannten und die ihm so lieb gewordene Stadt!

Umstände zwingen mich, allen für immer Lebewohl zu sagen.

Ich schenke der Stadt hiermit den großen Fesselballon, den ihr heute nachmittags auf dem Josefsplatz das erste Mal aufsteigen sehen und jederzeit zu meinem Gedächtnisse umsonst benutzen könnt. Jeden einzelnen der Herren nochmals zu besuchen, fiel mir schwer, darum lasse ich in der Stadt eine *große Visitenkarte* zurück.

»Also doch wahnsinnig!

›Visitenkarte in der *Stadt* zurücklassen!‹ Heller Unsinn!

Was soll denn das Ganze überhaupt heißen? Verstehen Sie das vielleicht?« – So rief man allenthalben.

»Befremdend ist nur, dass der Amerikaner vor acht Tagen seine sämtlichen Bauplätze heimlich verkauft hat!«

– Der Fotograf Maloch war es, der endlich Licht in das Rätsel brachte; er hatte als ersten den Aufstieg mit dem angekündigten Fesselballon mitgemacht und die Verwüstungen der Stadt von der Vogelperspektive aufgenommen.

Jetzt hing das Bild in seinem Schaufenster, und die Gasse war voll Menschen, die es betrachten wollten.

Was sah man da?

Mitten aus dem dunklen Häusermeer leuchteten die leeren Grundflächen der zerstörten Bauten in weißem Schutt und bildeten ein zackiges Geschnörkel:

»G M«

Die Initialen des Amerikaners!

– – – Die meisten Hausherren hat der Schlag getroffen, bloß dem alten Herrn Kommerzienrat Schlüsselbein war es ganz wurst. Sein Haus war sowieso baufällig gewesen.

Er rieb sich nur ärgerlich die entzündeten Augen und knurrte:

»Ich hab's ja immer gesagt, für was Ernstes hat der Mackintosh nie ä Sinn gehabt.«